黄裳集

创作卷Ⅶ

河里子集　负暄录　惊弦集

山东人民出版社·济南
国家一级出版社　全国百佳图书出版单位

学术顾问： 李济生　杨　苡　黄永玉　姜德明
钟叔河　郑　重

编辑小组： 陈子善　胡长青　李　辉　陈麦青
陆　灏　吕　浩　励　俊　凌　济
容　洁　容　仪

黄裳在寓所

《河里子集》1986 年香港博益出版集团初版书影

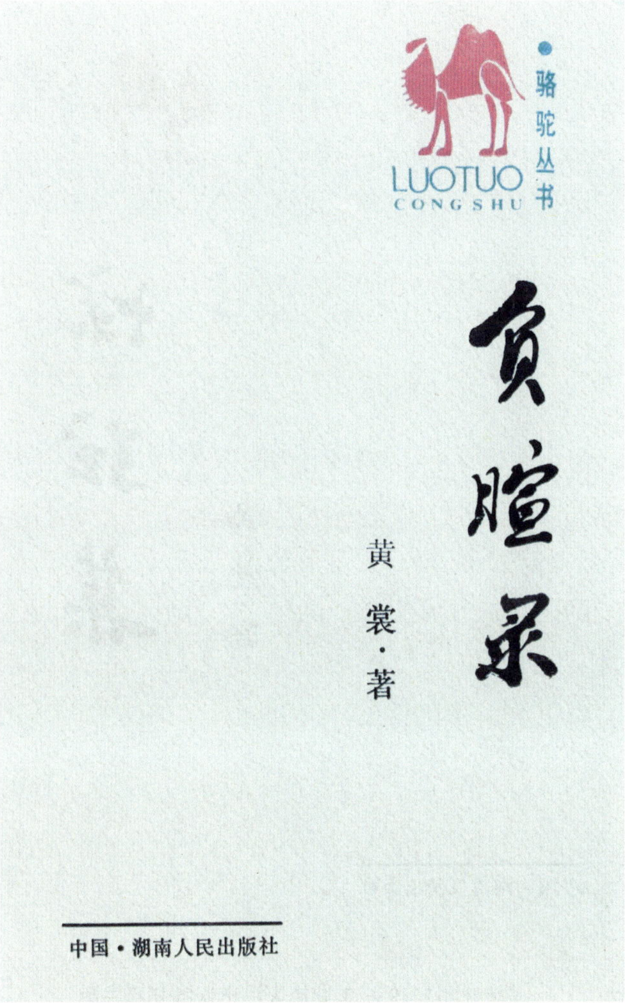

《负暄录》1986 年湖南人民出版社初版书影

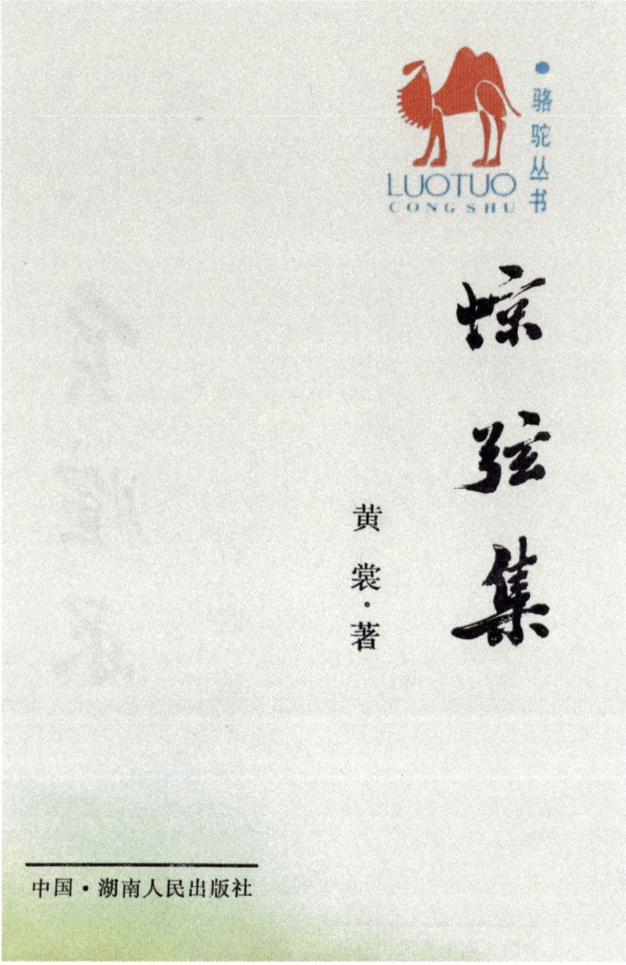

《惊弦集》1986 年湖南人民出版社初版书影

目 录

河里子集

负暄录

惊弦集

河里子集

《河里子集》，散文集，1986 年 1 月香港博益出版集团有限公司初版，列为“中国当代作家介绍”丛书之一。出版时书名为《黄裳杂文·河里子集》。

据初版本编入。

《河里子集》小序

为报纸刊物写文章，我总是习惯取一个小小的专栏名目。这样做有一个好处，它可以使你经常记住有这样一个须要按时寄稿的地方，可以起一种无声的监督作用，使你不能舒舒服服地偷懒。否则，日子是很容易打发过去的。眼睛一眨就是一年，年终结账，没有干多少工作，就很不是滋味了。现在正是“腊鼓频催”的时候，也是结账的好时机。如果拨动算盘，最后只落得个“天增岁月人增寿”的结果，那就很不理想。

当然还应该赶紧声明一句，我并不是也不想挤进专栏作家的行列，这是用不着多说的。

不过专栏的名目也不大好取。近两年我换过“春夜随笔”“消夏录”“负暄录”……这许多花样，多半是按春夏秋冬的时令为序的。这其实是一种偷懒的办法，实际也有困难。因为种种原因，春天写的稿子，发表时往往已是盛夏甚至深秋，时过境迁，味同嚼蜡。因此有时就得“预制”，就是说至少提前一个季节动手。如果碰上阴晴未定、乍暖还寒的初春，自然更不好办。记得曾经将这意思写进一篇小文里，编者不予采用，现在是连原稿也不知弄到哪里去了。

现在打算还是避开时令节序，另起炉灶。挖空心思，总算想出了一个，叫作《河里子集》。

“河里子”是我还是小孩子的时候喜欢玩的东西，也就是鹅卵石。有大有小，形状颜色也不一。枯水季节它们就睡在河床里。在北方，这是极普通的东西，毫不珍贵。我第一次看到南京有名的雨花石，则是一直后来的事情了。解放初我随一个慰问部队的剧团出发劳军，第一站就是南京。演出间歇我们去游雨花台了。看见人们用一双双细巧的茶盅，注了清水，里面浸着漂亮的雨花石出售。真是五色斑斓，可爱得很。大家都买了一些。我买的是便宜货。每块不过五角至一元。团里的主要演员花了五元的高价买了一双表面有着天然的山水楼台花样的石头，捧了回来。大家都觉得稀奇也非常羡慕。几天后整理行装，石头的主人从水碗里取出了珍贵的雨花石，用手绢仔细擦干，预备放进包里。不料还没有擦上几下，亭台楼阁、山水树石这些奇妙的花纹就一下子脱落了，剩下的只是灰白的一片，比普通的货色还不如。

这件有趣的小事，我一直没有忘记。在今天偶然想到河里子这个名目时又想起了。河里子是极普通的东西，它的生命应该也是很长久的了。经过多少年的摩擦、冲洗，有的磨去了棱角，成为圆形或椭圆形的石块；有的则依旧保存着不规则的自然形态，色泽也是原有的，并未经过人工的涂饰。它们没有太多的实用价值，也不大受到重视。不过小孩子倒是喜欢的。

我很喜欢这个标题。只怕货色名实不副，玷污了这个好名目，使小朋友也要觉得讨厌。不过决不挖空心思加上骗人的花纹冒充什么通灵宝玉，这一点读者倒是可以放心的。是为序。

黄裳

一九八二年一月十六日

第一分

南行琐记

我曾经到过一次广东，但那已是三十三年前的事了。

一九四九年冬，上海解放后不久，我因事过广州。那时火车刚通到南昌，经过赣州到韶关，是一直坐在连板鸭的卡车上的。人仰卧在车厢货物上面，鼻子离卡车篷布不过一尺，到今天想起来还不能不感到气闷。一路经过不少检查站，南下的解放军在站上查问从上海去广东的旅客，其中大部分是商人，到了韶关，在船上宿了一夜，第二天又坐上平板货车经铁路来到广州。

一、广州的饮茶

那一次在广州前后只住了三天。正好遇见作记者的C，他陪我去市里转了一些地方，还饮了茶。C是广东人，职业是记者，但又是很豪爽的一位诗人，广东人好客的印象最初就是从他身上获得的。三天也走不了几处地方，因此我对广州的旧印象也只能是个朦朦胧胧。

今天记得起的，是那次曾去了六榕寺，还在一个坐落在山坡上的茶馆里喝过茶。喝茶中间忽然端上了一盘炒青菜

(后来知道那是芥蓝)，曾使我大吃一惊。过去也曾跑过一些地方，在形形色色的茶馆里吃过各种茶；吃茶中间也吃点瓜子、花生，最多也不过是糖食，炒菜则是从未见过的。何况是一味炒青菜。不过这菜的味道确是不坏，到今天还不曾忘记。

这次C听说我到了广州，就又赶了来相见。我要求他还是照三十年前的旧例，请我饮一次茶，这样我们就来到了“泮溪酒家”。这是由一家私家园宅改成的茶楼，有亭台花木之胜。我们就坐在新建的大厅里，像“北园”一样，这里也有非常精致的点心，一双双小盘子里装了镶着精致花边的小点心。这是不折不扣的艺术品，不只是内容，连形式也是极美的，为什么要做得那么小呢？简单得很，那是要给茶客提供更多的咀嚼、欣赏机会。这些小点心也许各有一个漂亮的名字，可惜说不出，也不清楚它到底有多少种花色。在纤纤的细雨中，院子里的芭蕉泛出了一片新绿，阁子上的红漆髹彩映视着叠石的假山，显得异常的静穆，看不出什么火气。我注意了一下左右邻座，人们不只是喝茶，也喝酒，还有喝“可乐”的。台子上也有各式炒菜。在这里，茶园和酒家是不可分的。而一清早就在茶桌上饮酒的风景，好像也只有在广东才能看到。从“一盅两件”到丰盛的酒食、从厅里到走廊上，到处都是饮茶的客人。有的还在庭院的回廊栏杆上安置了茶具、盘盏，曲了膝踏一双脚在木栏上悠然地品茗。

我又提起了三十年前第一次在广州饮茶的经验，说到那个坐落在山麓的可爱茶馆。不料C告诉我，那其实就是“北园”。前两天我到过一次“北园”，分明看到这“园”是坐落在一条繁华的大街上，一点都没有看见山的影子。但C说一点都不会错，那就是“北园”，它的背后也确是一座山，不过现在已被新起的建筑物遮去了。

这大约可以作为今昔之异的一点证据，说明广州在这三十多年中确实发生了不小的变化。

二、“东方”和“白天鹅”

我们还参观了在沙面新建的白天鹅宾馆和早已建成、最近又装修更新了的东方宾馆。这都是具有国际现代化水平的宾馆，和我三十年前住过的“爱群”不可同日而语了。

在去广州的车上，曾经碰到一位年轻的香港旅客，不止一次向我推荐了东方宾馆，说是很不错，值得去看一下。又曾听到人们介绍，“白天鹅”和“东方”是代表了“冷调”和“热调”两种不同设计风格。“东方”西楼大厅壁上的巨型木雕“大观园庆元宵”确是金碧辉煌、给人带来火辣辣感觉的巨型壁雕杰构。带有浓重广东色调的潮汕金漆木雕，镂空处玲珑剔透，精巧而又雄浑，用来表现这样题材的设想是极巧妙的。

“白天鹅”就不同，人们说这是依偎了沙面上榕荫和婉转的珠江的一座“水上游宫”，它是俏丽、秀雅的。进门处的“故乡水”，有澄潭、假山、瀑布、花木、亭台，四面是重重白色围栏。小亭上挂着一副对联：“故人情重一江水，南园春深万树花。”这热情的宣言、欢迎辞，真会使远游归来的游子为之心醉。

在广交会期间，广州的宾馆全都住满了，“白天鹅”的二十八层主楼和一千间客房都无法进去参观，只能去看了“总统套房”。

这里使用的主要色调是绿、淡白、乳白。布置豪华却极清雅，就在套房内部也留着铺土种植绿色植物的隙地，还有假山石，宛如大型盆景。设计者使现代的建筑成就与中国传统风格结合的努力是分明的。

在广州，我们看到的现代化宾馆还不只这两处，此外还有不少新宾馆正在加紧建设，几十层高的楼面一一拔地而起了。这规模和气魄，在国内是少见的。在吸收外来文化时，采取了难得的豪迈态度，并不束手束脚，是颇为彻底的“拿来主义”。在具体运用中，又有自己的设想，同样也是大胆而有魄力的。“东方”和“白天鹅”都被赋予了起主导作用的中国基调，两种基调截然相异，但都是中国的。一切现代化的手段、装置……都为这基调服务。这就不再是简单的“拿来主义”了。

鲁迅先生写过一篇杂文，从一篇《如此广州》中所说“店家做起玄坛和李逵的大像来，眼睛里嵌上电灯，以镇压对面的老虎招牌”的事实，指出了广州人虽然有点迷信，“但那认真，是可以取法，值得佩服的”。鲁迅一直极重视这“认真”，在论述中日国民性不同时说起过，在讽刺广州人迷信的文章中也同样说到了这一点。五十年前，迷信又算得了什么呢？直到今天，也很难说就已经绝了种，不过迷信起来也有“没有出息”和“认真”的不同，这一节可就不是谁都看得清楚的了。如果我们真的能肃清了迷信，又保留了认真，那将出现怎样的一种新局面，应该是明明白白的罢。

三、六榕寺、光孝寺

三十年前曾游过六榕寺，但已经没有了任何印象。

这寺是和苏东坡有些关系的。在广东，差不多他走过的每一处地方都多少留下了一些纪念性的遗迹，真是表现了对诗人非常的情分。东坡因作诗吃过很大的苦头，被捉进官里去审查了许久，几乎论死。但终于不悔。贬到岭南，还是到处吟咏，留下了集中最后的两三卷诗。他在元符中来游这净慧寺，写下了“六榕”两个大字，还有“轼”字的签名和印记。这是真确无误的东坡楷书，即使翻刻了若干次，依旧不曾大走样。

东坡当年所见并为之喜欢赞叹的六株大榕树早已没有了，今天小院中错落分布着的是后来补种的，但也都很有了些年纪。寺很小，那座漂亮的巍峨秀特的花塔在这里显得异常局促。塔侧有一座小小的“六祖堂”，中间供奉着禅宗六组惠能的铸铜像。惠能是人们非常熟悉的开宗传代的大和尚，也是一位以不搞烦琐哲学出名的和尚，比起其他佛教大师高僧来声名是更显赫的。我想这与《红楼梦》的宣传很有些关系。住在大观园里的贾宝玉忽然看破红尘要参禅了，参禅是做和尚的第一步，这可是一种非常危险的新动向。为了消弭这一叛逆的思想萌芽，林薛是站在同一条战线上的。她们采取了“以毒攻毒”的策略，抬出了六祖。菩提无树、明镜非台。这是彻底的唯心主义，一下子就把宝玉那点浅薄的“觉悟”击溃了。

古今一切做人的思想工作的，似乎还少有这样成功的先例。两员女将简直是神速地取得了预期的战果，而且并未留下什么后遗症。

为了装点六祖的遗迹，六榕寺内也种着一两株菩提树，但这其实并非惠能当年悟道的所在，那应该是在光孝寺里。那里有着更大更古的菩提树，但当年六祖是否真的在树下打过坐参过禅，当然也难说得很。光孝寺内还保存了几座六祖惠能的石像碑刻，是阴文线刻的素描。好像较早的一座还是元泰定中的遗物，但已风化剥落得很厉害了，于是又有翻刻。碑侧有新的拓本，神采生动，在老和尚脸上流露出浓重的悲天怜人的神色，刻工不坏，想来应当根据的是更古的可靠原本，不是凭空捏造得出的。

光孝寺是粤东最古的佛教建筑。那座面阔七间的大雄宝殿，真是一座使人惊叹的带有浓重唐代特色的杰作。从照片上人们看到过日本仿唐建的招提寺；在山西五台还留下国内仅存的唐代木结构的佛殿孤例——佛光寺。这些留在人们头脑里的依稀景象现在在光孝寺大殿身上竟得到意外的印证、落实。这殿无疑曾经过多次重修，但我深信，重修只是在原有的基础上进行了加固、抽换、仿做，因而并不曾过多地改变了原貌。大殿的气势是极厚重沉着的，稳稳地端坐在那里，好像无论怎样的飓风都不能撼动它分毫。但一踏进殿门，就会立即发现殿宇的崇高巨丽，真是不可思议。最激动人心的还是殿外重檐下巨大繁复的斗拱。那规模、结构雄大而坚实，庄严而谨饬的气势，绝不是宋明以下日趋纤巧、仅存装饰意味的制作所能比拟。这只是像我这样对古建筑毫无知识的人吃惊的感受，实在并没有请教过古建筑学家。

有趣的是，在这样巨大堂皇的大殿里，却不见一尊大佛，只在一排排玻璃橱内安置了数十百尊小小的佛像，木雕、泥塑、范铜……种种不同风格、手法的艺术品，整齐地排列在殿宇中心，仿佛是一个小型的袖珍佛教雕刻展览。人们说，六榕寺是寺小菩萨大，那是指寺后靠墙露天坐着的三四尊巨大铜佛，那是清初的制作，从别处移来的。它们只能背倚高墙默默地俯视脚下的矮小殿堂。而光孝寺则是寺大菩萨小，指的就是这大殿里成群小菩萨。

光孝寺山门上悬着一块万历四年区大桐写的“诃林”匾额。这是说寺址曾是三国时虞翻的故居，诃子树是他所喜欢的树种。现在寺内也还有这树，但好像并不怎样古。虞翻是惹恼了孙吴的统治者孙权被流放到广州来的，一直到死都不能回到江南去。陈寿给他写的传里语焉不详，不能知道他们吵翻的确实原因。大抵虞翻是有些学问识见和社会地位的人物，与以豪族起兵取得政权的孙氏集团产生了矛盾。同样因政治问题而被流放，虞翻则是苏轼的前辈。

自古以来，在中原人士的心目中，广东的存在似乎只有两方面的意义。首先这地方富庶，物产丰饶，又沿海，容易得到外来的珍货，因此大家都跑来搜括宝贝，明珠大象、奇香蛮锦都是使人看了眼热的；同时广东当时算是极遥远的地方，气候又与中原大两样，这就成了政治流放的理想处所。路上起来得一年半载，把政敌送到这里，至少也能大大限制其政治影响，可以使统治者感到心安，万一经受不住殊方异域自然环境的折磨因而死去时，就更求之不得。唐朝的韩愈在贬到广东的路上，就发出过“夕贬潮阳路八千”的哀叹，心情是异常凄苦的。但韩愈并不消极，写了《祭鳄鱼文》，在他看来，海中吃人的鳄鱼与盘踞在大地上吮吸人民的骨髓的“佛骨”是同样货色。他后来终于生还了；李德裕就没有经受住考验，被政敌驱逐到领南后终于死了在这里。

四、贪泉、五层楼

在五层楼上保存着一块“贪泉”的石刻，明万历二年刻成，是从广州石门移过来的。关于这泉，屈翁山在一篇《高大令文集序》中曾借来发表过一番深刻而激切的议论。此文收入康熙刻《翁山文钞》卷一，翁山有《广东新语》，是诗人为故乡而写的名著。但《文钞》中记广东事的重要篇章却不多，这篇序则是一个例外。

“吾粤故有二贪泉。一在广之石门，一在连之五溪。来为宦者，饮之辄冒财贿，丧厥令名。即不饮之，而珠玑香翠之珍，犀象珊瑚之瑰，辄与奸商相为表里，交通于昆仑之舶，亦莫不富累巨万，捆载而归。一箧之宝，辄资数世。语云：‘登大庾岭，则芳秽之气分；饮石门泉，则清白之质变。’噫嘻！是何吾粤之不幸而为天下之膻乡；百宝丛生，货皆难得，以为有位卿大夫之玷也哉!”

翁山在这里尽情倾吐了千百年来广东人的愤懑，指出了一直被看作一块肥肉的土地与人民的不幸。“贪泉”的神话是人民创造出来赠给一切到这里来发财的“卿大夫”的。在石门树起的这块石碑可以看作对即将进入广州的大小官儿的警告。翁山所说广东落得一个“膻乡”名目的不幸，也正是一种反话。好像官员们本来是清白的，只因喝了这里的水才变坏了。

翁山又说:“乃今也，上不藏富于国，下不藏富于民，而尽藏之于百千婪吏……乃一绾粤符，亦往往于五羊之市，失其所守。”这一切，正是清初的实况。

在越秀山上镇海楼头凭栏遥望，一片绿海中的广州尽在眼底了。薄阴天气的晨雾遥遥布下了一片迷蒙，不能清楚地望到大海，朋友指点描述当年鸦片战争广州城守的形势。侵略者想正面攻取广州的图谋失败以后，却从别处偷偷登陆，问道袭取了就在镇海楼后身的四方炮台，控制了广州的形势，终于击败了守城的清军。就在越秀山前脚下，可以看见中山纪念堂的圆顶。还有中山先生当年开府建节所在的建筑……广州的革命遗迹太多了，在楼头也不可能一一看到。但这确是一个非常理想的所在，指点江山，回顾往史，无论是谁都会激动起来的吧。

广州，一座英雄的城市，也是一座历经苦难、屈辱的城市；一座古老的城市，又是一座年轻的城市。你孕育了多少志士仁人，为祖国献身、站在时代前端勇敢的一群；同时，在这里也出现过一些逆历史潮流而动的丑恶名字。你曾吸引了鲁迅前来，后来又使他失望而离去……一百多年来广州的历史几乎就是祖国近代史的一个缩影。

站在五层楼上，是不能不想起这许多往事的。这不是通常人们所说的“怀古”，这种追溯回想带给人们的不是哀伤、怀旧，不是婉转低回，而是恰好相反的东西。正是在这一点上，广州和我国许多历史名城不一样，有它独特的个性，也正是它可爱的地方。

一九八三年六月十四日

深圳

从广州开往深圳的火车上是装了空调设备的。季节刚过了谷雨，在北国、在江南还是乍暖还寒的时令，这里却已经是盛夏了。坐在阴凉的车厢里望着窗外的田野、农舍，满眼是绿，一切都覆盖在金黄色的骄阳之下。在人家屋角篱边、水溪山脚的高地上，时时出现单株或成丛的树，几乎接连不断。树身都矮而茁壮，各戴着一顶浓密如伞的树冠，有的枝头还缀满了白色的碎花。入粤以来时时可以看见榕树，它那带着南国的丰足与慵倦的巨大躯干，随落地生根的习性曾经引起过诗人苏轼的惊叹，我自信已经非常熟悉，可以不必踌躇就能辨识了。可是眼前出现的这些树呢？似乎有点像，可是比起榕树来它们却更振拔而秀特、壮健而整饬，何况有的还开着细白微黄的花？同座的朋友看出了我的专注与迟疑，就带着几分骄傲为我解释，“看，这就是荔枝。”

荔枝，我是知道的，从书本上，从书卷中，从诗句里。我也吃过。吃过新鲜的，也吃过装成罐头的荔枝，也使我明白了为什么杨贵妃那么喜爱它的因由。在这一点上，她的欣赏鉴定倒是无可非议的。可是亲眼看到生长了这神奇果品的母树，这还是第一次。我的惊喜更远远超过了在洞庭东山第一次看到成片的枇杷林。

苏轼还唱出过两句几乎谁都知道也不会忘记的诗，“日啖荔枝三百颗，不辞长作领南人。”这里“不辞”有的本子作“不妨”，虽然只是细小的版本不同，也可以从中体会出诗人细微感情活动的差异。东坡真是一位快乐的诗人，就是在那样不幸的处境中还能随处发现生活中的美丽。从“不辞”到“不妨”，可以看出他不再是勉强的，而是有点心甘情愿的在这“万里蛮荒”地方做久居之计了。在北宋，这地方确是远离中原的荒徼，但不论如何边远，它依旧是在祖国母亲的怀抱之中，又是那么美丽、丰足。诗人的心思是与今天相通的，似乎也只有在今天人们才更容易透彻地理解诗人的胸怀。

东坡惠州诗中曾好几次说到荔枝，尽情地用最美的语言加以描摹、赞颂。“海山仙人绛罗襦，红纱中单白玉肤。”怕是迄今为止最能写出荔枝神理的诗句。他又写下了长诗《荔枝叹》，从荔枝想到了封建统治者为了满足私欲加给人民群众的无穷灾难。从荔枝想到了列为贡品的名茶、奇花。终于喊出了“我愿天公怜赤子，莫生尤物为疮痏”他赞美为人民带来欢乐的“尤物”，又诅咒为人民带来苦难的“尤物”，这里表现的不是诗人的矛盾，而是现实生活中的矛盾。

铁路两侧连绵不断的荔枝树，就这样一直把我们送到了深圳。

走下深圳车站，停车场上是一片大太阳。

车站也许本来并不小，可是现在显得很小。到处是尘土、车辆。一阵阵土灰是给开过的汽车卷起的，形成了一阵阵混浊的旋风。太阳光好像把空气里的水分全吸尽了，只剩下弥漫着的汽油味，周围零乱地散布着木板、铅皮临时搭成的小房子，供应着饮料和杂货。等车时我们在太阳底下站了并不太久，可是感觉上却很长很长，四面察看也找不到一小块可以躲进去的阴凉。

好像在什么地方看见过这种场面。我喜欢这一切，喧闹、繁忙、杂沓、灰土、汽油味，这一切充满了生机的人间味。

我想，这也许就是小时候从电影里看到的那种美国西部小城镇的场景。

这是一种奇异的联想，那些描写美国中西部早期开发故事的电影，照例有牛僮、警长、强盗、美人种种角色出现，演出着几乎是千篇一律斗殴、枪杀的爱情故事，很有点近似我们的武侠小说。过去了许多年，故事早都忘了，只剩下一些零碎片段背景的印象。还有，就是那氛围。而这正是我所喜欢、怀念着的东西。

一离开车站，眼前就展开了更为扩大而真实的书面，也进一步落实了那点迷茫、朦胧、似乎是被唤醒了的喜悦与激动，一切都一下子变得明确了。在这里，人们用双手紧张而忙碌地安排着未来美好的生活，而且是用了那样的速度，在这地方现在和未来的距离好像比很多地方都更小。这是不能不引起人们的激动的。

平坦、宽展的路面几乎一半还是裸露的，没有披上柏油外衣。工人们在路上挑土、运料，使用的还是古老的扁担粪箕；可是就在那路侧，十几层、几十层的楼房耸立起来了。它们也是裸露的，只是一连串钢骨水泥的框架，没有一点装饰打扮。这样的高层建筑是整条街地兴建着的。有耸入云霄的吊装机的钢架，有五颜六色、各种型号的推土机、铲车和起重机械，大小卡车就在裸露不平的路上穿梭般来去，扬起了更高的阵阵烟尘。

深圳并不大，车子转了没有几个弯，只花了三五分钟就来到了住处。可是就在这块两平方公里地方（后来知道这就是“罗湖小区”）几乎不留空隙地建造着高楼。到处都是一路上所见的忙碌施工现象。在这里，只有十八层以上的才能算高层建筑。计书兴建的一百九十八幢高楼现在施工的就有近四十幢，这中间就有四十八层一百五十米高的国际贸易中心大厦。工人们平均六七天完成一层结构。更快的如湖心大厦是五天，翠竹楼只用三天半。他们采用的是滑模施工的新工艺。

住处一安置好，我就跑到屋顶平台上去看风景。四月半的太阳有一种透明的金黄色，从高处可以看到远山和天空中的云彩。这种澄明、艳丽的彩云，好像除了昆明以外我还不曾在别处见过，只差不能那样快速地变幻着颜色。身边近处是一块老城区，这就是宝安县的旧址。后来我们曾在这里走过，县人民政府的一些机构依旧设立在这里。人民法院门口照样放着两条黑漆长凳。整条街上无论是机关还是店铺，都还保留着旧日的风习，保留着一个古老的广东小县城的格调。可是围绕着这老城区，一大群崭新的高楼拔地而起了。有的还只是空落落的骨架，有的则已完工。现代化的、高耸的、像孩子堆的积木似的高层建筑的群落包围了古老的城区。这真是一种壮观的风景。高楼脚下有临时建起的各种工棚，身边是各种型号的起重塔吊，它伸出了长长的手臂，稳重安详地将大小水泥构件提高、放下，从远处几乎听不到任何噪声。傍晚了，塔吊还在工作。吃了晚饭回来再看，塔吊依旧在默默地工作。天黑下来了，塔吊高处亮起了红色、绿色的灯，在深圳的夜空里缀满了炫目的星光，恍如disco舞池的天幕。只是这里没有疯狂、急促的音乐，一切都是静静的，但建筑工人们依旧在默默地紧张地工作。夜已经深了。

在袖珍的《中国地图册》里，广东省“广州附近”附图中，在大鹏湾的嘴边，可以找到“沙头角”这个不起眼的地名。但在这一带，总共也只标出了两个地名，另一个是“宝安”，也就是深圳。

沙头角是一个小小的沿海渔村。深圳河经过这里入海，注入大鹏湾。从深圳乘车来，要经过梧桐山。山上有盘山公路，公路两侧是布满山峦的松杉，蓊蓊郁郁，增添了山中的幽邃。除了行驶着来往的车辆，这里几乎是没有人迹的。车子攀上了山巅，眼前的视野顿时开阔了。极目望去，远处是一片碧色的海，与绿得带些沉黑的山相映衬，不禁眼睛一亮。这是很美丽的风景。从山头望海，与海滨所见感觉是不同的。并没有浩瀚、平衍、雄奇之类的感受，大鹏湾里的海，就像安置的书桌上的一双别致的注满清水的笔洗。圈口边缘处有异样的纹饰，细看时才发现这儿有一排小小的建筑物，这就是沙头角的一条街。

一八九八年清政府在一项卖国条约中把从九龙到深圳河南的土地“租”给了英国。在划定新界时，沙头角的一条街被割成两半，取名“中英街”。这地方颇有点神秘，谁都有兴趣来看一看。一条街两侧居住的同是黄帝子孙，但却生活在不同的社会制度之下。

汽车下山时沿着峡谷前行。在公路一侧三五十米地方就是“分界线”，这是用高矮两重铁丝网组成的，不时还可以见到一些碉堡。“十年动乱”中在这里搞过所谓“政治边防”，到今天我们还可以从人们口头听到一些有关的故事。不过从说故事人的口气中可以听出，他们已经丧失了一点必要的兴致，意思仿佛说，“事情已经过去，就不必再让它在心里占领不必要的位置了。”就在这里那里公路一侧，在山崖平地处有大树生长的地方左近，可以看到新盖起的一座座小洋房，有人就索性称之为“别墅”。这倒是有点夸张的。房子小巧玲珑，多半是双层的小楼，材料是砖木水泥，装饰带着明显广东地方色彩，有点洋气但不多，还少少沾点俗气，质量也说不上是怎样高级。没有时间下去参观，可是听说，这种普通农民的住宅，里面装备了高级的家具，彩色电视机、洗衣机、电冰箱、收音机、音响组合……人们述说这一切时，显得平平常常，并不以为有什么值得大惊小怪处。我相信这也确是极为一般的普遍现象。

也许这就是人们称沙头角为“特区里的‘特区’”的原

因。同样，人们为什么对十年前的“政治边防”带来的一些真正奇奇怪怪的事件丧失了兴趣，也可以从这种变化中得到解释。这两年，人们不是走出去，而是搬回来定居了。这一切变化都是党的十一届三中全会以后逐渐出现的。

进入沙头角前在海关入口处等候了好半日。人们排着长队在等候检查证件。这时是十时半，已经有人陆续从沙头角街上回来了。这多半是住在近处的农民，也许就是那些“别墅”的主人。他们是去采购食物和日用品的。每人都有一副小扁担，挑着饼干、快速面……以食物为主的杂货。引起我很大兴趣的是一些中年老年妇女的装束。她们穿着可能称作“唐装”的民族服装。这是一套缝制得非常细巧的黑绸短衫裤。料子是讲究的，式样是纯粹中国式的，而且是古的，我想。她们头上有的罩着一块黑纱巾，顶端束着花样新巧艳丽的丝带，衬着黑地的绿叶红花好看得很，花样各不相同。有的老太太头上戴的是竹笠，也编织得极精巧。顶部有一圈空隙，露出了发髻。圆圆的竹笠周边缀了一圈黑纱边，下端是精巧的流苏，恰好下垂到眼角处。这真是一种非常美丽实用的夏日服饰。猛然想起，似乎在什么地方看见过这种竹笠。是了，那是昆曲《千钟禄》里的建文帝，好像戴的就是这种帽子，也许细节上有点差异，但无疑造型是一致的。

建文帝在燕王攻破南京、火焚大内宫殿时下落不明了。是被烧死还是逃出了火海，后来就一直成为疑案，好像到今天也还没有定论。像《从亡随笔》这样的著作在明代中晚期也出现了，她像建文确是逃出虎口，逃到西南一带，在许多地方住过，后来终于当了和尚。有一本《月山丛谈》，就记着："或又谓建文出走，自闽入广，止于贺县，娶妇而生孝穆。寻又他从。"照野史的说法，他是到过广东的，后来又到了广西。那么他在舞台上的服饰与今天深圳妇女头上的竹笠有没有一点关系呢？

胡乱想着这类有趣的问题，不觉已经轮到自己进入沙头角街上的机会了。关于这条"神秘"的街，人们的结论是，如果只是走马观花地来回走一转，五分钟也尽够了；如要过细的观察、浏览，怕就要两三个小时。这结论是的确的。这地方据说是"百货杂陈"的，但并没有书铺。

等我们走出海关，回到广场上等车时，太阳已经升到了中天。小榕树已不起作用，只能逃到一个堆放垃圾的水泥房子的檐下去。好在垃圾不多，还有很好的过堂风，也没有什么气味。

从什么地方看到过，现在每天来到深圳的中外客人已经几乎接近了它原来的人口。这恐怕正是事实。就在我们住宿的旅舍，每天在餐厅里都能看到圆台面上放着好多张卡片，上面写着就餐者的单位和人数：××市政府、××矿务局、×校教授、××参观团……卡片常常调换，但从不空缺。这些来自全国各地不同身份的客人，当然都有他们各自的任务。交流经验，洽谈业务，讲课，开会……像我们这样只是来"观光"的是很少的。但也许并不少，我没有准确的统计材料，说不清楚。

观光也有种种不同的方式，其中又有许多讲究，各人的目标与收获也是不同的。像我们这样来去匆匆的过客，说不上什么深入的调查、了解，至多也只能感受一点气氛。但我觉得，即使如此，也还是得到了很大好处。譬如，当我们乘车驶进蛇口工业区，在新开的很好的公路上行进时，经过了几个建立不久的厂地，看那规模并不太小，却几乎不见有工人在这里走动。这就是一种看来奇特的现象。照我的经验，内地类似规模的工厂，照例必有一个堂皇富丽的厂门，必有一间或几间传达室，经常会有不少人进出或聚拢来议论这样那样的事情。但在这里却一切都不见。

汽车再开进去，我在路边发现了一面熟悉的大标语牌，注意看时，才知道上面写着的是少见的新鲜口号。还不等我取出小本，车子就匆匆地过去了。这使我一直很懊恼，直到在一张报纸上发现了口号的原文为止：

“时间就是金钱，效率就是生命。事事有人管，人人有事做。”

最初看到这标语时的反应是，这不是资本主义的口号么？接着思路一转，忽地觉得它简直就是一道声讨“铁饭碗”和“大锅饭”的檄文。紧跟着自然就悟出了那些工厂“门前冷落”的真正原因。人人都去管自己分内的事去了，因而没有闲谈的余裕。悟出了这点简单的道理使我异常高兴。

没有找到负责人，我们真的是“走马看花”地转了一圈。一下子就开到了一处新辟的游乐场地。这是在一个山坳里，中间还有一个水塘。山边水涯都点缀了一些风景点，有红红绿绿的亭子、水榭……看得出这是在很短的时间里匆促布置起来的。如果请园林专家来参观，大概可以指出不少缺点来。但我想也不必如此严格地要求这些创业者。太阳实在厉害，四处寻找可以遮阴的地方，忽然发现前面有几排铅皮搭起的小房子。姑且走上去看，不料意外地找到了带领一批年轻作者在这里修改作品的韦丘。

他们就住在这些小房子里。每间又隔开前后两半。一张床、一双小写字台、两把沙发，就占去了房间的五分之四。主人正穿了背心短裤在埋头修改文稿。要是没有空调机，这铅皮小屋大约就是一座利用太阳能的理想烘箱了。

韦丘同志给我们介绍了蛇口特区的概况。有一些报纸上没有做过报道的情况倒是值得思索的。

他提到特区中青年人普遍的“不满现状”，不过这说的是从积极方面对现状产生的不满。在经济生活得到改善以后，经济结构也随之改变，青年人站到十字路口了。在这地方，几乎每个青年人都成了拥有电视机……的“七机部长”，接下去要追求些什么？推动生活的力量从哪里来呢？

在我们曾经参观过的“西丽度假村”，二十五元港币一张门票的主顾是青年工人，一元二角一瓶汽水的买主也是他们。这是一个方面。青年人中更为严重迫切的“危机感”则是害怕落后。他们拼命地学文化、搞写作，探求人生哲理。他们中间确有人才，人才来自四面八方。业余学校人满为患了。这些新产生的问题，是不应加以忽视的。

坐有铅皮小屋里（这种小屋租给假日从香港来度假的旅

客时每天收费港币九十元)，听着新奇的情况介绍，我想了许多。想到大约二十多年前，我在上海郊区闵行黄浦江对岸农村里劳动。在田里干活，有时会看到壮实如小牛犊的青年农民，忽然扔下手中的铁塔，向对江长叹，说："一见闵行大烟筒，生产干劲就要松"。往往使我疑虑、畏惧，无从解答也不敢思索，不知道到底出了什么问题。今天也听到了不少出现在青年农民中新鲜而奇特的问题，不过比起闵行农民的感叹，则是属于完全不同性质的了。何况人们今天是无保留地摊开，大声地议论，思索着问题产生的原因，寻求着解决的途径。这可完全不再是二十多年前的情景了。要说这不是进步、不是飞跃的进步是不可能的。

带头在党的领导下奋勇改革、逐步摸出了"蛇口方式"的人们也曾有过这样的感叹，历史上搞改革的都没有好下场。不过他们并未被这"历史真实"所吓倒，因为他们懂得今天的社会主义祖国已经不再是过去的旧中国，也不会再走大的曲折、折腾的痛苦道路了。

离开了铅皮小屋，我们又到海滨去走了一转。为什么会有"蛇口"这个名字呢？那是因为在深圳湾畔有一座八十多米的小山，它延伸入海的部分正像扁平的蛇口。在正午的阳光下的海滨是非常美丽的。正是万里晴空，碧蓝无际。隔海对望就是香港的元朗。从地图上可以知道，珠江口这一带海域，就是著名的伶仃洋的所在。中国人民从文天祥的诗句中早就熟悉了这名字。海滨有新设的餐厅、百货店，顾客如云，我看旅游者并不多，多半是这里的建设者、年轻人。他们推着自己的自行车，停下来，走进去。极有兴趣地看陈列着的商品，研究着，挑选着。他们是这地方的主人。他们用自己的双手建设着新的生活。

深圳是一个可爱的地方。这里正在进行着一种重要的没有前例的实验。实验的成果不论是成功的失败的，对向四化进军的中国人民都有重要的参考价值。可惜只有短短的三天，还没有细翻这本大书，就离开了。

一九八三年七月九日

天津二日

到北京开会，顺便到天津住了两天。走出车站就看见街头积雪未退，地上是一片黑色的泥浆。太阳光很好，但扑面而来的北风却是凌厉的，虽然还没有到刺骨的地步。这就一下子勾起了几十年前的旧印象，对这地方立即熟悉起来了。在旅馆里看见报纸，知道昨夜的气温曾下降到零下十七度，是本地多少年来少有的严寒。我想，这正是对远方归人特意安排的招呼和问候，就像是说，“还记得我么?”怎么能忘记呢。严冬的风雪带来的正是心头的温暖，这种感情并不是随便谁都能体会的。

第二天借了一部车子上街，走过了许多熟悉而又陌生的地方，还到了远郊新辟的住宅区去看望了朋友。这才使我懂得天津确是大大地变了。在车上随时都会看到一些生疏或熟悉的地名，正想仔细看时一下子却又过去了。有些地名，过去听说过，知道那是离开市中心颇远的地方，但现在却已成了闹市。如佟楼，这是清初诗人佟蔗村的故居所在，他是出资为孔尚任刻过《桃花扇》的。这地方有他所造的“艳雪楼”，在浣花村旁，大概是很有特色的建筑吧，人们就叫它

“佟家楼”，又简化为“佟楼”。今天当然什么遗迹都没有了，只留下了一个名字，也是很有意思的。还有比佟楼年轻得多的“北海楼”——三十年代就已衰落了的一家商场，我去逛过，它的名字和荒凉冷落的面貌都给我留下了深刻的印象。这次行经北马路，想打听一下，不料驾驶员同志就从来没有听说过这地方。我觉得好笑，这并不是值得感叹的题目，只是说明，自我离开这个地方以后，历史的大书又有许多篇页翻过去了。

奇迹的出现是在北大关上。这是我在天津读书时来往很熟悉的地方。四叔父的外家住在这里，每逢周末我都要回到这里来过夜。星期天下午又从河上摆渡到对岸，乘电车回东南城角去。那夕阳下唤渡时总要出现的惆怅迷惘心情，到今天也还回忆得清晰。现在渡口添了一座便桥，穿小胡同走进去，低矮陈旧的民居，五十年前的儿时巷陌竟自依然如昨，只是没有听到卖煮蚕豆（这是被称作“捂豆”的）的叫卖声而已。敲门进去，只见到了外家的第三代，说起旧事来都还合榫。在谈天时才知道，八年前的大地震，这一片低矮民居却奇迹似的保存了下来，几乎没有什么伤损。

北大关前能开阖的吊桥早已变成了新桥。通向北门的那条马路也早已非复当年的旧样了。桥堍巷底有名的正兴德茶叶店已经搬到街上。我走进这家历史悠久的老字号，替外祖父买一两块钱一斤的香片，回去装在一只大茶叶罐子里，上面压上一只大红苹果。这样沏出的茶就不只有茉莉花香还带了一股浓郁的苹果甜香。这样的茶我也是几十年没有尝过了。

记得当年过北大关桥、进北门脸、过鼓楼就能看到一座牌坊。并不怎样旧，上面写着“明费宫人故里”六个大字，大概是华世奎的手笔，记不真切了。这六个字好像就写在圆洋铁片上，草率得很。在天津，这种有三百年历史的遗址当然有资格成为遗迹，不过它的真实可靠性到底如何，就连写《志馀随笔》的高凌雯也是怀疑的。

“旧传费家胡同为指挥费氏所居。华氏缄齐谓费宫人疑即指挥佥事费敬之族，后遂榜为‘费宫人故里’。案费宫人杀贼事见明史，盖采野史书之。然若吴梅村毛西河所记载，皆不详其居里。嘉道以来始有谓为天津人者，至今称道其事。佥云得之父老传闻。然彼父老又何所据耶？存其说以俟考可矣。”

这里采取的是谨慎的态度，但怀疑的只是费宫人是不是天津人这一节。至于这一传说的本事则确是见于史籍的。《国榷》卷一百记：

“宫人费氏年十六。投智井，贼钩出之。诒曰：‘我公主也。幸择吉成礼，死生唯命。’罗置酒醉甚，费刃断其喉死，因自刎。”

像这样的传说故事，并不一定都是捏造的。一时诗人文士都因此得到了好题目，纷纷题咏。在当时，对入关的清是必须谨慎对待的，不能随便发泄亡国的怨恨。但对农民起义军则可以不必顾忌地放手议论。那位分得了费宫人的罗姓又正是李自成的部将。于是在梅成栋编刻的三十卷《津门诗钞》中就可以找到好几首有关的题咏。较早的一首是乾隆中诗人陈大年的七古《费宫人歌》，看他写道：

“太白东出明夜月，搀枪横斗精光发。内臣歌舞宴春宵，将军剑戟沙场没……欲雪国耻者为谁，宫中有女心如铁。恨非男子握兵权，但凭短剑补天缺……满腔热血尽已倾，再无一计复王土……”

诗人的矛头所指是断送了朱明三百年社稷的腐朽官僚集团，感叹的是无可奈何的亡国之痛。乾隆中南皮张大复有《费宫人刺虎歌》，在结尾处说：

“吁嗟乎，费宫人。位不及，充华尊；力不敌，贲育伦。一时公卿多献身，纷纷匝降尽将军。慷慨行其志，忠烈出幗巾。姓氏昭青史，里居竟不闻。（传是天津人）令我怀古思酸辛，吁嗟乎，费宫人。”

几乎表达了同样的感慨。值得注意的正是他们在表面文章后面隐伏着的实在感情。

到了嘉庆中，宝坻高浚璜就有“天津城内费家胡同传是前明费宫人故里，感而赋之”的两首七绝，可证早在乾嘉，费宫人故里的传说就已家喻户晓了。

使费宫人故事更为广泛传播的自然是清初的传奇《铁冠图》和传为曹寅改编的《虎口馀生》（又题《表忠记》）。昆曲《刺虎》一折后来成为影响颇大的舞台保留节目，与《刺汤》题材相类而更具特色。无论原作或曹楝亭的改本的编写意图如何，他们都强调了清兵入关的应天顺人，把谴责的目标指向李自成及其部将李过（一只虎）和整个农民起义军，起了转移斗争目标的作用。这也可以算是戏曲史上体现强烈政治斗争意图的一个好例。

至于费宫人，无论她以一个十六岁的小女孩被弄进宫去，还是后来当作货物分配给了新的主人，她自始至终都是一个被压迫、被迫害的无辜的女性。她的那些“贞烈”的正统观念，也多半是后来的诗人、曲家强加给她的，并不足凭信。她到底用自己的血捍卫了生之权力，她的不幸是封建社会妇女的不幸，是值得同情的。

一九八五年一月二十一日

好水好山

到安庆的第二天，朋友就陪我们去江边的迎江寺，攀上了江轮靠岸前在晓雾中看见过的振风塔，还看了山门外放着的两只大铁锚。据传说，这是用来“锁”住本地的“文风”的。真是有意思，难道“文风”这种虚无缥缈的东西真能用什么法宝锁得住么？这样的奇思妙想，看来只有读书人才会有，并非朴实农民的原意。我想实际的情形怕是这样：安庆这座狭而长的江城看起来正像一条船，迎江寺则恰是船头所在。那么用两只大铁锚锁住这“船”，使它不被江水冲走，正是一种合理的愿望。隐藏在传说后面的正是对洪水的恐惧——在人力还不能控制自然时出现的一种无可奈何的恐惧。

在安庆，可以数得出的名胜，今天好像也只剩下了这迎江寺，这是不能令人满足的。

我们借住的新落成的“状元府宾馆”其实就是一处“古迹”，虽然并没有留下任何当日的遗痕。这地方的旧主人是崇祯元年的状元刘若宰。他的故居在一八六一年被清军烧光了，但关于这位状元的传说却至今还没有消失。在这去，地方上出了一位状元确是了不起的大事，难怪人们念念不忘。明清两代，也许这里只出过这么一位状元，这样就可以懂得为什么人们要苦心地把“文风”锁住了。

宾馆后身有一处叫做天台里的地方，据说是阮大铖的旧宅。阮胡子是怀宁人，他写剧本用的笔名是“百子山樵”，这百子山就在怀宁。在阮胡子眼里，状元自然有它的分量，忍不住要借刘阮的故事在地名上玩点花样来和状元公拉关系。他实在可以算得是一位“地位名人”，不过因为名声太坏，似乎已被取消了“乡贤”的资格。其实这也不必如此。地方上会出现各种人物，不应只有“好人”才被承认。一出戏也要有正反两种角色，演起来才好看。可惜这样浅显的道理，并不是人人都能同意的。

现在旅游事业发展了，各地都在努力重修或恢复地方上的名胜古迹，随之而来的是两方面的问题。有些历史名城古迹多得很，又没有深入调查，心中无数，整修时不知道怎样下手才好。这样，一方面有些旧迹照旧被破坏下去，同时又有人热心于制造新的“古董”，去抄香港“宋城”的老谱。这是一种畸形的不正常的现象。另一种情形是地方上原有的遗址太少，大有无从落笔之叹。在安庆，我们访问过一位八十开外的老人，向他请教当地的历史情况。老人劈头就说：“你们看过电视片《话说长江》么？当过了武汉，到了九江，心里盼着下面该是安庆了。不料，没有几个钟头就一下子过去了。”老人的意思我是懂得的。安庆，这实在不应该是被一笔带过的地方。《话说长江》是一部优秀的电视片，也许因为表现上的困难，在安庆找不到什么值得上镜头的事物，这才匆匆带过，造成了缺陷。我想这是可以也应该加以补救的，虽然要找出什么出色的风景点来是困难的。

我们是来要求老人带我们去寻找太平天国英王陈玉成府第遗址的。这位太平天国后期的英勇统帅在这里曾经有过一座府第，后来被清军破坏了。至今传说中还有种种不同的说法，不能指实。蒋老先生是做过仔细的考证的，他根据当时人的记述，参照书面文献，肯定这应是在今天国货街三十四号的地方。

我们从图书馆的楼上下来，走在洒满了秋阳的街上。这里是市中心，老人指着远处市府门前的停车场说，“那就是过去巡抚门的东辕门，徐锡麟刺死了恩铭，被巡抚的亲兵捉住，就在这地方被杀头、挖心。”现在这里是一片繁忙景象，车辆行人匆匆来去，谁也不会想到这里曾经发生过的往事了。

国货街是四牌楼附近一条横街，光绪初这里造了一座清节堂，据《徵信录》，“清节堂屋地基，係宫保（曾国藩）克复安庆省城，存留伪府，始为行台，继为皖省通志局……改建皖省清节堂。”原书附图还刻有“伪府外垣”“伪造房屋甚多，久经归民架造三四牌楼正街市屋”等附注。这里的“伪府”“伪造房屋”无疑都指的是英王府和它的附属建筑，说明府址原来的区划要一直延展到“四牌楼”，这是安庆至今最为繁盛拥挤的一条街道，一些上百年的店铺依旧开设在那里，也仍保持着昔日的繁荣。至于这英王府的大门却实在已经不成样子，当然这不是当年的旧样，也许连边门的规模都够不上。进门后是一条狭窄的弄，也已经破败、芜秽得可以，地上零乱地铺着碎砖，上面覆盖着潮湿的青苔。这地方现在已经被分割成若干家民居，只在迎面的楼屋上还能看到几楹褪了色的红漆窗格，保留着百来年前的风貌。折进去又是一条狭弄，墙角就是一间厕所。一位年老的居民走过来，向我们打听什么时候才来拆除旧屋重建。他自然不知道或不想提起这里曾是英王府，只关心着改善居住环境，这种心情是可以理解也应该给予同情的。像这样状况的遗址，要想恢复原状或保持某些原貌都将是不实际的。那么在将来重修新屋的时候，竖起一块“英王府故址”的石碑也尽够了。

有趣的是当年曾国藩在攻破安庆后留下的观感，这都保留在他的日记里。他是在一八六一年（咸丰十一年）九月五日安庆被攻陷的前一天赶了来的。十几天后在日记中记：“克城之后，房屋完好，器具足用，亦从来所未有也。开船至南门登岸，移寓公馆，即伪英王陈玉成府也。”曾国藩的幕僚赵烈文在日记中也说：“二十五日辛巳，晴。子偲先生昨约进城，遣小舟迎之来。饭后同行到督帅行署，伪英王府也。在城西门，府屋颇多，不华美，亦不甚大，门墙皆彩画而已。”（能静居士日记）子偲就是莫友芝，当时也在曾幕。他在书籍跋语中常常提到的“皖口行营”就指的是安庆城外湘军的营地。

曾国藩在太平天国天京陷落之前，就一直驻在安庆指挥战事。他是深深懂得安庆在战略地位上的重要的。失去了安庆，武汉至南京这一段长江水域就会变成一条死蛇，首尾不能呼应，不能控制上下游了。就在清军合围金陵的江南、江北大营危急的时候，他也千方百计地拒绝清政府移兵往救的命令，依旧死死盯住安庆不放。事实上太平天国后期的重点战斗就是安庆的保卫战。陈玉成与湘军、楚军（胡林翼）相持数年，最后终于失败了，安庆陷落。从此天京就失去了最后的重要上游屏障。

围攻安庆的湘军由曾国荃统帅，驻集贤关。这地方正好在出安庆去合肥的公路上。我们有机会去看过一下，公路通过一处狭窄的通道，两侧都是连绵不断的石灰山，山麓现有开凿山石的工厂。今天看来还能想象当年这里的险要形势。这是安庆的最后一道屏障，攻下这座“一夫当关、万夫莫开”的关口，安庆道上就再也无险可据了。当年两军拼死争夺的情景是不难想象的。在归途上经过一处叫作“红水塘”的地方，就是当日反复争夺过的战场，流的血竟染红了那一片水塘！听说不久前这一带还能看到当日太平军掘成的长长的壕堑，现在已经平整了成为新建工厂的基址。

这是一处典型的古战场。说它古也不过才一百多年，但却是值得人们纪念凭吊的地方。保护这样的历史遗迹应该寻找另外的途径，种点花草、修两处亭台的老办法是不起作用的。想拍入镜头，书面也一定不会好看。不过我们一定不能忘记这地方曾经发生过的事情，不能一笔带过。

在安庆保卫战中，三河一役是太平天国赢得的一次大胜利。多少年前读到过有关这一战役的记载，说是战斗结束之后，太平军清扫战场，被打死的湘军军官散落在地上的红蓝顶子多得要用竹筐来盛。这印象至今还清清楚楚。这是非常出色的战场速写，是能抓住现实斗争中本质的东西并具体形象地表达出来的好例。如用清军将领的话来说，那就是胡林翼下面的几句话，“三河败溃之后，元气尽伤。四年纠合之精锐，覆于一旦，而且敢战之才、明达足智之士，亦凋丧殆尽。”曾国藩在给友人信中也说，战后湖南湘乡，几乎“处处招魂”。

三河在合肥附近。被歼灭的是湘军主力李续宾部。一八五八年夏李秀成、陈玉成战前曾在枞阳召开军事会议，参加会议的有太平天国安徽各地将领百余人。会议在枞阳城北金鸡山下的望龙庵举行。会后就被清军焚毁，现在的后殿是后来重修的，至今还保存完好，是省级重点文物保护单位。

从安庆去枞阳，几乎有一半路在江堤上走。沿江种着柳树，矮矮壮壮的，在提上几乎看不到江面，堤下是一片沙淤，偶尔有几块地方种着水稻，收获全看江水的涨落。堤北沿岸农家都在门前摊晒新棉。有时也看到挑着柴担的人在堤上走。这里的公路不大好，远不如南岸公路路面的平整。在堤上远远可以看到大片的湖泊，枞阳城关几乎就是湖泊中间的一片岛屿。人们一一指给我看，前两年大水，都淹没了些什么地方。

胡林翼是懂得枞阳在战略上的重要地位的，他说，“枞阳为安庆之吭首，不得枞阳，不能合围，即再屯兵十年，不能制贼要害。”果然，杨、彭水师和太平天国叛将韦俊攻下枞阳以后，安庆就立即陷于危迫。后来陈玉成率大军解安庆之围，也因韦俊出枞阳断太平军饷道，不能不退兵。

望龙庵在枞阳城关北面一公里处，在一座砖厂后身，就坐落在一片高阜上。围墙外有小小的庵门，进入花木扶疏的庭院，正面是一排三间的后殿。这里陈列着不少太平天国的遗物，有照片、复制品，也有当时的原件。在这里我第一次看到太平天国发给当地居民的结婚证书——“合挥”。在一条狭长的纸条上注着编号、新夫妇的姓名，发放者是“绮天豫队议政司”。另外一张珍贵的展品是英王一八六二年从庐州（合肥）寄给沃王张洛行的信。原件右上方写着“英王陈书致沃王张洛行贤弟阁下”字样，上盖圆印。结尾处写“太平天国壬戌十二年正月十四日自庐州郡发”，其中“十四”两字用朱笔填字。上盖长方大关防，四面套刻双龙戏珠花边，印文一行，“太平天国九门御林忠勇羽林军英王陈玉成”十八字。信的内容是要与张沃行“面议一切军机”，“为此特行书致，祈贤弟点派一二队官兵，并马兵数百骑，下游前来庐郡北乡青龙厂一带屯扎，嘱行文与兄，以使兄出司前来与贤弟面议一切军机，以图大征大剿进取之机。书到依行，幸勿负兄殷殷之望可也。至嘱，切切！”虽然不能断定是否英王的亲笔，但字迹草率，绝不工整，绝非出自有较高文字水平的文士之手，是无疑的。信中反映了太平军与联合作战的捻军之间的关系，用的并非上下属之间的命令口气。信的前半有“叠行书致，密递前来”的话，可见这些信都是突破了清军的封锁寄出的。太平军作战遗物则有礌石和从墙基下面出土的炮弹，一种实心的铁球，大小和运动员使用的铅球一样。

这样三间小小的后殿是无论如何也坐不了一百来位将领

和他们的随从的。悬想被毁的前殿和附属建筑一定还要宽大得多。一百多年以前，一群穿着异样服装头饰的农民起义军将领就在这里商议进军的战略。他们都是年轻人，陈玉成这位使清军闻风丧胆的英勇统帅当时不过二十多岁，忠王李秀成也只少长十岁左右。他们也都不是彪形大汉，也毫不粗鲁，动作轻快、活泼而优美。他们进行会议也必不采取想象中整齐严肃的形式。总之，应与某些影片或电视剧中提供的情景不同。就是这样一群年轻人以自己的聪明和勇敢彻底消灭了湘军的悍将李续宾和他率领的王牌军，使这个连陷九江、太湖、潜山、石牌、桐城的不可一世的湘军将领不能不在败军中自杀。坐在后殿侧屋里慢慢啜着淡淡的本山茶，头脑里回旋着当年破晓激战、内外冲杀的场景。战斗结束，地面上到处都散落着清军将佐的纬帽，帽上红蓝顶子闪着清冷的光泽，就像窗外盛开的秋菊枝头的花朵。

枞阳北部靠近桐城处，有一座浮山，是一座保留着许多遗迹与古代摩崖石刻的名山。山脚是一处中学，规模不小，是就原有的大华严寺旧址扩建的。车子停在山门外的一片绿荫之中，几株参天古树和嵌在墙垣上的万历二十八年（一六〇〇）“圣旨碑”都说明庙宇和树木已有了四百年以上的年纪。据说过去的树木还要多得多，经过“大跃进”那些年的斩伐，现存的只不过是零星幸存的劫遗。

我们沿着山边小径到“双瞻阁”去。这里过去是浮山中学创办人房秩五的别墅。经过油漆彩绘，远远望去，像是嵌在远山脚下的一枚钻石，当然，色彩不免少嫌艳丽了些。站在阁前瞭望，眼前是一片开阔的农田，据说从这里可以望见秩五先生双亲的葬地，这就是“双瞻”的由来了。

在午饭桌上讨论游程。时间只有一个下午，主人说，如要游浮山，就来不及到方密之墓上去。我想，远道来到这里，一个重要的目的就是访问晚明“四公子”之一，后来作了遗民和尚的方以智的埋骨之地，游山却只好放在第二位。在终于取得了游伴们的同意、饱餐了一顿米粉制成的面条以后上路了。

沿着山麓北行，盘旋着渐走渐高，在正午的秋阳下攀涉，踏着山间崎岖的樵径，不一会已经满身是汗。这时已经进入重叠的山峦深处，几经登降，跨过了几座山头，远远望见前面遥峰高处有一座三重白石叠成的墓道，这就是方密之墓了。又走了好一会才来到墓地脚下。这里也新经过修整，护墓的石础都是新的，也保留了一些原来的石条、碑碣。气局颇为宏伟，因为是傍山筑墓，墓道自然形成阶梯。站在墓前眺望，左右是两座小山，面前应是一片湖水，不过现在已改为稻田，不再如墓前石刻联语所说，“名山胜水共千秋”了。

密之的墓在石坊后面，并排同葬着的是夫人潘氏。后裔所立的墓碣很小，藏在墓后。不书新朝甲子，也不遵从释家规制，据说这是遵从密之遗愿，从中可以窥见遗民心事。

方以智与侯方域、冒襄、陈贞慧被称为明末金陵“四公子”。他们各有一位好父亲、一份好家业，同住在南京，同样过着诗酒风流、买笑徵歌的昏天黑地日子。和历来的清流一样，也同样喜欢议论朝政、结社会文。攻击阮大铖的“南都防乱公揭”一案，他们四人都是重要的当事人。这是典型明末贵公子的标本，但除上列一些条件之外，还必须有出色的才情、能写一手好诗文才算够格。这是他们区别于同时的“高干子弟”之处。但经过了一番天翻地覆的“国变”，在残酷现实斗争的考验之下，他们的晚节则是不同的。曾辗转西南参加残明的政府，后来终于作了和尚的，四人中也只有他一个。不以文学家自限，还写下了多方面的著作，探究哲学、作考证、讲医学的，在四人中间也只有他一个。他后来虽然出了家，做过浮山华严寺的主持，到许多名山僧寺去主讲，但他始终是一位逃禅的明遗民。这一节就更与其他三位大不相同。

密之晚年在一次“粤难”中被捕入狱。此案的始末详情今不可考，但无疑与西南旧事有关涉，以密之的经历，交游、言行（即使是在出家以后），被罗织进去是完全不奇怪的。说不上牵连，更不是什么“冤枉”。辛亥（康熙十年，一六七一）冬，他被押解由江西去岭南，舟次万安惶恐滩，在风浪颠簸中死去。

从方墓背后翻上去，一路简直就没有路，在荒榛野草中行进，偶然发现残缺不完的石级也不知道是多少年前修筑过的。这时已经可以开始领略浮山的峻削陡峭，处处是下临无地的悬崖，在悬空的石壁上凿出了数不清的窟穴，往往整片山脊都布满了摩崖石刻。年深日久，苔藓丛生，读碑实在不容易，何况时时要照顾脚下，担心滑跌，就更没有了从容审视的余裕。这样在没有路的山脊上爬了许久，终于来到了一处叫作“会圣岩”的地方。这里的石刻多得很，一座座只有几尺进深的窟穴，在外面也都凿着题额、对联，据说过去这都是庙宇，里边还局促地坐着菩萨，有几块木板钉成的栏杆，算是庙门。无意中我在一处崖洞口发现了一块横额，上面写的是“阮集之读书处”几个碗口大的字，属款“吴中郎书”。这洞道窄得很，简直放不下一案一床，阮胡子当年竟能住在这里读书是不可思议的，大约只不过是一种文字游戏。但这是他在皖桐一带留下的踪迹则无疑。题刻也旧得很，时代当是在晚明，总在他出山以前，至少也在身败名裂之前吧。

就在这对面是伽蓝洞，颇大，内设桌凳，进去坐下吃茶，遥望对面山崖上“会圣岩”三个擘窠大字，据说是陆放翁的手笔，可惜来时匆匆走过，没有细看。

这以后又走过枕流岩、天桥，一直是在山坡草丛中攀登，有的地方还是傍着岩壁开出的一尺余宽的盘山小道，提心吊胆地走到一块小小的平台，仰面一看，对面浅灰色崖壁上从山顶垂下了几十条墨线，宛如一幅巨大屏风，好看极了。记得在前人的山水画中曾经见过这样的画法，还有着一个特别的名目叫“荷叶皴”，觉得非常奇特，怀疑不过是画家的凭空臆造。现在才真的见到了真实的粉本。猜不出这是怎样形成的，难道真的有仙人画家在这里用大笔挥洒过么？后来绕过去细看，才知道这是从山顶上悬垂下来的水痕。春夏多雨的季节这水痕就一直没有断过，逐渐在两侧滋生出了苔藓。秋晴既久，枯死变黑，就成为动健有力的许多垂直线条。但这判断是否可靠，也终于不能知道。

经过穿心岩踏上一片极陡的山脊，没有路，只是一片茸茸的野草，没有法子，也只能爬上去。休息时回头一望，千岩万壑，都在眼底了。山中有大量的枫香树，已染上了浅赭朱红，在夕阳中看满山红叶，只觉得幽静得好。没有风声，没有水声，只是一片沉寂。

努力攀上了峰顶，脚下就是紫霞关。凭高远眺，真是好一片山色。这关是经过人工修治过的，关门用石条叠起，小巧，整齐，但有气势。出关下行，开始看见石级，到这时才算有了路。这下面还有金谷岩、滴珠岩，都是有名的岩洞。洞中深处顶部有裂缝，仰视可以看到蓝天一线。许多地方都有“一线天”，但都不像这里延伸得那么长。浮山以岩洞著名，许多奇峰怪石也都有自己独特的名色，但这时已没有了仔细鉴赏的兴致，匆匆赶到山脚，爬上车时，天色已经完全昏黑了。

离开安庆，过了长江渡口，就是南岸的贵池。我们下榻的地方是“秋江旅社”。贵池旧名秋浦，市中心的大路就取名“秋浦路”，不知怎的，看了这些地名，就足以使人沉醉了。

我常想，古代诗文中常常遇到这样的情形，通篇起关键作用的往往是几个地名人名。好像这样一来，诗人就已指定了一处特定的舞台，制造出某种必然的、不可替代的气氛，使其他活动于诗篇中的感情因子都在规定情景中活动起来，极经济也极有力地取得了抒情的效果。可以举晚唐诗人韦庄的《台城》诗（一题《金陵图》）作例：

“江雨霏霏江草齐，六朝如梦鸟空啼。无情最是台城柳，依旧烟笼十里堤。”

这首短诗中出现的客观描写对象是雨、草、鸟、柳，诗人刻画了它们的姿貌、态度，同时使用了两个主观的感叹词语，“无情”与“最是”。仅有这一切充其量也只能组成一首一般或平庸的哀伤的诗。韦庄只因在关键的地方嵌入了“六朝”“台城”“十里堤”，才一下子使短诗的内涵增加了吸引不尽的深度。仿佛一切都顿时活起来了。这是一种奇妙的现象，其中包含着民族感情、文化素养、中国气质……这些看来虚无缥缈但却实实在在的东西。试将这诗译成异国语言，它的感染力还能留下多少呢？即使加上必要的注释，怕也不能有多大帮助。

说了这许多只是为了解释为什么说一看见“秋浦”“秋江”字样就会产生沉醉感觉的原因。

秋浦是李白来往经过许多次的地方。在他的诗集里留下的秋浦诗就有二十首左右。他那有名的“白发三千丈”就是《秋浦歌》之一。李白从天宝三年离开长安，就一直在吴越皖江一带浪游。已经过了五十岁的诗人，在政治上遭到打击，幻想破灭了，在他看来整个天地似乎都是灰色的。他说：“秋浦长似秋，萧条使人愁。”他还几乎在每篇秋浦诗中都提到了猿。“君莫向秋浦，猿声碎客心。”“秋浦猿夜愁，黄山堪白头。”“猿声催白发，长短尽成丝。”猿，从古以来也是一种只能给人带来哀愁的动物。“巴东三峡巫峡长，猿鸣三声泪沾裳。”就是《水经注》的作者从渔人口头采辑来的动人歌词。在古代，不只是某些特定地方名字，即使是自然界的动植物，也都饱含着感情的色彩，可以变成触发某种情绪的有效触媒。

不过在今天的贵池，甚至在九华的深山里，我都没有能听到猿啼。晚饭以后，走出秋江旅社，在吹拂着秋风的街头漫步时，也丝毫没有“萧条使人愁”的感觉。华灯初上，街上的汽车、脚踏车、行人是多的。马路两边个体摊贩摆着的水果摊，在电灯光下是一片五色缤纷，淡黄的香蕉、朱红的橘子……旅社对面是一家新建的百货商店，整洁、宽敞，货品丰富，从家用电器到瓶酒、点心，看看也感到心情舒畅。这实在早已不是李白那个“常似秋”的秋浦了。

和池州有关系的有名诗人还有晚唐的杜牧，他在会昌四年（八四四）到这里来作刺史，整整住了两年。和他有关系的地方名迹是城外三里处的齐山。这是一片矮矮齐齐的小山，从黄山、九华归来的人眼里，甚至简直算不得是一座山。不过它却是很有名的，因为杜牧，还因为岳飞。

据魏泰《临汉隐居诗话》，“池州齐山石壁有刺史杜牧、处士张祜题名。”不过我们登山时却没有找到。洞是有一个，而且还有宋人的题名，但杜牧他们的却不见。张祜就是写出过“一声何满子，双泪落君前”的张承吉。杜牧那首有名的诗的题目是《九日齐山登高》：

“江涵秋影雁初飞，与客携壶上翠微。尘世难逢开口笑，菊花须插满头归。但将酩酊酬佳节，不用登临恨落晖。古往今来只如此，牛山何必独沾衣。”

这诗的颈联是传世的名句，人们一向只从消极方面加以领会，看作是“知足常乐”思想的一种体现，其实这是一种误会。杜牧这里说的是对同游的张祜的安慰话。张祜是有才华的诗人，但却因元稹在皇帝面前说了坏话，不能得到任用；白居易对他也不加赏识。元白当日是负一代重名的大人物大诗人，不知怎的都对张祜怀有偏见，这就引起了杜牧的同情，自然也对这两位文壇巨子有意见，他有另一首寄给张祜的诗说，“谁人得似张公子，千首诗轻万户侯。”显然也是对高高在上却不能识别人才的元白的微词。两诗结合起来看，“九日”诗是表现了浓重的抗议情绪的，有些话也都是从反面说的。既然承认“古往今来只如此”，那么杜牧为什么还写下了《罪言》这样的政论文字呢？

杜牧诗中的“翠微”不过是随笔点染风物，当时未必就已有一座翠微亭。这亭大约是后来为纪念他而兴建的。到了南宋，岳飞有《池州翠微亭》诗，可见此时已经有亭。岳飞写道：

“经年尘土满征衣，特特寻芳上翠微。好水好山看不足，马蹄催趁月明归。”

这诗写得好，也不像是伪作。的确写出了一位将军于军旅倥偬中抽闲登临游览的心情、观感。是偷闲访胜，并非流连光景。诗中也自然流露了作者的胸怀。岳飞的诗作留下来的很少。《清河书画舫》还记有一首《题池州翠光亭》五律，虽然同被厉鹗收入了《宋诗纪事》，却大抵是一首伪作，那结句是“予虽江上老，心羡白云闲。”这哪里像是一位三十来岁胸怀壮志的将军的话！

车子从齐山前的公路上驶过时，就能遥遥望见山顶有两座亭子在修建，脚手架还不曾卸下，可见是最近才动工的。后来登上齐山，却发现这是“绣春台”，真正的翠微亭还在后面的山上，已毁，正在重建。不管这是否翠微亭，岳飞所说的“好水好山”依旧是可以饱览的。池州这地方多的是水，整座城池都给湖泊包围着。一片江天秋色，真是旷朗极了。远山像画家随笔点染的丛丛青碧，近处湖面有些已界作了鱼塘。波平如镜，澄澈明净，隔了一条江，这边的山水田畴便自与北岸不同。

站在齐山顶上，吹着清冷的秋风，应该是作诗的好时机，但我作不出。作不出“好水好山看不足”这样的好句，只能借四个字来作这篇文字的题目。

一九八四年十二月五日

我看苏州

虽然不是苏州人，但对我来说，苏州实在是有如第二故乡那样的地方。近四十年来，曾到过苏州多少次，实在已经记不清。开始时是隔一两个月就要去一次，也许还要多，后来逐渐稀落下来了。现在已不常去，但每年总还要到一两次。这样说，应该对苏州是有很深的情分和了解了，但事实也不尽然。

苏州是以她的山水、园林、饮食……著称于世的。这就是每一个初来苏州的游客必须领略的要点。习以为常，一提起苏州，好像就不过是逛灵岩、虎丘，游拙政园、狮子林，吃松鹤楼的松鼠鳜鱼、石家饭店的鲃肺汤……如此而已。这当然是很浅薄的游览方法。不过，限于时间、条件，一个匆匆的过客也只能如此。我虽然算是个老资格的游客，也难免不受到这种认识的限制。如洞庭东山，我只是前两年才到过一下，又乘车环山走过一转；西山就至今没有去。名园如汪义庄的假山，因为圈在刺绣研究所内，至今还没有瞻仰的机会。至于吃，那更是管窥蠡测了，给“美食家”听见，只能引起暗笑。但无论怎么说，对苏州还是很有感情的、有所了解的，尽管很肤浅。

不管怎么说，说苏州是一座文化古城、名城，是千真万确的。她的一切特点，都和两千多年来的文化积累分不开。苏州的山水其实并不雄奇，只因曾经有许多著名的人物、在历史上留下种种不同影响的人物在这里居住过、流连过，或死后葬在这里，就使并不雄奇的山水变成了名胜与名区。花园与饮食也是一样，无一不是悠久的高度发展兴旺的民族文化的创造与积累。从这个角度观察，檀香扇、评弹、茶馆、盆景……这些就都可以网罗在内，它们都是不可缺少的完整的苏州的组成部分。

解放以来，苏州确是经过了巨大的变化，有些甚至可以说是天翻地覆的变化。今天我们要努力建设社会主义的两个文明，这个迫切而重大的任务具体落实到苏州这个地方，就有许多问题值得我们认真思索、解答，也有不少经验须要总结。

苏州和别的许多城市不一样，不能省力地把别处的建设规划搬来使用。应该充分考虑古文化城这个特点。这就给苏州的建设带来不少困难。事物总是有弊有利的。如果在全国范围内选取几个建设文化名城的试点城市，那苏州就将是非常理想的地方。有那么多困难问题要妥善地解决，这正是最好地施展人们的聪明才智的机会。出了好的经验，对全国都有大用。苏州在这方面做出出色贡献的前景是非常光明的。

我想我们应该更全面、深刻地认识、理解这个古城。虽然来来去去了若干次，现在看来却有个重新认识的问题。譬如，苏州本来是“人家尽枕河”的水乡，但今天这个特点大大减色了。

著名的洞庭西山风景区，因为开采石料，把秀美的岩洞也炸掉了；车出灵岩，迎面而来满山都是小墓碑，这是非常难看的“风景”，不能与天平的“万笏朝天”相提并论。

过去我的常来苏州，主要是给玄妙观、护龙街……的无数书店与旧书吸引来的。现在这种特色是难以恢复了，但也不能不努力，恢复哪怕是百分之几也好。在文化领域内，开发建设新的项目，更是当务之急。花园只是那几座，来多了也要厌的；旧书就两样，它和未曾发掘发现的地上地下文化一样，千变万化，层出不穷。从这个角度观察，苏州的文明建设正是前途无量、前景广阔的。

丰子恺过去画过一张漫画，画着一个穿长袍、披围巾、戴副墨镜的人，嘴里衔着一支香烟，右手托着一只鸟笼，题曰“苏州人”。这漫画是画得好的，确是画出了当时苏州的某一方面的特点。看到这张画时我还在北方读中学，还没有到过苏州，看了觉得好笑，心想“天堂”里的生活其实并不值得羡慕，这样的“神仙日子”，恐怕一天都过不惯。解放三十多年来，苏州确是经过了深刻的变化，这样的形象再也看不到了。今天在花园茶座上我们还可以看到许多退休老同志在吃茶、下棋、看报、谈天，但找不到一个带有那种气味的“苏州人”。这是一个很好的例子，说明对文化的理解、态度、看法是会改变的。应该向好的、健康的方向变，这是一点都没有疑义的。漫画家笔下“苏州人”所代表的那种文化已经过去了，我们应该知道过去曾经有过这样的文化，不过这并不是今天所要恢复的。

一九八四年二月七日

滇游日记

——从昆明到大理

序

一九五六年的秋天，我到四川、云南一带去旅行，前后三月，写下了一册日记。本想回来后一一写成单篇的通讯，但一直抽不出从容整理的时间。没有多久，就连发表的可能也一下子通通失去了。于是这日记就一直压在箱底，直到一九六九年的冬天，才被“英雄”们“发掘”出来当作宝贝拿去，从此落入某种人的手里。经过仔细欣赏、研究、分析、归纳，又终于从中提炼出了他们急于得到的某种东西，以为这下子总算从眼镜蛇的毒腺里挤出了剧毒的汁液来了，那高兴是可以想象的。

一九六九年的冬天是出奇的冷。那时我正在干校做苦工，挑着百来斤重的粪桶给新种下去的花菜施肥。一去就是半天，晚上回来吃饭时，汗水已经湿透了棉袄。西北风吹在身上也一点都不觉得冷，反而异常舒服。这时就能看到裹在黄色厚棉军大衣里、偎在宿舍门口小凳子上的某种人的身影。说他们在孵太阳是有些冤枉的，他们其实是正在履行神圣的“革命”职责。从他们手里一下子就能认出，那正是我的日记；从他们嘴边漾出嘲讽的微笑又可以悟出，不是发现了什么把柄，那就是被日记内容吸引住了。我想这两者是兼而有之的。从后来发还的日记上可以看出，当时某种人对它确是读得非常仔细，几乎每页都有密密麻麻用红笔画下的着重线，此外还有许多夹签。这是对作整理摘录工作者的指示。现在随手抄几条在这里，有不少是画了三个叉、两个圈并标出“重要”字样的。批语中有：“反动的‘无冕之王’的自白”“在川与反动诗人流沙河呼应”“攻击制度，说鱼米之乡没有肉吃”“对资本家刘鸿生怀念，是个十足的走狗！”……因为只是随手摘抄，反映不出全部批语的深度与广度，但也多少能说明那钻研的方法。流沙河是在成都作协约集的一次饭桌上见过一面；日记中又曾说到过一处抗战中由刘鸿生迁川的小厂扩建的工厂。真的只不过是一些平平常常的琐事，但到了某种人眼里就是焕发着奇异光彩的“要害”。但那时他们耐心地一个字一个字看下去，也实在有点稀奇。不是把我看作特种的神秘人物，就是我的日记还有着某种吸引力。

有着这样非凡眼力，能化腐朽为神奇的人才是难得的。难怪在“四人帮”被粉碎以后立即被同路人请了去主持“笔政”了。这是完全不值得大惊小怪的。据说中国因为固有文字的方块字特点，几乎成了文字游戏的国家。对对子、八股文、灯谜、联语，至今还有人兴趣不衰。这恐怕是的确的。因为兴趣多半集中到字面上去了，所以和内容以及这内容所赖以存在的人的思想品质……有时就脱了节。发展下去就出现了所谓没有阶级性、倾向性这样的品种。仿佛他们都是机器人的苗裔，只有本领没有立场。昨天能为“四人帮”抬轿子，今天自然也能为“四个现代化”鸣锣开道。我想这是一种奇怪的、也是危险的“理论”与逻辑，理由毋庸赘说。但看来这种“理论”的日子恐怕也不会长久。这里记下一笔，权当“立此存照”。

下面的日记是从离开重庆时开始的。在重录的时候，做了一些剪裁，文字也进行了少许润饰。有些地方也添上一点新材料。

一九八四年十月六日

十一月十日

早晨天还黑着就给隔壁的人声吵醒了。看表还只五点，但也不愿再睡，起来洗漱，到楼下去吃茶，这时是五点三刻。朝寒殊甚。

七时出发，满城大雾。车子离开两路口以后，菜园坝一带全是一片白蒙蒙。只是在山崖壁角偶尔看见仅仅露出梢头来的树木，真是非常奇丽的图画。车过大坪、歇台子，一直在雾中行驶。稍稍爬高以后，就看见了脚下的一片雾海。在凤鸣山一带又看到了另一派奇妙风景。远树，是黄桷树、皂角树、松杉、丛竹和一些落尽了叶子的枯枝，飘浮在云海的顶上，只是一片墨黑的粗笔触，活生生的一幅水墨画。这样的风景，用水彩画来表现是困难的。沿路看见新建的房子，依旧带着传统的风格。在木结构上涂了黑漆，墙是白的，盖着瓦顶。真是移易不得的中国水墨画中的形象。

初日，在青城没有看到的，不料在这里却碰上了。朱红的一轮，但在上端三分之一处却缠着一条黑丝带。没有一个画家敢这样落笔，画了怕也要被人看作“未来派”。车子在山路上回旋着向上爬，于是就有机会一次、两次、三次地看这初日。它从朱红变为橙红，这时忽地有一棵松树的枝梢在它面前拂过，留下了清晰的黑影，像点缀着桂树的一轮橙红的满月。第三次车子爬得更高，这时初日已挣脱了浓雾的包围，真的变为耀眼的火红了。

在重庆，这样的好天气是难得的。像这种真正表现了“雾重庆”特色的就尤为难得。

到白市驿机场后又吃了一顿早餐。九时起飞。这次乘的依旧是一架伊尔——14 型。上次飞机上遇到的那个胖胖的助手又见面了，但正副驾驶员都换了。更添了一位女服务员，穿上一套灰卡叽制服，胖得像只小猪（朱笔批：诬蔑劳动人民服务员）。她先拿了一杯红茶来，接着就是糖、橘子、广柑。广柑还没有吃完，已经到了昆明了。

不过地面上的风景却什么也没有看到。又遇到奇妙的云海。飞机就像在一个大大的堆满了棉絮的盘子里滑行。云也真变幻得出奇，有几处突然高起像小山，很像照片上看见过的北冰洋的冰山。

一下飞机，满地秋阳。天上是朵朵白云，绿树青山，又来到了可爱的昆明。这是巫家坝机场。

把行李寄放在民航局，漫步走进城去。在冠生园吃中饭，价格和四川的相去不远。走了半日才发现这就是柘东路。走到了桥边，但联大工学院宿舍的影子却完全没有了。

又闻到了烧木炭的那种奇怪味道。整个城市都充满了这种气味。

到盘龙路市委，还没有办公。就到金马碧鸡坊下的一家茶馆里吃茶。卖的是下关的沱茶，二开以后沁出了极为甘洌的味道，这样挨到了下午二时。市委把我介绍到省委，又从金碧路一直走下去，过了靖国桥，找到省委，拿到两封介绍信回到翠湖边上。疲倦极了。天又热，浑身是汗，愈走愈没有尽头，翠湖也望不见，不料曾经十分熟悉的昆明，现在竟已认不得了。

终于借到了车子，取回行李，住到翠湖宾馆里。房子是新修的，和北京饭店差不多。房间壁上挂着影印的宋画院团扇小景。

这次重到昆明，是在暌隔了十二年之后了，应该在此记上一笔。

十一月十一日

早晨从窗外看到一朵乌云，可是不多久就给朝阳冲散了，依旧是满天艳丽的秋阳。

早点有小包子，已经冷了，但依旧可以尝到过去的那种风味，昆明就是连包子也有它的特色。

早晨出去闲走，沿华山西路青云街一直走下去，在一家旧画铺里买到一册《畹芬录》，是姚安张根培的著作。就是在莲池畔给陈圆圆立过一块画像碑的人。上面有他写的“圆圆事略”，十年前我曾在《昆明杂记》中引用过。当时把他当作了一位“古人”，将《畹芬录》也看作是一册“古书”，不料这书的初版却在“三十八年十一月”，那正是解放前夕。

坐在茶馆里，翻阅一过，书实在并无可取，只不过摘抄了一些人尽皆知的故事。但也有一二记事值得注意。据说那座“娘娘坟”原来在“二十九年五月十七日”就被人掘开，又于同年七月十五日改葬于莲花池畔。

在茶馆里打听了一下市中心的那座楼，在我的印象里这楼的四周总是放满了花的。回答是，楼早已拆掉了，现在改成了大花园。走出茶馆一直走下去，不久果然看到了那个花圃。四周的建筑和店铺都还是原来的样子，只是楼没有了。不过名称还在，公共汽车的站名牌上就写着“近日楼”。

南屏路上也有许多新建筑，又走上晓东街，抗战中这里挤满了形形色色的拍卖行，是昆明最“繁华”的所在，现在则荒凉冷落得不堪。

下午去圆通山，看了唐继尧的墓。石雕的墓门倒也精致，墓表上写着“南天一柱”四个大字。还刻着中山先生的电文、黎元洪的授勋令……读了墓表，才知道这位唐蓂赓死于一九二七，只活了四十三岁。

登上圆通寺的最高层。在这里看到了一块抗战中松山之役阵亡将士的纪念碑。战役开始时我在昆明，结束时我已到了印度。后来经滇缅路回国，路过保山，听说路边还有未曾掩葬的战士的遗骸。今天看了这碑，不禁有些感慨。

十一月十二日

早晨到省文化局，见到一位副局长，谈了些云南文化界的情况。听说白族自治州成立大会即将在下关、大理举行，就要求搭车去参加并采访。

回旅馆的路上又经过那家旧书铺，买了一本康熙时人的诗稿，作者名李含和，号金沙，与阚东白有交往，卷前有作者名印二方。诗集中有大量咏云南景物名迹风土故实的诗篇，倒是一种难得的地方文献。这是此行买到的第一种善本。

（发还的日记里为某种人添上了大量的红杠子，这中间绝大部分又画在买书记事上面。这里看到有“善本”二字，更是引起了注意。某种人又不是版本目录学者，为什么对这些事如此注意呢？原来他们是想把我先搞成投机倒把的古书贩子［据称是根据了康生的“批示”］，把这看作“进货帐”了。还曾问过我为什么只有书名，没有“进价”？可见这正是他们心目中的原始“进货底账”。至于“善本”，在他们看来就是宝贝的别名。其实这本诗集，不过是一位清初云南无名诗人的手稿，除了云南图书馆，怕也没有人承认它是“善本”。也正因为这缘故，这书和另外买到的一些云南地方文献，临行前就一起送给了图书馆。其中有一种雍正刻《云龙州志》，虽是残册，却是“孤本”。国内各图书馆的目录里都不载。我国边远地区的地方志一向就稀见，旧刻尤为难得。

这种清初刻本的方志，在云南就已经可以算是地方古志了。）

又买到两本《峡江图考》，光绪二十年上海袖海山房石印本。图极工细，从荆门虎牙滩起，直到重庆，上下正反详细画出了峡江两岸的风景名胜，并附有详说。京江图璋序。书极罕见，是江行必不可少的参考书。

下午到省委、省人委，又拜访了云南日报社，借到一叠云南志书。有铅印本《大理县志》，不全；又马子华《滇南散记》、赵银棠《玉龙旧话》等。

夜浴，枕上读今天所买所借诸书，早眠。

十一月十三日

五时半起身，携行李出门。文化局刘同志来接，同去云南大学门首，即上车。七时出发，过马街子、西山龙门，望见了滇池。这一带都是十多年前来过、住过的，不胜感慨。

坐在卡车上面，风极大，颇冷。车上装着电影放映器材和汽油，带来的一部影片是《流浪者》。

十二时抵广通县的“一平浪”。这是个怪地名，如不到这地方，是不会懂得那得名因由的。这实在是个特别的地方，在丛山围绕之中出现了那么一小块平地。有盐场，好像也有笕竿，但比起自贡来，规模是小得多了。

在饭店午餐，供应红米饭，吃了两大碗。饭后登车，在颠簸中把《滇南散记》读完了。

又下起雨来，觉得微寒。吴铭道在《滇海集》中有“两过镇南”诗，其中有两句是：“天搓云作絮，㲋㲋上鞭丝。”

写得不坏。

六时抵南华县的沙桥镇。住“天香饭店”。这是一座三层楼，下层在地下。我住在楼上，一室二床，木板上铺草垫。租来了两条被子，其硬如铁。木窗棂外面挂着红红的干辣椒。

在点着两根灯草的油灯下记日记。

十一月十四日

五时起，没有洗脸就开车了。亮了头灯爬山，山极陡，满山都是雾。爬到近山顶处正看见东方初日的朝晖。真远，远在天边，只是金黄色一线狭狭的光带，金色彩带前面出现了近山松林的黑影和远山青翠透明的影子，就像一座宝石雕成的笔架。旁边是一湾清澈的湖水，宛如砚池。车子爬到更高处时，初日的金光又被罩在重重迷雾中了。

八时不到爬到了“天子庙坡”。这是滇缅路最高的地方，海拔二六〇〇公尺。

这里山路两旁满是松树，都是些幼松。姿态十分奇特，它那雾里的枝条看起来就像是剪纸画。

古书里常有“抚孤松而盘桓”的场面，一个老头儿站在那里呆呆地抚着一棵孤零零的古松的下干，想想真是够可怜的。现在的情形是“抚万松之巅”，车子过处，路边迎面不断飞来的古松，它们都置身于涧底，只要伸出手去，就能随时摸到它们的树冠。

车子抛锚。正好走下去看风景。白云、青山，这些在四川也并不缺少，出奇的是，无论如何也比不上这里的清澈、明净。云是那么白，云下的山峦是一片迷蒙，但耸出白云之上的一角青山，却像装在水晶盒子里似的那么清明。这样的山和云，也只有在云南才能看得到。

在这里照了两张相。

这时初日在峰顶被云层遮住了。但它仍企图努力透过那暗黑的云幕。这时就出现了六七道辐射的霞光，虽然太阳本身依旧不见。回头看时，一层层白色云海，白得透亮，耀人目睛。在云海中间是一座座黑色的岛屿——峰头。

车下“天子庙坡”时，看见路标上写着，这坡全长三十五公里。地属祥云县。

十一时抵云南驿。十多年前经过这里，没有晚饭吃，向农民买了十几枚鸡蛋生吞下去的往事还如在眼前。记得这里有过一个大广场，还可以降落飞机，现在没有了，只有一个小停车场。卖鸡蛋的人还不少，这里的鸡是多得出名的。

阳光是那么艳丽，天空是那么蓝得透亮，有两只老鹰在天上缓缓地打旋，他们也是那么安闲。

到了下关。在地委没有找到宿处，招待所全部客满。他们介绍我与一位《云南日报》的记者同住，门锁着，把行李放在门外就上街去闲走。穿过小街，走上一条石桥，过桥上坡，迎面是一座城门，门额没有了，背面也已镂空，中间嵌了一尊佛像。这就是下关的上城门。

生活在这里的白族妇女都参加沉重的体力劳动。有许多人背着极重的东西爬坡。她们弯着腰，纱布大包就安放在背上，里面是两百匹细布。从她们迂缓艰难的脚步里可以知道那分量。纱包用两根皮带兜住，全部重量总共由一块粗厚的麻布承当，这麻布就兜在她们的前额上。

在茶馆里看见两个上了年纪的汽车工人在下棋。他们是北方人，说下棋不过是为了骗茶喝，其实是“屎棋”。二十个水饺二两白酒下肚以后，就到茶馆里坐一会，杀一盘。看来这里还没有给人们工作之余进行活动和休息的场所与设施。

这里茶馆里卖的“烤茶”，别处是吃不到的，有一种别致的焦味。

没有找到旅馆，自然也就没有被褥。急中生智，只好在百货公司买了一条重庆毛纺厂出品的绿色毛毯，价三十一元。这厂本来是刘鸿生创办的。抗战中在重庆当穷学生时，曾想买这个厂出的一块平价粗呢料而不可得，现在却无意得到一条毯子。刘鸿生最近逝世了。盖了新毛毯睡在床上读《新观察》上的刘鸿生自述。

还没有睡着时，同室的一位回来了。皮鞋踏得山响。他用打火机点燃一支香烟，坐在那里写什么东西了。只听得几次三番地把稿纸撕掉，撕得很响。

又听见他拿起瓶子来，骨突骨突地喝了一气，喝的大概是放在窗口的药酒，浸着“三七”什么的。

好不容易此公睡下了，但我却突然觉得冷了起来。那毯子毫无用处，背上、腿部时时都感到有冷气侵入。爬起来穿起了毛衣，无用，后来连长裤也穿起来，还是不行。就这样一夜也没有睡着。下关的秋夜真冷得可以。

挨到五时就爬了起来，奇怪，应该是十分疲倦的，但却不。

走到院子里，看见满天繁星，今天又是个好天气。冷气袭人。

十一月十五日

八时不到就跑到昨天喝茶的那家茶馆去，他们刚开门还没有开水。

站在街头，买了两个大包子吃了。看着走在路上的少数民族代表，他们身上奇丽的服装，很值得一看。

因为昨夜挨了冻，所以满街去找棉絮。但都卖光了，说是下午四时可能有货送来。

漫步登山，一直走到的绝高处。从“玉龙书院”一直走到文庙。现在这两处都已改成小学校。站在文庙前面，洱海和远山仿佛都在脚下，真是奇绝的风景。拍了几张照，小学生们都跑来围着看我照相。

高处可以望见像玛瑙屏风似的远山，一湾凝碧的洱海和那个两侧各有一个小山头的“海湾”。“海水”就从那里流出来，在苍山前面流过，把下关山上的旧城和新市区界了开来。新市区里的一簇簇新房子，翠柏扎成的彩坊，都在眼前。滇缅公路从对面的小山坡下迤逦而来，在市区里打个回旋就又向右面甩出去了。

文庙外面有两棵大树，大约有几百年的树龄了，枝叶茂密，从主干分出了五六条粗壮的分枝，张开来正像一把大伞。不知道这是什么树，向小学教师打听，他在我的笔记本上写下了“酸杷树”三个字。这大约是土名，也不知正确与否，小学生也都这么叫。

文庙破落得很。有康熙、嘉庆、咸丰三块旧匾，还有一座题着“文明”二字的石坊。一间房子外面挂着“斜阳小阁”四字木额，咸丰乙卯马恩溥书。看《大理县志稿》，知道此人就是向朝廷上了许多条陈建议消灭杜文秀的。

慢慢走回来，在专署前面发现了一家“花园茶社”，有一个小院子、一座茅亭，还有扶疏的花木。窗明几净，主人非常好洁，看他在用水洗桌子，又用刀来刮，用稻草擦，最后是用水来冲。这里也卖烤茶，吃茶中间把四天的《人民日报》读完，郑西谛又在谈“分书”了。没有吃午饭，买了几块甜点心吃。

下午总算买来了一床七斤半的棉絮，又买绳一根、油布一张，共用去二十元。想不到走到下关才置办了全份铺盖。自己提了回来放在床上，大为安心。

又去茶社吃茶，读《人民日报》上纪念中山先生的文章，有谢无量的一首五排，甚佳。末二句云，“空惭旧宾客，重到一凄凉。”

晚上大会秘书处送票来，去看滇剧《望夫云》。这是个大理有名的传说，但经过改编，味道就和《梁祝》差不多了。主角是一个樵夫，他和公主的恋爱也写得颇为草草。原始的传说里把宫中的女子摄到玉局峰巅的是妖怪。后因女子畏寒，妖怪从老和尚处盗得穿了冬暖夏凉的袈裟。“僧觉之，以咒厌怪，溺死寺西水中，化一大石坪。俗呼为石骡子。女望之不归，遂郁死。精气化为云，名望夫云。每每岁冬重现，即大风狂荡，有不将海中之石吹出不止之势。”（据《大理县志稿》）这是志书里记下的传说轮廓，如在人民口中，就不知道还更丰富、生动多少倍。不用说，这比今天的戏中情节美得多了。看这原始传说，和白蛇传是有些相近的。同样也有个造成爱情悲剧的祸首老和尚，同样有袈裟出现，只有女妖与男妖的不同。难道妖怪就不能塑造为可爱的人物吗？为什么传说一改就变成公式化的东西呢？

（按，这里在打了红杠杠的地方批道，“说民间传说一改变成公式化了。”）

十时，不等戏完就出来了。明月高县，风又大起来了。下关的风确是有点特别。

（贵池吴铭道康熙中游滇，撰《滇海集》六卷，诗题有云，“四月十五日，夜下二鼓，起步庭院，见点苍山雪绵亘如练，与月色相丽，数十里不断，光景奇绝，不欲就卧。”又有“大理偶书二首”，题注云，“将至下关，风极大。马逆之却行数丈。风声如震而不入屋，虚窗烛影，荧荧自若。”诗云，“疾风撼土旦旦，人马怯惊坠桥。屋瓦怒如猛战，窗灯静不轻摇。”很能写出下关风的特色，风是大极了，但绝不飞沙走石。“风花雪月”一直被看作下关大理一带极有名的物事，这是毫不夸张、确有特色的。）

今天晚上盖上新买的棉絮，暖极。一直睡到第二天早晨八时。

十一月十六日

早晨到茶馆吃茶，在这里听见人说“万人塚”就在专署旁边的天宝公园里，跑了去看。白族民族歌舞团的演员们就住在这里，她们正在草地上练习歌舞。找到一位大理文化馆的同志，他告诉我女演员们正在练习“绕三灵”。这是为纪念唐天宝中一位南诏王的。每年四月廿五日，白族人民都到神都的圣源寺里来祭祀歌舞。唱的曲子直到现在还叫作“大白曲”，是从代表送丧的“大白”演化而来的。哭丧棒一变为二，上半变为“霸王鞭”，下半变为笛子。笛子是既可吹又能舞的。送葬时焚烧的扎着白纸钱的“摇钱树”，现在则化为柳树枝，上面扎着彩纸。歌舞形式依旧是从一问一答演化出来的一唱一说。本来说给死人听的一些吉利话改成了歌子。哭的遗痕也依旧保存在“民家调”中，其中就有许多近于哭声的调子。至于端祭品的盘子，现在则化为八角鼓。

“绕三灵”一作“绕三年”，那自然是“三年之丧”的意思了。又说当作“绕桑林”，因为圣源寺后面有好大一片桑林，四月廿四日人们来祭扫神都，就在桑林里绕着，晚上就宿在这里的缘故。

此外还有一种“双飞燕”，那是从另外的一种传说衍化出来的。南诏王的儿子娶妇，新妇婚后羞涩，手里拿着白族的手巾，一面走一面低着头抹泪。另外一批演员唱一种“吹工腔”（由丧乐演化而来的唢呐腔），是演述杜朝选的故事的。

给她们照了相，为一位老作曲家和演“大本曲”“全家送礼”的少女照了相。又给刺蛟英雄杜朝选和近似龙灯的“蛟”照了一张。

至于那个万人塚，是在后面的院子里，一个大圆坟，四周用石块叠起。前面有一块十多年前立的新碑，又重刻“同治十二年抚滇使者岑毓英”的碑记。正面的大块大理石碑上写着“大唐天宝战士塚”。

唐天宝十年鲜于仲通率兵八万征云南，十三年剑南留后李宓又率十道兵来攻，两次的结局都是全军覆没，一共战死二十多万人。李宓还是被捉住沉在江里死掉的；鲜于“仅以身免”，当时唐朝的宰相是杨国忠，还要“以捷闻”，真是天大的笑话，说明唐玄宗的昏愚已经达到了怎样的程度。唐朝的中衰不可避免了。南诏的领袖阁罗凤把唐兵战死者丛葬在这里，这就是“万人塚”。

这地方在“龙尾关外、洱河之滨，隶风仪西北部。”据说“风雨晦明，恒闻鬼泣，万历副总兵官邓子龙诗以吊之”，鬼声才阒寂了。这首诗的原刻石岑毓英曾见过，现在没有了，只能从岑的和诗前小序中读到，“唐将南征以捷闻，谁怜枯骨卧黄昏。唯有苍山公道雪，年年披白吊忠魂。”邓是武将，“丰城人。其镇姚关时，战功特著。而诗笔雄爽，不愧名将。”（吴铭道《滇海集》“永昌问邓将军战处”诗注）邓子龙的诗，和他的身份是一致的。比起白居易的《新丰折臂翁》来，简直是一个大倒退，使人不能不感到白香山终于不能不是头脑清醒的伟大诗人。岑毓英的和诗就更坏。诗碑立于光绪十三年，立碑者是“提军赴榆受篆”的黔西蔡标。他也有一段小记，“自西林夫子嘱磨更此碣，于今七年。其间西南伏莽，窃发不时。旁午军书，几无暇及之。而夫子归道山又五年矣。”记中又说，“记壬申岁驻兵龙尾关，杜文秀独死据郡城。日日攻之，朝去暮来，数月乃克。”然则这个蔡标又是镇压杜文秀的一个小头目。原碑杜文秀三字还是后来磨去重书的，悬想原文大抵是“杜逆……”之类。

就在这座“万人塚”前面，住了许多白族代表、青年儿女，一片欢歌曼舞的热闹景象。一切都改变了，完全彻底地改变了。

在饭店里吃了中饭，就到西大街口去乘马车。

这里的马真多，一大队一大队的，是高级合作社派出来的，车上插着黄边的三角小红旗。也有只一匹马的“单帮”，运的是梨子、木材、药材和扎牌坊用的松枝……什么都有。二十年前还只是个小街子的下关，今天已发展为相当规模的市，商品集散的中心。

马车上有三排座位，一定要坐满了九个人才动身。车票每张八分。

这是到保山去的公路，峰回路转，洱水就在两山之间流着，看到了“天生桥”，其实是人力凿开的一个石洞。路上还看到利用水力的厂房，但不知是什么厂。

这座“桥”是有名的，在前人的诗集里常能看到吟咏它的诗篇，吴铭道集中称之为“天桥”，题下注云，“点苍之冲，洱水泄处，有石梁曰天桥，望之股栗，人不敢过。”说得未免有些夸张。

温泉就在左侧的山崖上，是一个小村落。温泉所在有很漂亮的新建筑，有几个房间，有双人浴的大池，也有单人的小池，都用大理石砌成浴缸。水温甚高，据说鸡蛋放进去三分钟就能煮熟。已经加了许多冷水，还是热得很，比重庆的北温泉温度高一倍还不止，这才可算得真正的“汤”。洗过之后，就在院子里休息，这里有扶疏的花木，有大理石制的圆桌石凳。太阳好极了。听着呼呼的风声、泉声，仰视瞬息万变的蓝天、白云、苍山，负暄记日记。

晚上地委举行宴会，庆祝白族自治州的成立。我们这一桌是记者席。有一位下关市的副市长相陪，向我们介绍了一些大理地区的情况。他说洱河里产一种“飞鱼”，有大鳍，有时跃出水面，往往被误认为飞出。它跳到断岩绝壁上就贴在上面，不容易捉到，因此也就异常名贵了。

席面上有“乳扇”，这也是滇南的名物。其实就是牛奶皮子，中间有豆沙馅，炸了吃的。又有一种在雪梨里夹了糯米、红枣的甜食，吃起来大有蜂蜜味道。

席面上还坐着穿了黄袈裟的鸡足山的老和尚。“鸡足”因担当和尚曾经驻锡、徐霞客也有过介绍而驰名，每年有从西藏来的大量教徒朝山。解放初曾经遭到破坏的山上寺庙，现已作了修整。

晚上看民族歌舞，有“全家送礼”“花灯——十二月花”“会情郎”及彝族舞等。最妙的是邓川高寒山区演出的“白鹤舞”。一只札成的色彩艳丽的大仙鹤，一个戴着绝大面具、白须飘拂的南极仙翁，在唢呐、鼓与小锣的伴奏声中舞蹈，仙翁用金丹做诱饵想收服白鹤，但却被鹤啄了。带有浓郁地方色彩的舞蹈点染了轻快幽默的色调，在看惯了狮子舞的观众是特别感到新鲜有趣的。

十一月十七日

今天和《中国青年报》的记者同志一起到大理去，作陪的是大理团地工委的一位二十一岁的青年同志。

八时到车站。在等车时听到一位大理师范的李老师谈大理史地种种，有如上了一课详尽的地理课。

李老师说，苍山要算是比较年轻的山，只有四十万年的年龄，是火成岩。洱海则是个陷落海。苍山山石含碳酸钙最高，山顶的洗马潭其实是个火山口，死火山积水成潭，就成了今天的样子。忽必烈是没有这样的好兴致爬到山顶上洗马的。这是苍山的最高处，海拔四三〇〇公尺。山顶的树都极粗，但又极矮，那是因为山风太大的缘故。罗汉松最多，至少也有二百年以上的树龄，也有原始森林。他曾爬上去看过，不过气压很低，呼吸困难。

洱海本来就在苍山脚下。现在的大理城的地下就是海底岩。苍山十九峰的山溪年年冲下的沙石愈积愈多，海边也被愈推愈远了。从著名的“三月街”的历史考察起来，也可以证明这推测是有根据的。这个物产交流集会的历史很久远了，在大理还没有形成以前就已存在。《水经注》和《唐书》上都有记载。直到今天“三月街”的地点始终固定在山坡上的一块地方，没有下移。

从李老师那里还听到火把节、望夫云等故事。又谈到回族英雄杜文秀的事迹。

当年杜文秀驻兵大理，命女儿守下关。和杜文秀一起起义的马如龙投降了。清朝给了马一个云南提督的官，其实是假的，真的提督是岑毓英。马向杜女劝降，她回大理与父亲商议。她一离开，下关就被留守的叛将献了城。清兵进至七里桥，大理被围。杜文秀嘱咐家小，不可受清兵侮辱，就亲自到七里桥来见岑毓英和杨玉科，他提出的条件是不得杀大理城中一人，他自己的生死是无所谓的，其实这时他早已服了孔雀胆，到大帐说完上面的一节话后即陷入昏迷，随即死去。岑毓英斩下他的头，装在木笼里送到北京。皇帝又从北京带来一碗汤圆赏给杨玉科。杨把这碗发酸的汤圆吃掉了。

清兵当然没有遵守诺言，进大理后关起城门大杀回民，几乎把大理城里的人都杀光。据今天一些回族青年说，当时祖父一辈人都是手里拿着猪肉、嘴里衔着烟管才能逃出来。

关于杜文秀和岑毓英在七里桥相见时的对话，据说是这样。

杜在大帐外下轿，岑毓英到帐外迎接，说："你是做了十八年大理国王的人，我应该以礼相待。"

"只要不杀老百姓，我的心就安了。"杜文秀把手一挥，从此就再也没有说话。

上车以后，一路上看见蛇骨塔、南诏碑，远处山脚下担当上人的墓塔，这些都只能等待回来路上再去拜访。那座有名的南诏德化碑已被放倒用砖砌起来进行保护，只开了一个小小的窗口，我张望了好半日只看见了一块石头。其实碑上的字迹早已残泐得厉害。后来在昆明书肆买得阮福的《滇南古金石录》，才能读到残断的碑文。

到大理是十一时半，先到县委放下了东西就出来在一家饭店里吃饭。吃了一条洱海的小鲤鱼，还放了辣子，价一元四角。

到文化馆去看陈列的文物。有阚祯兆的字幅，字写得不坏。另外就是钱南园、袁嘉穀的字。还有一块在松明楼旧址重建的“文献楼”的旧额已经油漆一新。上四字“文献名邦”，康熙四十年辛巳“提督云南全省军门偏图题”。又明代杨化云的玉带、纱帽，都已破旧不堪。

在文化馆后面的茶社里吃茶。院里有一株山茶，只开着一朵小小的白花。大理是有名的花城，来得不凑巧，过了花时。看到这朵小小的茶花，也算是“慰情聊胜”了。另外还有些映山红、映山白、丁香，都是小花。

到大理中学。这里原来是杨玉科的“宫殿”，门首雕着八只凤。被一位乡绅向朝廷告发，皇帝大怒，就让他出去作战。杨玉科很识趣，捐出这座府邸作为“西云书院”的院址。他到了镇南关冯子材军中，在与法国侵略军作战时中炮而死，结局倒还不错。

这座府第共有五进。修了走马转角楼，从第一进起，可以不必下楼，从楼上回廊一直走进去，花园里有一座“桂亭”，亭中有不少刻石，从刻石上可以知道杨云階的封号是“二等男”，追赠太子少保。

从这里走出，到城外的三塔寺去。中间一座塔十六级，高四十八丈，又称“千寻塔”。旁边是两座小塔，照谢在杭的说法，“中者高三十丈，外方内空。其二差小……云贞观六年尉迟敬德监造。开元初，南诏修之。”现在的塔已非唐时遗物。照我看，倒是两座小塔来得更古朴些，塔身有浮雕，美丽得很。

转到塔身前面去看。有额，大书“永镇山川”四字；又乾隆辛亥知大理府事铁岭杨长桂的“重修崇圣寺塔记”。

谢在杭说这塔是造来“以压龙”的，当地人也如此说。三塔正好压住龙头，大塔压在龙头，二小塔压龙须，远处一塔寺的塔压的则是龙尾。下关又名“龙尾关”，当和这传说有关系。吴铭道说，三塔寺有黄华碑，“碑在林庐山，金学士王庭筠书，黄华老人其自号也，李中溪摹刻于此。”诗云：

“寺古飞云开玉镜，山高挂雪护寒林。半窗风竹青留客，不遣西堂废叶深。”

“西寺林西日夕黄，半天寒叶古祠堂。千年台栋无人住，可道青山护佛王。”

可见康熙中，这崇圣寺还没有全毁。

从三塔寺回来，走到大理城门处等马车。等了半天还不来，看看好像没有希望了，在傍晚时分终于等到了一部。车子旧得看看要散架，马也老得很，坐上去都有些担心。太阳就要落山了，冷了起来。马车走得极慢，颠簸着，走走停停，这十七公里路足足走了两个半小时。可是一路上的风光美极了。在车上看到苍山上的积雪，看到开采大理石的峰峦，看到了鸡足山的一角和山顶的金塔，看到了夕阳影里变得红、紫、黯蓝的远山。自然还有一望无际的澄蓝的洱海。这一切仿佛是艳丽色彩的堆集，瞬息万变，简直就是万花筒中的世界。

在天色完全黑下来的时候到了喜洲。把行李寄放在一所中学里。这学校规模不小，而且有电灯，是本乡自己发电的。后来才知道这学校是有名的云南少数民族工商业者建造的。他们都是白族，都是喜洲人。好像已经成为一种常规了，有钱的人多有“造福乡梓”的念头。

吃完饭我们到四位民族工商业者之一为他父亲建造的海心亭去。

月明如洗。穿过乡下的石板路，看见不少“进士第”“翰林院”的牌坊，原来很久以来这地方的“文风”就是极盛的。

（以下是两三处空白。原是预备后来补记的，但终于没有记。现在只记得曾在有好月色的夜晚，在洱海中泛过舟。）

十一月十九日

预购回昆明车票。

饭后又到温泉去，在一只供二人用的大池内洗浴，浴后又在院子里抄《大理古代文化史》。今天太阳不大，风却不小，没有上次好了。

晚饭后去看京剧《望夫云》。一开幕就出来了一群樵夫，其中有段赤城在内，说了半天，只是意在说明段过去没有打过老虎而已，又大唱四平调。但布景是美丽的。

等段赤城夫人出场我就先回来了。同住的那位记者说要写一篇大理的情况介绍，到现在还写不出。只想好了第一句，“一层层白白的银雪，轻轻地覆在苍山顶上。”问我好不好，还向我打听，这两天苍山顶上到底有没有雪。最后恨恨地说，“本来要另一位同志下来的，忽然不来了，这担子就落在我的头上。他妈的！”

十一月二十日

一早就起来，天还不曾亮。

马马虎虎把我那个大得不堪的棉絮被包打好，请一位白族妇女拿到车站。

坐在车子最后一排的座位上。车子走走停停，途中看见一位新娘子在山路上走，穿了一套新做的宝蓝缎衫裤，戴着黑绒帽罩，帽檐镶了一条红边，胸前挂了一块颇大的长方形镜子。后面跟着一个汉子，挑了一对竹筐，放着簇新的大红被子。

下午二时半，车过姚安的普淜。

在爬天子庙坡的时候，忽然有一头小豹子从车头前面窜过去，跳到山顶上去了。车里的几个解放军大叫起来，车停下，两三个解放军飞也似的跟上了山，可是没有赶上。我还看见那豹在山顶的密林中跳跃了几下。在深山大泽里的动物，看起来比关在动物园里的到底有生气得多。

傍晚在蒙蒙细雨中抵南华县。这地方本来叫“镇南”，是个穷苦的小县城，只在汽车站对过有一座城楼，上面有“龙泉门”三字。走进城门去找旅馆，唯一的一家“大旅社”原来就在横街对过。一楼一底，三大开间。跑上楼去一看，黑洞洞的屋子里用木板平排搭起了一座大统铺。每间都挤得满满的，至少睡三十个人。好容易找到一个空档放下了行李。

下楼去吃面，每碗两角。只有寥寥几根面条，面上放了鸡枞，这是云南的菌类名产，但泥沙还没有洗净，一点都不好吃。

街上的小摊都点着松明。又有三四家茶馆，屋小如舟，摆了几把破椅子。一灯如豆，人影憧憧。没有吃茶就回来胡乱睡下了。

十一月二十一日

昏黑中起身，七时出发。

今天又在公路上看见两条獐子跑了过去。

中午在禄丰的董户村吃饭。这里的食堂干净得很。吃了一盘炒菜花。一路上客饭都是四角一份，一菜一汤，米饭馒头任取。

这里的民居建筑也是很特别的。公路边就有三座新起的楼房。房子用土坯筑起，有二层楼高，但没有台阶也没有楼檐。只是那么长长的一条，上面覆着瓦，下面开一个狭长的小门，上面一面极小的窗。每两座房子之间有一个低低的马厩，也盖着瓦顶，与两屋腰部相接。在厩顶放着一张活动的木梯，通往楼侧开出的一个洞里。登楼时得先爬上马厩才行。

这里的名产是刀剪，买了一把很好的小刀，价七角。又买了把中等的剪子。

这两天在车上把鲁迅先生的《故事新编》又读了一遍。又看到《文艺报》上关于此书性质的争论。有人说是历史小说，有人说是讽刺小说。其实我看都不是。这书与《魏晋风度及文章与药及酒之关系》是同样性质的东西，只是采取了小说速写的形式。总之，想用“文学概论”里的定义来套是不行的。

下午五时过安宁，很快就爬上西山的背后，转过来就是滇池。一转眼就到了昆明市内了。

第二分

闲情

长夏无事，取出《管锥编》来读，在第四册里看到论陶渊明《闲情赋》的一些话，觉得很有意思。锺书先生指出，这篇赋的题意是“闲情”而非“间情”，这就使我吃了一惊，过去我实在并没有注意到这一节，连陶渊明在赋前所写的那小“序”也没有仔细读过，一直把这篇赋当作“间情”的老祖宗。“间情”有了今天的特殊理解，不知道始于何时，在东晋是否就有了如此明确的含义，也说不清楚。不论怎么说，陶渊明在序里说得明明白白，他作这篇赋，还是按照前人的办法，要“抑流宕之邪心”，企图“有助于讽谏”的。“‘闲情’之‘闲’，即‘防闲’之‘闲’。”大概是没有问题的了。

不过我也想在这里提醒一下。古今文人在“前言”或“序”里老老实实说话的固然多有，但不老实的也很不少。我们难保陶渊明在这里使用的不是障眼法。

正因为这个问题没有很好地解决，因此围绕着《闲情赋》就掀起了一场不大不小的纠纷。少后于陶潜的南朝萧统欢息道，“白璧微瑕，惟在闲情一赋。”认为陶公没有写这篇作品反而倒要好些。这就说明，萧统是老实人，他对陶渊明是信任并爱护的。他从正统的文学批评观点出发，做了上述的与人为善的评论。萧统的这些意见，说明了一个事实，“作者之宗旨非即作品之成效”。锺书先生又说：“旨欲‘讽’而效反‘劝’耳。流宕之词，穷态极妍；澹泊之宗，形绌气短，诤谏不敌摇惑。”换一句话说，陶渊明是好心办了坏事，他的创作意图和客观实际没有达到一致，因而“社会效果”不佳。

这种意见后来受到苏轼以下不少人的反对，他们说萧统是“小儿强作解事”，是腐儒、笨伯。虽然苏轼举出的理由不外什么“国风好色而不淫”，还是用正统的武器作战，但到底不能不说是思想上的一种解放、一种进步。

这至少可以提醒我们，文学作品的“社会效果”问题确是早已存在并提出来了。在今天看，《闲情赋》的社会效果也并不怎样可怕，当然这是时代发展进步的后果。当拥抱、接吻……在文艺作品中成为家常便饭的今天，陶渊明的那些描写算得了什么呢？但他确是伟大的作者，他写的那些“大胆”的想象是严肃的、高华的，一点没有轻佻下流的气息，比起今天的某些低劣的作品来实在要好得远。

在《闲情赋》里作者提出了“十愿”，都是围绕着他所爱的人而生发出来的。他希望化为爱人所穿衣裳的领子、带子；爱人妆台上的化妆品、发蜡、眉黛；爱人使用的席子、鞋子；甚至变成爱人的影子和夜里的烛、手中的扇、制琴用的桐材。值得注意的是，十愿没有一件是现实的、可以达到的想望。它们统统是虚幻的、不可能在人间圆成的。

近来有些作者在创作时运用了一些人们生疏的、外来的手法，引起了不少议论。如所谓“意识流”即是其中之一。我想，引起议论的“理论根据”却是不大靠得住的。生疏，是因为我们多年来闭塞聪明，既不学习自己的古典遗产，也不接触外国的新鲜事物，因而引起了大惊小怪。“难道外国的事物样样都好么?”这也问得没有道理。在我们的古典文学遗产里，可以找出许多这样的好例。如《闲情赋》，就是一千六百多年以前的作品，一点都算不得新鲜了。这与崇洋媚外没有什么关系，应该算是“数典忘祖”性质的。

我想，一切创作，怕都与意识的活动密切相关。没有了想象，哪里来的创作?人类的思想活动是千差万别、变化不居的。无论是创作家自己还是被创作的人物，都是如此。作家在设法将这些思想活动捕捉、再现时，也使用着种种不同的手法。我想，在这方面作家应该享有试验的自由，就和科学家在实验室里享有试验的自由一样，也许其间有这样的差别。科学家失败的试验，只有关在房间里的同事知道；而作家的试验品却要交给人民判断成败。一与群众接触，“社会效果”的问题就出现了。这是有所不同的。即使如此，我觉得还是应该给作家以试验的自由、时间，并允许他们走些弯路、犯点错误。没有创新的试验，就不会有发展、进步。为了避免使文学艺术停滞、僵死，我们需要更多的勇敢与宽容。

为什么我总是怀疑陶潜在小序里说的是言不由衷的话呢?这赋虽然据称是一篇“拟作”，但情感的深挚、心理的委曲、情思的凄苦，都不是单凭作者的才华所可能写出的。换句话说，这一切都是非常非常真实的。我想这应该是陶渊明自己的亲身经验，假造不出来的。我没有本领作《陶潜恋爱事迹考》，但我相信在十卷陶集中这是作者向读者掀开他的生活帷幕或一角落仅有的一次。“陶潜诗喜说荆轲”“陶潜酷似卧龙豪”这些话早已有人说过了，但却忽略了这一侧面。而少了这一笔，我们就失去了一个完整的陶潜。

锺书先生细致地分析了《闲情赋》中的“十愿”，并从文献中引述了许多材料，说明这种“意识流”的现象，在我们的古典文学作品中已是一种相当普遍的存在。他有一句结论是很重要的，“顾无论少只一愿或多至六变，（按指明人《乐府 · 挂真儿 · 变好》中，‘变一只绣鞋儿，在你金莲上套；变一领汗衫儿，与你贴肉相交……’）更皆未下转语，尚不足为陶潜继响也。”什么是“转语”呢？事实不遂，发无聊之极思，而虚想生焉；然即虚想果遂，仍难长好常圆，世界终归阙陷，十“愿”适成十“悲”；更透一层，禅家所谓“下转语”也。《管锥编》中所引诸例，始于六朝乐府，下至清人诗词。虽然情操高下各不相同，但都是一厢情愿的白日幻梦，没有谁肯将自己从梦境里拖回现实。同时，这又使我联想到明末清初词人中流行的一种风气。他们喜欢作“咏物词”，尤其喜欢一些与女人有关的题目，如女性的身体以及用具之类。这也不能说不是一种驰骋想象之作，不过那格调之低，有时是会令人吃惊的。同类的作品还有一种《题〈青溪遗事〉》的“组词”。一组十二阕，每阕各咏一事。我想原本应是一种画册。青溪在秦淮河畔，画册所画大抵是那里妓院中的故事，画手大抵总是什么唐伯虎或仇十洲，内容有些是很不堪的。清初有名的词人如王渔洋等，在别集中大约都有这样的一组词。他们用尽了气力，发挥了想象，但制作出来的是一些情操卑劣、趣味低下的东西。

这应该是更重要的一个区别。

陶渊明说："愿在衣而为领，承华首之馀芳；悲罗襟之宵离，怨秋夜之未央。"

"愿在裳而为带，束窈窕之纤身；嗟温凉之异气，或脱故而服新。"

……

"愿在莞而为席，安弱体于三秋；悲文茵之代御，方经年而见求。"

"愿在丝而为履，附素足以周旋；悲行止之有节，空委弃于床前。"

……

想象是大胆的，情感是真挚的，思路是细腻而真实的。一切显得那么天真、那么灵巧又那么笨拙。人们在苦恋中真的会产生这许多奇异的念头，有古今普天下读者作证。

大胆突破封建道德的樊笼，在文学创作中接近、深入恋爱的主题，这无疑是一种思想解放。在这里，陶潜是值得尊敬的前辈与先行者。比起千多年后的晚辈来，他依旧是最崇高最朴实的一个。

一九八一年七月十一日

看书琐记

国庆前大扫除，从报纸堆下抽出一本《鞠部丛谈校补》，随便翻了一下。这是挺有意思的一本书，我觉得是反映了清末民初那个特定时代文化面貌的某一侧面的，它所散布的，也正是那个时代所特有的气氛。

这是一本刻印都很讲究的书。刻成于一九二六，虽然不过五十来年，但已很少见了。扉叶是郑孝胥写的，题“罗瘿公遗编，李释勘校补”，背面是一块“牌子”，三行，“丙寅（一九二六）二月下澣，樊山阅，涉园雕，无边华盦藏版”。“涉园”是陶湘的“园”，刻版之精，正可与他刻的宋元人词媲美。罗是出生于广东顺德的有名诗人与戏剧家，程砚秋就是他培养起来的。樊樊山是大家都知道的。李释戡名宣倜，李拔可的弟弟，也是闽中诗人。民国初年正在北京当什么“将军”，不过好像只是天天过着听戏、上馆子、作诗的日子，了解得不具体。我是解放初期在缀玉轩中认识他的。他晚年住在上海，生活上得到梅畹华的照顾，还是过着看戏、吃酒、作诗的日子。言慧珠等一大群梅门弟子都是他的学生。于六十年代逝世，留下两本诗集。但我觉得这本《校补》倒是可以流传下来的著作。那时他自己也没有这书了，托我代为访求。我又从来青阁中得到一本，重装了送给他，他是很高兴的。

前面提到的那些人都是清朝末年就在北京开始听戏的戏迷，可以称得起是剧评家中真正的老前辈。如樊山在跋中说，“在京观剧五十九年，所心赏者，青衫则常四、采珠；花衫则望儿、传四，皆此编所未及者。”这样看来，他开始听戏时还在同治六年，难怪他倾倒的几位演员，我连名字都没有听到过。

《校补》的价值，自然首先表现在戏剧史上。至于他们的观点，有许多在今天看来自然是过时的了。例如，樊樊山在眉批中写道：

“余近有《绮怀》诗云：‘六铢衣薄耐春寒，九影花娇就烛看。风里持裙人似燕，月中倚扇女乘鸾。舞馀莲袜凌波湿，歌罢林檎系带乾。消得唐宫娘子凭，愿为亭北玉栏干。’（贵妇初入宫，宫中呼为杨娘子。）为兰芳演太真外传作也。”

诗写得还算漂亮，不过也只是旧时代人们喜欢作的“无题”诗而已。奇怪的是这却是一首观剧诗。那最后两句，是全诗的精华所在，可以上追渊明的闲情一赋的，这个老头儿竟想化为沉香亭北的“栏干”，接受“贵妃”的偎倚。可见这种白日绮梦在中国文士中持续了一千多年还没有作完。

我初读《校补》时，就曾产生过一种奇怪的印象，觉得这似乎是《武林旧事》《东京梦华》一类的作品。这在志盦的骈俪长序里自然已经发挥得够充分了。如他说作者“光宣间知事无可为，乃陶写丝竹，寄托荃荪。东墅苍生，归琼枝之软舞；南朝坐部，寻玉树之新声。艳体诗繁，秋痕意远。浅见讥其溺志，达者察其幽忧。”这就把遗老的无可奈何的心情，描摹得淋漓尽致，当然还是要引屈子为同调，为醉生梦死找到一点根据。“则朱颜贻上（阮亭），未免呜咽秦淮；白发梅村，因以沈吟沧海者焉。”三百年前的吴王，也拉来作为陪客，这篇一千四百馀言的长序，带来的就是这种世纪末的感情。

李释戡则在卷末对梅畹华的艺事成就作了极高的推许之后，引了许多诗人文士的话，结尾时说：

“余独忆己未（一九一九年）上巳，兰芳为其祖母八十称觞，听水老人赠联语云，‘及闻法曲唐天宝，犹集名流晋永和。’寥寥十四字，中有无限感慨，足以括丛谈一部已。”

这几句话，是可以与泗水潜夫的《武林旧事》序归入一类，都是发抒了大致相似思想感情的文字。

我常想，鲁迅先生《魏晋风度及文章与药及酒之关系》的演讲，是迄今为止我们所有的最精彩的中国文学史的独立章节。五十四年过去了，我们没有能写出别一章，更不用说一部能与之媲美的文学史，真应该引起人们惭愧与警醒。我又一直在想，能有二十篇左右这样的论文，概括了中国文学发展的全貌，那将是多么值得高兴的事呢？因而更加痛切地感到，鲁迅先生编著《中国文学史》的遗愿的终于未能完成，是怎样的一种无可比拟的憾事。

《魏晋风度……》一文的产生是鲁迅先生用自己的眼睛

去读这一活的历史时代大书的结果。史籍具在，文章具在，可是从来没有谁能看得这么透辟，说得这么亲切，仿佛曹氏父子、竹林七贤……都是他的老朋友，能摸得到他们每一个人的心。他论世多，论文少；俏皮话多，正经话少。这一切都与峨冠博带的正宗文学史写法不同，也为正宗学者所看不惯、看不起，因此先生又曾称自己的文字为“学匪派”考古。这里显示的正是极可贵的解放思想的创新精神。

为什么忽然又想到了鲁迅先生的论魏晋风度呢？因为我觉得清末民初这一历史阶段，从文学史的角度看，虽然不及魏晋之际的重要，但它是新文学兴起的预备期。拿来与历史上不同阶段相比，有其共性也有自己的个性。更因为时间距离近、资料多，较易于了解、研究。如不及时进行工作，不要很久，在青年们看来，就将与魏晋没有什么两样，十分神秘了。

能显示出这样一历史时期精神面貌的或一侧面的，表现在文艺方面的事物，粗略地想来就有，从谭鑫培到程砚秋的新腔、梁启超等集宋人词句的对联、同光体诗……程长庚等的唱腔我没有听见过，据记载，大抵是黄钟大吕一类的，为什么到了清末，竟出现了“满城争唱叫天儿”的“风”呢？研究家说程腔的出现是由于程砚秋有一种天赋的“鬼音”，当然也是一种理由，但是没有人指出这种“鬼音”何以竟倾倒了一世。我看谭、程的歌声都应该看作那个时代的声音，是无疑的。梁任公和其他一些文士，用精巧的手法，集了大量宋词的联语，使许多人拜倒，如“更能消灭番风雨，最可惜一片江山”这样的对子，出现于“九一八”前后，难道是偶然的么？我还有一种清秘阁制、姚茫父画的小诗笺，就与便条差不多大小，选用梅溪词语作画，实在是极好的作品，如“想子胥今夜见嫦娥”一幅，就满纸画了江涛，上面一轮孤月。此外如“子期老矣，不堪带酒重听”，“尘侵谢屐，幽径斑驳苔生”诸幅，都是极好的，可惜鲁迅没有看到，不能收入《北平笺谱》或编入与《北京巨笺谱》对等的《小笺谱》。像这样的事物，简直是大量的，无一不带有时代的印记，散发着时代的声音。虽然只是一个侧面，但无疑也是整体的组成部分，正是文学史作者不能忽视、不可抹掉的。

一九八一年十月二日

朦胧

与诗人杜运燮好久不通消息，最近因为偶然的机会才接到一封来信，他寄来了新印的《九叶集》，这里面就收入了他的一些旧作。对于新诗，我的知识实在过于贫乏，完全没有说三话四的资格。对于运燮，我也一直看作一位朴实的、聪明的、正直的朋友。三十多年前在南京我们曾经有过短暂的机会一起漫游，我知道他是一位记者，同时也写写诗。但他是不与我谈诗的，他知道我不懂。

从最近的通信中，我知道他这两年又发表了一些新作了，这自然使我很高兴。可是接下去又知道他曾被划入“朦胧诗”的作者之列而受到过批评。因为我一向少读新诗，不明白这是怎么一回事。今天偶然翻阅旧杂志，才在《新华文摘》里读到诗人卞之琳谈诗的文章，里面就提到了运燮的新作被指责为“看不懂”的大致情形。文末就附载了他的那首《秋》。我怀着好奇的心情读了一遍，觉得很奇怪，连我这样不大读新诗的人，一下子就读懂了，而且为诗人说服、撼动了。我觉得这是一首好诗，也有一些都不难懂，他说出了很多人心里的话、心里的感情。诗人描绘的是粉碎“四人帮”后充满生机的祖国大地和重新获得了解放的生气勃勃的人民。这是一篇用不到有怎样高深的素养和理解能力的读者才能懂的诗。

可是评论家说是经过了一个多小时的研究才“猜”到了作者的“用意”，责难诗人使用了没有必要的“深奥难懂”的“手法”。例证之一是诗人写了这样的句子：“连鸽哨也发出了成熟的音调”，下面是一大通责难。运用的是生物学上的“科学”根据。“可鸽哨是一种发声的器具，它的音调很难有什么成熟与不成熟之分。”看到这里，我不禁想，诗人到底是难做的，他会碰到许多这样“认真”的读者。

其实何止是诗，就连散文……也何尝不是如此。碰到这样“天真”的读者，真是一种困难。造成这种情形的原因实在是值得思索的。从什么时候开始我们的读者，还有批评家，就逐渐变得这么“天真”而“单纯”起来的呢？人们读惯了政治论文，一接触某些文学作品就自然地会产生一种“朦胧”之感，不懂、不满了。这是一种好现象还是什么呢？

诗是有些“特别”的，有时不像对话、不像报告，喜欢透露一些不大容易捉摸的藏在心底的感情，读起来确也不如看通俗小说那么方便，恐怕是一种没有办法的“痼疾”。

我想，诗是有些“特别”的。想一下子读懂，似乎也不那么容易。没有一点必要的修养与训练是不行的。不但新诗难“懂”，古诗也不好办。李白说，“白发三千丈”，这是一个神经病患者的梦呓还是像“言过其实、不可大用”的马谡那类人的吹牛呢？如果认真“研究”起来，一小时怕是一定不够的。

一九八一年十二月卅一日

一夜北风紧

脂砚齐评《红楼梦》有雪芹有传诗之意的话，常常引起人们的误解，以为这是说曹雪芹在小说中写入了大量的诗，意在显露作者的诗才，其实这是个很大的误会。说《红楼梦》里的诗是雪芹写的，当然无可指摘，但这些却不能看作是他的作品，也许说是“仿作”较为恰切。

回忆小时候读《红楼》，最先赏识的是诗，不但赞不绝口，而且抄下来背诵。后来逐渐觉悟，《红楼》的佳处并不在这些诗上，甚至其中有些还是很不高明的。这里并不是指薛大哥的“哼哼韵”或贾环的灯谜，就连林薛之作，有些也并不足观。

诗，只是作者创作的一种手段，是为刻画人物服务的。这不只表现在用诗来暗示人物的身世、结局，应该说，作者力图做到的是什么人作什么诗这样一种要求。

正如作者非常熟悉生活一样，作者对诗歌的写作、欣赏也实在是个行家。古体、今体、五言、七言、联句、应制，还有填词，可以说包罗万有，出色当行。作者借黛玉之口论诗，尤为出色，可惜至今文学批评家还没有将它收入历代“文论”之中。

宝玉所写的春夏秋冬四律、香菱初学作诗的两首试作，以诗论都是劣作，但作为小说中的穿插，则表现了极高明的现实主义方法。读了这些，几乎使人惊呼，这简单是捏造不来的。

在整部大书中，“仿作”的绝妙佳句，应该无过于凤丫头的“一夜北风紧”了。这真是神来之笔，即使请真正的大诗人来“首倡”，恐怕也写不出更好的句子。王熙凤被逼出了这一句以后，诸位“诗翁”纷纷赞赏，她们说的都很对，也不只是对这位从不作诗的二奶奶的鼓励、奉承。

“大白话”与诗之间并不存在不可逾越的鸿沟，这是符合林姑娘的“诗论”的。这起句起得多好，难为曹雪芹想得出来，大观园中怕没有第二个人写得出这句子。只要看接下去的联句，就明白了。简直一些都匹配不上。

曹雪芹真是熟悉生活。他写医生把脉处方，写省亲、出殡、打醮，写皇粮庄头交租，写起造花园、采买各色物品……数不胜数，使小说成为一部不折不扣的“百科全书”，但还没有人注意到他作为一位真正的诗家的修养与卓识，以及他怎样使这一切为他的小说服务。

这就使我们想到，写历史题材的作品是很不容易的，不熟悉生活是不行的。即使这生活已离开今天很远了，还是非千方百计地设法熟悉不可。生活在今天与生活于往昔的都是活生生的人，不熟悉今天的人也就说不上熟悉古人。至于诗，如有必要在作品中出现，也必须写得像个样子，不能使古人作“打油诗”出乖露丑。

一九八二年一月二日

诗人的争论

我曾经发过这样的议论：提议将古今诗人针对历史上某些名人和遗迹的怀古咏叹诗词收集起来，编为专集，前面再加上一篇高水平的序言。这样就仿佛请来了古今许多诗人、作家……要他们来开“座谈会”。七嘴八舌，一定非常热闹。开这样的“座谈会”也比较经济，不必占用宾馆，不必开销车船食宿等费，只是翻书较为麻烦，而书前的序言也就是总结，也得花力气才能写好。这样做有许多好处。可以看出不同时代、社会的许多人，对同一事物有些怎样不同的意见，那原因又在哪里。这就不只可以使读者增长见闻、打开思路，还能借此明白许多道理。“彼亦一是非，此亦一是非”，虽然出自庄子，也不免是糊涂话。这中间原来是有必然的规律可循的，也就是我们平常所说的“历史唯物主义”了。

这样的人物多得很，西施、王昭君、杨贵妃就都有资格举行“座谈会”。男性方面自然也有不少。不过诗人们的兴趣没有对前者的那么浓厚，因此分量可能要少些。此外，对“问题人物”的议论必然多；至于有“定评”的历史人物，也许就只能听到一面倒的意见，如岳飞与秦桧。总之，无论如何，这样做是可取的、没有什么坏处的。

楚霸王项羽要算是一个大大的名人。“乌江自刎”也是人们都知道的故事。发生这事件的地方在安徽的和州，古时还有过一座乌江亭，诗人经过此地大抵总要想起“别姬”的故事，咏叹一番。唐朝的小杜（牧）写过一首《题乌江亭》:

“胜败兵家事不期，包羞忍耻是男儿。江东子弟多才俊，卷土重来未可知!”

显然，杜牧是同情项羽的。他认为胜败乃兵家常事，惋惜项羽没有能像勾践那样忍辱卧薪，东山再起。可是隔了二百多年，北宋的王安石的《乌江亭》诗却说:

“百战疲劳壮士哀，中原一败势难回。江东子弟今虽在，肯为君王卷土来。”

这是和小杜的诗唱反调的，李壁在诗注中就引了杜牧的原作，指出两位诗人是在这里打架了。

试加比较，不能不看出王荆公的见解比起小杜来实在要高明许多。王安石看到了项羽失败的真实原因，看清了为人民意愿所决定的大形势，断言将不会再有谁肯为野心很大的冒险家卖命了。而小杜则只是孤立地说胜败乃兵家常事，其实这只在论及某些个别具体战役时可以适用，但完全不能用以判断一场全局性的、决定历史方向的大斗争。

这两位著名的大诗人为什么会在这里出现了这样的大分歧呢？我想原因之一可能在于他们所处历史时代的不同。杜牧生于安史乱后五十年左右。唐朝已走上了下坡路。中晚唐是一个变乱频仍的时代，给诗人带来的影响是复杂、矛盾的。

而王安石却处于赵宋建国百年以后，封建王朝虽已开始面临许多严重矛盾，但与中晚唐却完全不能相比。他们都想挽救、巩固封建王朝，但开出的药方却两样。起决定作用的是“人心思治”和“人心思变”的两种不同社会观念。不知道这猜想到底是否合乎实际。

一九八二年一月十日

别时容易

近来，在不意中又增长了一点见识。自己觉得很高兴。

人生在世，只要一息尚存，总会遇到一些新鲜事，为过去没有见过、听说过的。从中往往又可以学到一些新东西。有句古话，“世事洞明皆学问，人情练达即文章。”说的就是这种情形。这样的对联，陈腐是有些陈腐的，但我觉得它有一种特点，即不把“学问”局限于书本上得来的知识，也不把文章只看作纸面上的东西。即此一点，就实在很了不起。

大约两个月前，一位收藏新文学旧版书的朋友告诉我，说在旧书店的仓库里看到一本我找了许久的书。这是十多年前失落的群书中的一册，失落时容容易易，可是想补买回来可真繁繁难难。听了这消息哪能不高兴，匆匆赶去问时，不料被一口回绝了，“没有。”没有法子，只好婉转说明，就是前两天还有人在这里看到过，这才答应“慢慢地找找看”。过了几天再去问时，回答说：书是有的，不过能不能出售，还得请示后才能决定。这“决定”是在又过了十天第三次跑去时得到传达的，“不行。”理由是要留作“资料”以备将来自己翻印之用云云。

前后费时一个半月，来往奔波三次，结果是彻底失望。但收获还是有的。那就是使我知道，旧书店的经营方向有了改变，不再以供应读者资料为主，而是像出版社一样，要翻印旧书了。此外，又使我明白了另一种事实。旧书的身价看涨了，即使是三四十年前出版的铅印本，也变得如此珍贵，有和宋元版书并驾齐驱之势。

在第三次被“回绝”时，书店的服务员好像也有点不好意思，对我作了一些解释。主要的意思是，旧书店本来自己并不“藏书”的，过去收进旧书也大抵供应了图书馆。可是现在自己想翻印旧书刊，向图书馆去商借底本时，不但困难，还得付很大一笔费用。一赌气，索性自己“收藏”，买进的书也不卖了。

这是我得到的第三种新知识。图书馆是可以免费借阅藏书加以利用的地方，这是多年来形成的概念。现在知道也有了新的发展，在某种情况下，借书是要收费的。

这许多，都是近来出现的新事，也显示了某些社会矛盾，牵涉到复杂的经济因素和企业管理问题。一时也说不清楚。但分明可见的特点是，无论图书馆还是书店，都是建设社会主义精神文明的重要工具，现在似乎都已把经济目标放到了前所未有的地位上。这倒是值得注意的。

翻印稀见的善本这种事，过去的图书馆和旧书店都曾作过。这是有历史传统的。解放前北平图书馆就印过《善本丛书》，南京的江南图书馆也印过不少善本，都是作出了成绩的。但说不上营利，不赔本就是好的了。上海、北平的一些旧书坊也印书，印出了《贩书偶记》这样的书，也影印过《二洪遗稿》《孟邻堂集》《洛阳伽蓝记》……都是些生冷的书籍，销路不会很多，得利也有限。

重印旧书，保存、传播有价值的文献资料应该是首要的任务，营利可以放在次要的地位。看看今天的重印业务，这一点则是不明确的。有的书，算不上是怎样的珍贵资料，却用极大的人力物力重印了，定价贵得惊人，好像下定决心不给一般的读者买似的。如“暖红室”刻的曲子、朱祖谋刻的词，都用好纸精印，锦函牙签，定价动辄好几百元。充古董，不够格；作读本，又太贵。大概是想卖给海外的汉学家或好古之士吧。但他们也不是小孩子，不一定踊跃争购的。而一些真正有版本文物价值的国藏善本，却又印得太草率了。如蜀本的《唐人集》，确是孤本秘籍。但印制水平，不必说几十年前的日本影印本，连商务印书馆的《续古逸丛书》都赶不上。这是不能不使人感到遗憾的。像这样的善本，依照我们现有的印刷水平，是完全有可能印得好一点的。上海图书馆印过纳兰容若的手札，就是一例子。这样的书，印数不必多，定价不妨大，但作为代表国家文化水平的印刷实物，却不能不力求印得好些、更好些。

“普及性”的东西不是没有。我看到过一种《养生随笔》，过去没有见过，觉得很新奇。一翻，才知道就是曹廷栋的《老老恒言》。重印所据并非并不难得到的乾隆刻，而是几十年前上海书商的翻印本。只要看那书名，就闻得出一股浓郁的商业味道了。所谓古籍重印，在某些地方，从选题开始，就能看出这样的倾向，就是考虑销路多，顾到文献价值少。

至于翻印新文学出版物，那就更是有点随便了。不过有一条“规律”：印的绝大多数是已死作家的作品。我们至今还没有一部版权法，作家逝世后是否版权就立即消亡，也没有明确的规定。这就为重印者提供了“方便”。郁达夫的许多书都重印了，夏丏尊译的《爱的教育》也重版了。重印的时候也并无任何说明，连原书的版本衍变的介绍也没有，也不说明为什么选取这一版本的理由。复印只是复印而已。

无论怎么说，至少有一个好处应予肯定，那就是新文学旧书的身价又提高了，又被人看作可以带来种种好处的“宝贝”。于是大约也多少可以逃掉称斤、销毁、作还魂纸的不幸命运，资料因此而可能得到保存，现代文学资料馆也有可能建立并逐步充实起来的吧。到了那时，研究新文学史的人可以在那里找到自己所需的资料，出版机构也可以取得重印的原本，不必再因这一切而苦恼奔波。资料馆一定不是一个营利机构，这一点我想是可以肯定的。

橙子的联想

我在剥着一只新会橙子吃。仔细地取下皮来，再将附在橙瓣上的白色筋络去净，很花了一些时间。橙子甜得很，确不愧为岭南名产。今年上海的水果供应情况很好。仅是柑橙一类就有许多品种。广东甜橙、广西橙、新会橙、蕉柑、四川的广柑……记不清有多少门类，价格也不一样。看样子，新会产的应该算是最好的了。

慢慢地剥着橙子，也算是一种休息。可以使眼睛暂时得到清闲。但脑子却不肯静下来，胡思乱想，忽然想到周邦彦的一阕词上去了。“并刀如水，吴盐胜雪。纤手破新橙。锦幄初温，兽香不断，相对坐调笙。”觉得这词实在写得不坏。仿佛可以看见、闻到、感觉出喷出来的一丝丝橙雾……这阕词加上“下片”，简直就是一篇完整的短篇小说。情节、意境、环境的刻画，人物心情的变幻，都是完整的，像一颗玲珑剔透的水晶球。它不是用通常的小说手法写出来的，但比小说更美，是一首诗。现在有一种流行的品种——“微型小说”，但至少也得几百字吧，也没有见到能写得这么完美的。

大概当时的读者对这阕新词过于喜爱了。也看出了它具有的小说特质，为了满足一种欲望，总想“考证”出它的本事来，于是就产生了李师师与道君皇帝的那则传说故事。

我最初读这阕词，就是连同那个故事一起读的。因此两者合成一种完整的印象，再也分不开来。

如果撇开艺术性，来看它的“思想性”，那可就“毫不足观”了，它写的是怎样的故事呢？一个荒淫皇帝和妓女鬼混，又和一个小官加词人的周邦彦在争风吃醋。真是一点积极意义也没有。难怪近来出版的许多词选都不取。但我想也未必一点意义都没有。它不是真实、深刻、生动地反映了那个腐朽王朝的真相么。果然，道君皇帝不久就做了俘虏，永远失去了他的“天堂”。再也吃不到由江南进奉、由女人的纤手剥出的橙子了。仅此一节，就是它的价值所在、可取之处、意义所寄了。

可是半空中忽然杀出一个王国维，做了一篇论文——《清真先生遗事》。证明这传说完全是假的。压根儿没有也不可能有这种事。

对于这位观堂先生我一向是很佩服的。他的考证确也无可指摘。但我总觉得他真不免有些多事，破坏了一个完整的美丽的故事。王观堂（国维）大概还不至激进到为周邦彦“辨诬”、企图挽救他的政治声誉的地步，如前些年某些“英雄”所为。仿佛如这只是写自己和别的什么人的事，周邦彦的“罪过”就会轻一些。但无论如何我总觉得他是作了一件煞风景的事。

从此我就想，有时候考证家、学问家会成为艺术的大敌，会把某些事搞得一塌糊涂的。

这类煞风景的事在日常生活中是会常常遇到的。譬如，到富春江上去游严子陵的钓台，有的人就会津津有味地研究严子陵当年使用的是怎样的钓竿？是否也是带有滑轮的一种，可以在几千米高处从江里钓起鱼来？今天的泰山上，不知道是否还有那块刻了“孔子小天下处”的石碑？至于四川剑阁曾有一座“唐明皇闻铃处”的石碑，那是我亲眼见过的，不过事隔四十多年，也许已经没有了。这些都是煞风景的事，是古迹迷或名胜创造积极分子的“杰作”。不过技术水平过于低下，不如王国维，随便谁都能指出那荒谬不经。

旅游事业日益发展，全国风景点和名胜也纷纷修复了。像《名胜辞典》那样的巨作也已出版。这就带给我们一些十分复杂的问题，名胜、古迹存在着种种不同情况。有的是确实无疑的遗迹、故址，如广州虎门的炮台，谁都不会对之产生怀疑。有的就有点附会的成分在内，但大体上是可信的。也有的出于人民天真良好的愿望，多少年来就已“创造”出来并一直存在着的了，这就应该受到应有的尊重。考古学家……不必在这种地方过于热心地浪抛精力，他们应该在考古发掘……领域内施展本领。这里要求有一点“诗与真实”的理解与风度。云南大理的苍山上时时出现“望夫云”，对此，千百年来人民有一种非常美丽的传说。科学家可以合理说明这种自然现象的成因，但不必去“破除迷信”。我想这大概是大家都会同意的吧。

“杀风景”的事有可能从两个方向袭来。对此我们应该采取分析的实事求是的合理态度。

东坡二题

蟹

十多年前偶然从南纸店里买到一副洪稚存写的篆书联，还未经裱过，想来当日写好送给朋友，就被随手卷起放在那里，不料一下子就放了一百多年。因此纸墨如新。裱好以后挂起来，正好可以掩盖掉粉漆剥落难看的墙面，无事时看看，觉得很不错。洪亮吉的篆书与孙星衍齐名，在清代书家中是有地位的。好像他对同时著名的金石篆书家钱十兰（坫）也并不大佩服，在文集中曾说过一些怪话。联语是七言："自昔同年同里井，只今有蟹有监州"。上款："健莽二兄同年"，下款："北江弟洪亮吉"。下面钤了两方白文大印："洪印亮吉""万里荷戈"，可见这是他被贬斥西陲放还之后所写的了。

这联语很有趣，却一时说不出下联的出典与命意，真感到非常惭愧。有一天理书，翻到两本《晴川蟹录》和《后蟹录》，仁和孙之騄辑，还是康熙刻本。这是《晴川八识》之一，所谓丛书零本者是也。在书店里是被当作残书的。但我却不这样看。这又有什么关系呢？如果"八识"俱全，也许就买不起了。这是很有趣的书，把古今关于螃蟹的谱、事、文、诗，以及“事典”“赋咏”“食宪”等，都搜罗在一起了。当然不见得就完备无遗，但材料确实是很丰富的。这种有关螃蟹的仅有的专著，是值得珍重的。无意中就在《后录》卷二，翻到了苏轼的一首诗：“生平贺老惯乘舟，骑马风前怕打头，欲问君王乞符竹，但忧无蟹有监州。”

这下子总算找到了洪北江联语的出典，真是高兴得很。赶紧去查东坡集，但找来找去也没有看见《后录》里写下的原题“金门寺中”。这就不能不说是过去著作家的毛病了。他们往往割裂原题，不注出处，使读者为难。原来这诗是“金门寺中见李西台与二钱（惟演一易）唱和四绝句，戏用其韵跋之”的第二首。

西台是李建中，也是宋初有名的画家。二钱都是吴越王钱氏后裔，因此东坡此诗中就用了钱家的故事。

《五代史补》：“吴越王初入朝，上赐以宝马。马出禁门，骄行却退。王谓左右曰，‘岂遇打头风耶?’”这是吴越国归顺以后，已经失去了地盘的地方军阀来到中央政府以后胆战心惊复杂心情的写照。虽然是小故事，却生动深刻得很。

螃蟹的故事出《归田录》：

“国朝设置诸州通判。既非副贰，又非属官。故常与知州争权。每云，‘我是监郡，朝廷使我监汝举动。’为其所制。有钱昆少卿者，家世余杭人也，嗜蟹。尝求补外郡。人问所欲何州？曰，‘但得有螃蟹无通判处则可矣。’”

这故事也有意思。这位爱吃螃蟹的钱少卿的言行，与陶渊明的官田种秫可以算作一对铢两悉称的“佳话”。当然另外还有特别的意义。宋朝严格执行中央集权的政策，对地方官不放心，要派通判去“监州”，和唐末用太监监军的手段差不多。这办法是有很多流弊的。地方官感到头痛自然是难怪的。东坡喜欢说笑话，万一弄不好，螃蟹吃不到，却有一名监州在一旁管头管脚那就糟了。洪北江则下一转语，退一步想，螃蟹、监州两者都有，也就可以满意了吧。这中间当然是流露了他对当时官场的不满情绪。

羊肉

去年春天到广东去了一次。在许多地方都看到东坡的遗迹，使我非常感动。苏轼死去一千年了。人民却一直都没有忘记他，在全国各地都留下了不少遗迹，而广东又特别表现得突出。在惠州，东坡的遗迹大约不下十四五处之多。先后都去走过一转。在风景如画的环境里，处处都留着东坡的影子，这是不能不使人激动的。吴又陵（虞）有两句诗，“英雄若是无儿女，青史河山漫寂寥。”吴老先生是五四时期打孔家店的老英雄，但又是做艳诗的“好手”。因此对这两句诗的理解就必须慎重，也不能拿来作为文艺创作必须加点爱情的胡椒面的口实。但我想，也不妨作另外的理解。无论一处地方风景如何秀美、山水何等雄奇，如这中间没有为人民所爱重的仁人志士、诗人画家驻足流连，那就不免减色，“青史河山漫寂寥”了。

东坡在东川住过的白鹤峰，就是一处极美的所在。山并不高，但可以俯视东江，山水如画，还留下了几株擎天的古树。站在山崖一角的大树底下，不能不使人想起“夜饮东坡醒复醉”那一阕词，虽然那是在黄州写的，也不妨借了来充实游人的想象。老诗人寂寞极了，他大致在酒醉之后一人登山、望江、抚着古树，低回许久，然后才走回寓所去。推门进去时，听到家童已在打着如雷的鼾声了。寂寞，无端的寂寞啊！

东坡在惠州的身份是“宁远军节度副史，惠州安置”。虽然大小还是个官，但是以严重的政治问题被指定“下放”在这里，处境可想而知。可是在美丽的丰湖里有一条漂亮的“西新桥”，和北京颐和园里的七孔桥很像，据记载则是他动员了弟妇——苏辙的妻子献出官家赏赐的黄金钱助修的。另外还有一座东新桥，为了修建它，东坡捐献了自己的犀带。这样看来，他在这种处境中还常想着为老百姓办点好事，似乎他的处境还是不坏的。当地人对他也保持着融洽的关系。不过这种良好的情谊主要来自人民，同官和上级就是另一回事了。

也是在《晴川蟹录》的卷三里，收了一则东坡的《杂说》：

“惠州市井寥落，然犹日杀一羊。不敢与仕者争买，时嘱屠者，买其脊骨耳。骨间亦有微肉，煮熟热漉出，渍酒中，点薄盐，炙。微燋，食之终日。抉剔得铢两于肯綮之间，意甚喜之，如食蟹螯。率数日辄一食，甚觉有补。子由三年食堂庖所食刍豢，没齿而不得骨，岂复知此味乎。戏书此以遗之，虽戏语，实可施用也。然此说行则众狗不悦矣。”

从这段小文章里可以知道，惠州每天只宰一头羊。好肉都是给当权的老爷们享用的，东坡问都不敢问。只能开后门请屠户给留下一些羊骨头架子，用自己发明的方法烧了吃，要好半日才剔得一星半点骨渣上的碎肉，还觉得滋味很好，与剔吃蟹螯里的馀肉的情形差不多。这是一种真实的生活侧面速写，将诗人当日的生活与处境如实地写出来了。

“东坡肉”至今还是杭州饭馆的名菜。但这东坡羊肉却不见流行，久已失传了。可能是因为过于寒酸，上不得台面的缘故吧。

东坡是注意饮食的，但并不是什么“吃客”。他写过赞美花猪肉的诗，“东坡肉”的烹制要点就写在诗里。他喜欢荔枝，发过“日食荔枝三百颗，不妨常作岭南人”的豪语；鱼、酒、新茶、槟榔、橄榄……都曾入诗，但无一珍馐，全是老百姓也可以享用的东西。他对这些都表现了非常浓厚的兴趣，也就是对生活表现了炙热的向往与爱。即使在非常艰难的日子里也不改变这种生活态度，我觉得这正是东坡的人品和诗品中最可宝贵的东西。

他的喜欢说笑话、幽默感，也是这种性格的一种表现。他向弟弟介绍了新发明的烧羊肉法以后说，如果这办法广泛流行，那么大小群狗就要不高兴了。这是笑话么？东坡在这里说的是，他目前过的其实是和狗抢骨头的日子。

一九八四年一月十七日

疗妒汤

《红楼梦》第八十回写天齐庙道士王一贴向宝玉提供了一个医妒病的方子，二百年来无数读者都看作一个绝妙的笑话，滑过去了。这其实是很不幸的，曹雪芹可并不这样想。“妒”，不只如通常所理解只生在女性身上，其实是一种顽固的社会病。曹雪芹多次提出这个问题，想加以研究解决，可是终于没有办法。王一贴所提供的冰糖煮秋梨，就是声明对此束手无策的告白。因为服这药是要以人死为度的，“死了还妒什么！那时就见效了。”这是非常沉痛的话。

对于妒贤嫉能、打击排斥、穿小鞋、抛冷眼……一整套做法，身受者大抵会采取一些不同的对策。有的人对此置之不理，你妨你的，我干我的。不灰心，不泄气，这是很高的标准，一般人不易做到。功夫差一点的就难免不在打击下动摇，减少甚至丧失了工作的积极性。社会上到底是平常人多，因此“妒”病后果的严重也就特别表现在这里。功夫更差一些的就难免在想不通之余，寻了短见。自杀是弱者的行为，虽应同情却不宜提倡，这是不必多说的。

《红楼梦》写王熙凤和尤二姐的故事，就是曹雪芹对这问题所作的解剖与答案。尤二姐一开始何尝不知道凤姐的为人，她也确实下了“你妒你的，我干我的”的决心，在小花枝巷租得的小房子内和贾琏同居。这是需要很大的勇气的。可是后来怎样呢？先是被骗入大观园，接下去就被摆布得求生不得求死不能。终于还是不能不落入弱者的末路，吞金自尽了。曹雪芹为了一个不幸的女人力求掌握自己的命运终于一败涂地的全过程。真实而深刻，使人信服。同时也指出了“你妒你的，我干我的”办法的不牢靠。

尤二姐死后贾琏呼天抢地，咬牙切齿，赌咒发誓，虽然都是毫无用处的马后炮，但却点出了这是一场你死我活斗争的实质。通过这一件事，贾琏的觉悟是大大提高了。

想来想去，对社会上的这种风气，唯一的对策只能是正面的对抗，而不宜采取“清高”的不与计较的方略。人们是生活在同一个社会里的，你不理他，他却要来找你，想躲也躲不开，想绕路却没有路。想前进的人只有勇敢地清除面前障碍的一法。

一九八三年六月二十九日

杀风景

“杀风景”这个词是唐代大诗人李义山创造的。多年来大家用惯了，一听就知道那言外之意，没有人再去细细推敲。平常我们只是说“污染风景”“破坏风景”，谁也不会想到风景也可能被“杀”。仅此一点即可见诗人感觉何等敏锐，情感何等丰富，才能想出这么尖新而感染力强烈的词汇。

李义山曾列举了许多条“杀风景”的事例，收在《义山杂纂》里。我现在只记得有“花下喝道”“花上晒裤”之类的话头。诗人是爱花的，所以对这些行为表示反感。细想起来，这类事大抵并不触犯刑律，法是管不着的；但却往往伤害了大多数人民的感情。在盛开的花树枝条上晒裤子，是不符合五讲四美的恶劣行为；开了汽车从游人如鲫的公园花下驶过，即使是去执行公务，也会使人侧目而视的。李义山在这里其实是提出了一种美好的公众道德与审美标准，不应当作小说笑话轻轻读过。

世界上这类事其实是很多的。

我爱吃茄子，但并未吃过大观园里的名菜“茄鲞”，平常吃的只不过是茄子饺子、肉末茄子、白油茄子之类。夏天把茄子白煮晾凉，用酱油、麻油一拌，味道也很不坏。不过我记得父亲在日，饭桌上是没有茄子的。那原因是他小时家境艰难，从春到秋祖母顿顿给他吃白水煮茄子；不用说麻油，连酱油也难得，因此吃伤了，后来一见茄子就要作呕。这事从小给我留下的印象就很深。想想如在父亲面前吵着要吃茄子饺子，大约是会挨一顿藤条的吧。

我又想起了那个十年里一枝独秀、红遍全国的“样板戏”。这些戏有的原是革命作家辛苦创作的现代戏、具有一定水平的艺术品。不幸后来被江青抢了去，搞得面目全非了。如果今天有人努力加工，洗清污垢，恢复原状，重新上演，我也并不反对。不过我又想，一见那些戏名，一听那音乐，恐怕就会不可避免地想起十年动乱中的日子，那批斗大会，那些因“样板戏”而枉死的冤魂，引起神经上的痉挛、抽搐，而感到说不出的痛苦。也许是我神经衰弱，在健康人身上不会出现这些反应也说不定。这原是只关系到个人的小事，用不着大惊小怪。

比较严重的是另一类的情形。也是在那个十年里，很有些人一时冲昏了头脑，着了迷，干了一些错事，说了一些错话。聪明正直的中国人民是通情达理的，他们不会搞一刀切，不主张“打倒一切”，懂得不同的对象应不同对待，对多数人还是希望他们改了就好。不过事情总不会那么简单，也不是每个人的头脑都是清醒的，都能有自知之明。于是人们就看见了这样的怪事。曾经在“反击右倾翻案风”中“勇敢”地跳出来，在多少万人的大会主席台上，慷慨激昂，声嘶力竭，拍桌子，抢话筒，以灭此朝食的气概奋勇批邓的人物，好像不知何时喝过一盏“迷魂汤”，竟全然忘记了“前生”的业绩。又梦想办起一家杂志，组织一个“学会”，主持一家出版社，主编一张报纸，来教育、辅导人民群众深入学习《邓小平文选》，也确是“其志可嘉，其心甚苦”。但在没有喝过“迷魂汤”的人们看来，就不免觉得有些奇怪，有如落入了“鬼打墙”的噩梦之中。

本来想举出几条事例，为“杀风景”作注脚；想来想去，竟想出了格。显然，有些事是完全不能看作杀风景的，否则就要犯大错误。例如那些喝过“迷魂汤”的朋友，好像就是主张人是没有阶级性的。也许他们过于谦虚，把自己列入没有阶级性的机器人之内了。机关枪是没有阶级性的，在防暴警察手里，它是镇压群众的好家伙；一旦被革命群众抢过来，就又成为革命的好武器。

他们的想法简单明了得很，机关枪是活的，朝哪个方向发射都行，一切都依时间、地点、风向而定，这不也是一条“原则”么？这些朋友大约还很不满，感到很委屈，从心底责怪群众头脑中充满着“极左思潮”，“排挤”像他这样的“勇士”。他想不通，批邓时是先锋，在学习《邓小平文选》时就当不成勇士了么？这到底是哪家的道理！难道人是不会变的么？

这一类的“思想不通”是难怪的，也可以说是“必然”的。但我们确也应该提高警惕，使头脑更清醒些，不能一笑置之。“杀风景”也应有一种更科学的定义，不能随意搬用。在当前，这真是一个极要紧的认识问题。

一九八三年九月十一日

帮倒忙

最近读到一篇杂文。作者说电影似乎是在银幕上再现神话戏曲最理想不过的手段，但实际往往并不如此。天兵天将翻起觔斗来竟与凡人一样多；出现了云霞却遮住了演员的双脚，腰腿功夫看不见了。如此等等，他的结论是电影化不仅没有发挥特长，反而帮了倒忙。

这情形是确实存在的，也应该引起人们的思索。

世界上的事物，十全十美的大约不会有，总是有长处也有局限。也就是老话说的有一利必有一弊。清醒的聪明人判断一件物事，首先要看它的好处大还是坏处多，这是决定去取的首要标准；如优点多于缺点而两者对比悬殊，那就要首先加以肯定，但也决不可因此而忽略了缺点的一面，要加以防止、克服、改造，才能取得最佳效果。这许多都是常识以内的事，但人们却往往忽略了。

多年以前读鲁迅先生的文章，看他指出这一颇有根深蒂固带普遍性的缺点时，心情确曾感到异常沉重。如他说，火药是中国人发明的，但只用来玩烟火、花炮，外国人却学了去制成枪炮，打进来了；指南针也是伟大的发明，但在我们这里最普遍的用途是看风水……至于脖颈细长，宜于刀砍；膝部能弯，便于下跪之类，还举出了不少。总而言之，有些人总是喜欢取其糟粕而去其精华，而在这样做时却总要把“精华”的招牌高高地举在前面。于是善良人、老实人就常常要上当，跟着吃亏，而且是糊里糊涂地吃了亏，实在是一种大害。

在我们社会主义祖国里，一切法令、制度、措施都是以人民最大的、长远的利益为准绳而制定的。这是一点都没有疑义的。但尽管考虑得再周密、修订得再完善，也不能不留下一点空子可钻。我们提倡五讲四美，讲礼貌，但有的人就使之转化为拍马；许多老同志都严肃地指出，“三种人”里有不少表现得比谁都积极，表面看来俨然是个“先进人物”，而这却正是最危险的。至于投开放政策之机，偷偷引进腐朽没落的西方“文明”，更是许多人熟知的了。

说来说去，还是只能怪自己太善良、不细心、缺少辨别力、思想方法上过多形而上学、只知其一不知其二，以致被钻了空子，给帮了倒忙，为人民的事业造成了这样那样的损失。

至于“帮倒忙”，也应该具体分析，在有的场合，这是不适用的，不必多说了。

一九八四年一月二十日

弢翁纪念

一九三四——三五年顷，在天津南开中学读书，国文教员孟志孙老师上课时指定了一种参考书——戴震的《屈原赋注》。一下子使同学们手忙脚乱了。这书当时已有商务印书馆重印的一种小册子，但我们不知道，因此无处寻觅。第二天，同学周杲良却从书包中取出了一本大册精印的本子。同学都为之吃惊而羡慕。我曾仔细翻看过这书，觉得不愧是一种名副其实的雕版艺术品。我对中国雕版书之美最早也印象最深的认识就是来自此书。当时只知道这是杲良父亲刻的，还不知道就是叔弢先生。

这本《屈原赋注》虽然不过是新刻本，但不知怎的竟是如此的难找。四十多年来阅肆借人，一次都没有遇见过。

一九四九年冬，我路过天津，以记者身份到啟新洋灰公司的总管理处去拜访叔弢先生。这时我早已知道他是一位著名的藏书家了。见面后就向他请教这方面的事情。叔弢先生兴致好得很，见我这个年轻人居然对版本也有一点起码的常识与兴趣。还不知天高地厚地在他面前提到黄跋、顾校，就和我畅谈了古书的雕版源流、抄校本的精妙和鉴定、赏析方面的许多见解。这许多，我曾大致写进了一篇报道之中。这次谈话进行了一个多小时，他还约我到他家去看书，但因第二天就匆匆赶去北京，失去了这次难得的机会。

大约是一两年以后吧。我听说叔弢先生已将他毕生精力所聚的收藏，全部捐献给北京图书馆了。不久，又在一次偶然的机会里在北京图书馆遇见赵万里先生。他告诉我说："你来得真巧，叔弢先生捐献的藏书刚刚运到，还没有启封。你将是第一个看到这批书的人。"赵先生拉我进入地下书库，六只用木板钉起、有如装运巨型机械的大板箱就放在书库进口处。万里先生找来工具，马上启封，随手从面上取出两种来给我看。大约只是两三种抄校本吧，我坐在靠窗的小桌子上匆匆翻阅，读题跋，看校笔，审视收藏印记，一下子半小时就过去了。我只能站起来两手一摊，向赵先生说了声"望洋兴叹"就罢手了。

从不久前的那次长谈里，我知道叔弢先生是个爱书如性命的人。他的收集古刻名钞，不是为了附庸风雅，更不是为了囤积居奇。他是个著名的民族工商业者，常年住在天津，和外国的中国的文化贩子斗争，以个人的力量辛苦收集了这许多古代典籍珍品，使之免于流散异域。在中国人民获得解放之后，就立即把全部精品献给了国家，毫无顾惜。这是怎样的一种精神呢？当时并不完全理解，只觉得与古代藏书家的那些"信条""子孙永宝""愿子孙，勿轻弃"（都是钤在书上印记中的话）不大一样。

他的"自庄严堪"藏书，质量之精、品种之多，比起近代许多藏书家来都要高明得多。他是真正懂得书的人，眼光又较新，不斤斤于宋元，也不墨守老辈藏书家的好恶偏见，因此能广收博采，经久护持。没有这样爱书如性命的藏书家，今天要复印古刻善本恐怕就难免要到国外去寻求显微胶卷了。

几十年过去了。一直到前年我才请他给我写了一张字。他写的是黄荛圃题宋本陶集的诗句，后附长跋，说明这两种宋本陶集都曾是他的珍藏书，写这张字也是一种很好的纪念。

去年初夏，杲良从美国回国讲学，我赶到北京相见。正巧全国政协开会，叔弢先生也在北京。我又有机会访候。在北京饭店客房中，叔弢先生坐在沙发里，精神极好，看去不过六十岁人。一见面，仿佛继续三十四年前未竟的谈话似的，又谈起了古书版本。他的兴致好极了，谈到他先后得到士礼居旧藏两种宋刻《陶集》的经过，谈到恢复重建的琉璃厂，谈到十来年前还有人能抚刻元版《稼轩长短句》……真是意兴飞扬。一小时中几乎都是他在谈。怕老人劳神，我只得匆匆告辞。走在东长安街上时，我在默默地想，叔弢先生是真正爱书如性命的。他的爱书也是数十年如一日的。

也是那一次，听杲良说，老爷子早已把身后的事安排好了。他们兄弟姐妹，每人都分得了几部书作为遗赠，这些书也并不是什么“善本”。此外，没有了。老爷子把他们兄弟都培养成对国家建设有用的人才。他们中间有几个博士、几个教授、工程师、研究员……在闲谈中，我又提起在南开中学时见到过的那本《屈原赋注》，问他知不知道家里还有没有，很希望能得到一部。

去年十二月二日，忽然接到叔弢先生一信，是亲笔小楷写在“孝经一卷人家”的笺纸上的，但却没有封口。信里说，听珏良说我想得到一部《屈原赋注》，“仆所刻书，初印本无多。除送人外，所存无几。全归天津图书馆。顷往商之，由馆寄赠，似较合理。兹仍交仆直接寄先生，馆领导厚我，可感之至。至书中‘周暹’二字小印，曩时只钤甲级善本，久不用矣……景仰之忱，存乎此印，非自炫也。”两天以后，就又收到他亲手包扎付邮的两册书。这是我三十多年后第一次看到这书。扉页后有“甲子十一月建德周氏校刊”牌记，甲子是一九二四年，去今恰六十年。这书真是刻得精，从乾隆原刻翻出，白纸最初印，纸墨晶莹，比起双照楼吴氏所刻诸种，雅韵似尤胜之。书中叔弢先生手钤“寒在堂”“周暹”“周氏叔弢”三印。得书后立即写了信去感谢厚赐。没有好久，就听说他住院了，两个半月以后就从报纸上看到了老人逝世的消息。想想这封信可能是他最后的遗墨了，真是感到无限的哀痛与怅惘。

两天以后又在报上读到老人的遗嘱。短短的几行，我却反复地读，并想了许久。我想，遗嘱对他自己是作了非常平实的评价的。我先后只见过他两次，留给我的就正是这种“坦然”的印象。遗嘱很短，但完美地表现了一种崇高的人格、境界。他喜爱《陶集》，但这遗嘱却远远不是陶渊明的“拟挽歌辞”所能比拟的了。这是很自然的。只有在今天这样伟大的时代，才能产生这样的美丽与庄严。

去年听说，叔弢先生的藏书目录早已编好并交给出版社了。只是因为技术上的原因，一直未能付排。我想这是值得遗憾的。那么就让我们加紧工作，高水平地印制出来，这将是对叔弢先生最好的纪念。最好将老人历年所写的题跋也一併辑入。这目录，不只有很高的文献、学术价值，更重要的是它反映了一位九十三岁老人毕生辛勤的成果和他对祖国文化的纯洁崇高的爱。

一九八四年二月二十三日

废铜烂铁之类

抢救文物的呼声，在我的记忆里，好像已经延续了几十个年头了。其实认真追溯上去，那历史还要早远。例如宋代女词人李清照所写的《金石录》后序，就是一篇情文并茂、沾满血泪的文字。当然，她生活在那样的时代，只能发出那样绝望的悲叹，不可能提出哪怕是一丁半点补救的方法。这情形似乎可以代表旧时代一切好古之士的处境与心情。记得好像还有人发表过这样的意见，古物是天生要一天天少下去的，要不今天古董为什么会那么值钱？旧的不去，新的不来。如果一切都保存得好好的，原封不动，人类还能有发明创造的余地么？就是把全部新建设投资用来赶造博物馆，恐怕也满足不了需要的。这些话不能说没有一点道理，但与现实的情况不符，只能当作笑话或反话来听。

回忆一下，新中国诞生以前，人们大声疾呼的是，制止文物的破坏与外流。河南、陕西……的地下盗掘、石窟雕像的破坏、敦煌千佛洞藏书的流失、皕宋楼藏书的东渡。大批珍贵铜、瓷器、书法、绘画及古代工艺美术品和善本古书长时期不断地流入了东西方各国的公私藏家之手。一段时期里好像好古之士都由外国人包办了，中国的好古家少得很，有些还是挂着学者招牌专做洋装生意的高级掮客。概括起来说就是帝国主义分子运用经济手段放肆地掠夺着中国的古代文物。当然不能忘记，帝国主义国家主要是用政治手段来对付中国的，但当他们发现有些事用经济手段办来效果更好也更顺利时，就采用了这样的策略。

新中国的诞生，宣布了这一切无耻掠夺丑剧的收场。这是值得全国人民跳跃欢呼、鼓掌称快的。三十五年来人民政府做了大量的工作，使新中国的考古与文物保护事业取得了巨大的成就。古物流失的漏洞基本上堵住了。不过在新形势下也出现了新的问题，需要我们认真地对待。十年动乱为古文物带来了一场浩劫，这是一种特殊的情况，这里不必说，值得重视的是直到今天还连续不断在发生着的事情。

北京历史博物馆开了一个展览会，陈列了从熔炉口中夺回的千把件古代文物，企图提醒人们记得这种触目惊心的现象并与之斗争。这就不能不使我记起一件往事。那是一九六八年的夏天，我正在当搬运工，每天要跟了卡车到车站去运卷筒纸。一天在上海杨浦车站的站台上，看到停着一列车皮，上面横七竖八装着从西北运来的一批铜铸的佛像，大小不等，彼此拥挤地睡在那里。想来可能是出于一座规模不小的寺庙。有些佛像的肚子已被捶碎，藏在里面的一大批黄绸包裹的卷子，散落在站台上满地都是。我曾打开过一卷来看，这是一个佛经的长卷，刻的似乎是西夏文，认不得。纸质是棉料，很旧了，很有点像雷峰塔里发现的藏经。这是为我留下很深印象的现场风景，可惜没有到金属回炉的工厂去参观过，不知道那里是怎样一种景象，大概比这还要“壮丽”得多。

其实，这种情彩并不从“文革”时期开始，很久以前就存在着了。解放初期郑振铎到上海来，见面时我曾告诉他大批古书被送到造纸厂回炉的情况。他听了跳起来，立即设法组织了几十位旧书店员到纸厂去挑选。他当时是国家文物局局长，他对祖国文物的热爱与雷厉风行的作风看了使人感动。虽然杯水车薪，起不了决定性的作用，但到底抢救出许多珍贵古书，其中还有宋刻本，现在都珍藏在国家图书馆里。记得当时他对“废铜烂铁”好像也采取过相应的措施，说不清楚了。

当时我在谈话中曾向他建议，可以考虑运用经济手段来制止这股毁灭文化的恶风。废纸的价格当时是几分钱一斤，如果国家用较高一两分钱的价格收购，就可以阻止大批地向造纸厂流去，同时也就有了从容选择处理的余裕。对善本古书，国家应该用更高些的价格收购，这样做就能使更多的人知道，破烂的旧书也是值钱的，不会随便毁弃了。它所起的宣传教育作用比起保护文物法令来能收到更大更快的效果。但也只是说说而已，后来并没有什么具体的行动。我想主要并不是因为这样做需要大量的资金，而是方法来得危险而可疑。当时人们实在还没有运用经济规律处理问题的习惯和思想准备。

保护文物，国家颁布必要的细密的法令是必要的，但事情不能仅只到此为止，还要进行爱国主义教育，使更多的人懂得古代文化遗产的值得珍重、爱护。这应该是一种全民的教育，是提高民族文化水平的一个重要组成部分。说全民，那就是说也应该包括各级领导干部，也许他们首先应该受到更多更完整的教育。

最近有两件事很值得注意。一件是“爱我中华、修我长城”的活动。这是一次影响颇大的群众性的活动，也是一项具体而生动的爱国主义教育。针对前些年某些人以“变废为宝”为借口拆去长城城砖去盖厕所、猪舍的愚昧犯罪行为，展开了一次广泛深入的保护长城的活动，干得好极了。

应该有一部《首都志》

每次来北京，总希望在书店里发现几本介绍北京历史文化风土人情的新书。这种心情与一个旅游者想得到一本导游书那种简单愿望并不完全相同。

导游小册子确已出了不少，在每个风景点差不多都能得到。《北京名胜古迹》（北京市文物工作队）、《北京名园趣谈》这一类普及而比较详密的著作也已陆续出版，北京古籍出版社还系统地重印了一大批有关北京的旧史料，如《宛署杂记》《帝京景物略》等，都是过去不易得到的东西；学术性的研究集刊如《圆明园》也印出了，这就给想更全面深入了解北京历史的读者提供了方便。应该说，在这方面我们做了不少工作。今天，在现有的基础上，编写一部材料更充实、学术水平更高并体现新观点的《首都志》，确实应该提到议事日程上来了。

按照过去的习惯看法，编地方志似乎只是对过去或现状的纪录与总结，但我想这其实更应该是制订新的城市建设规划的基础。只有这工作做得踏实，才能保证下一步工作的顺利成功。也不是说得先编成了《首都志》才能动手搞北京城市规划与建设，这两者原是可以同步进行的，而调查研究总要比实践先走一步。同时，一部理想的这样的著作，其作用还要大得多，它将成为对人民进行爱国主义教育的好教材；对外国朋友来说，则是展现我国灿烂古老而又年轻的社会主义新文化殿堂的一把钥匙。

有关北京的旧史料是非常丰富的。不过无论是官修的志书、私家的笔记，都不可避免地有其历史局限。总的来说，普通人民的生产与生活在过去是受到歧视与排斥的，因此从前人的著作中，只能得到并不完整的认识。例如，谈建筑则宫殿、园囿记载得详细，而居民的住宅就略而不论；谈饮食则宫廷宴饮、满汉全席受到特别重视，而普通人民的家常菜肴小吃几乎不见著录。这都是显而易见的偏颇，也是亟待补充纠正的所在。文化是一个完整的实体，只反映一角，显然看不见全局。这种传统的观念是有很大的势力的。反映到今天的现实生活中，我们有保存得基本完好的故宫，却没有及时注意保留若干典型的民居、四合院与小胡同，若干年来人们对皇帝居处生活还可能有个大致的概念，而对普通人民的生活环境反而不易捉摸了。今天在北京可以吃到的风味菜也只限于仿膳、丰泽园……的名菜，传统的民间小吃则很难吃到，既不见于著录，在市面上也大半销声匿迹。类似这样的情形，是不但在纸面上，在实际生活中也常常可以遇见。

若干年前曾经出版过一种《北平风俗类徵》，这是五四以后社会研究工作开始注意平民生活的新思潮的产物，可惜这风气没有得到很好的发展。其实，普通人民的生活内容是极为丰富的，将来的《首都志》应该给予高度的重视，这正是使新时代著作区别于旧史料的地方。除了风俗之外，百工技艺、商业流通、游艺娱乐、饮食蔬果……都是几乎还不曾做过系统调查研究的领域。例如，天桥这样的地方，就可以为之写一本《小志》，其价值怕也不在《琉璃厂小志》之下。

取材的渠道，旧史料也有其天生的缺陷。许多知识都是从书本到书本，注重实际考察的作者是不多的。更何况还有许多地下发掘的新成果是过去所不可能利用的。旧的志书中的艺文一门，所收的也只是达官贵人文人墨客的文字诗篇，普通人民没有插手的资格，更遑论革命者。封建文士的作品中也可以发现有价值的历史资料，而过去的著作家的视野也是狭窄的。他们没有对诗文集和笔记杂著给以应有的重视。例如，历代曾到北京来游宦过的作者的文集，加以检查，从中将发现大量北京地方史料，严加编选，几乎就是一部生动的社会生活编年史。

我们应该力图做到不数典忘祖，却不陷入骸骨迷恋，发思古之幽情，激发的则是建国壮志不忘记过去，为的是珍惜未来。我们期待一部高水平的《首都志》的出现，为全国的地方志写作提供范本。

一九八四年三月二十七日

《日出》及其他

前两天在医院里看见曹禺。他是我南开中学的同学前辈，班次先后大约差六七年，因此没有看到他在学校里话剧演出的福气。我认识他的时候，《雷雨》《日出》《原野》……早已发表，他已是名满文坛的著名剧作家了。他这次到上海来是为了把《日出》搬上银幕，自己动手改写电影剧本。听读过原稿的同志说，剧本写得满意，还有了新的发展，这是令人高兴的。

《日出》是以天津为背景写旧时代城市生活的作品。不知道旁人可有这感觉，大体上题材相近的作品，如《日出》与《子夜》，它们所散发的气氛是很不一样的。两部作品的场景都是半封建半殖民地旧中国的大城市，但效果却有这样的差异。这正像酒会上的鸡尾酒，只要配方、成色有所变换，就能配制出种种不同的酒水。没有敏锐味觉的品尝家，大抵很难分辨出来。

《日出》里写了旧天津的社会底层、“三不管”一带的阴暗角落。如拍为影片，我想，要再现当时的历史面貌，也许是相当困难的。这倒不是说需要怎样多的人力物力，这与拍《红楼梦》的要建一座“大观园”不可同日而语。反正是那么一条破破烂烂的街，臭水沟、矮房子……即使搭起一堂布景来也并不困难。我是想，能说出当时“三不管”的种种的人，现在恐怕不会很多了，特别是真正熟习那里里里外外一切事物的人。我虽然先后经过那地方有许多次，但从未从车上跳下来细细观察过，每次都是匆匆而过。这多半是受了学校舍监的影响。据他们说，那是个很坏的地方，千万不能插足的。

我也一直想问问作者，他的写“三不管”，是以意为之还是做过一些调查研究的。这次总算有机会向他提出这个问题了。曹禺告诉我，他是扎扎实实进行过一番“采访”的，从高等到最低的各种妓院他都曾看过。这样，才能在戏里写出那样的场面和人物。

当时我在学校里住读。每星期六下午进城，总是要经过南市、“三不管”、日租界……然后才到了法租界的梨找一带。看电影、听戏、吃饭，商场、书店都在那附近。真好像离开了黑暗阴沉的“坏地方”，一下子走进了灯红酒绿的“天堂”似的。回想起来，这真是非常幼稚的中学生的想法。当时自然还不懂透过表面的酒绿灯红看复杂的社会内幕的方法。舍监好像也从未对我们告诫过租界里的种种危险，即使如此，十分幸运的是我并未“学坏”。

即以逛书摊为例吧。这对一个中学生来说应该是一种有益无害的活动。但就在天祥商场二楼的大楼过道里就排满了书摊，雪亮的电灯下面陈列着五花八门各种黄色读物。看样子全是新出版的东西，种类之多、内容之恶劣，都是难以想象的。但我却没有好奇地买过一本。今天想来，这是不可思议的事。知道了这些是坏书，就自动地不去碰，同时对这现象也并不觉得怎样奇怪，仿佛一切都是平平常常的。

后来才发现，像这样明目张胆地公开出售坏书的情形，在上海就看不见；偷偷摸摸的交易当然是有的。两地都有帝国主义的租界，但其间就有这样的差异。像这一类的差别就是可以辨识旧中国这两个大城市不同的依据。像《日出》里出现的那些人物、场面，在上海就看不到，即使有，但具体的细节不同了，有时还差得很远。

我想，同是半封建半殖民地的旧城市，但天津因为离北京近，封建性表现得就更强烈、更原始。这是可以而且应该从社会生活的研究中予以解答的课题。生活在社会主义社会里幸福的年轻人都应该具有这种知识。

一九八四年四月一日

诗人

——读《闲居集》

刘郎的《闲居集》已在半年前出版，作者逝世也快四年了，长期以来总想写点什么介绍一下这位诗人和他的作品，因为我一直认为他的人与诗都有着一种非比寻常的特色，使人难以忘记。我和他相识，大约是一九四六年前后的事，但更早以前就是他的读者了，三十年来，交往并不密切，只是到了“十年动乱”的后期，才常常通信和在一起谈天。我们本来都在一间干校里劳动。他后来退休了，回到上海；我那时正背着可怕的“政治包袱”，几乎交亲断绝。就是在这种情形下，彼此忽然变成了亲密朋友。一九七六年冬以后，他又开始写诗，陆续在香港《大公报》发表。这就是《闲居集》的主要内容。他写出了天日重光以后一个普通的正直的中国知识分子的大欢悦，记下了拨乱反正中间出现的新气象、新事物，对林彪、江青反革命集团的大小丑类进行了无情的斥责与声讨，有许多内容都曾是当日闲谈的话题。他还记下了文艺界许多朋友的故事。他是个交友广阔的人，在戏剧、电影等各界有不少老朋友。这就又显示了《闲居集》的另一种特色。他是用诗和诗注的形式来作新闻报道的，因为他又是一位报人。

刘郎写的是旧诗。而旧诗正如旧戏，据说是早已陷入了“危机”但直到今天依旧不曾死亡，有时还颇露出了某种“生机”的事物。照我的外行看法，这中间除了起着重要作用的民族感情、民族习惯以外，关键的所在只能从思想与内容中寻求，死死抓住形式是找不到正确答案的。刘郎诗的重要特色就在于在旧体诗的内容与形式上都做了创新的努力，而且确实获得了某种成功。他对旧诗有相当深厚的修养，对前人的业绩，甚至那一套严酷的声律都表示尊重，严格遵守。但他又蔑视一切僵死、腐朽的教条，有很大的勇气来加以突破。世间一切事物，失去了改革的动力，不再突破，不再前进，那就必然要死亡。并不只是旧诗与旧戏才如此。

可以举一首《改行》来看一下：

“‘一条腿’会裹里馄饨㊀，看守《金铃塔》大门㊁。纤断刚峰擀面杖㊂，弦抛凤喜采芝村㊃。妻为木匠敲钉板，夫作炉工傍铁墩㊄。糟蹋人才如此样，热他娘格大头昏㊅。”

原注：“侯宝林有一段相声叫《改行》，说的是当年时世不宁，戏院卖座冷落，逼得演员纷纷改行。于是龚云甫以卖蔬菜为生，金少山以卖西瓜度日。侯宝林形容他们的吆喝声，引得听众笑口常开。

这里说的‘改行’，也是这个情形。不久前我在《戚调重弹》这一篇里说过，十多年前‘四人帮’一个勒令，把上海所有的区、县一级的戏团统统解散。于是那位玉貌如花的毕春芳被派到豆腐作坊里去工作。现在这首诗，又另外举了几个例子：

㊀名武生王少楼因腿上有功夫，人称‘一条腿’，曾被派到食品店包馄饨。

㊁以唱《金铃塔》闻名的滑稽演员袁一灵，放在一个单位看守大门。

㊂‘文革’前曾演《海瑞背纤》的麒派老生孙鹏志在一家食品店里擀面条。

㊃评弹演员蒋云仙，以说《啼笑因缘》著称。她被送进糖果店里包糖果。

㊄沪剧名演员杨飞飞与赵春芳一对夫妻，杨在板箱厂里敲打钉子。赵则为打铁工人。

㊅上海有一句骂人的话：‘热伊拉娘格大头昏。’”

刘郎的诗与注是不能分割开来的。他的注有时比诗写得还好。这些随手写下的诗注有时就是很好的杂文，自然也有时不准确，如这里转述侯宝林的相声内容就有些参差。此外，还应该补充说明的是，刚峰是海瑞的字；沈凤喜是张恨水小说里的女主角；采芝村是上海有名的糖果店。

这首诗实在写得放手、泼辣，真正做到了摆事实、讲道理。情感炽烈，义正词严。但又说得那么婉而多讽，直到今天，请那些依旧对知识分子另眼相看、另样相待的人读了也不能不为之打动而扪心自问吧。

就是这么一首“粗犷”的诗里，也依旧出现了“弦抛凤喜……”那样清婉的句子，透露了作者诗风的另一侧面，写得那么摇曳多姿。

近来也出现了不少引人注目的崭新旧体诗人，其成功之处无一不是大胆突破，勇于创新。他们好像都是上接了黄遵宪、马君武的步武，但更大胆，步子也跨得更大了。刘郎的这种尝试则早在三十年代即已开始，但在晚年，却到达了自己的高峰。

《闲居集》里还有不少论诗的意见，都是很精彩的。他反对袁枚的论点，律诗偶语上下句中不能用“如”“似”作对，举出苏轼“人似秋鸿来有信，事如春梦了无痕”等许多名句为证，说明用什么字面无关大局，“用得好不好，要看做诗人的本事”。刘郎从小喜读《随园诗话》，但晚年却发现了袁枚言行中许多恶劣之处并加以抨击。他表示了自己对诗创作的理解：好诗就是好诗，用不到担心一切诗话家的闲言碎语；诗人的功力在能写出好诗来，而不在于遵循了什么神圣不可侵犯的诗律……在这些地方都表现了思想的解放。

他是非常佩服龚自珍的，但看了龚的“《长恨歌》‘回头一笑百媚生’，乃形容勾拦妓女之词，岂贵妃风度耶？白居易真千古恶诗之祖”一段话，非常吃惊，立即起来为白居易叫冤，认为那句白诗形容得完全正确。这说明他头脑里实在没有什么偶像、框框。

关于龚定庵，刘郎还有一首《黄河》诗，写得极有意思，也是可以看作他的诗风的代表的：

“汇报每周写，奔腾触我思。未谙交响乐，爱读定庵诗。邪许滂沱夜㈠，卷帘梳洗时㈡。才人嫖妓院，‘造反派’无知。”

原注：“在靠边的日子里，所谓造反派叫我们每周写一次‘思想汇报’。这也是一件苦事。为了写这个东西，我是被他们触过几次霉头的。有一天提就笔，正在搜索枯肠写些什么来汇报呢？忽然外面扩音器里在播送《黄河大合唱》的音乐，我便以此为题材，写了起来。大意说，我不懂音乐，对音乐里的黄河不感兴趣，我认为自来写黄河只有以清人龚自珍的三首绝句为最好……

写了以后，我交‘牛魔王’收执。后来一想不好，这一次又要挨批了。因为龚诗有两首提到黄河是在逛窑子和姑娘们发嗲的时候写出来的，只一首才是同情劳动人民的。但后来居然风平浪静，造反派一句话也没有。我仔细想想，一定是‘清人龚自珍’五个字起了挡箭牌的作用，因为毛主席在《介绍一个合作社》里提到过，便认为龚是进步诗人，没有问题。

㈠龚诗：‘夜闻邪许泪滂沱。’

㈡龚诗：‘卷帘梳洗望黄河。’”

诗篇中如涉及、记下一些思想、故事，无论大小，只要不是虚假的，都有其存在的价值。不一定只有杜少陵之作，才能称为“诗史”，我以为。

一九八四年六月十五日

谣谚

翻开过去的诗选总集，常常能在最后发现有几卷谣谚，所收大抵是“无名氏”——也就是群众的口头创作，往往是很有意思，甚至比起前面正宗诗篇更有活力的作品。当然这里面也有冒牌的东西，即出于某种动机（往往是政治的）而制作，有意混入群众口中的，如什么“天雨粟，鬼夜哭”之类，须要细心辨别。

“谣谚”与顺口溜是有血缘关系的。一般的情况是，群众性强的、流传得广的、给许多人修改、加工过的顺口溜，就有可能变成文字，被采风的官儿或好事者记录下来，印入书本，因而得到了流传的机会。但这最后一关是不大容易通过的。文人喜欢摆弄文字，常常要技痒，忍不住“加工”一下，于是常常造成“点金成铁”的悲剧。因为一混入了士大夫阶层的意识，调子，便不伦不类了。但在高手却懂得其中的经络，流弊也较少。据说“删”过诗的孔子，成绩就还好。又如刘禹万锡的集子中有好几首“竹枝词”，一看就知道已加工过了，但原有的气势色调还不曾完全丧失，真是万分侥幸的事。

竹枝词与民歌、山歌……又成为一大类，是少年男女或“劳人思妇”的抒情之作，这已从谣谚中分了出去，另成系统了。因此，今存的《古谣谚》，剩下的只是政治性较强的东西。

无论是政治性还是抒情性的“谣谚”，都不是无病呻吟，这是它天生的优点之一。“不平则鸣”的原则在这里是的确的。它最初往往以怪话的形态出现。那就是说，它往往是与当时的社会舆论不合拍的。此外，怪话虽然多出自群众，但也不能保证全部正确，这需要时间的考验。因时间、地点与客观情况的变化，有的“怪话”后来会变为真理，有些“真理”却变成了“怪话”。这都不是值得奇怪的事情。比如马寅初博士若干年前提出过的节制人口的意见，是曾被视为“怪话”的，但若干年后人们悟出这其实倒是真理。“错批一人，误增三意”这样的句子也上了报纸的大标题。这其实也是一种“顺口溜”，也就是谣谚。相反，一时以“真理”出现的，不多久就“不以人们意志为转移”的变成了“怪话”（其实是昏话）。这种例子更是多得是，如“越穷越革命”“宁要社会主义的草，不要资本主义的苗”之类，这后面的两句，就颇有顺口溜的味道。我们方块子的许多特点，使人们有条件随时创作出“顺口溜”来，好处之一就是有利于诗人的涌现。我国是古老的诗国，我想与这一点不是没有关系的。坏处是信口开河，不负责任地进行种种文字游戏。那末流就是将昏话变成“诗”。

怪话与真话不同。说真话须要有很大的勇气，是要“文责自负”的。怪话则最初只以“小道”的形式出现，只因获得的“共鸣”多了，这才流传开来，不胫而走，那要求自然比说真话来得低。但事实证明，保险系数也高不到哪里去。前些年动不动就要“追查”“流言”（“小道新闻”的雅号），一查就是一大串，创作者、传播者、听众，以至没有听见过什么的对象也一起罗识在内。现在虽已事过境迁，人们依旧谈虎色变。据说不久前还有人在会议上掏出小本子，一一指证某人于某时曾说过某些话——某些他认为是离经叛道的“怪话”。为什么至今还会出现这种事呢？主要的原因就是确实还有爱听赏识这一套、对这种“采风”者的行径赞欢不已的人，也就是说这种并不光彩的行径依然还有市场。

当然，“怪话”之不足凭依，也还不只是上述几例。很久以来，曾经流传着一种顺口溜：“早革命不如晚革命、晚革命不如不革命……”这大抵是在援引了一些社会现象、联系他人或自己的遭际而发出的感欢性的结论。其产生的原因，除了确实存在的非主流的客观缺点外，主要是因为眼光只回旋于鼻子底下，观察事物缺乏历史感。

总之，“怪话”、顺口溜……都是人们表示个人意见的手段，是只应欢迎不必疾首蹙额的。即使有错误、有偏颇，也用不着紧张。人们是有辨识的能力的，何况即使是偏激的议论，也依旧包含着引人思索的内涵。

一九八四年秋

小辫子

买书难，卖书也不易，印书更是困难重重。目前我国出版事业还不能适应新形势的需要，已经为愈来愈多的读者所认识，这是谁也否认不了的事实。

在出版、发行的许多环节中间，颇为关键的是负担统购包销任务的新华书店订货的一关。一本书印数多少、有没有出版可能 、出版后会不会积压或脱销……都将在这一关决定其命运，并进而制约书籍在社会主义文明建设中所起的作用。照我看，这是一项非常艰巨的任务，不但需要学识、眼力，还得有敏锐的接受新鲜信息的感应能力与对文化建设的全局观念。即使是专家，怕也不能应付裕如。专家是因其“专”才成“家”的，而书店所面对的却是知识的海洋，何况我们并不能要求“专家”都是上知天文下地地理、诸子百家无不通晓的怪物。

目前的情况是，这一任务终于落在全国六千家新华书店的年轻营业员（他们中间有许多是青年女店员）身上了。随之而来的许多责难也堆在了他们头上。这确是很不公平的。连“专家”都做不好的工作，怎能责怪这些普普通通的营业员呢?

前些时听一位书店营业员说，他们盲目购进了一大批《平寇志》。书到之后，目瞪口呆，看来只好特价处理了。我先还不信，后来在小说柜台上发现了这本记晚明“流寇”的野史——原来到货之后，营业员还认定这是与《荡寇志》差不多的旧小说。旧小说都是“热门书”，难怪他们闭着眼睛就预订了那许多。

从这里又可以看出许多出版家在书名上动脑筋玩花样的背景。

出版徵订单对每一本书都有几百字的简要说明。仅据这几百字来评断一本著作的价值是困难的。但《平寇志》的说明总不会宣称这是一本旧小说吧。可见预订之时，连这简单的说明也没有看。

看来责任还是在新华书店的领导身上。把如此艰巨的任务托付给能力不足的营业员们，又不积极加以帮助，提高他们的业务水平与责任心，订数最后确定之前又没有必要的检查与平衡。这大概也可以算作一种官僚主义吧。

至于说新华书店的订数不等于出版物的印数，出版社认为是好书的，大可多印、多储备、多宣传……这也不免是一种官话。

一九八四年九月十四日

常熟听书记

几天前到常熟去了一次。朋友来信说，江苏省评弹演出团将赴港演出，行前在常熟会书。九人组成的演出团不只是精干的，在某种意义说也许是可以代表目前评弹艺术水平的。这些演员凑到一起的机会十分难得。他们中间年纪最大的评话名家金声伯只有五十一岁，最小的刚从苏州艺校毕业出来。这就又显示了评弹艺术中青年一代的面貌与实力。总之，朋友说这是一次难得的机会，劝我不要放过。

对于评弹，我是一个十足的外行。几十年来接触的机会不多。仅有的两次经验是一九四七年夏天在上海的仙乐书场听严雪亭、蒋月泉、张鸿声、姚荫梅等的表演。也不是每天必去，而且也不只是去听书，更主要的倒是为了逃避溽暑，因为那场子里有冷气。还有一次是两三年以后在杭州，有一段日子每夜要陪盖叫天老先生去听书。他是北方人，但非常欣赏南方的评弹艺术。我在他的金沙港寓所座上，经常遇到来访的评弹艺人，向他请教《武松》的表演经验。今天我们还可以在某些评弹演员身上看到精彩的武二郎的身段、神情，常常使我想到盖叫天的表演艺术与评弹的关系。那一次在杭州较为集中地听了李伯康的《杨乃武》，也说不上有怎样深入的了解。除了语言的障碍以外，当时我还有一种十分可笑的“偏见”。在我看来，评弹是老年人和有闲者的恩物，对年轻而工作紧张的人是不合适的。同时我又深知这种艺术的魅力，很怕一旦被它吸引过去，会像被黏在特种涂料纸上的苍蝇，挣脱不开，那就不得了。心想等将来上了年纪再来听也不迟。就这样，我对评弹的知识几乎是一张白纸，对许多著名的流派都非常生疏，并失去了许多宝贵的机会，没有能够欣赏许多大师的书艺。这真是不可弥补的损失。例如以说《三笑》驰誉书坛数十年的徐云志，我就不曾听过。这次在常熟，见到了他的长孙徐林达，听他说了几场《三笑》，许多老先生都说，这回在台上又见到了老艺术家的音容笑貌，真是值得高兴的事。

几天来，我以一个小学生的身份，规规矩矩坐在台下用心地听，努力体会艺术家们的“说、噱、弹、唱、表”，觉得确是得到了很多教益与高度的艺术享受。开始时我对自己的期望并不过高，想通过努力能听懂百分之三、四十就可以满足了。但出乎意料的是，在《三笑》中，著名弹词演员杨乃珍的说白，竟能百分之百地听懂。这在我真不能不说是一种“奇迹”。

杨乃珍是有名的弹词名家俞筱云、俞筱霞的学生。两位老先生今天还都健在，已经是八十开外的老人。观众曾经送给俞筱霞一个别号——“隔壁西施”，这就可以看出他在弹唱中的特色。音色之娇糯、声腔之婉转，能使听众浑忘表演者是一位老人。杨乃珍继承发展了先生的艺术，口齿之柔丽、清晰是突出的。她的唱，由于天赋和锻炼，高低声转折变换处泯合无迹，听不出真假音的界限。当放喉高唱之际，低回与奔放的巧妙组织，给听众带来了非凡的满足。这在京剧歌唱艺术中，大抵是被称为“字正腔圆”的特色的。

比杨乃珍更年轻的是邢氏兄妹双挡中的邢晏芝。她也是唱俞调的，后来又拜名家祁莲芳为师。她年轻，天赋好，又善于吸收、融会、变通，终于初步形成了“俞夹祁”的新腔。在她身上，可以朦胧地看出今天评弹向前发展的影子。评弹的歌唱艺术怎样适合新时代听众的需要、新派书如何形成，在这些问题上，她都是用心、努力的。在她拥有的大量观众中，青年人的比重是很高的。演出时日场座上大多是老年人，夜场就换上了青年。这都是值得注意的动向。

邢晏芝的老师祁莲芳的曲调也有一个传神别致的别称——“睏觉调”，译成文雅的样式大约可以称之为“催眠曲”吧。那是怎样的一种曲调，人们是可以意会的。以此为基础，加以丰富变化，就形成了目前邢晏芝唱腔的独特风格。她学的方面广。如《拷红》，就是从朱雪琴的开篇录音里学来的，不过在安排新腔时又有变化，不是原来的样子了。在这里，可以看出一条评弹和其他传统歌唱表演艺术共有的规律。众多流派的形成是发展繁荣的标识，也是继承传统与创造革新的必然结果。流派是从主干上生长出来的枝条，但并非主干本身。从来不存在一棵只存主干、芟除枝叶的大树。这样的树是没有生命力的，不可能成为参天的古木。

邢晏芝的琵琶有非常的特色。在托腔的功能之外，更有独立的生命力。那些过门，弹得刚健婀娜、干净利落，能激起听者的激情。

这次听了金声伯《大闹快活林》几折书。这是长篇《武松》中的几个段子。在“春来书场”座上，不禁想起了从前看过的柳敬亭说书的故事。明末的柳麻子也是说《武松》的，据他说武松在快活林中大吼一声，酒店里的大小酒甏都会嗡嗡作响。真是令人神往。在金声伯的段子中没有这个细节，但必然有更多的细节是柳麻子不可能有的。如他说武松的醉步与醉拳，就是日本柔道姿三四郎与华雨滋舞的最早来源，就都不是三百年前柳敬亭所能有的知识。评话引人入胜的重要手段是“噱”。据金声伯说，通常的“放噱”是离开了书情，另外说开去插入一节“笑话”，这就有点像评弹中的杂文。在早期的说话艺术中有在正书前面独立成章加上一节小故事的办法，称为“入话”。篇幅虽有长短的不同，但性质是有些相类的。金声伯说，他的“噱”采取不离开书情的办法，还要求不因此而损害人物，制造出健康的笑来。他很看重体察生活，他的许多“小卖”（约略等于京剧中的“抓哏”）都是靠随时随地从生活中发现、积累起来的。

说不清评弹与评话哪个来源更古，按常理推测，说故事总是要更早的形式。江南的“评话”（大书），一直被称为“哇呀呀”书，因为张飞、常遇春、胡大海这些人物在书中出现时常要打一个“哇呀呀”，就和京戏里的武花脸一般。这种书也被人称为“武书”或“对打书”。在清代，喜欢听这种书的大抵是机房匠们下层劳动人民，一直被认为不登大雅之堂，上不了大场面。“评话”的打开局面。进入评坛，还是近几十年艺人努力的结果。金声伯的师父是杨莲青，今天评坛上的评话演员尊奉的都是杨派。金声伯总结他多年努力的目标是“武书文说”，“文中有武”，看得出，他把主要的力量放在了塑造人物上面。这与许多不同艺术形式的功能是相通的。

最后还是不能不谈一下《三笑》。这是一部家喻户晓的著名作品。在江南、在全国，不知道唐伯虎的人怕是不多的。知识他是有名画家的又远远比不上知道他与秋香一段恋爱故事的多。为什么人们那么喜欢《三笑》、那么同情他们出格的恋爱呢？这不是一两句话说得清楚的。故事已经是滥熟的了。人们为什么还要接连多少天坐在书场里兴趣盎然地听这些早已知道的老故事呢？

徐乃珍说，在江南一带，《三笑》是被称为“长脚笑话”的。这是颇有吴语方言特色的表达方式。这就是说，《三笑》是从头到尾，接连不断许多笑话的集合体。这就分明地显出了故事的喜剧特色。

我向徐林达请教，应该怎样概括他祖父的艺术特色呢？他想了想，回答说，“努力靠近听众，就像说家常那样接近听众的心。”

以上两点，大致可以说明人民喜欢《三笑》的部分原因，是属于艺术特色的范畴的。更主要的当然还是善良的人民坚持“愿天下有情人都成眷属”的观点。没有什么能击败这种信念。不论是古老的封建教条还是化了妆的别的什么词句，都动摇不了这样的信念。人们不喜欢看悲悲惨惨的种种不幸结局，他们愿意看见人们的快乐与幸福。

我想这应该就是《三笑》的主题。难道还有什么比这更为崇高的主题吗？

当两位弹词家坐在台前，取过弦子琵琶，开始说故事时，一阵浓郁的泥土气息扑面而来，那么亲切，那么轻松，如此之“糯”，从这时开始，满满的书场中就堆满了笑脸，不断有笑声……我想，这真是一种神奇的艺术手段——最古老也最新鲜的艺术手段。欢快的人民中间发出的愉快笑声，将永远不会止息。

一九八二年六月十八日

节奏

好几年前在一次座谈会上就听到过这么一种意见，传统戏里有许多东西已不能为今天的观众——特别是青年——所接受了，应该改掉，否则前途将不堪设想。我听了就想，总的说来这意见是正确的，但具体分析不充分，举例也不恰当。但当时没有想得圆整，因此并未表示态度，担心被人家视为“小骂大帮忙”“抽象肯定、具体否定”，到头来还是个抗拒改革的“保守派”。

当时那位先生举出的例子是，武将“起霸”、青衣唱“慢式”……都使人气闷，坐不住。有些青年，看了扎了大靠的武生在台上慢腾腾地作身段，身段还是对称的，左边来过右面还得照样再来一通（自然是反的），也不知道他在干些什么，怀疑是在发疯；至于二黄慢板，唱一句就得好半天，不，一个字一个腔有时也得小半日，也不知道唱些什么，于是觉得单调乏味，坐不住了。

这情形是确实存在的，“京剧危机”的出现，这也是一条重要的原因。但，如果把“起霸”“慢板”诸如此类的东西一一去掉，那么，传统戏还剩下些什么呢？会变成一种什么剧呢？实在也不容易想象。

旧戏是反映旧时代生活的。为什么有那许多特有的表现形式呢？这与那时的生活方式、节奏、气氛都有不可分割的关系。时代变了，其他一切也随之而变，欣赏习惯、趣味也不能不变。矛盾的出现是必然的。重要的是怎样去解决。

如果今天新编一出历史剧，大约没有谁会采用“自报家门”的手法了，观众也以为当然，没有意见，因为我们现在有了较合适的表现方法，用不着总是“出将”“入相”那一套“上下场”的老规矩。新的手法大抵来自外来的近代戏剧，在运用时应该考虑剧本的规定时代特征，不能脱离太远，否则照样会出现不谐调。

“起霸”“慢板”之类都是表现旧时代人物特有的艺术手段。艺术家们有许多令人难忘的创造。试想，《铁笼山》《挑华车》如取消了起霸，起码就失去了五分“光”。最近从屏幕上看了中年演员们演出的《群英会》《龙凤呈祥》，不禁想起往事的记忆。当年程继先演《群英会》的周瑜，有带“舞剑”与不带两种演法，如“准带舞剑”，则在广告上要特别注明，演员也特别得到几十元的报酬。我赶上了程继先的晚年，也看过他的《群英会》，但一次也没有看到“舞剑”。这是很可惜的，也不敢妄说他的剑舞得如何出神入化。不过我想即使程继先活到今天，演“准带舞剑”的周瑜，观众的大多数恐怕也不会发生怎样的兴趣的。比起“少林寺”那种武技来，真是一些都没有什么好看，不过是一个老周瑜在慢腾腾地用双剑舞出种种姿势来而已。

《龙凤呈祥》里孙尚香在大婚一场有九句慢板，梅兰芳有四句，这一次听到的多了几句，可能是旧本。不过在我听来，就不如四句的更为悠徐婉转、情感溢露。这中间就有个节奏的问题。孙尚香的复杂感情——忧与喜、爱情结合与政治婚姻……都要在四句唱中表现出来。梅兰芳唱的是老腔老调，身段也几乎没有什么大动作。不过一切都是那么饱满、丰富。没有一个观众会觉得迟缓、气闷。

可见除了不同时代有不同的节奏感之外，还有个歌唱与表演的目的性问题。细腻的，用白描手法来描绘人物心情，不同时代的不同风格的艺术品中都是应用着的，不能机械化地看作成功或失败的原因。在这里，表演的水平实在是起决定作用的。也是在《龙凤呈祥》里，黄盖起霸之后，甘宁则只起“半霸”。其实甘宁在东吴大将中的地位也不比黄盖为低，但在这戏里，他只是个配角，由次要演员扮演，因此他的“起霸”也精简了。

可见在过去，观众也是不耐心接受水平不高的“起霸”的。早已想出了对付的办法了。

最近读叶圣老的新书《我与四川》，所收通讯和日记大都作于抗战初期。叶老说有朋友建议他写宣传抗日的评弹，因为他是苏州人。叶老表示了评弹这东西完全要不得，倒是大鼓还比较好，不妨试一试的意见。像叶老这样的一位前辈、长者，也是有这样的意见，可见在那个大时代里人们的思想感情的激荡；他虽是苏州人，也不再能容忍评弹的那种节奏、情调，觉得对表现当前时代一无用处了。叶老当时不过五十岁，他自己又说“我自知是个偏激的人”，发生这样的感想是不奇怪的。

节奏，无论是生活的、工作的节奏都带有分明的时代特征。多年来住在上海，一直觉得上海的节奏感是比较紧凑的。一九五六年到成都旅行，仿佛一下子来到一个古城，感到与上海的明显“时差”，悠闲得令人气闷。但昨天又听人说，成都街头出现了许多在上海看不见的新事物，成都人说，用不了好久，就会把上海抛在后面。听了真是吃惊，同时也高兴。起霸如果起得不好，没有特色，没有生气，不用说青年，就是上了年纪的“老观众”怕也受不了吧。

一九八四年六月二十一日

分寸

前些时读到一篇文章，是谈戏曲艺术与历史真实之间的关系的。作者主张艺术是艺术，不可能也无必要事事与历史实际完全一致。这意见是无可非议的，也正是二十多年前历史剧讨论中争论的焦点之一。

文章作者举出的例子是：看了《玉堂春》苏三头上镂金错彩的鱼枷，《将相和》里蔺相如手执一册铅印的时代书籍，有人就出来纠正错误，指出这是“违反了历史真实”，以为不值得如此认真。我看到这里不禁想起一件往事。三十年前我曾在总政的越剧团里工作，随团到许多地方慰问解放军，他们带去的剧目是“梁祝”与“西厢”，每天晚上梁山伯在台上总是拿着一本新杂志，大约是《解放军文艺》吧，大家都觉得不大合适，但一时也没有办法。后来到了杭州，旧书店里破书多得很，我去买了一册《八千卷楼藏书志》的残本，问题马上解决了。我觉得这事还是做得对的。因为梁山伯手里拿着一本杂志，总有点不伦不类。

但如有“热心”的观众跳上台去，夺过书本一看，指出东晋（?）人梁山伯不可能手执一卷清末刊本，加以类推，那就未免有些煞风景，也许还更糟。

我想这可以用来说明对历史剧的一种态度。时代背景、人物思想不必说，就是典章制度、风俗习惯等细节，如有可能，力求符合历史实际是完全应该的；但有一个前提，这必须不伤害戏曲艺术的完全与独有的特色，不能违背观众的欣赏习惯。

艺术家碰上考据家，有时简直就是一场灾难。

但对随意驰骋想象、勇于“创新”的某些“艺术家”来说，多一点历史知识也是完全必要的。

这中间有一条隐约但确实存在的界限或“分寸”。我们应该努力学习掌握好这“分寸感”。

“布景”，在戏剧舞台上也不是完全不能用。持绝对否认态度的是保守，不过也千万不可随意滥用。前两天在电视里看到一个豫剧的节目，程咬金手执马鞭在窄窄的庭园小径上表演。歌、舞、荡马都极尽夸张，当这一切在真实的环境中出现时，观众不禁怀疑程咬金是不是发了狂，随之产生了一种难以抑制的滑稽之感。

这就是“真实”（并非“历史的真实”）伤害了戏曲艺术的一个例子。

分寸不容易掌握得好，却非掌握好不可。不然一切事都不可能做好，也不只是在戏曲舞台上才是如此。

一九八四年六月二十七日

第三分

格言、成语及其他

我曾在报章不指名地对冯英子同志的杂文《四乐颂》提了点意见，不久就读到了作者的反批评。经过仔细思索，依旧觉得将“知足常乐”这句古老格言推荐给今天的读者并不是最妥当的。反批评提供了文章的写作背景与意图，并进一步阐明、强调了他的主张。这就更加值得感谢。“知足常乐”作为一种人生观或哲学概念，直到今天还有很大的市场与潜势力。不少人下意识地在言行中流露着它的影响而不自觉；还有的嘴里不说，只在暗地里忠实奉行。这也是问题一直没有得到认真讨论机会的原因。这是一面罩在人们头上的巨大无形的暗网，它那千丝万缕、粗粗细细、斩不断理还乱的思想根株牵系，束缚着千千万万人的心灵和手脚。现在能提供一个讨论的机会，实在应该说是一件功德无量的事。

冯英子同志说，他的短文《四乐颂》发表在《中国老年》上，是为一些“不知足”的退休、离休老干部而发的。我们当然应该相信并尊重作者的声明，但也应该指出，一篇文章的作用与影响并不会因此而受到规定与制约。同时，即使是出于善良愿望的建议与劝告也不能保证必然是一服对症的良药。

“你老年纪很不小了，地位、待遇也蛮不坏，大可享享清福，何必那么想不开，为这个那个争得面红耳赤，弄得丑态毕露呢?”

这种和事佬态度与和稀泥方法，照我看八成是无效的。姑不论说服手段取境不高，其致命的缺陷正在于用黄老哲学的个人主义来反对恶性膨胀的资产阶级个人主义，其无效与失败简直是必然的。用“戒之在得”进行说教的终极目的，不过是企图把这些“不知足”的人“提高”为抱着既得利益、过太平好日子、精神空虚的庸人而已。这和人们常说的保持晚节、继续革命、发挥余热显然并不是一码事。在我看，只有设法引导人们将目光从眼皮底下转向更广阔、远大的天地，才是一种看似迂远实却有效的方法。“万家忧乐到心头”的胸怀是可以通过解放思想的途径取得的，在有长久革命斗争历史的老同志来说，应该还是易于奏效的。有了这样的胸怀，个人主义可能就不攻自破了。我们应该“爱人以德”，却不可不负责任地“爱人以姑息”。谁说古人留下的格言都是要不得的呢？这两句话就说得实在好。

冯英子同志还提到鲁迅先生的杂文《安贫乐道法》，认为“历史条件”不同了，文中的“定义”与“解释”也应该有所不同。这是一种委婉的说法。那意思不过是说，鲁迅的文章已经过时了。这“过时论”的理由有两条：写作的时间已过去了半个世纪；现在统治着中国的，已不是“封建社会的统治阶级”（下面还有很长的一节话，其实是第二条理由的引申)。我看，讨论思想问题，是不宜用这种简单方法的。凭这两条理由，完全可以直截了当地宣布，一切过去的思想文化传统、积累通通过时，当然“格言”也不是例外。马克思的著作写于一个世纪以前，当时的统治者也多已灰飞烟灭，但我们却不说马克思的著作已经过时。一种文献、一种思想材料，只要它所讨论涉及的事物的思想本质依旧活着，那么它就依旧有生命力、有现实意义，也就是没有“过时”。这就是我们生活在社会主义社会依旧有反封建任务的理由。

记得鲁迅还曾将旧社会几千年来的治乱归结为作稳了奴隶与求为奴隶而不可得两种局面的交替。如果换一种表述方法，我想这也可以看作“知足常乐”的“理想”能否实现两种局面的更迭。今天看来，这种局面确已结束了，奴隶也早已在我们这里消亡，但先生所启示的更为深刻的思想根源的残余形态，实在还并未绝迹，可能还会更长久地存留下去。如果这也是一种惰性的话，那无疑正是今天拖住时代前进后腿的东西。我曾经表示过这样的愿望，不要随心所欲地在文字中罗列旧社会遗留下来的思想材料并加以任意的发挥，但在冯英子同志那里却得不到理解与反应。他还是随手开出了一大串名人和名言，提出了一堆重大科研课题。这都不是一篇短文能够加以讨论的。其中较为切题同时又是“知足常乐”的派生物的是“安贫乐道”，指定的代表人物是颜渊——孔子的大弟子。他死得早，传记材料又不足，但这位“安贫”的模范学者似乎并不反对先生的为了“行道”而周游天下。这是有《论语》为证的：

“子（孔子）谓颜渊曰，‘用之则行，舍之则藏，惟我与尔有是夫！’”

可见在他们看来，行藏并不是两种孤立的生活态度。它们是有联系、可转化的。在这一点上，他们的观点是一致的。把颜渊打扮成一个高高兴兴关起门来为研究而研究的学者，只能是一种曲解。他如不早死，总有一天要走出陋巷的。这样一来，什么“安贫乐道”就会没有着落了。这样“理想”的人物，无论过去或现在，都是不值得称赞的。因为与社会不发生任何联系的“研究”工作，是没有用也几乎是不可能出现的。

诸葛亮的情形也一样。冯英子同志说他主张“澹泊”，我看就是上了过去论客的当。诸葛亮如真的“澹泊”，视世事如浮云，他的隆中三策就写不出来；如写出而不在社会上实践一番，也终于只能是一张废纸。人民爱重诸葛亮，是看到他走出茅庐以后的功业和他那鞠躬尽瘁、死而后已的精神的缘故，并不是为了他的“澹泊”。一旦中了《高士传》《隐逸传》以至《三国演义》之类读物的宣传影响，看问题的方法与对人物的赏誉就总是和常人不一样。

据说是“靠‘采菊’为生”的陶潜，竟也写出了“激昂的诗句”。说明了什么呢？不正是说明诗人有着复杂的内心世界，并不一天到晚悠悠然，并不始终如一地“安贫乐道”么？在这一连串人物与事实中，哪些只是表面现象，哪些才是事物的本质呢？归根结底，“知足常乐”除了这“一点”精髓之外，“其余”还剩下了什么呢？

在中国历史上，确有打着道教旗帜起义的人物，如张角等。但这并不能证明道教的教义中孕蓄着怎样的革命性，甚至他们“信奉”的到底是怎样的“道教”也难说得很。这也是个重大的科研课题，我并无研究，没有插嘴的余地，也不敢看一眼旗号就作出结论。

在建设社会主义社会、向四个现代化进军的今天，“知足常乐”是否因历史发展与条件变化而有了新的“定义”与生命，我看不出。它只能依旧是一种极为深沉、凝练的个人主义，有着不可低估的危害性与腐蚀性，只能使受害者成为目光短浅、得过且过、情操卑下、丧失了进取心、无所作为的庸人。如果中国人民都换上一副“知足常乐”的“脊梁”，那后果将是什么呢？恐怕谁也不能无动于衷地安心等着看那事实。

一九八四年八月

知识的价值

前些时参加了交大校友会成立大会，听到、看到了学校实行改革以来获得的一些可喜成果，使人兴奋也不免感慨系之。改革是一场革命，交大的改革者说，过去学校这部机器的许多齿轮已锈住了、咬死了，不能有效地转动。改革者的努力就是在十一届三中全会的思想路线指引下，创造性地进行工作，使锈住、咬住了的齿轮恢复正常的转动职能，而且比过去转得更好。可以想见，这须要花费多大的气力。

改变的经验有许多条。现在只想就知识的价值这方面说一点感想，因为至今还少有人加以议论。过去中国的知识分子有一种清高的老脾气，他们是口不言钱的，好像一碰到这个就会玷污了知识者圣洁的灵魂。其实这只是一种掩耳盗铃的行径。古往今来多少诗人都不讳言自己的“穷”，认为叫得愈响就愈光荣，还说什么诗文要“穷而后工”。但从这里不也反映了他们是多么迫切地希望富么？不过这一层只能藏在肚里，说不得。现在交大在向社会提供技术服务这一项中获得了空前的成功。一九七八年到一九八三年，他们就接受了二千九百多万元的委托科研任务经费。从服务收益中添置了重要的研究设备，开展了科研活动的机构与项目，使整个改革的局面活起来了。他们毫不迟疑地将这作为一项重大的成就来说明，这是了不起的。

其实这也不是什么新鲜事。抗战初期我在交大读书时，教大一物理的教授裘维裕上课时穿的是多少年前破旧的西服，而另一位教授则衣着华丽、乘了自备汽车来上课，因为他是法定的市锅炉检验师，自己还开着一爿厂。当时同学对这情形是有一定的看法的。后来到了昆明，又看到西南联大的一些情形。文科教授如闻一多、朱自清……都过着朝不保夕的苦日子，而工科里有些教员的生活则非常优裕，因为他们承包了美军营房……的建筑，钱来得容易，收的还是外汇。当时就想，文科不如理工，而理也远远不能与工相提并论。真是没有办法想。

这当然是旧社会千万种不合理的现象之一，今天早已失去了存在的基础。不过长久以来遗留下来的习惯观点和风行一时的轻视知识分子的“左”的思想还有很大的势力。在许多人看来，知识是不值钱的；知识分子应该永远保持一种“高贵”的“清贫”形象。知识分子也要拿奖金，这首先就有点不像话，不得超过工人奖金的平均水平，还是仁至义尽的格外照顾。一位高水平教授讲课的收费还不及一位技术工人工作报酬的三分之一。这一切都说明知识的价值还远远没有得到正视、承认。交大的改革者把这个问题正大地提出来，理直气壮地为之争取合理合法的承认，确是很了不起的。

精神生产与物质生产的正确估价则是又一个使人迷惘的

问题。

交大的改革者说，他们一开始抓学校管理体制的改革，就听到不少反映，说他们业务水平低，不懂教学与科研，只好抓管理。这是多么简单、愚昧但又“理所当然”的责难啊。在今天，想把精神与物质生产毫不拖泥带水地分别开来，简直就像抓着自己的头发想离开地面一样的困难。我们曾向美国出口仿苏州网师园景的“明轩”，不知道统计部门是怎样归类的。是出口了石头、木料、彩绘、古建技术，还是中国古典园林艺术？

如果说这是一种难以分辨的特例，那么在一些无可争议的精神生产方面的情况又是怎样的呢？一本优秀的受到群众欢迎的著作，如再版，按照现行的办法，作者得到的报酬就要打一个大大的折扣；如更再版，那就将只剩下一点“象征性”的稿费，最后是完全的消失。这就有点像一种获得国家金质奖的名牌产品，如扩大再生产，就要加以种种限制，使之削价、赔本……当然这比喻不大恰切而且近于空想，但不也多少反映了我们对精神生产与物质生产不同的看法与对策么？在这里，打击的是什么、鼓励的又是什么呢？当然也还有一种“好心的杞忧”，是怕知识分子一下子无止境地富起来，弄得不可收拾。不过我想，这恐怕也是一种“空想”。

论“海派”

整整五十年前，鲁迅先生写过两篇谈“京派”与“海派”的文章。时移世换，那一场论战已成为历史陈迹，不再有多少现实意义了。但先生的有些话，在今天看来，依旧很有味道。

一说起“海派”，人们大抵首先会想起京戏。既名“京戏”，可见这是北京的土产。但它一离家门，来到外省，例如上海，不久就开始变了样，和旧式不全同了。偏爱“纯种”的人看了不舒服，虽然不能不承认它还是“京戏”，但要在前面加一点保留的标签，曰：“海派”的京戏。

据研究者说，京戏的京海之分，并不单纯是艺术流派问题，如联系辛亥革命的历史潮流来看，一开始海派艺人是抱着戏曲改革的政治抱负的。这恐怕也正是事实。

上海这地方也似乎确有一种神奇的力量，无论何等事物，一到这地方都会多少变了样，被吸收、改造、融化，成为“海派”的。誉之者尊之为“革命的熔炉”，毁之者叫它“黑色大染缸”。虽然都有片面性，但也都多少反映了局部的真实。以鲁迅作文的三十年代而论，那时的上海虽是左翼文化运动的主阵地，也出现过《人间世》《宇宙风》一类的期刊和作者。这也正是事实。

海派自有海派的特点，这是应该加以研究、总结的。可惜社会科学研究者至今还没有着眼于此，只能零零碎碎地听到一点评论。什么上海人脑筋快、点子多、手腕灵活呀；什么上海经济基础厚、科学文化发达，连外国人都说是“中国最好的投资场所”呀……这些话听起来是很舒服的。好话听多了容易打瞌睡，忘记了去从容地想一想。鲁迅做过的分析，今天看来还是深刻的，他说：“……北京是明清的帝都，上海乃各国之租界，帝都多官，租界多商……而官之鄙商，固亦中国旧习，就更使‘海派’在‘京派’眼中跌落了。”鲁迅指出了上海这个半封建半殖民地旧中国的代表性城市的资本主义属性与传统的封建主义之间的尖锐矛盾。要寻求“海派”的特点与根源、好处与弊病，恐怕也只有从这里来找。遇到不同的相宜气候，良性与恶性细胞都各有机会蔓延滋长，因而形成了“海派”的发展史。

生活节奏快恐怕应该说是“海派”作风的一种优点与特征。五十年代这一特征还能给人留下鲜明的印象。那时谁要离开上海到内地的城市去旅行，就很容易感受到这种差别。当时还没有谁提出“时间就是金钱，效率就是生命”的口号，但总觉得悠闲岁月虽可羡慕，到底使人气闷，过不惯。自己明白，这正是一种“海派”的脾气。但这情形不知从什么时候开始却来了个一百八十度的大转折。现在如有机会离开上海走走，就到处都会产生令人吃惊却性质迥异的感触。

北京前三门大街几年来出现的大楼群，就会使上海来的游客目瞪口呆，更不必说广州、深圳。直到今天，上海人请外国贵宾观赏的还只有帝国主义者留下的古色古香的外滩。

近来报纸上报导了不少消息，看了都着实使人吃惊。上海市南京路福建路口有一块地方，已经空晒了七年太阳了，没有叠起一砖一瓦，甚至连怎样使用都还没有拿定主意。这地方常有机会走过，所以看到问题已获初步解决特别感到亲切。回忆从最初开始拆迁到报纸报道了最新消息，作为一个普通市民的心情变化也是值得回味的，这是一块地段上好的建筑基地，但长时期来却塞满了古老的危险房屋（在上海，这样的场合是很多的）。我也设想过这里可能出现怎样的新楼……久而久之，年复一年，这块地方终于在人们心目中化为南京路风景的组成部分，像拔掉了牙却不想镶补的牙床豁口，不以为意，视为当然了。谁也不再去想拆迁以后的事。这种心情的变换正是特定环境下的必然结果，虽然记者在标题上写下“好事！新事！快事！”，但在我接过报纸时，三个惊叹号实在并没有使我感到怎样的震动。仔细想想，这是很可怕的，是一种坐在废墟上的心安理得。到了这一步，“海派”的流风余韵可以说是扫地以尽了。

在市人大会议上，代表们给上海的现状作了种种估计与评论。“精明而不高明”“艺高胆不大，财多气不粗”“光靠‘老本’很难坐稳‘老大’的交椅”都说得好。上海人也自己惊呼“工业优势保不牢，优势已经化为劣势”。从酣睡中惊醒，睁眼一看，天下形势大变了。这自然是好事，只是这瞌睡打得太沉酣也太长了些。

看来海派的积极因素是逐渐消失的，消极因素却在十年动乱中得到了恶性膨胀。“四人帮”也称“上海帮”，那十年前后在上海出现的无数崭新“发明创造”，可以说无一不带有浓重的“海派”特色。从文艺作品要写“十三年”，一天不许多也不许少，到批《海瑞罢官》；从“一月革命”……一直到收梢的“告全世界人民书”，在全国范围内讲，都是无与伦比的“尖端”事物。在那段日子里，封建主义梳妆打扮重新出现，占领市场，终于消灭尽了“海派”仅存的一点积极因素。

粉碎“四人帮”后，经过了全国性的两年徘徊，盼来了三中全会。上海现在究竟进步得怎样了？最近《人民日报》在一篇《上海的科研成果为何“墙内开花墙外红”?》的记者来信里说，有的工厂对国内廉价或几乎白送的科研成果放着不用，却花大量外汇从国外引进。交通大学向厂方送上技术，不答；给上级领导写信，至今没有答复。其实何止这类“小事”，给各级领导写信反映问题，一搁几年杳无音信并不算怎样稀奇。能顶住这种惊人的冷酷而不消极、不气短，就是真正的英雄。这样的英雄人物不是一个两个而是颇多，而且将愈来愈多。这就是我们的希望所在！

一九八四年六月十六日

《老人的胡闹》

周作人在晚年依旧不放弃任何机会来攻击鲁迅，这事实由姜德明同志在《读书》上指出，引起了人们的注意。其实周作人这种态度，是多少年来一贯的。不过有时直说，有时隐蔽，随时势转换而采取了不同的手法而已。在刘半农逝世之后，鲁迅和周作人都写了纪念的文字。我总觉得，只要把这两篇文章拿来比较一下，那就极容易看出，品格之间的差异是如何的天差地远，姑不论思想境界的南辕北辙。周作人在《半农纪念》的篇末，写下了他作的悼诗。说道“漫云一死恩仇泯，海上微闻有笑声”，并把批评、反对刘半农晚年后退倾向的人比作“牛首阿旁”；不用说，这自然包括了鲁迅在内。周作人正是想把已经死掉的刘半农还要拉、拉、拉，把他一直拉到反动营垒的坟墓深处才拉倒。

这是鲁迅还在世时候的事。

在鲁迅逝世前不久，周作人还写过一篇《老人的胡闹》，是批判一九三六年五月日本上议院一位议员三上参次的“投入法西斯潮流”的议论的。三上主张，“中国妄自尊大，僭称中华民国，而我方竟以中华呼之，冒渎我国之尊严，莫此为甚，此后应改称支那以正其名。”这样的“高见”，今天看来似乎也不必吃惊。它原是源远流长地存在于极少数日本人头脑中的宿见，时常会找机会发作的。周作人当时能站出来加以批判，也是难得的。奇怪的是他不站在中国人的正义立场上发言，只是责怪七十一岁的“学者”“明治维新的遗老”三上，不去“力守自由主义的残垒，为新佐幕派的少年所痛骂”，反而“不甘寂寞，趋时投机，自忘其丑”。这中间就有文章了。周作人引了孔夫子的话，“及其老也，戒之在得”，然后说道，“只可惜老人不大能遵守，往往名位既尊，患得患失，遇有新兴占势力的意见，不问新旧左右，辄靡然从之，此正病在私欲深、世味浓、贪恋前途之故也。”这些话从表面上看来，似乎也说得有理，很容易迷惑人们的耳目。其实他的意思只是说，“不问新旧左右”，不问进步、反动，只要是“趋时”就是错的。上了年纪的人就该坚守过去的营垒，即使已经变成落后甚至日趋反动也不能退却。否则就是“投机趋时”。周作人在文章结尾画龙点睛地说道，“其实此类事世间多有，即我国的老人亦宜以此为鉴，随时自加检点者也。”这些话，我看也是针对着鲁迅说的。

三上的该骂，是因为他上了年纪而又投法西斯的“机”，趋军国主义之“时”。凡是这样在反动道路上走下去的老头子，无论古今中外，我们都应该反对。这里有一条严格的科学标准在，一点都不能混淆。实际的情况是，人间尽多老英雄、老革命者，他们绝非那种“忘其老丑，想在人群中胡混，到了暮年还溺爱子孙，希冀长寿得见他们的繁荣，执着人生，私欲益深，人情物理都不复了解”（周作人所引的日本兼好法师的话）的低级趣味的人，不能一概而论的。

周作人实际上是主张老人都“平安”地住在预制的阴沉木棺材里，固守“营垒”尽力抗拒一切进步的新鲜事物。这样，他的终于当了汉奸，用自己建造的耻辱的坟墓埋葬了自己，其实是一点都不奇怪的。

从“老鼠”想到“弄权”

凌晨出去买面包，路过邮局，看见里面已经排了一支小小的队伍了。七点不到，邮局还不曾正式营业，大门口横搁着的木杠子也没有撤掉。在卖什么好东西呢？一打听，原来是要卖“一只老鼠”（邮票）。我不是集邮家，但对这十二生肖的邮票还是有兴趣的，于是就排在队伍后面。同时又叹气说：“这么长的队伍，几时才能买到呢？”这时站在我后面的一个中年人说话了：“这还算长，你到别处看看去，要半条街呢。”真是见识褊浅，连这种市场信息都一无所知，不禁感到惭愧。排了一会，听说剩下的不多了，每人限购一张。又一会，售票人宣布：“卖完了，没有了。”正想走开时，有些落空的买主与邮局人员展开了争论。

“为什么平日七点开门，今天六时一刻就开始卖了呢？”

“是不是还藏起了一批？”

“有没有都给熟人预先留下了？”

邮局人员自然极力地否认、说明，还出示了空空的邮票夹。当然这一切并不能使发问者满意。像这一类的争论照例是不会有什么结论的，听了一下以后也就走了出来。排了一下队，损失不大。老鼠没有到手也无关大局。

这真是小事一桩，也毫无发牢骚的意思与必要，不用说什么分房子、报户口一类事，更不必说拒绝批评、打击报复之类的问题了。不过事情虽小却颇带有一点普遍性。

如果说这也算是“弄权”，那未免是小题大做了。王熙凤在铁槛寺里几句话就到手了几千两银子，害死两条人命，曹雪芹才给她戴上了一顶“弄权”的帽子。可见用词必须讲究分寸。不过想来想去，却又想不出什么恰切的字眼。尽管有高下大小之分，说到底还只能说是一种“权”，或云“方便”。我们生活在社会主义社会里，大家都在为人民服务，大大小小都经管着一种工作，也都有一点“权”，这是客观实际。没有权什么事都办不成，但职权可以正当行使却不可“弄”，这却是重要的。

不知道从什么时候开始，大约总是在十年动乱中，社会上恶性发展起来了一种“弄权”的歪风。“有权不用，过期作废”，就是某些人总结出来的一种“经验”。当大小“英雄”肆无忌惮地弄着他们的“权”时，平民百姓就只有闭眼挨整的份儿。人是有自卫的本能的，也有缺乏抵制恶劣影响的弱点，为了生存，有时就会忽然记起自己手里也有一点可弄的“权”，并用来作为保护自己的手段。这应该说是一种弱点、缺点，但也不好过分地加以责难。

卖大饼油条的青年，遇到哥儿们来光顾，就特制了又粗又长的双料油条；排着长队的公共汽车站上，开来一部空车，上面却早已坐好几位“老朋友”了……这种事过去真是司空见惯，我自己就多次看到，也没有看见谁出来说话。但现在不同了，怪现象逐渐少下去，提意见的日益多起来，但总起来说，还没有达到肃清的地步，还差得远咧。

在整顿社会上的不正之风时，常听到这样的意见：只抓苍蝇，不打老虎。这话部分反映了迫切希望改善社会风气的好愿望，不能说全无道理，但也不免失于片面。大事要首先狠抓，小事也不能忽视。亿万人的“小事”，就是一种头等大事。

请想想看，假如全社会的人都念念不忘自己手里那一点小小的“权”，并用来替自己谋利益，彼此进行交换，那将是一种怎样的情景。这不成了交易所了吗？这就是“小事”不“小”的一种简单而抽象的说明。

一九八四年一月五日

神与人

《三国志》的作者陈寿在评论关羽、张飞时有几句话，“羽报效曹公，飞义释严颜，并有国士之风。”对关羽与曹操的关系，特别提出来加以表彰，这在陈寿，也只有如此立论。所谓“国士之风”，含义也颇复杂，说是气度恢宏固然不错；如从感恩知遇这个角度来解释，当然也是可以的，也许还更符合陈寿的原意。如修史者是蜀人，站在另一种立场说话，那么关羽在华容道放走曹操这一事，恐怕就不会当作一种美德来铺张。如果上网上线地追究起来，“里通外国”，用私人感情处理敌我关系一类的指责，关羽是逃不掉的。

历史上的许多是非，往往都因时代、社会的变迁而出现不同的结论。所谓“盖棺论定”大抵只不过是一句空话。一切意识形态的东西，无不带着时代的烙印，这是一种事实。此外，产生于不同历史时代的文学艺术，因其艺术成就而具有长久流传的条件，这是不能用历史家的眼光来加以吹求的。我说过，艺术家碰上考据家是一场灾难；其实碰上史论家，情形也好不了许多。如果按照今天达到的认识水平与标准，对历史人物一一作出合理的评价，用以编写新的历史剧固然是正确的态度；但审查历史遗产时困难可就大了。明智的办法应该是清醒地认识到前人处于怎样的历史时代，又何以如此处理不同的历史人物；然后才有可能清醒地理解并欣赏历史作品，不被前人牵了鼻子走，保持独立思考的地位。照我看这应该是一个读者、观众都应具有的品格。

一千年来，关羽在民间有着无比的潜势力，成为英雄崇拜的特殊偶像。主要的一点就在于他的“忠义”。“忠义”本来是封建社会历代统治者一贯提倡的东西，但何以在关羽身上达到这样可惊的效果，有了如此广泛的群众基础，产生了那许多小说、戏剧来加以宣扬？这原因也是复杂的。我想其主要的原因恐怕是，在旧社会受着无情压迫的老百姓，懂得统治阶级一切说得好听的话都不可相信，只有自己的团结才是可靠的、有用的。这就是“江湖义气”产生的基础。人们用这方法团结起来自救自助，历史上出现的许多起义、“叛乱”……其最初的萌发总不外这一原始朴素的动机。当然这思想是幼稚的，也终于不能解决主要矛盾。带来的消极后果也不少，有时候也并不能自圆其说。关羽是蜀的大将，与刘皇叔又有着“结义”的关系，这是前提；同时，曹操对他也确实不坏，可以称得上是“以国士相待”。在华容道上，可就苦了关羽，应该怎样处理这一困难局面呢？关羽不懂得主要矛盾与次要矛盾的区别，也不明白小道理服从大道理的原则。在蜀的君臣看来，他是犯了大错误，讲“义气”讲得出了格；但在观众方面却又觉得他颇有人情味。在红生戏中，好像这是唯一的一个例外，关羽从神的宝座上，刹那间又短暂地回到了人间。这一切，实在是很有意思、值得思索的。

一九八四年十一月六日

怀油条

好久没有上街吃早点了，不知道市场上的情况。昨天从报上看到上海的“大饼、油条、豆浆、粢饭供应日趋减少”的消息，吃了一惊。原来人民必需品的这“四大金刚”无论是供应网点还是供应数量都急剧下降了。

这种情况的出现，原因自然很多。主要的一条是纯粮食点心品种的价格偏低，企业无利可图。价格还是五十年代制定的，而原料价格却已有了多次新的变动。据调查，生产一张三分钱的大饼就要亏损二厘五。卖得愈多亏损就愈大。这么下去，要求企业有积极性就难矣哉了。这也就难怪许多原来卖大饼……的网点都纷纷转产去追求更高的利润。

与此有些关联的，是有不少地方引进了成套的国外快餐设备，甚至连不锈钢的盘子……也一股脑儿引进了，确不愧为彻底的“全盘西化”。只差没有连制作“热狗”的洋大师傅也一起“进口”，也许他们制作出来的食物味道来得更好更纯。这种忽视国产的“快餐”，把兴趣集中在外来事物上的风，也确实值得注意。

过去在北京，是可以吃到麻花、马蹄烧饼、杏仁茶……

这些街头“快餐”的，味道之好，至今想起来还要为之神往。去年冬天我在北京的店里吃过一次早点，却是千篇一律的油饼和不知名目的一种什么汤，真是吃得意兴索然。想想过去吃过的新出炉的芝麻烧饼夹酱肉，那味道又哪里是“热狗”之类所能相提并论的呢？

流风所及，受到了最大影响的是小商品，这些大抵都是低价、利薄、卖起来手续特烦的东西，但不巧恰恰又都是人民生活中所不可短缺的。这中间有一种，即是火柴。从去年冬天起，在全国许多地方忽然火柴“少见”了。几十年一贯制的两分钱一盒的火柴，确实是价廉物美，但“少见”了。说“少见”并不准确，是改成了配售，凭证每个家庭每月可以买到几小盒，还是原价。不久就在柜台上出现了装潢漂亮、枝梗粗长的高级火柴，价钱上涨一倍至几倍。人们也高兴地接受了，并无太大意见。这种高级品外表虽然漂亮，但不经用，一盒只抵原来小盒的三分之一或四分之一。真有点“银样镴枪头”的味道。

以上说的都是些“小事”。但“小事”里也反映着不可忽视的思想问题。价值规律是不可抗拒的，只能因势利导，不能硬性处置。为什么大饼还是三分钱一张、火柴还是两分钱一盒呢？也许因为这些都有关人民基本生活需要不可轻易变动，否则就会影响到基本生活指数的稳定。这种用心是极好的，人民也是充分理解的。但死守着过去的防线，对变相涨价却又听之任之，不免近于掩耳盗铃，不是实事求是的态度。另外一点是，提起开放、提起改革，人们总习惯于想到引进外来的东西。外国的好东西，我们一时没有又迫切需要的，当然应该考虑引进，但同时也不可忘记我们自己的传统优势。我就不相信“热狗”“汉堡包”能打倒并取代烧饼油条。不是有些海外归来的游子，一下飞机、住进旅馆，就忙不迭地想上街去吃久违了的麻花、油条吗？吃了多少年洋面包，到底还是忘不了祖国的土产；更何况一直生长、生活在祖国母亲怀抱里的人民！

一九八五年四月三日

负暄录

《负暄录》，散文集，1986 年 12 月湖南人民出版社初版，列为“骆驼丛书”之一。

据初版本编入。

随笔八篇

嗲

自从费孝通先生《知识分子的早春天气》一文发表后，在报刊上，座谈会上……这里、那里，大家都在谈知识分子的问题，而且都引用了一些诗词旧句作为譬喻。有时恰当，有时就不免有些“那个”，使人觉得这样表现出来的新中国知识分子实在不免有些失之太嗲了。

首先在费先生那篇文章里就引用了东坡词“笑渐不闻声渐悄，多情反被无情恼！”这就是用女性的心情来作譬的。说起来由来已久，自从屈赋以来，美人香草，即已成为文士自抒身世美丽的代号。唐朝新进士朱庆余所作“洞房昨夜停红烛，待晓堂前拜舅姑。妆罢低声问夫婿，画眉深浅入时无!”的名诗，简直是用新嫁娘的口吻来刻画了自己；有名的西昆体开山主将李商隐，也唱出过“郎君官贵施行马，东阁无因再得窥。”这样弃妇声门的哀怜之声。

道学家解释“关关雎鸠”的主题是写后妃之德也，已经有很多人批驳过了。我倒觉得朱晦厂的如此立论，至少也还是“事出有因”，只是应用得太机械了而已。因为这样的风气在中国知识分子中间实在是过于深厚、普遍了。

这也应该说是一种传统吧？只是我怀疑这种传统怕不该算作“优良”的。

自从在哪里看到形容今天知识分子中间的“气候”是所谓“乍暖还寒时候”，是“最难将息”的时候，我就已经失去了最后的“怀疑”，明确地引起了一种厌恶的心情。

用不到再把“爱国诗人陆放翁”……抬出来了，中国的知识分子当中无疑是有多少更勇敢、更豪迈的人物的。而今天的知识分子和南宋的易安居士也的确是距离过远了。

远在一九三四年，鲁迅先生就曾经说过：

> 我们从古以来，就有埋头苦干的人，有拼命硬干的人，有为民请命的人，有舍身求法的人……虽是等于为帝王将相作家谱的所谓“正史”，也往往掩不住他们的光耀，这就是中国的脊梁。（《且介亭杂文·中国人失掉自信力了吗》）

希望生活在新中国的知识分子也摸一下自己的脊梁，挺起来，不再学易安居士或林妹妹那样娇滴滴地扭扭捏捏。

一九五七，五，二十六

灯戏

川戏到上海来演出了。带来的剧目只属于高腔和弹戏二种。其实川戏是包含了“昆、高、胡、弹、灯”五种不同的样式的。即是昆腔、高腔、胡琴、弹戏、灯戏。

这中间，节目流传得最少的大概是灯戏。好像只有四五十折把。其实灯戏才是真正土生土长的川戏，是产生在川东北的一种民间小戏，和受昆曲、弋腔、秦腔、汉调影响的其他几种曲调情况完全不同。

在四川曾经看过一出“五子告庙”，就是灯戏。这戏真妙极了。故事是说五个儿子在阎王面前把改嫁的母亲告了下来，阎王传讯，不料被告的女人却是他生前的旧好。于是陷入了尴尬的境地。阎王丑态百出，审判的进行是完全不成体统了的。

表演的泼辣是惊人的，丑扮的阎王被讽刺得体无完肤。最突出的是阎王的形象和动作，完全表现出庙里泥塑木雕实物的神情。在表演上是一种殊特的规律的，可以看出劳动人民强盛的艺术创造力和对鬼神全然的不敬。

我在成都曾经向研究川戏的专家们请教过灯戏的来源和衍变，他们也不知道，甚至连这个剧种已经有了多长的历史也摸不清楚，十分失望。不料回沪以后翻书，却寻到了一段记载，真是值得高兴的事。

乌程范锴（字白舫）嘉庆道光中在四川住过二十来年。作了一卷《蜀产吟》，收入《苕溪鱼隐诗稿》里，道光刻本。

和“盐井”“火井”“蜀锦”“郫桶酒”……一样，把“灯戏”也列为蜀产之一，作了一首五古。前有小序。记载十分详细。因为这是十分可贵的资料，所以这里就照样介绍出来，供专家们的参考：

> 俗有优伶，专演乡僻男女秽亵之事。歌词俚鄙，音节淫靡，名曰“梁山调”，与弋阳梆子之腔迥别。桑中溱外，钻穴窃窥。语言举止，描摹逼肖。廉耻尽丧，不堪入目。昔以伤风败俗，禁不入城市。无赖者恒于夤夜征歌，故曰“灯戏”，又曰“倡灯”，剧中实无灯也。近则川之东北郡邑村郭间，筑台竞演，昼夕不分，盈途喧笑，士女聚观，恬不为怪。迨夕阳人散，犹津津乐道之。吁！习俗之移人如是哉！（以上诗序）
>
> 夕阳驻肩舆，劳息投旅次。老壮趁墟归，津津说灯戏。里歌草台新（蜀人谓戏台为草台），妖伶玉颜媚。逾墙搂女痴，解襟留髡醉。既定桑中期，复作行露恚。流连善描神，移情直忘寐。傍有攘臂言，记前入城事。谑浪千万端，巨擘乃无二。说者四三人，听者十百至。望衡对宇间，施家笑掩鼻。嗟嗟古风隤，习俗关政治。安得以礼齐，使民知有耻。

作者大概是和“五子告庙”里的阎王一鼻孔出气的，于是就对这种大胆描写儿女情的小戏大加非难了。但是从他的描写中间，也可以看出灯戏的成就之高与吸引力之大，言外大有“其实乃深喜之”之势。其实范白舫倒还是值得感谢的，他到底还记下了这么一些史料。比起别的道学先生偷偷看戏却不敢笔之于书的要来得高明得多。

一九五七，五，八

古书装裱的绝活

郑振铎先生在人民日报发表了一篇《传统技术的继承问题》。那副标题是“我的一个紧急的呼吁！”这是一篇相当重要的文章，读罢不禁有感。

姑且谈一下古书装裱的问题罢。

古书流传了几百年几十年，难免要遭受损害。现在只简单谈几种损害的情况。被虫鼠所啃。那是一大块一大块的啃掉了。往往是一只角、一块边被啃掉了。其次是白蚁，它们会在古书中间打一个或大或小的洞，象隧道似的。其次就是虫。这又分几种：有像米蛀虫那样的虫，它们睡在书中，周身发出一种黏液，把纸张浸烂，吃掉。它们一出现，书页往往就要损失一大叠，破口边上往往还有像蚕丝似的东西。还有一种是“银鱼”似的书虫，逃起来极快。它们的本领是把书页打成一个小小到底的洞，真像打洞机那样的直而透，直透几十百张。

又有一种不知什么虫，它们往往在书面上粘壳，就像在树干上的虫壳似的。一发现它，书往往就去了一大块。蟑螂也很会损害书，至少它也会在书口书背上留下排泄物，弄得点点斑斑，十分难看。……

上面说的只不过是虫的业绩。至于北方的“风伤”，会把书弄得碰不得，一沾惹就片片化作了“白蝴蝶”；南方的潮湿，会把书霉得一片片粘在一起，触手即碎。至于水湿如饼，年代久远，书口破开，双页变成单页，就更不足怪了。

要说装裱。那也真是一种绝活。总之，无论古书遭受到上面所说哪种损害，或轻或重，专家们都能使之得救，使你有“触手如新”之乐。

这中间的学问大得很，这里篇幅有限，说不清楚。我只举一例说明。有一年，我买得一部明人著述的稿本，共有六册。原来是作者用稿纸写好，再一条条剪下来粘在册子上的。不但被虫蛀得一块块的，而且还经过水湿。初到手时正像在泥潭里出来的破账簿。交给一位老装裱工人，三四个月以后他交还我六厚册新书。简直比古籍书店新出版的线装书还平整，还漂亮。水湿的地方，都揭开、压平了；虫蛀的地方都用同样的明代竹纸补好了。最了不起的是，一条条粘起的原书，竟整治得平伏之至，好像一页页完整的纸张。原来高低不平臃肿不堪的，现在就平整得和新书一样。

这位老专家是苏州人，今年六十七八岁了。身体不太好。解放以前他装书的身价是很高的，普通书不大装，因为不值得。但解放之初的三四年，却发生了很大的困难，委托者一些都没有了，生活无着。我就拿一些书陆续给他去装。我是没有什么好书的，又出不起太高的装工。但也还是大量地拿书给他去装。连被人看不起的清代刻本也去装了。当然这也还不能使他维持安定的生活。可喜的是，从去年开始，他被介绍到上海图书馆工作了，在装地方志。

奇怪的是，上海图书馆没有让他带徒弟，只教这位老先生一天到晚伏在案上一张一张地装裱，和浩如烟海的残零册页孤军奋斗。但工资甚低，而且至今还是个临时工，按日计酬，没有劳保享受。像这样地对待身有“绝活”的传统技术老工人，是不妥当的。

一九五七，六，二十

这里说到的装书老人是曹有福，苏州人。那部书则是张宗子（岱）的稿本《史阙》。他已逝世，晚年一直在上海图书馆工作，也带了一些徒弟。

一九八三，十二，十，重校记

帮腔

上海的观众对川戏已经不算怎样生疏了。川戏的许多特点，也都比较易于接受、欣赏了。可是在前几年，那情况就不是这样。

解放以后川戏团大抵到上海来演出过三四次。记得他们第一次来时，高腔的帮腔一起，台下立刻就起了哄堂的笑声。人们觉得不习惯、特别，自然就要笑。近来这样的笑声是逐渐少下去了。

我自己是特别喜欢帮腔的。歌声一起，真会使人精神一振。女高音真能挑起人们心里的激情，使观众和台上的人物心心相印。剧中人心里的幽怨、愤懑、委曲、欢悦……都能在这种和声里宣泄无遗。

这是一种古老优美的艺术形式，应该是精华而绝不是糟粕。可是她的命运却不怎么好，很有些人曾经怀疑过她的存在价值。

去年秋天在成都住了一个月。每天在报上看到有关高腔音乐问题的讨论，十分热闹。讨论者分两大阵营，一派是主张保留高腔的特色的；另一派则主张改革，定谱、配音……讨论的范围已经不只是帮腔，整个的高腔都是索连在内的。

我是赞成第一种意见的。曾经仔细研究过革新派所持的几种理由，觉得都不够充分。

主张改革的人们说，高腔世代口耳相传，没有一定的声调谱，同时又是“干唱”，没有一点配音。因此就断定说她是一种落后的东西，必须加以改革云。

我看不然，这么一种艺术形式，从弋腔算起已经流传了三百多年，为广大人民所喜爱，说她落后，怕并不妥当。正如中国人从古吃饭就用筷子，一两千年以来就只是这么两根竹棍儿，照同样的逻辑看来，岂不也是落后得很，应该废除了么？

同时川戏，就也有胡琴和弹戏，那都是有配音的。如果高腔需要配音，老早也就应该配起来了，何待今朝！

这里存在着的还是那个老问题。应该相信人民，相信人民是有一定的欣赏水平和选择能力的。

改革本是好事，但看做法如何。帮腔过去是由打鼓老代唱的，就难免粗犷；现在改由有相当训练的女歌者帮唱，成绩就比过去的好。

在成都就有一种高腔配音的试验作法。试验是先从帮腔部分开始的，用了五音洋琴等乐器伴奏。照我听来，颇像越剧或沪剧的唱法，离开高腔的原有风格已经很远了。据说这种做法现在还在试验阶段，尚未进行推广云。

新音乐工作者热情地参加旧戏曲改革工作，本是值得欢迎的好事。在川剧说来，老艺人的唱腔，锣鼓牌子等有些就已经被记录下来，这都是值得称赞的好事。可是在别的地方，只凭激情，不加研究，就来进行改革，就难免不出乱子。

一九五七，六

纸

去年在成都，认识了一位老画家。彼此谈得很投机，我向他订了一张画，后来却给了我两张。原来有一张是送的。上面题曰：“××先生云将以佳纸见贶，预以此幅为报。”因为谈话中间我曾说起上海还能买到旧高丽纸，可以送他一些云。

回上海后第二天就跑到荣宝斋去问。不用说旧高丽纸，就是新货的河南棉纸、连史、宣纸……也没有或缺货了。连跑数月，未得片楮，这真给我添上了非凡的负担。至今一想起老画家提到旧纸时的欢喜激动之情，还使人歉然无已。

这也真是没有办法的事。画中国画就要中国纸，离开了宣纸，什么泼墨、晕染、勾勒……这些本领，就全都缴了械。不像我们写文章的“油滑”，毛笔竹纸固然可以；钢笔报纸也无所谓。

自然，没有了宣纸，不会立刻就出人命。它比起粮食、布匹……是远为次要的。但也需要呼吁一下，在可能范围之内，不但完全不会造成损失而且可以为国家积累资金的前提之下，适当地生产一些，以应急需，以防断种，还是必要的。

造纸多为农民副业。有的合作社领导干部反对造纸，说，“谁要生产纸就让他吃纸好了!”（见六月十五日人民日报郑振铎文）实在是奇怪的说法。有造纸传统、特点、方便的地区造些手工纸，和养猪有什么差别呢？它同样是财富，可以换人民币换外汇的。“谁要养猪就让他吃猪肉好了。”这样的话好像还没有听说过。

印木刻是中国的宣纸最好。鲁迅先生曾以数卷宣纸寄赠苏联木刻家，他们如获至宝。日本朝鲜造纸的技法是从中国传去的，在那儿生了根，开出了新鲜的花朵。过去日本曾出版过《和纸之美》这样的书，里面附了数十百种“和纸”的样张。看了真有“美不胜收”之感。日本人一般也用的是洋纸，但他们却不曾完全废弃了“和纸”。

中国的传统文化生活和中国纸的关系是非常密切的，忽视了这一环节就会有很多部门要受到损害。文化部、商业部、轻工业部、土产供销合作社……实在应该好好重视起这个环节来。

一九五七，六，十八

选秀女法

“拉郎配”的风波是由皇帝选秀女引起的。在封建时代里，这的确是一件大事。但到底是怎样的选法，却一直弄不清楚。

正史里是不大肯记载这些事的。野史又往往不大靠得住。这里我想介绍《明懿安皇后外传》里的一些记载。这书是明朝大臣后来投降了清朝的龚芝麓所作，后来又由纪晓岚删订，曾刊入《峭帆楼丛书》。

懿安皇后是明熹宗（天启）的配偶。天启元年，皇帝要举行大婚，于是就：

> 先期选天下淑女，年十三至十六者，有司聘以银币。其父母亲送之，以正月集京师，集者五千人。后亦被选入都。天子分遣内监选女，每百人以齿序立。内监循视之，曰：某稍长，某稍短，某稍肥，某稍瘠。皆扶去之。凡遣归者千人。明日，诸女分立如前。内监谛视耳目口鼻发肤腰领肩背，有一不合法相者，去之。又使自讲籍姓年岁，听其声之稍雄稍窳稍浊稍吃者皆去之。去者复二千人。明日，内监各执量器量女之手足，量毕复使周

> 行数十步，以观其丰度。去其腕稍短趾稍巨者、举止稍轻躁者。去者复千人。其留者，亦仅千人，皆召入宫备宫人之选。分遣宫娥之老者，引至密室。探其乳，嗅其腋，扪其肌理。于是入选者仅三百人。皆得为宫人之长矣。在宫一月，熟察其性情言论，而汇评其人之刚柔愚智贤否，于是入选者仅五十人，皆得为妃嫔矣。……昭妃亲召五十人，与之款语，试以书算诗画诸艺，得三人为最上选。……太妃幕以青纱帕，取金玉条脱系其两臂，复遣宫娥引至密室中复视，循旧例也。……太妃以状达于帝所，帝复引见三人，自谛选之。……复请光庙赵选侍决之……乃定后为中宫。

看来皇帝的选老婆，也真是“慎重”极了。而那方法就和上小菜场买菜差不多，先捞它一大把来，然后仔细进行筛选。“秀女”在这里就和商品没有什么两样。很难说得上有什么人的尊严。

抄这些旧话有什么好处呢？在增加见识之外，更有益的是使人们明白了封建社会里的“人”——特别是女性，是处在怎样悲惨的位置上。

于是喜剧《拉郎配》就具有了坚实深厚的社会基础。

一九五七，六，五

《卷盦书跋》

古典文学出版社最近出版了叶揆初先生的藏书题记。买归快读一过，十分欣喜。

叶先生是银行家，喜欢买书。他的书在生前即已放在图书馆里，这就是现在上海市历史文献图书馆的前身。这个图书馆是目前上海最好的图书馆，并不因为它收藏的善本书怎样了不起的多，实在是因为它给读书界带来了很大的方便的缘故。

传统的藏书题跋的风格也是多种多样的。大别之不外两类。其一是讲究书的内容、版本、校勘这方面的事的。科学性强，但内容不免枯燥。可做资料用，但不能成为一般读物。如陈仲鱼的《经籍跋文》就是。

其次，是在上面这些内容之外，也还添上了书林掌故，买书过程，读书心情……这就成为一种散文。不只有科学性，还增加了文艺性了。黄丕烈的题跋大家都已知道。近人郑西谛的藏书记和这里所说的卷盦题跋也都应该算入这一类。

叶先生在《齐民要术》的跋文里说：

> 前借群碧楼明抄本校嘉靖本……今群碧楼全书已为估客运之来沪，约明日往观。此本当亦在内，闻索价高昂，恐难偿杠鼎之愿。……假使孝先在时，情商让渡，必蒙首肯。而区区之愚，向不愿夺人所爱。又虑孝先之

书已售出二次，所存精骑无多。倘一顾空群，则下驷决无人存问。故逡巡不敢前。悔何及矣！

这里真写的是情文并茂。叶揆初和邓孝先的交谊和旧时代文士的心情、习惯……也都跃然如见。最妙的是，在这段跋文后面，他又添了一句说：

此数十字若使估客见之，明日必宝山空返。

这就又把估客和买书人的关系鲜明地揭露出来了，实在妙得很。我以为旧时代的旧书商人，也是值得象《游侠列传》那样为他们写一篇合传的，虽然这个行业的人数并不太多。而那素材，就保留在藏书家的许多题跋中间。

张菊生、叶揆初、叶誉虎、王培孙、蒋抑卮……诸位的藏书现在都在上海历史文献图书馆里。他们的书也都编了分目，可供读者参考。只有叶氏的书目却不公开，想在图书馆内看一下也办不到，好像是保密资料似的。道理实难索解。这本书跋并没有把全部藏书都包括在内。难道说此外还有什么别的“精骑”需要深藏密锁，不能公诸于世吗？

一九五七，六，十二

记得后来还写过一篇谈《卷盦书跋》的标点校订的小文，剪报却找不到了。这本书的标点错误着实惊人，差不多每页都可发现几处。破句、错字触目皆是。如有可能希望这书能有一次重校印行的机会。

一九八三，十二，十，重校记

龙凤合挥

太平天国提倡平等自由的婚姻。男女双方同意结婚以后，就到机关里去领一张证书，名曰“龙凤合挥”。

“龙凤合挥”究竟是什么东西呢？

前两年曾经在浙东乡下发现过实物，开始还不知道这是怎样的东西，后来经过专家的考证，才知道它的用处。

前两天在街上买到一本《补愚诗存》，是嘉定陈庆甲作的，宣统辛亥刻本。这个人是曾经在太平军下嘉定以后被迁往南京去过的，作了一卷《金陵纪事诗》，共三十四首，每首后面都有小注，保存了十分珍贵的史料，其有关太平天国婚姻制度的一首云：

> 莫道桑间旧染渐，烟花禁令却森严。寻常婚娶浑闲事，要向官家索票签。
>
> 注云：“男女配合，须由本队主禀明婚娶官，给龙凤合挥方准。犯奸者谓之犯天条，与吸烟者皆立斩。”

这短短的一首诗一条注里说明了很多情况。太平天国是严禁吸大烟和娼妓的，但通常婚嫁却手续便捷，和今天登记结婚的办法差不多。

这薄薄的一册书流传不多。里面还有着不少有关太平天国的故事。如提到《千字文》《三字经》《十全大吉诗》等的作者洪仁玕（秀全从弟），是咸丰六年到南京的，封“吏部天僚”，“名冠诸王之上。”好像就是少为人知的故事，《十全大吉诗》这样的书，好像过去也不曾著录过。

一九五七，五，四

记巴金

一

一九四二年的冬天，我和几个朋友离开上海到内地去。我的目的地是重庆，打算在那里继续读完没有结业的课程。在重庆，我没有朋友或亲属，对四川这个陌生而又亲切的省份则充满了迷惘的憧憬。我对四川的知识很大部分是从古书里得来的。例如唐代诗人李商隐美丽而不易捉摸的诗句。不用说，这是些距离现实十分辽远的古昔的影子。正如李商隐诗，“红楼隔雨相望冷”，当时在我心目里的四川，倒正像笼罩在如尘的雨幕后面的红楼吧。

在我的旅行包里藏着几封信，其中一封是一位中学里的老师写给我的。收信人是他的一个住在重庆的弟弟，当时已经是著名的作家了的巴金。好几年前我已经在天津学校的宿舍里读过了巴金的名著《家》，从小说里认识了成都。比起唐代诗人来，小说的描写可要真实、生动得多了。它更接近于现实。更何况小说里还有着活生生的人物，他们和千万个读者一起欢笑，一起哭泣。他们是住在成都的，成都是四川的一个城市；而四川则是中国的一个省……

我的旅行包里藏着好几封介绍信，全是父亲的朋友写给他们的朋友的。必要时我可能请求并获得他们的一些照拂……但其中我最珍重的是李林先生写给我的信。和千万个青年读者一样，我非常希望看到自己所熟习、喜爱的作家。自然，当时完全没有想到，我会选择文学作为自己的终身事业。倒不是由于胆怯，当时多的是勇敢的狂想，其实是根本没有想到。

当我在重庆的扬子江上定居下来以后，就怀着激动的心情，跑到城里去找巴金。非常失望，他到桂林去了，没有遇见。在那一年苦闷、寂寞的日子里，我写了一些散文，记下了入蜀途中所看到的形形色色的风景、人物。一九四四年夏天，我离开了学校，来到桂林，准备到湘桂前线去。在来到桂林第一天的傍晚，我就到城里的文化生活出版社去访问他，他又离开桂林到别的地方去了。这使我非常怅惘，今天我还记得一个人在斜风细雨中走过漓江江畔，在闪烁着微黄灯火的桂林街头徘徊的寂寞心情。

这以后我就到了印度。在那里我编定了我的第一个散文集子——《锦帆集》。我把这样一册幼稚的、薄薄的小册子寄给了巴金。这件事就足以说明我当时有着怎样的激情与勇气。我竟毫不惭愧地将一本年轻人的习作寄给了一位著名的作家并要求他为我找一个出版的机会。更出乎意料的是很快就收到了他的回信。回信很短，他告诉我已经把那本散文编入一个丛刊了。我在那封短信里没有发现一个前辈似乎应有的气派声口。这在当时甚至都使我感到有些失望。他那封装在重庆土纸印的信封里的信，我一直保存到今天。

我第一次看见巴金，是在一九四五年秋天的重庆。抗战胜利使我失了“业”，从昆明回到重庆，依旧住在九龙坡学校的宿舍里，开始了一个真正的“作家”的生活。那就是说，开始卖稿为生。我把一年多来看到的战争场面、人民的生活与苦难……用笔记录了下来。后来，我又成了一个记者。我到重庆市民国路的文化生活出版社去看巴金。我在那座就轰炸后的断瓦颓垣改修的“大楼”的底层的书店办事处里看见了他。那一次见面好像并没有谈多少话。我自己说不出什么话来，同时发现巴金也并不是一个会滔滔不绝发表议论的人，甚至是一个拙于言辞的人。我向他表示了敬意和感谢。我请他到上海后问候李林先生，我只知道李林先生在生病，却料不到那时已经邻近他生命的结束了。我很快地就结束了这次“访问”，在我记者生涯的初期，这是一次真正的“失败”。最近我还遇到一位当时在重庆文化生活出版社工作的朋友，她还提起她当时的印象，说我那种说不出话来的样子简直不像一个记者，更不符合从我的文字中所能引起的关于我的印象。我想她的记忆是真实的。

二

《家》是巴金四十七年前写成的，是他影响最大的一部长篇小说。《家》在去年印行了新版，作者在《后记》里说，“我的作品已经完成了它们的历史任务，让读者忘记它们，可能更好一些。”我读到这里就立即在眼前浮现了一幕不易忘记的场景。去年冬天一个早晨，我走过上海老西门，发现马路上排着一条长长的队伍，队伍之头在新华书店门前，尾巴则看不见，已经伸展到中华路上去了。在上海，排成这样长的队伍是少见的。在书店关紧的铁门上面，攀附着一大群年轻人，看样子是中学生；队伍中间有男有女，有中年人也有老人，他们都安静地排着队。时间还早，离书店开始营业大约还有两小时光景。我猜不透今天书店有什么新书供应，就找一位老先生打听，他对我说，“听说今天书店里可能供应《家》。”我肃然了一下，就赶车去了。

我坐在车上想，巴金在《家》的后记里表示的愿望，可能是并不切合实际的。今天的读者，看来还不想忘记这部四十七年前出现的作品。

我最近又读过一次《家》，连同作者为作品写过的一些序跋。我思索着一个问题，作品为什么会有这样的力量。我觉得这是个复杂的问题，应该留给文学批评家和文学史家去解答，我自己只能思索一些比较浅显、更为实际的问题。譬如，作者在序跋文里反复声明，小说里只有两个真实的人物。可是四十多年来读者似乎都不大肯接受这样权威的解释，他们直到今天还在关心着小说里一些人物的命运。看来读者并不都是像“特种学者”那样有什么“历史癖”，他们对小说里人物的同情、关心，或厌恶、斥责是可以理解的，而且是完全正当的。这是一种善良的愿望，应该得到尊重。而且这正是说明作品力量的所在。

四十多年前我在中学里第一次读《家》的时候，也曾暗暗研究过我们的英文老师和觉民之间的关系，也想象过小说的作者与觉慧的关联。不用说，我当时并没有什么“历史癖”，也并无野心去写什么考证、索隐的论文，有的不过是一个年轻人的好奇心。我也始终没有向我的老师探询过这样的问题，那原因也并非怕被扣上唯心主义的帽子，实在只是腼腆。我失悔当时没有向李林先生提出这个问题。我相信，我是不会受到斥责的，不，他不是那样的人。

今天，我倒想根据自己的回忆，说明小说所写并非真实人物的传记这样一个浅显的道理。最近我常常发现，我是只能研究这样浅显的道理的，而且觉得这是我的一种小小的进步。

我手边还保存着一册一九三四年的《南开同学录》。这已经是历史文献了。当年的老师有很大一部分已不在人间，同学也多半久已不通音讯。翻翻旧录，却能引起许多回忆，往往仍鲜明如昨日事。在“男中学部教员”里就有着这样的记载。

“李尧林，四川成都，本校西楼，燕京大学毕业英文。”

这就是我的英文老师，冈查洛夫《悬崖》的译者，李林先生。

在我的记忆里留存的有关南开的种种，有许多是美丽的。离开南开以后，我也曾住过别的几处学校，对比之下，就使我更加觉得南开是值得怀念的。当然这并不是说，南开是什么天堂似的所在，不，完全不是这样。但，我仍不能不说，南开是值得怀念的。

后来也曾在南开做过教员的何其芳先生，曾经在一篇散文里不指名地称这个学校为一座“制造中学生的工厂”。我没有听过其芳先生的课，但对他的诗与散文是非常佩服的。其芳先生的愤慨和对南开的指摘，也都值得认真考虑，但我仍觉得不能简单地接受他的那个结论。不用列举别的理由，在南开，曾经有过李林、何其芳这样的教员，就很可以说明南开的特点。更不必说这座“工厂”的大量产品中间，曾经有过许多出色的人物了。一九五一年巴金从朝鲜前线回国休假，其芳先生在北京请巴金夫妇吃饭，我也被一起拉去。本来想向他提出这个问题，终于因踌躇而不曾提出。其芳先生在经历了长期的磨难之后逝世，在这里我要表示一个曾经受过他影响的学生的敬意与悼念。

南开中学的教员也真是五花八门。有浑身卫道气息的老夫子；有刚从美国回来的教授太太；有才从大学出来、比大学生大不了几岁的不像教员的教员；有“从×××先生习武二十年”的武术家，自然还有必不可少的“辅导干事”。就是这样一些出身、教养、性情、作风都天差地远的人在南开独特的“教育方针”统摄之下工作，这是一个怎样复杂的矛盾集合体，是不言而喻的。在这个教员群中，李林先生是个十分突出的人物。

在他的班上，有时课上了一半，他会突然宣布，全班排队到外面去活动。具体的活动内容已经忘记了，大约是到墙子河边去散步吧，反正与英语无关是肯定的。他教英语，大不注意死板的文法，而着重阅读与朗诵，还有就是教我们唱英文歌，这可是经常的，每次上课都要唱。到今天我还记得一首歌的词句和唱法：

Row, row, row your boat, gently down the stream, merrily, merrily, merrily, life is but a dream.

这大约是，我平生会唱的、得自恩师传授的唯一一首洋歌，儿歌。

这样的教授方法，在南开的主管人看来，大约总不免有些离经叛道，不过很奇怪，并没有听到他的饭碗曾受到过怎样的威胁，他在学生中间的威信倒是颇高的。他常和同学一起打篮球、打网球，有几个月还和同学一起在大饭堂里包饭，挤在八人一桌的台面上用不够文雅的方式吃饭。当一本小小的文艺刊物《水星》在北平创刊时，学校校园里出现了一些征求订户的小纸条，下面写着“本校西楼”和他的签名。

回忆起来，早在中学时代我就有了买书的癖好了。学校外面有一家“会友书局”，专门经售文学读物和期刊。我是每天必去，而且总要抱两本回来的。不久，宿舍床头的木板架上，就排满了新书。记得有一天，李林先生把我叫到他的宿舍去，相当激动地问我，是不是买了不少新文学的书。然后就告诉我，一个姓傅的“辅导干事”当我们上课时去宿舍查了房间，翻检了我的书物，而且作为一种“危险情况”在教务会议上提出了。他说，他在会上和这种“荒谬绝伦”的意见激烈地争辩了一通，对这种侵犯学生自由的行为进行了抗议。他有些口吃了，说明他的激动还不曾平静下来，而且可以看出，他虽然勇敢地战斗了，但并未取得胜利。结局大约总是不了了之。他最后告诉我要小心一些。对他的警告，我当时是并不理解也不重视的，心想买两本书看有什么了不起，学校的图书馆里不是也添了这些书而且用硬纸板装了封面在出借吗？但对他的出面主持正义则是感谢的。觉得他和别的老师不大一样，他是和我们站在一起的。

我回忆这些旧事，希望为读者理解《家》这本作品提供一些资料。当时也想说明，照我看，李林先生和《家》里的觉民实在并不是一个人，他比觉民还要更大胆、更活泼，对旧的传统有更多的叛逆性，他还会作出更多使读者精神一振的事来。

不知怎的，又想到了《红楼梦》。

关于《红楼梦》的争论，可谓多矣。而且不只过去争论得热闹，将来的争论肯定还会更加热闹。过去一段时期，人们正确地批判了一种荒唐的论点，那就是把曹雪芹当作太史公，把《红楼梦》当作由“宝玉列传”“林黛玉列传”……组成的《史记》。这是只有有着“历史癖”的特种学者才说得出的昏话，对这种昏话不加批判是不行的。不过事情往往不是一帆风顺的，半路上有些论客出来打诨了，他们把本来是不错的意见一个劲地推、推、推……终于推进了荒谬绝伦的所在。谁要是对曹雪芹的身世、经历，他所生活的时代、社会，做一些深入地研究，特别是与《红楼梦》做一些对比的研究，他们就气急败坏地喊道，“复辟了！这种复辟太典型了！”这些论客和“特种学者”实际并没有什么不同，花样尽管翻新，目的原是一样。把一部伟大的作品封闭起来，加以取消。不过如此而已。近六十年前，鲁迅先生在《中国小说史略》中就对曹雪芹的创作《红楼梦》说过这样的话了：

“盖叙述皆存本真，闻见悉所亲历，正因写实，转成新鲜。而世人忽略此言，每欲别求深义，揣测之说，久而遂多。”

这是十分平实的说法，经六十年岁月的检验，已证明是非常正确的说法，特别是经过某些论客的疯狂践踏之后，回过头来看，更感到这种说法的可贵，因为它是实事求是的。

我并不想拿《家》和《红楼梦》对比，不过我觉得两者的产生过程确有某种程度的近似。巴金如果没有他最初十九年的生活，没有那些他所深爱、深知的亲人，没有使他坐卧不宁的激情，那么《家》的产生就是不可能的。这就是我经过思索以后得到的简单结论。至于小说家不是摄影师也不是太史公，则是属于常识范围里的事，这里可以节约加以论述的篇幅了。

不久以前巴金在闲谈中说起，他的大哥和三哥（李林）寄给他的信，他曾经保藏了多年，订成了厚厚几册的，十年前由他自己亲手毁掉了。他说，他是不想落到“四人帮”爪牙的手里，成为“展览”的资料。他说这些话的时候一直都在微笑着。这些信已经毁灭了，他们的影子却清晰地留在《家》里面。作品自有它的力量，它会生存下去的。不论是怎样的“英雄”，对此都将无能为力。

三

一九五六年我到四川去旅行，过成都时曾去访问李家的旧宅。不记得那地方已经改为一个什么机关了，只在大门口张望了一下，远远地看了可能曾经是巴金的卧室和书房的屋子，就走开了。我没有走进去，没有去看花园，没有去凭吊鸣凤自沉的湖边“遗址”。这就证明我的“历史癖”并不太深，头脑也还比较清醒。不过我当时确是有着一种小小的计划，我想，如果要认真研究巴金和他的作品，不了解成都的种种是不行的。我在成都住了一个月。看了不少川戏，看了廖静秋的《归舟投江》，这是一个很有才华的演员，当时已经身患不治之症，但仍严肃地坚持舞台工作。巴金很尊重她这种工作精神，他和几位四川的全国人民代表大会代表给“人大”写过一封信，提议给廖静秋拍一部舞台纪录片。信里有这样的话：“现代科学还不能保存她的生命，但是可以保存她的艺术。”后来她留下了一部纪录片。不久以后廖静秋逝世，巴金写过一篇纪念她的文章。从这件小事也可以看出巴金对川戏的感情。

在《家》里描写过五十年前川戏演员生活的一些小小侧面，在另外的文章里他还作过更详细些的说明，看来那时候四川演员的命运和《金台残泪记》这类作品里所描写的北京演员差不多。巴金对这些被侮辱与损害者是同情的。这一点，过去巴金的研究者似乎都没有加以注意，可能就是因为人们对这种社会现象缺乏必要的了解。不过一九五六年的成都已经再也找不到这种历史残迹的余痕。访问老演员也很难获得这样的材料。我看过《打红台》后访问了著名演员面娃娃（彭海清），他谈了不少表演和川戏流派，使我增长了见识，但他并没有谈旧时代演员的生活，仿佛这一切都真的一去不复返了。在成部，唯一使我感到满意的是发现了一个别有风味的舞台，当时它还被使用作一个主要的营业性剧场。它是在一个旧宅的花园里，舞台不大，池座四周有朱红的游廊，外面就是花园，大约只能接待几百个观众，在这里我看了《抢伞》《辩钗》……这些节目，感到环境和演出十分协调。我想《家》里描写的公馆里演戏那种场面，大抵就差不多是这样子。

巴金是很喜欢川戏的，川剧团旅行演出路过上海，总有些演员到他家去做客。不管是老演员还是年轻演员，都像熟人似的和他随便谈话。川戏在许多地方都赢得了不少热情的观众，其中不少还是狂热的爱好者。碰在一起就热烈地谈起来。在这种场合，巴金只是微笑地听着，把“内行评论家”让给旁人。他在《谈我的短篇小说》的末尾说：“我从小时候起就喜欢看戏。我喜欢的倒是一些地方戏的折子戏。我觉得它们都是很好的短篇小说。”他举了川戏《周仁耍路》的例子，做了分析，指出这完全是中国人的东西，从人民中间来的东西。他赞颂了我们深厚的传统。从这里可以看出中华民族优秀的传统文化给作家的哺育，而这也正是研究者往往忽略了的。

巴金有着非凡的记忆力。五十年代初。有一次饭后闲谈，他兴致很好，随口背诵了好多篇古诗，包括《长恨歌》《琵琶行》这样的长篇。那时我正在起劲地买旧书，他托我顺便给他找一部旧版的唐诗选本。记得后来找来了一部《批点唐诗正声》，选本并不高明，不过是明万历刻，棉纸印的。巴金喜欢买书，但从不买线装古书，这部《唐诗正声》，大约在他的藏书里算是很别致的了。他还托我从相熟的旧书店里买过一整套《绣像小说》。《老残游记》就是最初在它上面发表的。此外还买过全套的林译小说……这些都是他年轻时熟习并喜爱过的读物。他摩挲着这些书时，表现了非常的喜悦。我记起他在《忆》里的一段文字。当他还是一个孩子时，晚上在清油灯下，跟着母亲读他自己手抄的词，这是个非常美丽动人的场景，它使我想起龚自珍的《三别好诗》和诗序。龚自珍说有三位文学成就并不太高的作者的作品，却是他一直深爱的，那原因，“以三者皆于慈母帐外灯前诵之，吴（梅村）诗出口授，故尤缠绵于心，吾方壮而独游，每一吟此，宛然幼小依膝下时。吾知异日空山，有过吾门而闻且高歌、且悲啼，杂然交作，如高宫大角之声者，必是三物也。”龚自珍在这篇诗序里表现了他独有的文学特色之外，还表现了更重要，更真实的东西。

巴金的《家》里有两个真实的人物。一个是他的大哥，这是读者都知道的。还有一个呢？我问过他。他说，“是我的祖父。”

一九五六年路过重庆。抽空到“米亭子”去了一次。抗战中这里曾是旧书店的集中地，此刻是冷落的多了。旧书店只剩下两三家，货色也少得多差得多。我在散堆在门板上的烂书中间，无意中抽出了两本薄薄的诗集，是民国初年成都相当精致的小字刻本。我从书末校刊的后裔列名里发现了李林和巴金的名字。我知道这该是他的祖父的诗集了。带回上海，给巴金看了果然是的。

高老太爷和冯乐山这样的人物，在一九五六年的成都，恐怕已经再也找不到一个标本。因此想领教一下他们的“风范”，是困难的。但我在成都市上还是买到了《诗婢家笺谱》，买到死去不久的赵尧生（熙）的诗集和木刻小本《情探》。此外，他们的遗迹在四川各地一些名胜所在的刻石上，还留存着不少。他们有着那个时代一切遗老的共性，同时也有他们地区性的个性。就是这样一些确实无疑的地主阶级代表人物，也还是复杂的，不像“四人帮”论客们想象的那么简单。

赵尧生的写出了《情探》，就是一个例子。我没有用《焚香记》和《情探》比勘过。据说两者是大相径庭的。《情探》是鬼戏，是为江青之流所切齿痛恨的鬼戏。但自从三十二年前读了鲁迅先生的《女吊》一文以后，我就对诸如此类的一切高论产生了“免疫力”。无论“‘前进’的文学家和‘战斗’的勇士们”唱出了怎样慷慨激昂的高调，一概当作“呆鸟”的嘶鸣。现在看来，这种认识又十分不够了。他们哪里只是什么“呆鸟”而已呢？这又是我近来的一点小小的进步。

在我看来，《情探》里的焦桂英实在是一个带复仇性的、很美也很强的鬼魂。如果人们不是同情、反而责怪她，斥责她的斗争手段卑怯而不科学，那么，照我看来，简直就和手执核子武器，却在嘲笑第三世界人民手里的雕弓与匕首者异曲同工，实在已经大大高出“呆鸟”之上了。

为什么冯乐山，或至少是冯乐山的诗友会写出《情探》这样的作品来呢？这就是使我感到问题并不那样单纯的因由。

一九五六年在成都的日子里，我还访问过《死水微澜》的作者李劼人，访问过“商场”的旧址，设法吃了有代表性的川菜如“开水白菜”之类，在少城公园吃过茶……目的是想写一篇探索《家》的时代背景……那样的报道，可是这个题目非常困难，时间又急促，终于不曾写成。

过去，我也曾和朋友合作，用这种不太聪明的方法研究过《红楼梦》，不料却成了“典型的复辟活动”“烦琐考证”的标本。我一点不明白，为什么一碰上“考证”，江青、张春桥之流就像被掘了祖坟似的发狂、发怒、发抖呢？他们为什么疯狂地反对写真人真事的作品？似乎这些都是不可理解的。现在可是悟出一点奥妙来了。

鲁迅曾经在一篇文章里描写过他婴儿时代曾经戴过的银饰，上面镶着尺、剪刀、算盘、天秤之类的小东西。这是被当作避邪的法宝的。为什么呢？鲁迅解释道，“中国的邪鬼，是怕斩钉截铁，不能含糊的东西的。”对同样的事物，鲁迅对日本朋友增田涉也解释过，“总之，这些东西，都是为了弄清事物的。可见中国的邪鬼，非常害怕明确，喜欢含混。”考证这东西，终极目的也不过是为了弄清事物。邪鬼之见而生畏，因畏生恨，非灭此朝食不可，不是明明白白的了么？

鲁迅后来为了探究和好奇，从三十年代上海的银楼里买来了几乎一式一样的银饰，叹息道，“奇怪得很，半世纪有余了，邪鬼还是这样的性情，避邪还是这样的法宝。”现在是距离鲁迅发出这种慨叹又已过了半个世纪。中国的邪鬼的性情是否有了什么改变，也正难说得很。世间大约没有什么永久不变的事物，我想，至少比起它们的前辈来，今天的邪鬼已经变得更为伶俐，只是银饰式样的法宝，已经难以制服。但无论如何，斩钉截铁，决不含糊，这样的原则，在邪鬼不曾完全消灭之日，总还是适用的吧。

四

一九四六年秋我从重庆回到上海，到霞飞坊（现在的淮海坊）五十九号去看巴金，这已经是李林先生逝世的半年以后了。巴金和萧珊就住在三楼李林住过的书房里，这时他们已经有了一个不满周岁的小女儿——小林。现在是小林自己也有一个小女儿了。一次，我从一面走动一面讲话的小林的侧面，又看到了李林的瘦削、带了分明轮廓的深深小酒靥，我想，有些似乎已经永远失去了的东西，也还会在无意中出现……

霞飞坊的房子的开间不大，三楼临窗放着一只书桌，铁床放在后侧的角落里，其余的空隙全部被装玻璃橱门的书架占去。书架布置得曲曲折折，中间留有可以侧身走过的通路，就像苏州花园石假山中间的小径似的。书架里绝大部分是外文书。二楼的一间是朋友让出来的，是吃饭、会客的地方。

写完了《寒夜》以后，巴金没有再写新的长篇。这个时期除了翻译以外主要是做编辑工作，还有就是读书。客厅里客人来往不断，他有时陪客，有时就躲到三楼上去。有时来了客人，喊他下来，他就披着一件半旧的人字呢夹大衣，手里捧着一本书，眼镜推在额上，从楼梯上走下来。一面招呼，一面嘴里还咿唔地说着什么。自然，这时的来客一定是熟人。

这时他们的生活过得还算平静，经济来源似乎主要靠巴金在开明书店的版税收入，他的一些主要作品都交给了开明。在那些日子里，物价一天一个样子，甚至一天早晚也是不同的。书店的版税隔一段时间付一次，还是期票。领取版税，买回生活资料，则是一场紧张的战斗。我曾经协助过萧珊进行过这样一次“战斗”。我们一早赶到书店，取到支票，立即赶到一个在银行里工作的诗人朋友那里去贴现。领到用线绳扎起的一捆捆污秽的“法币”，借了一个小口袋装了，又立即跳上三轮车。按照事先的计划，飞快地把这换成一些日用品，才长长吐一口气，安心了。整个过程只需要很少一点时间，但毫不夸张确是一场战斗。在当时以笔墨为生者中间，有进行这种战斗的幸福的人是不多的，不，应该说是绝无仅有的。

巴金是怎样工作的？我说不大清楚。他总是一个人躲在三楼的卧室里工作的，而且多半在夜里。他做有关编辑的一切工作，有时还看校样，连插图、装帧都要管。他有一本外国印的厚厚的讲装帧的书，里面收了许多文学书的封面、扉页……文化生活出版社的《文化生活丛刊》的封面设计，就是从那里面取来的。他十分看重插图、有时为了一个译本要搜集两三种版本的不同插图。平明版的契诃夫短篇集的封面题字是捉住靳以挥毫的。巴尔扎克的几本小说的开本、装订，则是仿照了法国的出版物。自然并不是什么豪华版，但素朴、大方，自有风格，装订也认真。这套书后来重印时变成了硬纸面的“精装”，我看是反而“雅”得有些“俗”了。

巴金当了十几年编辑。他最早年编成的两套书是“文学丛刊”和“译文丛书”。“丛刊”一共出了十辑，鲁迅的《故事新编》就收在第一辑里；“丛书”的第一种也是鲁迅译的果戈理的《死魂灵》。这是这两套文学创作和翻译丛书的光荣。鲁迅先生用他晚年的最后两本书，支持了这两个新创办的丛书，这件事本身就带有一种传统、接班的意义。十多年前我在一次闲谈中问他，在他看来，中国的文学译本哪一种是最优秀的？他的回答是，《死魂灵》。我是同意这个判断的。我说不出什么系统的翻译理论上的根据，但我相信，翻译果戈理，比鲁迅更出色的译者，恐怕是没有了。

九年前张春桥曾经对一些搞“调查报告”的人发过一通“指示”。张春桥对列宁的只从经济上划分阶级十分不满，他要“发展”列宁的理论，他主张要从政治标准的角度考虑问题。张春桥把一大群人都定为资产阶级之后说，巴金算什么阶级？这个人实际上是个资本家。张春桥举出的理由是巴金家里是大地主，而自己则开过书店。

张春桥的“指示”提醒我们，巴金在文学编辑、出版方面所作的工作，是引起了这个帮的密切注意的。

手头没有“文学丛刊”，也没有“译文丛书”，说不出真确的统计数字。根据我的印象，这里出现的作者，已知名的和新人的比例至少是一半对一半，有时甚至是三与一之比。有许多有成就的作者，当他们在“丛刊”中露面时，都是不折不扣的新人。这样的编辑方针，怕不是一个精明的出版家所能同意的。巴金居然这样把书店开下来了，居然有了成千上万的读者，同时还涌现了一批优秀的作者。用张春桥的理论加以衡量，也可以算是一个奇迹。

写到这里，看到巴金在《人民日报》上发表的纪念何其芳的文章，引起很多回忆。何其芳最早的一本诗与散文合集《画梦录》，就收在“文学丛刊”第一辑里。《扇上的烟云》就是这个集子的代序。这是一本薄薄的集子，全书也不过只有几万字吧。作者当时还是“一个穿长袍的斯斯文文的大学生”。今天的读者恐怕很难想象了，这样一本小书，在当时曾经引起过怎样的影响。就在其芳先生称之为“制造中学生的工厂”的那所学校里，它引起了毫不夸张的一种震动。人们传说着，一颗文坛上的新的彗星出现了。不久以后，同学们又以怎样的热情迎来了这位年轻诗人作自己的先生。我没有被分在其芳先生的班上，没有听过他的讲义，但自《画梦录》出现以后，我就是他的一个忠实读者，而且在以后学习写作时，总是记着这样一位先生。他后来所写的一些散文，《呜咽的扬子江》那一套旅行记留给我的记忆尤深。这些文章都收在《还乡杂记》里，这本书最早的版本在封面上却大书着《还乡日记》。这本书的样子到现在我还清楚地记着，虽然书是早已失去了。

“文学丛刊”第一辑还给中国的读者和观众介绍了曹禺

和他的《雷雨》。这以后又在接下去的几辑里介绍了《日出》《原野》《北京人》……我从“南开同学录”里还查到曹禺的名字，他是一九二八年的中学部第二十一次毕业生，还知道他有一个别号“小石”。

我手头没有“文学丛刊”，无法，但也没有必要提出更多的作家和作品了。当然不是说这里出现的都是“篇篇锦绣，字字珠玑”，但它在中国现代文学史上留下的痕迹，却是张春桥之流无论如何也抹杀不掉的。

我看见过巴金那张不大的书桌，那上面堆放着怎样零乱的一大堆书报、原稿……但我没有看见过他在这张书桌上工作的情景。不过我知道，他把生命的多大一部分消耗在这里了。今天，巴金的头发已经完全白了。每次我看见他，看着他那满头的银发，总会产生一种异样的感觉。一九六二年他的头发还是全黑的，使他的头发变白的，并不是四十年的工作，而是别的什么东西。我知道，这里有着一部没有字、或还未写成字的书。最近我还听他说起要写这样一本小说，我知道他不是随便说的，他是会写出来的。

巴金和他的哥哥李林在性格上是很相近的。无论是谁，和他最初接触时产生的矜持，总会在短暂的时间里消失，就像冰块遇见火一样。他当然不是一个演员，也没有受过什么交际训练，他甚至在这方面常常表现得相当笨拙。他有着一种特有的、完全不是造作出来的坦率与真诚。这实在是很有力量的。三十年前我称他先生，今天我还是称他先生，习惯了。这当然不是平常泛泛的敬称，可是我从未在他身上发现某种前辈的气息。和李林一样，他是自己的学生，后辈的朋友。

一九四七年，我在工作的日报被国民党封闭了，一时失去了写作和发表作品的地方。

这时，巴金把李林没有完成的威尔斯的小说《莫洛博士岛》的译本交给我，鼓励我把它译完。我向他申述我的语学素养不足承担这样的任务。他只是简单地微笑着说了些什么，就使我不能再表示反对。当然，我的天真与勇敢也是起了作用的。这以后，同样在他的鼓励、提示之下，我还译过另外几本书。这些都是不成气候的译本，但想起这些总会给我带来一种温暖，因为它们的出现是在被缴了械以后的事。也许可以不大恰当地比做“地下工厂”的出品吧。即使是被大石头紧紧压着，小草也还会钻出地面、生长、发育，石头再大再重，对水分和阳光是无能为力的。

和李林的冷静孤介不同，巴金是更为热情的。但这只不过是外表上的差异。在谈天的时候，对一件事，一种社会现象，他常常会激动地发表意见，说得很多。往往说不下去了，就皱起眉用断续地“真是，真是……”结束。多少年来他一直保留着这样的习惯，他现在是年过七十，满头银发的老人了，也还是这样，一些都没有改变。有时会感到他比过去激动得更厉害。谈论的事情有时是很细小的，但引起激动的因素却并不细小。他不可能是一个好演说家。他常常面对不少听众发言。这时他往往读他自己写好的稿子。就这样，听了还会使人激动。主要原因是他说了真话，说了人们所关心的一些重大的问题。二十年前，人民文学出版社出版了十四卷《巴金文集》。这是他自己编的，收进了解放前的全部作品。对这一套“文集”，“四人帮”的评价是“邪书十四卷”；也有人认为，编得不太谨严，把什么文章都收进去了。这也许是有道理的。不过我总觉得，把自己几十年来所写的一切，全部展现在读者面前，这事情本身就是了不起的。这需要惊人的坦率、勇敢。这件事，很好地说明了作为一个作家，巴金身上最本质的东西：正直。

五

巴金写过好几本旅行记，这些都收在“文集”的第十一卷里。他还说过“我爱旅行”这样的话。

我不大清楚，在中国文学传统中，哪些算是正宗的“游记”作品。象《徐霞客游记》那样地理学家的著作，我是不喜欢的，只是作为科学家的调查报告，加以尊重；柳宗元写的山水记也是有名的，我同样不大喜欢，觉得它还不及也是科学著作的《水经注》的有些片段写得好；柳宗元的追随者在千余年中所写的大量刁钻古怪、费尽心机的“游记”，我也同样的不喜欢。

巴金的“游记”作品，大概也不能称作正宗的“游记”。他的确描写过不同地域的风景、道里……但对古迹、名胜、土产……这些却毫不在意，在旅游事业蓬勃发展的今天，怕是不能满足旅行爱好者的要求的。在他的“游记”里，依旧是平凡的人物的生活和他们的快乐与痛苦的纪录。小说家写游记，大抵总会写成这个样子的，我想。

解放初期巴金参加了老根据地访问团，我是随团的记者。在一个多月中间，走过济南、沂南、镇江、扬州、盐城、兴化……许多城镇；工作之余，也抽空到过一些地方，不过这大抵并非名区、胜景，说来可笑，只不过是找个什么地方去喝茶、吃东西而已。

在济南，一天中午，我们走到一个地方去吃午饭。这家饭馆很别致，大约也颇有名，可惜记不起它的名字了。这是一个大园子，外面有围墙，十分破败了，进门以后就远远看到一个很大的水塘，塘侧是一座水阁，看起来是上百年的建筑物了，也许还不止。水阁楼上临窗有十多张桌子，空落落的只有我们两个顾客。坐下来就正好望着那个水塘，倒是十分出色的。济南著名的鲤鱼就养在塘里。这里的名菜就是什么×鲤鱼。

这实在是一个出色的饭馆，比起杭州的楼外楼，要好得远。

著名的鲤鱼的味道，今天一些都说不出了。只记得我们在走近园门之前，在路侧看到的两座石碑。并非近时的制作，雕镌也颇工致，一座碑上大书道“秦琼故里”（秦字上面可能还有“济南”二字，记不真了），另一座碑上好像写着有关“三十六友”之类的字样。

在楼上落座以后，第一件事就是向堂倌打听山东好汉秦琼的故事。他十分严肃地告诉我们，秦叔宝的故居确在这左近，而我们现在坐在上面的水阁，就是有名的“三十六友”结义之处的“贾家楼”了。我们也很严肃地听取了他的说明。

在吃着著名的鲤鱼中间，记得我们曾经进行过有趣的讨论。

当时议论了些什么，也完全忘记了。只觉得碑文非常有趣而已。

济南是有不少“古迹”的，我们没有去访，却在全然无意中碰到了这个似乎不曾有人提起过的“名胜”。

另外一次是在扬州。住在招待所里，偶然出去走走，在邻近不远的地方发现了一家茶馆。这茶馆是很特别的，大约是过去一处私家园林。从狭狭的弄堂走进去，走进一座小小的门。里面是曲曲折折的游廊。扶疏的花木，和小巧的厅堂轩馆，这些也都久未修饰，颇为荒落了。但花木还在的。别致的是茶座就安置在每个能放得下小茶桌的地方，疏疏落落，星罗棋布，吃茶的人很不少。这很引起了巴金的兴趣，四川的茶馆是有名的，花样也很多，但像这样的茶馆却没有见过。于是就坐下来喝茶。这家茶馆的名字是“富春”后来知道是个有名的地方。不但卖茶，还有点心，点心的花样也真多。每样试试，没有非凡的胃口是不行的。味道也很好，我记得有一种特大的包子，用香菇和其他材料做芯子，是非常出色的。平常多看见“维扬细点”的市招，这次才算真正得到一些理解。我们就这样坐着喝茶，吃点心，谈话，忘记了时间，一直坐到招待所里的人找我们回去吃晚饭为止。

这些小小的愉快的回忆，也许可以帮助说明作家生活的一个侧面。多年来，我不记得他曾主动提议过到什么地方去旅行，去看戏，逛街……有时也偶尔出去吃杯咖啡，但咖啡究竟不如沱茶的有味，不能一次次地泡下开水去。我想可能是因为，我开始认识他的时候，他已经是个中年人了。

最近，当他的生活又开始忙乱起来以后，因为感到疲倦，打算到杭州去住两天。我问他想玩些什么地方？他眯起了眼睛，愉快地表示了他的希望，想到西泠印社旁边的茶座去喝喝茶。他从杭州回来以后，告诉我坐了一部车子跑了很多地方。我想，这大概不是他所希望的休息方式。不过他最后说，“还好，最后到了虎跑，喝了茶。”

如果说喝茶是巴金的嗜好的话，那也许是可以这么说的吧。

他也确实还有别的喜欢的事物，那就是书。他喜欢买新书，更喜欢买旧书。这里所谓旧书是指旧的外文书。上海过去很有几处可观的外国人开的旧书店，解放后另出现了几家，经营者大抵换了中国人。我陪他去跑过几次旧书店，他的兴致总是很好，当拿到一册好书时，眼里就会闪烁出异样的欣喜与光彩，用手提起厚厚一叠书时，也显得毫不吃力。我记得他曾买到过红色布面的蒲宁的全集，非常喜欢；还有一些旧俄作家的文集，还是十月革命前的版本，这都可以算是善本了。可惜我对此缺乏起码的知识，说不出更多的细节。记得有一次，他取出一册新得到的英国印莎翁戏剧人物图集给我看。虽是第二版，却也十分名贵了。那是彩色印的铜刻画，只有十幅左右，实在是美丽极了。巴金后来迁居到现在的住所，搬家时我曾自告奋勇去帮忙搬书。我看见堆在楼梯上下一捆捆的书，我实在只不过搬了两三捆。

巴金曾经珍重收藏过一些名贵的作家手稿。他给我看过鲁迅先生的原稿《选本》，这是寄给在北平出版的《文学季刊》的稿子，那真是一件艺术品，通体几乎没有什么改动，用毛笔写在印格的毛边纸上的。还有鲁迅先生《立此存照》的手稿，写在小幅的宣纸上，其中的引文，就从原来的报刊上剪下，贴在文稿中间。这使我明白了鲁迅文章中经常提到的“剪而贴之”的真相。还有先生在宣纸小幅上手书的“凯绥·珂勒惠支版画选集”封面题字，古朴如晋人碑版。这些，后来都已赠给了鲁迅纪念馆。巴金还为北京图书馆的手稿特藏部搜集了不少大部头的创作、翻译手稿。

一个作家对书物的感情，是很难用几行文字作出满意的表达的。鲁迅先生曾经讲起，一个文人节衣缩食去购买书籍，那心情正如绿林英雄的不惜重资买进盒子炮。大概也确是如此的吧。可是，这样平凡的事实，后来一度竟变成了难以理解的玄思妙想。几年前一些“四人帮”的打手、爪牙就曾理直气壮地质问我，“一个人有几本书，是平常事。可是你却有这许多，想干什么？搞囤积么？”

这难道是吴敬梓或斯惠夫脱他们编造出来的么？不，这是真实。他们哪里想得到、写得出，我不相信世界上会有这样的天才。

六

巴金在“中国文学艺术界联合会第三届全国委员会第三

次扩大会议上”的讲话中提到，“四人帮”说他在一九六二年上海文代会上的发言，《作家的勇气和责任心》是“反党、反社会主义的大毒草”。关于此案，我知道一点故事可以在这里说一说。

揪出、砸烂，并深入揭批“四人帮”，确是一场惊心动魄的政治大斗争、大革命、大胜利。通过近两年的工作，人们对“四人帮”是已经获得了一个概念的，不过还不够完整、深入。譬如说，“四人帮”的形成，以及它的流毒和余孽这样的问题，就都还值得深入研究。

姚文元这个角色的发迹并不太早，距离他的覆灭前后不过二十年，但一出现，就以其非凡的特色引起了人们的注意，其变化之快速也着实可惊。从吧儿到疯狗，演化的过程并不需要多长时间。姚文元很早就已获得“棍子”的声名了。人们送给他这个徽号，本已表示了明确的态度，没有必要添加多余的形容词。形容词是后来由江青补加的，叫作“金棍子”。

巴金一九六二年的那篇发言的确涉及了“棍子”，虽然没有指名道姓，但人们一听就会联想到姚文元，这正是十分自然的事。记得那是一个很好的春天早晨，巴金发言以后，会议休息，人们在草地上散步。有很多朋友围着他谈笑。大家都说他讲得好，我却觉得他当时做这样的发言是冒着很大的风险的。巴金爽朗地笑着回答人们的问候、好像一点都没有什么。我想起他的发言的题目里有“勇气”字样，我想这确实需要一点勇气。

过了没有几天，上海文联举行唐代大诗人杜甫的纪念会。我赶到上海艺术剧场时迟了些，会议已经开始下。就在最后一排空着的位子上坐下来，我看见巴金还有几个别的人正坐在主席台上。不一会又有一个人进场，一屁股坐在我旁边，他不去听台上的报告，也不向左右张望，忙不迭地从袋里掏出一册刚刚印好还没有发卖的《上海文学》，翻开第一页就在暗淡的壁灯光下看了起来，打开那一页就是巴金的《作家的勇气和责任心》。

他埋头读着，读罢一段就向主席台上一看，一面发出没有声音的暗笑，露出了满口的牙，接着就又埋头去读下一段。他偶一回头，使我看到了那露出得意神色的凛然的目光。这正是姚文元。

会议开了不到一半，姚文元就站起，把杂志塞进衣袋匆匆溜掉了。关于杜甫的报告，我一个字都没有听见，我的注意全部被姚文元吸引去了。我看到了一匹窥伺着猎物的牧羊犬的全部动作，似乎也理解了它的全部心理活动。区别仅仅在于，驱使着牧羊犬的是动物猎食的本能，在姚文元这里，更多的却是仇恨。这当然是一切畜生所无法企及的。至于这仇恨的不仅限于“个人恩怨”，它还有着更为深刻的内容，那是十多年后才慢慢悟出来的。

这以后果然就出现了一些流言，慢慢地流言变成了暗流……

从一九六六年下半年开始，我就没有再和巴金接触。他开始“靠边”的那些日子，我有好几次看到他在淮海路的邮局里买报，看见他一个人慢慢向作家协会走去，好几次想叫住他，都抑制住了。除了在报上看到他的名字用七行铅字排进标题以外，几乎没有听到他的任何消息。“四人帮”的爪牙经常“教育”我要学会“举一反三”，“由此及彼”的本领，我也确实学会了这种本领，我从自己的切身感受里好象目睹似的看到了他的处境。“牛棚”的样式虽然千变万化，“牛棚”里的气息却是息息相通的，闭着眼睛也能想象出来。

还是不久以前，从一位朋友口中，听到了他的一件“轶事”。那是在“干校”里发生的。他和另一个人同抬一筐饲料。路经一条垄沟，失足跌了进去。连忙爬起，身上的棉衣已经湿透，眼镜也失落了。赶回宿舍换了衣服，又慢慢摸回去，摸下垄沟，在烂泥里摸，摸来摸去，还是没有，后来水退了，发现眼镜却平安地睡在沟边的草地上。

当我听着他这个真实的故事时，我仿佛亲眼看见他那缓慢移动着的身影，看见他那覆满银发的头在芦苇丛中出没……我没有话，也不想再去打听另外的故事，这已经尽够了。

这中间我又听见了萧珊去世的消息。我连去吊唁、送葬的奢望也没有，在当时，这似乎是只有在小说《镜花缘》中才会出现的幻想。何况我听到消息时事情已经过去了许久了。

又过了好一些日子，我陪从北京来的一个画家朋友去访问了巴金。画家是接受了他的一个亲戚长辈，也是巴金的老朋友的嘱托，走过上海时代他问候。更重要的是要亲自看看巴金本人，听听他亲口说的话，哪怕是几句平平淡淡的话也罢。那时候，传说那么多，人们有时就不能不求助于更为原始的手段。

那时要去看望巴金也很不容易。好像要通过什么关系。这都是那位画家去经办的。在约定了时间以后，我随他去了，这是过了七年以后我第一次看见巴金，就在那一次，我发现他的头发完全白了。

他当时只能使用原来是客厅的一间房间，吃饭、睡觉、做事、会客都在这里。贴墙的一排大书橱也还在，但却封着。那位画家朋友是以机智风趣著名的，这时却变得蠢笨了，我自己就更不必说，我很不满意自己。

我们只坐了不多时候，大约吸了两支烟以后就告辞了。走到马路上以后，我却有着如释重负似的满意心情。原来的担心解除了。我发现他的身体更主要的是精神，还是老样子。他完全没有被压垮，用“四人帮”的语言来说，这个“毒瘤”完全没有被“化掉”的迹象。他十分坚强。他告诉我他在译赫尔岑的书，已经完成了第一部。改好以后准备自己好好抄一部清稿，保存起来，他没有提到出版，只是笑了笑。我记起很久以前他对我说过，赫尔岑的《一个家庭的戏剧》是他自己最满意的一本翻译。他现在继续翻译这本厚书，完全不带排遣余年那种消极颓废的情绪，这在当时那些阴晦的日子里，原是许多老人或多或少都有的心情。我用不着对自己不满，其实用不着说什么多余的废话，我已经获得了满意的回答。

又过了两年。一九七六年十月下旬的一天，在挤满了欢乐人群的淮海路上我又看见了巴金。他站在襄阳公园转角处，仰头在看一张高高贴在墙上的大字报。这次我没有踌躇，在他背上拍了一下，叫了他“你好!”“你好!”这就是全部的对话了。我发现他显得年轻，也许是他那天戴了一顶帽子，遮住了头发的缘故。他终于亲眼看到了“四人帮”的灭亡。

现代中国史上，充满严酷斗争和胜利欢悦的不平凡的一叶，终于揭过去了。

近两年中间，在祖国的大地上，发生了许多使人民高兴的事。除了使大家都感到高兴的大事之外，每人也都各有一些自己感到高兴的小事。现在，又有可能时时到巴金那里去喝茶、谈天就使我感到十分高兴。

虽然现在得不到多少人承认了，我还不能忘记我曾经是一个记者。记者有记者的习惯，或积习，总想使自己的见闻使大家也都知道，明白。下面是一些最近在巴金那里的见闻，也自然都是些小事。

有一次我走去谈天，一见面巴金就告诉我，刚刚检查了身体，心、肺……全身都没有什么毛病，看得出他是很高兴的。我知道，最近他公开做过承诺，“写到八十岁我有把握。”他的高兴是有理由的。

又有一次，我走去时他正有客人。过了一会我看见他送了两位解放军出去了。这是二十多年前他在朝鲜战场上结识的战友。最近他的客人很多，大半是过去没有见过面的，有些还是从国外来的。有一次，他拔去了几颗牙齿，不好说话，谢绝了一次访问。不料从美洲来的华侨说，不要紧，并不需要他说话，只要看见他就行。

每次邮递员来时总给他带来一大堆书报信件。他习惯地把眼镜推到额上，一封封地打开来看。一边看一边说，实在应付不了这许多来信，得找个人来帮忙了。有的读者还寄了厚厚的稿子来。一次，他从枕头下面取出一封厚厚的信，告诉我这是一个日本读者寄来的。这个素不相识的日本朋友细读了他的不少作品，把自己的意见写信告诉他。他抽出信来翻出一段读给我听，是分析他的作品的主题思想的。听得出来，这不是一个职业的文学评论者；但也听得出，这封厚厚的信是真诚的，是经过认真思考以后写下的。

一个作家可以比做一棵树，植根愈深，根系铺展得愈广，树身就生长得愈粗壮，枝叶也更繁茂。这是很浅显也很正确的道理。“四人帮”一伙对许多作家的残酷迫害，最凶狠的一手就是企图把树根斩断，这是从根本上毁灭一个作家的有效方法。从巴金自己和许多受过迫害的作家的大量控诉中可以明显地看出这个事实。“四人帮”还刮过多少次“台风”，有些树被连根拔掉了，有些被吹得东倒西歪，不成样子。但多数躯干生得正，根扎得深的树终于存活下来了。他们又从人民那里源源不绝地得到滋养，千万条稚弱但生命力极强的根须又很快地铺展开来，于是老树的枝叶也日复一日发生了新的变化，我从巴金身上看到了这个事实。他阅读那些不相识的读者寄来的信时，我注意他面部的变化，这里有欢喜，有激动……我产生了一种植物学家在显微镜下观察植物根系吸取水分、营养时同样的感觉。

巴金是恢复了他的青春的，证据是他从一九七七年五月以来写得不少。还没有一个重新拿起笔来的老作家能与他相比。他是勤奋的，他说出了一些很好的意见。说这些意见好，是因为这是出自一个真诚的，勇敢的，关心我们伟大的社会主义祖国的命运、人民的命运的作家之口的。

衷心祝愿老树开出茂密馥郁的繁花。

一九七八，秋

徐森玉与《花间集》

二十多年前在上海认识过一位有趣的人物。说认识，其实也不过是点头之交而已。他喜欢买书，我也常跑旧书店，就这样成了朋友。此人是房地产经营者，上海闹市有不少房子是他的产业。业余则喜欢“收藏”。他先是收藏书画，时间较久。但后来兴趣改变，全部卖掉了。在商务印书馆印出了一册《虚静斋藏名人画册》，算是纪念。薄薄一册，却是珂罗版印的，其中也颇有佳品。这以后他就改而“收藏”鼻烟壶。鼻烟壶可以当作艺术品来收藏，我过去是不知道的。材料有玉的、玻璃的、玛瑙的、象牙的……上面还雕着花，又镶了金、银……的“嘴”，实在精致得很。常常是用一个锦盒装着，四个、六个壶睡在白色的绸垫上面。既然称为收藏，那就起码要有数百枚。实在是洋洋大观。不久，兴趣又改变了，卖掉了鼻烟壶，改为收藏古书。我和他相识，就是在这时候。

他的买书，也是一种特殊的方针。只要刻本，不买钞本。原因是钞本很难判别时代真伪，没有一定的水平，是不敢下手的。其次是明版书一定要求是白棉纸的，不买竹纸印本。原因是爱漂亮。当然也就同时要求阔大、初印、雪白干净……至于内容，流传多寡倒不过问，总之是以漂亮为主。恰好这两条方针和我的原则正相反，因此我们在书店中相遇时，很少有矛盾、冲突，各取所需，因此点头微笑，感情倒是不错的。

不知从什么时候起，他又发愿买宋版书了。这倒是一种雄心壮志。恰好来青阁书庄的主人与张佩纶的遗族相识。而张佩纶则是朱学勤的女婿（?），朱氏结一庐的藏书，后来就藏在张家。第一次先取出了四种，最精的一种是宋版《花间集》。这四种书他都买下了，非常得意。拿给许多朋友看。我也应邀到他家里去鉴赏过一次。这真是非凡的善本。传世《花间集》宋本有两部，一部是海源阁旧藏，后归周叔弢，现存北京图书馆，就远不及此本之精。这一本是席玉照的藏书，多年来不知下落，现在终于出现了。

后来他又拿去给徐森玉（鸿宝）老先生鉴定。森老盛赞此书，他十分高兴。当场表示要请良工，重新装池。森老听了大惊，说，这是万万使不得的。此书旧装，还在清初，签题都出于名手。虽然少有脱浆，但无碍于收储。现在已经很少能装潢宋版书的名工了，千万不能乱动。森老说得激动，几乎要长跪为古书乞哀，这才收回原议。此事我不曾亲见，但是确实可信的。

没有好久，他又将这四种宋版，连同其他百多种明本书一起让给了北京图书馆。他也不再买书，我也极少再遇见他，不知他又在“收藏”什么别的宝贝了。

在“文化大革命”开始前夕，我在电车上遇见他。欢然道故，非常高兴，他问了我的地址，第二天就寄给我一册刻版油印的《虚静斋藏善本书目》，虽然只是薄薄一小册，但著录甚详。版刻、行款、印记、用纸……都记得十分仔细。

这以后就没有再看见过他。最近打听书店的朋友，才知道他已在“文革”中死去了。遭遇也是很不幸的，为之黯然。他叫孙伯绳，常熟人。

一九七八，十一，十三

森玉先生纪念

徐森玉先生的追悼会前两天在上海举行。森老受林彪、“四人帮”的残酷迫害，以八十九岁高龄于一九七一年五月十九日逝世，于今八年。今天，泼在他身上的污水终于全部洗刷干净；他对祖国、人民的贡献得到公正的估价；他在学术研究上多方面的湛深成就也重新受到重视。在这时，我们也才更加感到森老的逝世是怎样的不可弥补的损失。

作为一个后辈，我和森老相识已在他的晚年；在他涉足的许多学术领域里，不是一无所知就是所知甚少。我是没有资格写一篇合格的纪念文字的。这里，只能就自己对先生的治学精神，少加记述。也许这倒是对先生的风范理解的一个关键所在。

一九五七年夏天，偶然与森老见面、长谈。他当时刚从三门峡归来。这位七十五岁的老人在我的印象中实在不像是一位年近古稀的衰翁。在我写的一篇访问记中有这样的话，他谈到那些未之前见的地下发掘时，激动得就像一个孩子，他的欢喜也真的是一个孩子的欢喜。

是的，在我的印象里，森老总是像一个孩子。特别是当他谈到他毕生从事的专业，谈到文物考古上的新发现新收获，在遇到工作中的某些缺点、挫折，在这种场合，他照例都是非常激动的。

森老曾经接受中国科学院的提议，编写一部《历代石刻图录》，这部著作大概始终未能完成。一九五七年的三门峡之行，就是为了这一任务。《图录》是一部前无古人的大著作，是过去封建时代的学人所不能也不敢梦见的。解放后地上地下古石刻的大量发现，使大规模的总结性的研究、考释工作有可能着手进行。还不止此，这一工作是必须抓紧进行的。譬如三门峡，那里的摩崖石刻，包括了从汉代和平以来的大量碑刻，都是刻在悬崖峭壁之上，多少年来，不但未经摹拓，甚至过去的金石家见都未曾见过。科学院派了专人进行摹拓工作，这是抢时间争速度的工作，有时还要将整块石刻凿下加以保存。往往炸药一响，原有的山崖即将不复存在，人间只留下了孤本的拓片。拓碑者和工程队就是这样进行着竞赛。森老激动地说，这样拓下的未曾前见的拓片，就有二百多种。

我今天还记得森老谈到他在三门峡的见闻，有关上村岭的周代墓葬、殷墟，信阳的楚木椁墓的新发现时的激动。他说，关起门来做学问的时代已经过去了，今天的考古学家必须迈开双脚走遍祖国的山山水水，否则是不成的。这是一个年近八旬的病足老人的话。

同样的激动，我还在另外的场合看到过。当一幅古代名画在重新装池中遇到困难时，当有人将一只地下发现的春秋古剑剑身上的锦丝缠束解开，使原状遭到破坏时，他都表现了焦急、激动。无论是欢喜或是愤慨，那出发点是一致的：是对祖国历史文物的热爱。在森老身上，这种热爱是数十年如一日的。不管敌人用什么恶毒的手法，语言进行歪曲诬蔑，都改变不了他的鲜明爱国主义的本质。林彪、“四人帮”的追随者在折磨这位高年可敬的老人时，曾在他颈上、胸前挂上古铜器的大幅拓片，称之为“国贼”。这是不能不令人愤慨的。事实很快就作出了公正的裁决。就在森老去世的四个月以后，全世界都知道了到底谁是国贼，背叛了社会主义祖国和人民的货真价实的国贼。

这是当时在场亲眼看见的朋友告诉我的一个故事。十多年前的一天，要开大会批斗徐森玉。大会即将开始，会场里挤满了人。只听得两位老人在高声争论，争论的是有关一首古诗的解释、评论。真是旁若无人，狂言惊座。争论的双方就是徐森玉和尹石公，都是从“牛棚”里“牵”出来的老家伙。这不禁使所有在场的人吃惊了。在这样的场合，以这样的身份，进行这样目空一切的讨论。这讨论一直持续到大会开始，被拉到台上示众时才结束。有人说，徐森玉大概是老糊涂了，神志不清了。我想抱有这样看法的人是不少的。包括负责“看管”他的“四人帮”的小喽啰在内。不过我想，这种判断是完全彻底地错误了。老人的神志清楚得很。一个神经病患者是不可能谈诗的。在森老看来，那些“四人帮”的爪牙、喽啰，算得了什么呢？真是连虫豸都不如。他们串的戏，又算得上什么名堂！事情就正是如此！

人们都知道徐森玉老人是一位“居士”。他对佛学是有很渊博的修养的。不过他并没有什么“居士气”，他是一个平凡而正常的在家人。一天，我在一家旧书店里看到一大叠白棉纸印的万历吴刻《广弘明集》，书店的人告诉我说，这是森老买下的书。我当时曾幼稚地想，森老为什么要买这种够不上版本标准的书？现在想想，无论从哪一方面考虑，这种想法都是浅薄而可笑的。森老的买这部书，自然并非为了收藏，只不过为了这是一部重要的佛教史籍。

在森老广泛的、专门研究领域内，版本目录之学大抵可以算得是最精。十分可惜的是，他在这方面没有留下什么著作。就我极粗浅的体会，森老的本领主要是来自实践。不像有些学者，终日埋首于目录学的书籍，只是从前人的记录中去探索、钩稽。一旦遇到真的要判定实物的真伪、时代……时，就往往张皇失措了。森老则不然，一书到手，不但能对板刻、时代、收藏、完缺、流传……各方面做出精确的判断，还能附带讲到有关书籍本身的渊源、流变，如果是精本，就能说出精在何处。他热爱古刻名钞，但并不佞宋。我听到他有一次盛称清末道咸之际许梿刻书之精，能随口数出许刻的书名，包括一些单本小册。这才算得是“真赏”，是开口闭口宋板元钞、黄跋顾校的人所不能梦见的。他审定版刻，总是全面观察、综合考虑的。决不抓住一点就下结论。象用纸、收藏印记、题跋、装池……以至书的保存情况，都是帮助断定流传端绪和真赝完缺的依据。这是多年积累的经验、从实践中摸出的规律的灵活运用，是活的学问；是高龄与勤奋结合才能达到的境界。

著名的南京甘氏津逮楼旧藏宋板《金石录》发现之后，有不少人聚讼纷纭，以为不是宋本。其实这本是常识以内的问题。有一次去访问森老，正好这部书就放在他的办公室内。他要我去看一下，他很悠闲地坐着，微笑着说："你看，像不像嘉靖本？"我取过这五册明代原装的《金石录》，打开来，最初真的看不出这和典型的嘉靖本有什么不同，就连那用纸也与明代的白棉纸无异。仔细看，才发现这绝非明人雕版、即使是最好的翻宋本所能企及。那区别，就在每一个字的刀法、风格上。这是很难用文字进行描写的。森老看我在吃惊地细看《金石录》，微笑了。他没有再就这书的版刻问题多讲什么，他知道，直接的目验，将远胜千百言的泛论。

森老是健谈的。他一打开话匣子，总是滔滔不绝地说下去。他的话题也真广泛得很，除了版本、金石、书画……这些专门知识，他肚子里还装满了掌故，五十年来学术界、文艺界的掌故。有些真是闻所未闻。有一次他谈起刘申叔、黄季刚的故事，真是妙极了。我感到吴敬梓的《儒林外史》比起这些来也显得过于寒伧了。

我曾对许多朋友宣传，森老的腹笥如果不好好打开、记录、整理，那将是一种不可弥补的损失。后来，听说为他配备了助手。又听说，当把录音机放在面前，请他"开讲"时，他说："我现在还不能说，等我学习得更好时再谈吧。"真是办了一件不可思议的蠢事。但后来他在助手的协助之下，还是写出了几篇有关石刻、石经、碑板的论文。我希望，这些仅存的零玑片羽有搜集整理的机会，这将是对森老最好的纪念。

一九七九，二，二十一

从吴恩裕逝世想起

听到吴恩裕同志逝世的消息，感到十分突然，同时也为老一辈《红楼梦》研究者之一的离去而深感憾惜。听说他是在写完最后一篇论文，还没有来得及加上篇末的句号时就掷笔长逝了。这就尤其使人叹惋。应该说，他是死在自己的战斗岗位上的。

其实吴恩裕同志的研究《红楼梦》，并不是他的本行专业。我和他只见过一面，建国初期我代表报社到他北京简陋的住处去访问时，也不是约的有关《红楼梦》的稿子。但在这以后，他以一个业余研究者的身份，努力发掘，提供了有关曹雪芹的许多重要资料。这是一些雪芹同时朋辈的诗文著作，是研究《红楼梦》作者的第一手珍贵文献。这是一些不为人所重视的无名文士的作品，有些还是稿本，极易散亡的，由于他的努力，保存下来了。至今也还是研究者一直引用的重要典据。

后来他又不断努力，进行了更深入的调查研究和搜葺工作，还写了以曹雪芹为主要人物的故事、小说等。他是一个勤奋的人。虽然他的一些新发现和研究成果至今还没有一致的看法，但谁也不能否认他的工作热情和成绩。

不能不想到，三十年来《红楼梦》研究曾经走过了一条怎样曲折的道路。有一个时期，有关《红楼梦》的作者、家世、版本……的探讨是被看作并非纯正的研究方向，甚至是带有资产阶级的不光彩的印记的。被讥为烦琐考证，还要算是十分委婉的批评。一部《红楼梦新证》被看作是曹寅的年谱，也是一个例子。今天研究者的大量援引讨论“脂砚斋批”，更是过去所不能想象的。这是一种奇怪的、但谁也不愿指出的现象。如果脱离了具体的时代背景，包括作者的身世与家史，一位忠实于唯物主义的文学研究者又怎样进行工作呢？“知人论世”的要求又怎样实现呢？

但人们还是有着清醒的实事求是的本能，寂寞的研究工作坚持下来了，就在十年浩劫中间也不曾完全中断。今天，研究的事业就理所当然地更加兴旺起来。

此外，还有一种值得注意的现象，那就是在多年来的《红楼梦》研究工作中，隐隐存在着两种倾向，也许可以简单地概括为“破”与“立”。这并不恰切，但或者可以暂且借来加以说明。

好像有些研究者经常提出一些新的见解或发现，另一些研究者就总是要来驳难反对，也就是有些人在“立”，另一些人就来“破”。几乎已经成为一种常见的现象了。

这是学术研究中经常出现的不可避免的正常现象，原不必大惊小怪。它也是大有好处，完全必要的。没有这样的争辩，真理就不会越来越明。

有关《红楼梦》的许多问题都出现了这样的争论。例如曹雪芹的卒年问题；曹雪芹的两幅画像问题；大观园有无原型的问题，以及近年来吴恩裕所发现的据说是曹雪芹的佚稿、遗物的问题等等。

学术上的争论是会产生不同的学派的。每一学派都应该有自己的作为核心的思想，以及围绕着它而逐渐形成的体系。这是一种常识。不过，随时出击，对一些“新说”表示反对、进行驳难，成为争鸣的一种风气与特征以后，正常的学术讨论就往往被一种不健康的气氛所笼罩了。

即以吴恩裕所提供的有关《废艺斋集稿》的材料而论，论争双方都已发表了文章反复论辩。看来迄今也还不可能得到一致的明确结论。作为一个读者，我在初读时，对所谓雪芹自撰序文是颇出意外的。在我看来，曹雪芹不大可能写出这样的文字。在清人文集中，这样水平的作品，恐怕连二三流也说不上。但仅以这样的推断论文，大约和鉴定古书画的情形相似，很不容易说服对手。那首《自题画石诗》的情况也一样。评论一首诗的高下真伪也不是容易的事，但我还是相信风格、气韵这些近于虚无缥缈的艺术标准的。它有时比其他方法还更准确。

也许是应该运用更细致的方法来论定真伪的吧。在学术问题上，有时只有等待实证出现才能最后得到解决，现在的情形就是这样。这时可以存疑，可以辩难，也可以暂且存而不论。但事先就暗示这是伪品，甚至是捏造，怕是不妥当的。有许多几近无聊的争论，大抵也都与此相类。有一定工力的研究者，把许多精力花在这里，并不能说就会显示讨论的兴旺。

以上所论，还不包括盛气凌人、棍帽交加、唯我独是的一种。那效果就更不好，或简直不好算是讨论。

有关曹雪芹自己及其家世、交游的材料是非常稀少的。许多研究者都在努力探索、寻求，希望多少能找到些什么。吴恩裕是努力者之一。多年来我们仿佛看到这样一种现象，一些人从广阔无垠的矿坑里摸来摸去，有时摸出一块什么，当然不一定是金块，黄铜也说不定的。另一些人则蹲在坑边，手握锤柄，摸出一块就敲碎一块。这情景是有些可笑的，意气之争往往超越了平心静气的探讨，好像也并不利于工作。这起码在我们外行人看来是如此。我们自然希望这种情景能有所改变。

一九七九

《负暄录》

小序

我的书桌放在南窗下面，只要是晴天，阳光是不会缺乏的。夏天，窗外挂起帘子来，但还是挡不住从帘子夹缝射进来的光线，这时就只好搬来搬去地躲。不过一入冬，情况可就完全不同了。搬来搬去倒是为了多晒到一点儿太阳。换一种风雅的说法，就是“负暄”。

即此一事，也可见一切事物都要因时间、条件的变化而产生差异。孤零零地提出“阳光可爱”或“阳光可恶”论，就都可能既是真理也是谬论。辩论起来，闭起眼睛，各自搬出对自己有利的论据，就不得了，不会有了局，也不会有结论的。

现在是冬天，当然负暄变得有趣起来了。我是常常晒太阳的，一面晒，一面拿一本书看。不过晒太阳看书好像也不大合适。不是眼睛发花，就是想打瞌睡。有时索性闭起眼睛来杂七杂八地乱想。有许多怪念头就是这样想起来的。

只要是晴天，阳光是不会缺乏的。即使是“晴转多云”

也还不要紧。下雨了，也并没有什么了不起。会再转多云、转晴的。到底还是晴天多。

把负暄时产生的断想随手记下一些，就是这《负暄录》。

《雪杯圆》

三十多年前我在报上写过一个小连载，所谈的大半是旧戏。记得一次我对《雪杯圆》发了一点议论，结果惹来不少读者来信，展开了一场对我的围攻。原因是我讲了莫怀古的家奴莫成的坏话。围攻者的意见则是“这样的好人，如何可骂!”云云。

莫成是莫怀古的老家人。他的主子因为“一捧雪”这宝贝遭到奸臣严世蕃的陷害，要杀头了。莫成和主子面孔长得像，他就挺身而出，代主子上法场替死。为了做得像，临刑之时，主人的小妾雪艳上来与莫成抱头痛哭了，但这是与名教有关，极严重的破格行动，不但男女有别，还牵涉到主奴之分。这时莫成就一脚踢去，把雪艳踢开。在这时，是必然要赢得满场彩声的。那时的观众中，许多人为演员喝彩，也就是为封建道德喝彩。

这是一九四六年的事。

许多年过去了。《一捧雪》也久不演出，较年轻的观众怕连这是怎样一出戏也不甚了了。那么，今天如果重新演出并来一次观众测验，是否意见就能完全一致、大家反对封建道德了呢？我看不一定。

最近我们就还看到过自命“愚忠”的人物。显然，他是并不认为“愚忠”是要不得的，因为讲这话并非意在检讨。试分析一下那心理，“愚”固可非，“忠”则可爱，和“为艺术而艺术”一样，我们也可以姑且称之为“为忠而忠”吧。你看，对凝聚着封建道德精粹的这个“忠”字，有的人是怀着多么深厚的感情啊！

奴才效忠，主子是高兴的。这当然是封建统治阶级拼命表彰、宣传“忠”的根本原因。不过“愚忠”又怎样呢？如果不是昏了头，就是主子也未必会欢迎。愚忠之类，其实也就是帮倒忙的人物。主子有许多事，往往都坏在他们手里。拍一下马屁，会使你飘飘然；出一个馊主意，会使你倒灶、垮台。这样的例子，真是多得不可胜数。煌煌二十厚册《资治通鉴》，一小半记的就是这种事。

三十多年前我说“我讨厌莫成的原因，其一是他所卫之道，其次是他的那一股腔调”，今天看来，还不免是肤浅或片面的。以上所论，就是一点新的小小的补充。

一九八〇，一，二

“心有余悸”考

思想解放，有人认为已经过了头了；有的人则认为还差得远，不过是刚刚起了个头。到底怎样，一时怕也难以取得一致的看法。也正因为这个，许多人都还心存顾忌，无论说话、作文，都免不了有些吞吞吐吐。“逢人只说三分话”的情况虽然有所改善，但能说四分、五分也就算是了不起了。

这就叫作“心有余悸”。

记得一年多以前，参加过一个座谈会。有一位老同志，发言时像开场白似的先讲了当他准备从家里走出赴会时，他老伴警告他的一段话。“你还没有吃够苦头哇！又要去乱讲！”他的声音里充满了感慨，也有些激动。全场听了，也无不为之动容。我想，那是因为，尽管细节不同，大家都曾有过类似的经验的缘故。

近来读了一些作家们的发言、文章，有许多也都涉及了同样的问题。他们讲得很好，使读者为之“动容”。我曾想，这些发言，是可以称之为“悲壮”的。不知道是否恰当？

今天翻阅《宋诗纪事》，偶然看到苏东坡讲的一个故事，不禁失笑，又有些高兴，原来这种情形是古已有之的了。为什么失笑呢？因为苏东坡把一种值得悲哀的现象，用说笑话的形式表达出来了。大概这就是所谓“寄沉痛于悠闲”或谓之“幽默”吧。不过听了以后只是“失笑”，那就不好，不是麻木就是邻于白痴了。

那故事是这样的。

“东坡云，昔年过洛，见李公简。言，真宗既东封，访天下隐者。杞人杨朴能为诗，召对。自言不能。上问，‘临行有人作诗送卿否？’朴曰，唯臣妻有一首云，‘更休落魄耽杯酒，且莫猖狂爱咏诗。今日捉将官里去，这回断送老头皮。’上大笑，放还山。余在湖州，坐作诗追赴诏狱，妻子送余出门，皆哭。无以语之，顾谓妻子曰，‘子独不能如杨处士妻，作一诗送我乎？’妻子不觉失笑。余乃出。”

那位杨处士爱人的意见，看来在今天也还是有的，这可以用我前面所讲的故事为证。苏东坡的心情不知怎样，从表面看来，好像能得到妻子的一场训诫他还是满意的。不过苏东坡喜欢讲笑话，这里说的是反话也说不定。杨处士的立场则是明确的，和他的爱人坚决站在一起。总之是无论如何也不肯出来作诗。至于是否关起门来也不作呢？他没有说，不得而知。

类似的文献记载，我想必然还有不少。不过看书时不曾留心，举不出更多的例证。题目上的一个“考”字，是有些夸大了。不过现在已不是宋朝，我们和苏东坡也到底不是一路人。对这个老问题，也应该有我们自己新的答案了。

一九八〇，一，六

光圈

陈登科在《对文艺工作的几点意见》（《上海文学》一九七九年十二月号）里说过两句很精辟的话。他说：“对待挨整，我看也有几种态度：有的整硬了，有的整软了，有的整滑了，也有的人，本来就是整误会了的。”这话说得非常深刻，且有普遍意义。他又说：“……而且似乎挨了‘四人帮’的整之后，他与众不同，头上整出了一个刀枪不入的光圈。”当然，这一句说得也是极好的。我自己就遇见过这样头上有光圈的人物。

大约两年以前吧，我遇到过一位这样的“老干部”，自然也是挨过“四人帮”整的。我过去和他素不相识，但从人们口中知道他是一位“接近群众，心直口快，很可佩服”的人，因此一开始就怀着好感。见面之后，果然，爽朗、热情、推心置腹……都和悬想相差不远。他开始介绍自己：曾经吃过多少“四人帮”的苦头，被强迫拉几百斤的大车，从早干到晚，就睡在破庙里，终于落下了腰痛的病根……他慷慨激昂地说着，我充满虔敬地听着，说着说着，他的形象在我眼前高大起来了；他的头上也真出现了“光圈”。当他最后说出“我们都是一条战壕里的难友啊!”之后，我就不只是激动，而且感到自己十分渺小……

不过这种催眠状态并没有维持多久。一接触实际问题，形势就来了个彻底的转变。总括起来，可以这样说，在这位受过“四人帮”迫害的人物看来，“四人帮”的所作所为，在理论上或口头上说当然都是反动的、错误的；但在实际上说，却都是不无道理的。他那头上的“光圈”，这时就像用乏了电池的灯泡似的，暗淡、暗淡，最后终于熄灭了。

实践是检验真理的唯一标准，实在是千真万确的。

“光圈”，无论中国菩萨头上泥塑彩绘的，耶稣头上五彩灯泡扎起的，统统都是虚幻的事物。“光圈”，有的是自己制造的，有的是出于误会被加上的，统统是不可相信的东西。革命者头上没有光圈，只有古今中外的菩萨才要玩这一手。

一切善良的人，在“光圈”面前，务须提高警惕，保持头脑的冷静，以免吃亏上当。这中间，自然以由于误会被加上的那一种尤为危险，因为它的欺骗性更大些。但无论怎样巧妙，终于要穿绷，不出半年三个月，一切都会清清楚楚了。

一九八〇，一，二

黄泥冈上的枣子

《水浒传》写吴学究说三阮撞筹、七星聚义、黄泥冈劫生辰纲的一组故事，是结构极严密，情节极生动，而且诗意盎然，笔酣墨饱的一个浑然整体。二十多年前我在电影厂工作的时候，曾经起意将它改为电影，后来不曾实现。到今天，我还希望有人能做这个工作。如黄泥冈一段，《水浒传》的描写简直就是出色的分镜头剧本，蒙太奇因素也都具备的。

这里只有十个左右的人物，每一个的个性都很鲜明。以杨志而论，就是写得极好的一个"中间人物"。杨志去当强盗是经过了艰苦的历程的。他实在并非天生的英雄，"边庭上一枪一刀，博得个封妻荫子"，原是他的最高愿望，一些叛逆气都没有的。他碰上了牛二，当了配军；受到梁中书赏识，委以押解生辰纲的重任，这时他是想千方百计完成任务，奠定重新向上爬的基础的。他也确是个久历江湖、精明干练的军官，在保卫封建统治阶级的赃物时，那措施、努力都是出色的。但不幸又碰上了两位杨府的奶公，最后还是不能不一败涂地。情节的发展，一切入情入理，杨志想不失败，是完全不可能的。

杨志在冷嘲热讽、甘言劝慰之余，外加天热如火，口干舌燥，终于还是勉强喝下了半瓢药酒。妙就妙在只喝了半瓢，手脚不能动，神智却清醒。最后眼睁睁看着那些“贩枣子客人”出空车辆，装满金珠，道了一声“聒噪”，扬长而去。

杨志因为只喝了半瓢，所以醒得快，头一个爬起来，其余的人还都口角流涎倒在那里。杨志骂了一通，也没一个应声。无奈，只得一个人走下冈子去了。

金圣叹在这里批道，“只有满地枣子，写来绝倒。”这是批在“周围看时，别无物件”句下的。金圣叹也真促狭得很，实在也不能不承认他说得不错。说实在的，此时的黄泥冈上，杨志心中，还剩下了什么？除了枣子，还有什么呢？

直到此时，杨志的希望才真的彻底破灭了。这是他下决心作强盗的开始。杨志心里是充满了悲哀的。不是败在敌人手下而是垮在“自己人”手里，这才是真正的悲哀。《水浒传》是成功地写出了这种悲哀的极少实例之一。再早，怕也只有司马迁笔下的李广了吧？

一九八〇，一，二

打拳

我的一些藏书，在十年浩劫中被抄去以后，弄得七零八落，残缺不全了。其中比较整齐的部分，存在图书馆里，至今还不能发还。什么原因？谁也说不清楚，总之是复杂得很，还是不去研究的好。

在我得出这个“明智”的结论之前，是曾经去打听过几次的。也听到了不少千奇百怪的回答。仔细分析一下，是可以悟出很多道理的。许多道理一经综合起来，就不可避免要形成一种体系，因此也就格外显得可贵了。

譬如，我去打听什么时候可以发还这些抄去的藏书时，得到的回答是："还没有整理好。"此外，没有了。而这句标准答案，从一九七八年底到一九七九年终，只此一句，始终不变，此外，"无可奉告。"我说，那么，要这许多人坐在这里做什么呢？只要一只小小的录音带不就行了吗？没有回答，但眼睛圆了起来，气色也不对了。

譬如，"找得到什么，就还你什么，找不到就拉倒。"（呻吟后，加重语气）"还你钱！"这是什么意思呢？我想了半天，终于不能懂。

譬如，"我又没有抄你的家，你找我干什么？"这是千真万确的。当年抄家的人，都好好地坐在别的什么地方，一个都不在这里。按理，也许应该去找"四人帮"，可惜又不知道他们住在哪里，真是没有法子想。

譬如，"任务也真多，而且都是紧急的。这些都应该说清楚，才能取得同志的谅解。去年人们都去编书目去了，今年又都去搬场。真是……"（搓手，笑介。）今天是全国奋战四个现代化的时代，任务必然是一个紧接着一个，要闲下来，休想！什么时候才能轮到发还这些抄去的书呢？这是用文学艺术上的隐喻法婉转但明确地答复了"无可奉告"的秘密的，真正不愧高手。

这里只是随意摭取，虽然各有特色，但决不就是全部的精粹。但仅此数条，也足以悟出，我当然不被看作"失主"，

“强盗”也不见了。但“赃物”却在的。我必须扮演一个可怜的乞求者，恭顺地“呈请发还”被抢去的自己的东西。什么时候高兴就给一点，给多少也要看造化的高低。这是一种怎样的情景呢？那是费尽心机也参不透的。

怎么办？鲁迅先生曾经介绍过“徐大总统”（徐世昌）的“听其自然”“哲学”，虽然略有消极之嫌，在目前也不失为一种“明智”的对策。此外，也是鲁迅先生说过的，“唯有却病延年以待之耳”。那方法就是打太极拳。这是不错的，就从明天开始，每天早晨到公园去吧。

一九八〇，一，二

关于《入蜀记》*

二十多年以前我曾有机会到四川和云南去走过一转，写过一些旅行通讯，取名《入蜀记》。大约只发表了六七篇就停止了。不是我忽然变懒，而是因为有人嫌我写得太多了的缘故。于是就没有写下去，而且至今也还没有找到继续下去的机会，不过头脑里保留下来的印象却越来越模糊了。

真是幸运，前些年被抄去的旧日记，居然又回到了我的手中。虽然不无缺少，但是也有所增多。一本本日记中到处都是红笔划的杠子，同时还有大量的夹签，上面也有用红笔写下的批注。看了也真使人不舒服。因为这立刻就会使我想起十年前的某些场面。当时我住在干校里，虽然还厕身于“革命群众”之中，但局势显然已经很不妙了。多次的抄家（不过美其名曰“保密检查”）将我白纸黑字写在本本上的东西全都拿去，而且也已在积极着手从中搜罗“罪证”了。当时正是冬天，海滨更是奇寒，有时海风吹来，即使是挑着百来斤的粪桶还会感到摇摇晃晃。我们每天要到很远的大田里

* 《入蜀记》是陆游的一部著作，我这里只是借用了那书名。

去施肥、松土……要到近午和傍晚，才能回来吃饭。干活固然辛苦，其实还是愉快的。最坏的是每次回到连队，总要看到两位“同志”身披棉大衣，坐在宿舍前面的小凳上，一面晒着太阳，一面手不释卷、津津有味地在研究着什么本本。什么本本呢？不幸正是我的日记。这是只要遥遥一望，就能立即辨识清楚的。有时看到他们用手里的红笔在本本上划着，同时嘴边眼角还漾出一丝神秘的微笑时，我就感到格外的不舒服。心想大约又给他们抓到什么把柄了。这时就后悔，不该写日记，而且竟还写了这许多，害得他们晒了许久太阳还没有研究好。不过事已如此，后来也就索性不再后悔……这以后的事，大家心里有数，再讲下去，是很有落入公式化的危险的，因此在这里，就略之。

近来偶然有暇，就好奇地取出这些旧日记来翻看，看看他们究竟写下了一些怎样的批注，收获着实不小。我认为，从这些批注中是很可以看出某些人的心思的。这些批注十分丰富，后来还分门别类整理，抄成了一大捆材料。如果有充裕的时间，细细研究一下他们发现问题嗅觉之灵敏、判断是非标准之古怪、逻辑思维之奇妙，就会发现，这是一个平凡的常人所万万做不到的。真是值得感谢，我的平凡的日记，经过这样的加工，真是点铁成金了。我深深感到，这些批注，是值得好好地加以研究的。我虽有志于此，可惜缺少闲暇，功力也不够，我想必须补课，要好好学一下政治经济学、社会学和心理学才行。

现在姑且举几个例子在这里。

我在日记里曾记下友人的四句诗，“永夜无星过河汉，残宵有梦渡关山。未寒只我惊秋早，伤别怜卿归赵难。”并说，“艳情诗也”。红笔批道，“×××诗，要研究！”

在云南下关的招待所里，隔壁有人吵了半夜，不得休息。我在日记中写道，“满天繁星，今天又是个极好的天气。好像下关只有天气是可爱的似的。”红笔批道，“诬蔑下关‘只有天气是可爱的’。”下关的天气很凉，没有带行李，“上街买了一条重庆毛纺厂出品的绿毯子，三十一元。这是刘鸿生的厂，抗战中在重庆做穷学生时，想买这个厂一块呢料而不可得，现在却无意中买了它一块毯子，刘鸿生最近逝世了，这也算是对他的一种纪念吧。盖了毯子，睡在床上，读了《新观察》上刘鸿生的自述。”红笔批道，“对资本家刘鸿生怀念，是个十足的走狗”！

在成都，“又去访四川图书馆古书部，这地方的房子全部都是一个叫严谷声的地主捐的”。蓝笔批道，“为地主阶级歌德颂德说什么严谷声房子是地主‘捐’的”。

在这些“批注”之中，有一条总结性的“朱批”，“入蜀记，四川采访，可作专门批判”。

本来是为了想写游记，到旧日记里找些线索，不料却看到了许多“朱批”，发生了兴趣，研究起批书人的心思来了。近来研究《红楼梦》的同志，从脂砚斋的批语里看出了很多新的问题，一时大家对书里的批注重视了起来，我这里也不免受了点影响。但当看到这总结性的一条“朱批”时，却恰似兜头浇了一盆冷水，旧作的《入蜀记》曾经被作为“专门批判”的靶子，那么还没有下笔的游记要不要动手呢？竟自弄得有些心神不定起来。想来想去，最后终于决定，似乎也不一定要如此谨慎，该干什么还是干什么，一时又哪里顾得了这许多。

一九八〇，一，二十七

博与约

读钱钟书的新著《管锥编》，我联想到博与约的关系。

在旧时代，“博”是个正面的赞语；在某些特定场合，却又带些嘲讽甚至斥责意味。例如《红楼梦》里宝姐姐（钗）对贾宝玉的评论有云，宝兄弟整日价“杂学旁收”的，就并不能算是一句好话。宝钗头脑里是很有些封建道德成色的，她自己看的书是相当“博”的，但对别人的要求则是“约”，也就是说应该专注于圣经贤传以至举业等等。在她看来，那才是一个封建社会有为少年的正经。更何况象贾家这种簪缨世族里的子弟呢？这个标准，也正是漫长的封建社会里一条严峻的标准。那时，“杂览”并没有得到社会上完全的批准。

这就影响到社会上整个的学习风气与学术风气。

这种风气，从清末开始，随同社会的变革，有了显著的改变。表现之一是研究领域的开阔。“晚明史”“小说史”“戏曲史”……无数新的领域开辟出来了。这自然是进步的好现象。同时，正经正史之类却受到了相当的冷落。有时，这也为我们的学术研究带来消极的影响。前些年出版过一位著名的老学者一部宋人著作的校注，作者很爱惜这书稿，读书界也怀着浓厚的兴趣予以欢迎。后来听说日本的汉学家们对此有所评论，认为校注所收的杂史、文集、笔记等方面的资料是非常丰富的，但有许多常见的基本史籍的材料反而失收了。这事曾给我很大的触动。因而想到，这恐怕并非个别现象，也正是有关学风的一个重要问题——基本功问题。

《管锥编》是一部以读书记形式出现的著作。作者所读的书正是那些最基本的、在常人看来是通常册籍的东西。易、诗、左、史、老子、列子、楚骚……这都是最基本的古典文史要籍。《太平广记》《全上古三代秦汉三国六朝文》，则更是如此。

作者在读书记中引据的资料，则来自极为广泛的古今中外各种文字材料。在翻阅时，是不能不为作者的渊博惊叹的。当然也应该指出，以个人的力量，即使具有怎样的天才与勤奋，也不可能尽读天下之书。重要的是他所提供的方法，吸收、消化与重新组合的方法，这是会给读者以丰富的启发的。

我说《管锥编》是一部有趣的书，也许有人会觉得奇怪。但这实在是一部有趣读物。这并不是一部枯燥的笔记。在前人的著作中，俞理初的《癸巳类稿·存稿》大约是比较相近、可以比较的，但也不及此书之有趣。赵瓯北的《陔馀丛考》、钱大昕的《养新录》、桂未谷的《札朴》，也都是名著；还有来集之的《倘湖樵书》，也很有趣。但到底都是过去的著作了。无论在取材、方法或是文字的风格等方面，都有显著的差异了。

一九八〇，四，七

蒋子文及其他

说《管锥编》是一部有趣的书，就是说一本学术性很强的著作并不一定就是枯燥、艰涩的。读者在这样一部用文言文写成的研究著作中，照样可以欣赏到小说《围城》中那种机智、波俏、闪烁着智慧的语言，就好像听作者亲自向我们进行“语妙天下”的谈话一样。

蒋子文，就是南京紫金山（一名“蒋山”）的守护神，他是后汉秣陵尉，战死后葬山下。陈寅恪诗“钟阜徒闻落骨青”就说的是他。此人在南朝威灵显赫，皇帝、贵官都加以尊奉。《搜神记》中有一个故事：王导的儿子生病，蒋子文“见形于王导”，说能治好病，但要请他吃一顿饭。王导遵命，蒋子文吃完抹一抹嘴，说道，“此儿命尽，非可救者。”说完就不见了。下面作者又引《南史》中所记蒋子文受到大臣和梁武帝的“畏信”之后说，“此处蒋乃作馋鬼赶嘴行径。盖神犹人然，齿爵渐尊，德望与以俱高，至其少日营生，却每不可道；子文之神在晋尚如汉高微时之无赖不治产业，下迨齐梁，封‘王’号‘帝’，位逾贵而行亦遂端矣。”

这是说得一点都不错的。下面又引了《冥报录》中的一个故事：一个强盗逃进庙内，请菩萨掩护，许以一猪；追捕者跟踪而至，遍觅不见强盗，就也向神许愿，如能捉得，“当上大牛”。菩萨立即“背信弃义”，“出卖”了那只肯献上一口猪的主顾，使“盗形即现”，立即被捉去了。下面引的是另一人对鬼神这种势利行径的“批评”，然后说：“皆既信奉鬼神，又复薄其贪诈。然人之信奉鬼神，正亦望其非冰心铁面而可利诱势夺，故媚奥媚灶，投合所好耳。”这就更深了一层。下面又引了大量材料，篇末的结论是，“神道之与人亭如影之肖形，响之答声也。”

这样的“考证”文章，完全用的是杂文的写法。有些篇，只是摆出了材料，很少、甚至不加什么断语，也能取得同样的效果。

解释古文奇字，使读者得到豁然贯通之乐，是《管锥编》的另一特色。例如引《朝野佥载》记酷吏侯思止事，旧说都不能使人满意。原文说，杀戮甚众，更无余语，唯谓囚徒曰，“不用你书言笔语，止还我白司马，若不肯来俊，即与你孟青。”……“白司马”者，北邙山白司马坂也；“来俊”者，中丞来俊臣也；“孟青”者，将军孟青棒也。作者的解释是，“按酷吏以歇后谐音为双关之廋词也。‘白司马’缩脚‘坂’，‘坂’、扳也，即攀引，俗语曰‘咬’；‘来俊’缩脚‘臣’，‘臣’、承也……即招认；‘孟青’缩脚‘棒’，即棒打耳”。

经过这样的解释，武则天手下的特务头子的语言就得到了完美的破译。这就使读者如闻其声，一千多年前暗室迫害的逼供信实状，也呈现在目前了。

我说《管锥编》是一部有趣有益的书，那部分理由就在此。

一九八〇，四，七

吴仓硕小笺

五十年代初，藏书家南陵徐乃昌的遗藏在上海散出。不只是书籍，连书札、日记等最后都被家属一股脑儿拿出来卖掉了，实在看了使人不大舒服。徐乃昌在清末是一位“观察”（道台），喜欢藏书，刻书，和文士们有亲密的往还。他所藏的友朋往来信札很不少，清末民初的名人大抵都在的。可惜当时我对尺牍没有兴趣，没有买下。只选了有趣的几件。记得其中有人境庐主人黄遵宪的几通信札，用的是厚棉料笺，上面用朱色印了种种花纹，是黄氏自制的诗笺。黄遵宪的字写的是苏（东坡）体，黑大光亮，和也是学苏的吴宽却有些相近。另外一件则是吴仓硕的一张便条。是写在粉连洋纸的酒馆请客便笺上的。原笺用铅字排，红印；吴仓硕借用酒馆的破笔，淡墨大书：

福祥里　　　素娟

徐积余大人

顷在此吃饭。尊处客齐请来招。

仓硕

此外还在“三马路小花园都益处酒馆”一行中用墨笔填了“五”字，说明他正在都益处的五号房里吃饭。

这张便条大约是民国初年所写。福祥里应是妓家集中的一条弄堂，素娟是倌人的名字。徐乃昌在她那里请客吃花酒，也约了吴仓硕。

关于这张便条也只能讲这么一点。似乎也没有必要进行更深入的考证，如福祥里在哪里，素娟是何如人？……因为我并不想编《申江北里志》。但我绝无看轻这类著作的意思。作为社会学的一种对象，这也是很有研究的必要的。朋友中有人在写历史小说，描写对象是开埠以来百年中的上海。我觉得这是一个很艰难的任务。譬如，不对这段日子里上海堂子的发展、变化，以及一些具体的细节有一定的认识，是很难下笔的。因为有许多重要人物和事件都曾在这样的场景中出现，想躲也躲不开。如果无所知就势必向壁虚造，而这样做是很危险的。

吴仓老是近代鼎鼎大名的画家、书家、印人。我也看过几本他的传记，记载的大抵是他怎样刻苦作画、吟诗、刻图章的故事，但对画家生活的全貌却不大清楚。这张便条使我们知道他有时也吃花酒，就很有价值。好像也并不会成为盛德之累。因为他生活在那个时代，无法跳出那个具体环境，这一切原是很自然的。

今年夏天在北京，在许多地方的画展里都看到吴仓硕的作品，只不过一幅，但都挂在最突出的地位，画着常见的桃花、石榴之类。这时就想起这张便条，并为它的历劫尚存而感到分外的高兴了。

一九八〇，九，十八

关于“寒柳堂诗”

《寒柳堂集》是陈寅恪文集的第一种。收零星论文、序跋文十一篇，有几篇曾发表于旧时的学报，何以未收入《丛稿》，也没有说明。《寒柳堂纪梦》则是残稿，《诗存》也远非原稿三册之全。但无论如何，此书的出版，仍是值得欢迎的。回忆早在二十年前，我与当时主持中华书局上海编辑所的陈向平曾几次谈起，建议系统地出版寅恪先生的著作，但终于未能成为事实。那原因是不言而喻的。当时正是全国在上层建筑领域掀起了一场轰轰烈烈的“插红旗、拔白旗”运动之后，提出这样的建议，也正无异于痴人说梦。今天《文集》的出版，就用事实说明了我们确是取得了很大的进步，不再处处把学术问题与政治问题搅在一起了。为了取得这进步，我们付出过高昂的“学费”，它是来之不易的。

寅恪先生是史学家，同时也是诗人。中国近代史学界两位大师，寅恪先生和陈垣先生的遗文最近都陆续印行了。如果就他们各自的风格加以比较，似乎可以说，援庵先生更是一位学人而寅恪先生则是一位诗人。很可能这是一种很不准确的偏见。

《寅恪先生诗存》收起宣统二年迄一九六四年之作，共若干首。此外散见于论文中者尚有一些。就中以七言律句为多。七古长篇有《王观堂先生挽词》。先生曾说，“寅恪昔年撰王观堂先生挽词，述清代光宣以来事，论者比之于七字唱也”，即指此。这篇长诗前面的序，是一篇很重要的文字。王国维是遗老，声明“义无再辱”，自沉于昆明湖而死，其为至死不悟的清王朝殉葬者，似已成为“定论”。但寅恪先生在这里却指出，“其所殉之道，与所成之仁，均为抽象理想之通性，而非具体之一人一事。”同时还指出，这种三纲六纪之说所依托之社会经济制度，一旦变迁，它本身也将不知不觉地消沉沦丧，“则此文化精神所凝聚之人，安得不与之共命而同尽，此观堂先生所以不得不死……至于流俗恩怨荣辱委琐龌龊之说，皆不足置辨。”

寅恪先生在五十多年前对王国维的看法，同样也适用于他自己。他承认每一个人都有自己的局限性，承认上层建筑与经济基础的依存关系；承认“凡一种文化值衰落之时，为此文化所化之人，必感苦痛。”承认“寅恪平生为不古不今之学，思想囿于咸丰同治之世，议论近乎湘乡、南皮之间”。他是诚实的，清醒的，也是深刻的。

比起一切思想比曾国藩、张之洞还更为反动，但却横行阔步唱着比马克思更“左”的调子的人物，寅恪先生确是更可爱的。他不是“两面派”，也不想拔着自己的头发企图离开地球，他懂得论史、论人都不能脱离时代、社会、历史的制约。他有时还能摆脱他那“资产阶级学者”（比他的自我鉴定好像还“高”一级）的局限，提出一些发光的思想。就是在这样的基础上面，他写出了许多美丽、沉痛的诗篇。

可惜《诗存》里的作品并非全豹。

除了不可抗拒(?）的原因之外，为什么没有收集得更完备些呢？陈寅恪，作为一位诗人、学者，已成为一位历史人物、一种历史上的客观存在了。过去“批”了多年没有“批”倒，现在也就用不着闭起眼睛来吹捧或把他身上的缺点掩盖起来。他自己就从来不想掩盖自己的思想。至于是不是或是怎样的“缺点”，也只有由读者、人民来判定，才是更可靠的。

我想在这里介绍几首不见于《诗存》的作品。

多年以前曾经看到传抄的寅恪先生诗，其中一首以“闻道宣和海上盟”起句的七律，至今还幼略记得，正由于惊其立论之怪，看来简直是离经叛道的典型的缘故。不知道那诗写于何年，但总在三十或更可能是四十年代之顷。诗人回首燕云而涕泪纵横，慨叹于“花门久已留胡马，柳塞翻疑拔汉旌”。这是指在中国土地上出现了异国的军事力量，和指责国民党当国者违背人民意愿的国策的。这当然是一位爱国的知识分子的正义呼声。可是底下又出现了这样的一联：“妖乱豫夭同一罪，战和飞桧两无成。”竟将汉奸和革命者作了类比，使之对国难担负同等的罪责。下句倒不一定是对岳飞、秦桧重作评价。只是借指当时国民党既不能战，又不敢降的局面。最后结以“梦华一录难重读”，抗战中间，流转西南的许多知识分子，特别是中老年的知识分子，他们难以摆脱的局限性，他们对新事物的隔膜、疑虑，还有他们的爱国、忧国之心，不是表现得淋漓尽致了么。

在一九五八年前后，曾经出现过许多批判寅恪先生的文章，有些也引了他的诗作为批判他的思想的材料，但似乎没有谁引过这一首诗。我看，其实这倒是能说明他的真实思想实际的。

另外一诗则见于一篇大批判的文章中：

八股文章试帖诗，尊师颂圣有成规。
白头宫女呵呵笑，眉样如今又入时。

批判文章所定下的罪案是，“他有时又以旧眼光看新的事物，恶意地把新事物攻击为腐烂的旧东西”。不必分析，就能看出那立论之可笑了。那是把封建残渣的重新泛起误认为“新鲜事物”、当作了“马列主义”的。在这里，是谁“恶意”地攻击了马列主义和社会主义呢？

不正是多年来有人把诸如此类的乌七八糟的东西说成是“新生事物”，才搅乱了人们的思想，产生了“信仰危机”，使我们今天要花大力气加以澄清的么？

《诗存》第四十二页，录“丙申六十七岁初度，晓莹置酒为寿，赋此酬谢”一诗，其第五六句曰：

“平生所学供埋骨，晚岁为诗欠□头。”全诗后有编者小注云，“按诗中脱一字，以□代之。”半年前偶然看到海外报刊，见有引录此诗者，那个□正是“砍”字。不知何以在《诗存》里忽地脱失了，这也算得上是版本学上的一点小小的掌故吧。最近又读到刚印成的《柳如是别传》，在第一章《缘起》中又读到寅恪《丙申五月六十七岁生日》诗，其五六句为“平生所学惟余骨，晚岁为诗笑乱头。”又有不同。这不知道是寅恪自改或他人擅改，总之是不如初本远甚。如说这句诗过于刻露，那现存诸诗中刻露更甚于此者正多。如“涉世久经刀刺舌”，如“任教忧患满人间，欲隐巢由不买山。剩有文章供笑骂，那能诗赋动江关。”“留命任教加白眼，著书唯剩颂红妆”（指论陈端生、柳如是），“世人欲杀一轩渠”……就都是的。只要读过记寅恪先生晚年经历文章的，大概都能理解他何以要写下这些诗句，其实是并不奇怪的。

寅恪先生的诗并不是光宣以来盛极一时的宋诗一路，也并不恪守家法。他是深受玉溪的影响的，但意境更深切，铸词更精丽。此外又时时可见龚定庵的影子，这是非常自然的现象。近人诗包括鲁迅在内，不曾受到定庵影响的是很少的。

“万国兵戈一叶舟，故邱归死不夷犹。……读书久识人生苦，未待崩离早白头。”一诗，题中说“用义山无题韵”，风格也真近玉溪。从这首诗中，我们早就知道他是不会追随胡适等之后离开祖国大陆的。《乙酉新历七夕》一诗，则全仿玉溪。他还有以《玄菟》为题的诗。至于“秦时明月满神州，独对婵娟发古愁”“万古书虫有叹声”这样的句子，与《别蒙自》：“我昔来时春水荒，我今去时秋草长。来去匆匆数月耳，湖山一角已沧桑。”就完全可以看出龚定庵的影响。《诗存》及《论再生缘》中所存诸诗，都是我非常喜爱的作品，还有许多俊句、警句，如“万里乾坤孤注尽，百年身世短炊醒”，“食蛤那知天下事，看花愁近最高楼”，“九儒列等真邻丐，五斗支粮更殒躯。”“读书渐已师秦吏，钳市终须避楚人。”

“九儒”一诗是哀张荫麟之作，张于抗战中贫病死于西南。却不曾料到二十年后知识分子又得到“臭老九”的徽号，真是每下愈况了。“师秦吏”，不正是把“法家”捧上天去的“预言”么？

当然，诗不是预言，更不是语录。诗人也不是没有缺点的圣人。寅恪先生的诗如此真实地反映了时代、社会和自己的思想、感情，又写得这么美，这是值得我们珍重的。

下面，还有一点闲文。

《寒柳堂集》和《金明馆丛稿》初二编的印数，各为一万册和两个三千册。因此出版后没有几天，就哪里都买不到了。我跑过许多家新华书店，向营业员打听，他们却完全不知道这名目。在这里，我完全没有责怪年青的营业员的意思。他们是完全没有机会知道陈寅恪这个名字的。就连陈寅恪以“反动学术权威”的头衔小小出过一阵风头时，他们也大抵还在读小学或初中。奇怪的是主持新华书店的人，他们竟将决定书籍印数这样的工作委托给营业员来作。当然，新华书店的主持者，最后是要参加意见的，但我怀疑他们对陈寅恪也不大了然。因此，《金明馆丛稿》的印数就只有《东方快车谋杀案》之类的百分或二百分之一甚至更少。这不能不说是一种怪现象，同时我以为也是我们出版界的一种耻辱。出版社也不肯加印一点，虽然明知马上就会脱销。这是像我这样毫无经营出版发行业务经验的人所不能理解的。

一九八一，一，三

思索

巴金最近陆续发表着他的《随想录》，在读者中间引起了强烈的反响。我并没作过什么调查，有关《随想录》的文章也只读过有限的几篇，我这样说自然也有我的根据。经过十年浩劫，在重新拿起笔来的老作家当中，他是工作得最勤奋的一个。他有个写作的“五年计划”，这是个雄心勃勃的计划，其中就包括有五本《随想录》。照他自己的意思，这将是他生活中探索的结果。这种探索是认真的，表达得是坦率的。他说的是真话，是经过考虑以后的真实思想。正如他自己所说，是交给读者的“思想汇报”，他实践着自己的诺言，把自己的心交给了读者。因此，我相信，读者也必然会以真诚的感情向作家回报。

我曾经说过，《随想录》是一本真实的书，不是一本悲壮的书。我当时这样说，还不免有些踌躇，因此我说自己有的是一种“奇异的感觉”。我一直在思索、寻找产生这种“奇异的感觉”的因由。

我认识巴金很晚，是在一九四五年的重庆。当时他正在写十四卷文集中最后一部小说《寒夜》，不久以后就丢开了他那支“写惯了黑暗的旧笔”。我是带着紧张、崇敬的心情第一次去拜见这位文坛前辈、在青年中有广泛影响的作家的。我这个刚走进社会的年轻记者事前曾做过仔细的准备。应该对他说些什么，又可能从他那里听到些什么，都考虑过、推测过，还预备了钢笔和笔记本做记录。可是这一切都没有用上。我们的交谈一起也不过十来分钟，内容到今天是一点也记不起了。我发现巴金并不是我想象中那样的大人物。他也还年青、朴实、真诚，讲起话来好像有些口吃，常常用善意的微笑补足语言的不足。我感到有点失望，但也得到满足。温习得很好的记者功夫没有得到运用的机会，不过却得到了一次很好的访问印象，一直保留到今天，说明它是深刻的。此外，我还清楚地记得重庆民国路文化生活出版社门市部那间临街的小房间，那些简单的半旧家具，他和萧珊婚后当时就住在这里。

一九四六年在上海，巴金做着翻译和文学编辑出版的工作，主持着文化生活出版社的编务，就住在他的哥哥李林曾经住过的霞飞坊旧居里。我就像过去经常到李林先生（他是我中学里的老师）那里去一样，常常到霞飞坊去。他家里经常有不少客人，都随便地坐在二楼的客厅里。主人却常常一个人躲在三楼，只有来了稀客或吃饭，才慢慢走下楼来。天气很冷的时候也只在身上披一件夹大衣，手里总是拿着一本书，有时嘴里还在轻声地读着。他那时刚出版了斯特姆《蜂湖》的译本，大概是在读着德文的原本。

巴金说过，“我不善于讲话，也不习惯发表演说”，这是确实的。我就不记得他对我讲过什么理论，文学上的事情也讲得很简单、很少。我照例得到文化生活出版社新印成的每一本书，包括他自己的译作。看到一本新书印成，是真正使人高兴的事情。当时我在报社里当记者，每天要写许多各种样式的文字，他也从来没有对我说过什么意见。后来报纸被封门，我也失了业。他就把这些文章要去，选了一下，印成了一本小书；又建议我翻译冈查洛夫和屠格涅夫的小说。Garnett 夫人的译本也是他借给我的。我的偶然走上文学道路，就是这样开始的。对这样一位在前面引路的前辈的帮助，我一直怀着感激的心情。当时人们生活、工作的方向都很明确。对那个旧社会、旧制度，大家早已取得了一致的意见，用不着进行什么多余的议论了。只要努力工作，在不同的岗位上，使用不同的武器，用不同方式努力加速它的灭亡就是。巴金在二十年中写下的十四卷《文集》就是这种一贯努力的证据。最近他在日本京都对日本朋友的一次讲话中说，“我的敌人是什么呢？我说过，‘一切旧的传统观念，一切阻止社会进步和人性发展的不合理制度，一切摧残爱的势力，它们都是我最大的敌人。’我所有的作品都是写来控诉、揭露、攻击这些敌人的。”情况正是这样。读者可以从他的作品了解他的思想，他用不着在口头重复。他的拙于言辞并不是经常的沉默的唯一的原因。

三十一年前上海解放的那一天的下午，我陪他到文化生活出版社去看有没有受到什么损失，然后就走到大马路上去看解放军入城；后来又到过山东、苏北的老根据地进行慰问，一九五二年，他从朝鲜前方回国度假，萧珊从上海赶到北京去看他。在这几次不同场合我都留心观察过他，发现他开始变了，话开始多起来，有时会唠叨地反复地说着什么，就像一个大孩子似的。这段时期他写了不少散文，歌颂伟大的祖国、歌颂志愿军英雄……他的感情是真诚的。他在《爝火集》的序里在提到这些文字时表示了他的信心："我至少比有些人更爱我们的时代，更爱我们的生活，更爱我们的国家。"这是他一九七八年底说的话，是经过了严峻的锻炼、考验以后说的，也是合乎事实的。

从五十年代后期开始，我到农村去住过很长一段时期，很久没有到他家里去访问。一九六一年一个秋天的下午，偶然在淮海路的国泰戏院门口遇见他。他从很远的地方发现了我，赶过来，对我讲了几句话，我记得其中有一句的大意是，"今后一切都会和过去一样的。"我没有说什么，只是感谢了他的好意。看得出，他对当时的某些社会现象是有些迷惘的，不过他还是有着充足的信心。他所说的"和过去一样"，自然是指像过去那样地生活和工作，他不喜欢人们陷于绝望，不，他受不了这个，这就是他要说那句话的原因。他绝不会猜到，在几年以后，这句话会被某些人解释为"复辟""复旧"的同义语。我只有为他的善良、天真、激情而感动、惭愧。

不久，在上海的第二次文代会上，他作了那个著名的发言，说了几句自己的心里话。发言后在会场外面的草地上休息时，我曾向他表示了自己的担心，随后就为自己感到异常的惭愧。论年龄，论经历，提出这种心有余悸、谨小慎微的意见的应该是他而不是我。正直、勇敢这些美好品质在他身上发出的光闪，不能不使我感到异常的惭愧了。

这以后就是那史无前例的十年。不用说，交往是完全断绝了，我只能从报纸上、墙头的标语和大字报上看到有关他的“消息”，并根据常识推测他的处境。有时也偶然从电车上看到他一个人慢慢地向作家协会机关走去的身影。终于在一九七五年的一天，我陪了一位画家一起到他家去探望了他。那时正是他被落实了“不戴帽子的反革命”的“政策”之后。我发现了他的满头白发，同时又发现，他的话少得多了，只是平静地叙述着一些事情，包括萧珊的死。我不想但不能不提起这个。因为进门后坐下就看见了放在墙角一只小书桌上的萧珊的照片。

他的话又变得很少了。但我发现他在平静地叙述着一些使人痛苦的事情，眼睛里仍然闪烁着热情、机智的光。知道他仍旧在作着翻译的工作时，我感到安心。我知道他没有垮掉，他有可能挺过来，虽然当时谁都说不出这黎明前的黑暗还会延续多久。

坚定、明确、无可怀疑的生活信念和工作目标，是人类赖以生存的精神支柱，谁有了它就有了幸福。在这种信念面前，任何人间的艰难困苦都没有什么可怕，都阻止不了人类的前进。最凶狠的敌人最残忍的手段就是搞乱、混淆，最后完全破坏掉人们的信念，这样就破坏了人们的神经中枢，使之始而迷惘，终于昏乱，乖乖地跟着他们进行反革命的大破坏。这种看似虚无的“伟大事业”在十年浩劫中竟在一定程度上获得了成功，不能不说是一件“人间奇迹”。保持着或恢复了清醒的头脑的人们起初是沉默，接着就开始了思索（或探索），人们的唯一目的就是重新树立起被敌人破坏殆尽的信念。巴金在京都的一次讲话中说：

> 我认为那十年浩劫在人类历史上是一件大事。不仅和我们有关，我看和全体人类都有关。要是它当时不在中国发生，它以后也会在别处发生。
>
> 我们遭逢了不幸，可是别的国家的朋友免掉了灾难。

这是他最近常常讲到的话题，见面时总要提起。好像他终于又从沉默的状态中挣扎了出来，有许多话，用不着提问，他自己会反复地讲。这是老作家思想活跃的表现，他在考虑许多问题，企图重新树立自己的信念。他努力想从那场噩梦中挣扎出来，他痛苦地解剖自己，“我自己仿佛受了催眠一样变得多么幼稚，多么愚蠢，甚至把残酷、荒唐当作严肃、正确。”他讲到当他终于发现这是一场大骗局以后的幻灭、痛苦。他说这是一笔心灵上的欠债，决心一定要从解剖自己开始，弄清一切，作出总结。

难道这是哗众取宠么？是不着边际的空想么？难道这只是伟大的政治家和哲学家才该考虑的问题么？难道这里说的只是在遥远的未来才有可能出现或重复发生的事么？难道这不正是每一个想把祖国建设成人间乐园的中国人都应该严肃考虑的问题么？

在巴金的写作计划里有两部长篇。我想《随想录》可能就是作者在长篇构思中思考材料的记录。不弄清这一切是很难进行形象化的工作的。我问过他长篇的进展情况，他没有具体回答，只是说，也许写好后要等将来再发表吧。

巴金从自己在十年浩劫中的痛苦经验想起，想到美国影片《未来世界》里的机器人，想到“长官意志”……这是一连串孤立的现象，但它们彼此之间是有联系的。当它们最后联结在一起的时候，就可能出现大灾难。他在谈到这些问题的时候举的都是自己亲身经历的例子。他曾经奉命“批判”过明明知道不该批判的人和事；他曾按照编辑的“意志”写过注定写不好的报道，还产生过“过去所作所为全是个人奋斗，为自己，现在能照刊物的需要办事，就是开始为人民服务”这样的古怪想法；他曾奉命发扬民主，在一次会议发言中讲了几句自己的话，结果成为后来自报“罪行”时从不忘记的一条“反党罪行”。在一定意义上说，这都是在不同时期各种不同“长官意志”的产物。巴金说，“我没有理由盲目反对任何长官的意志，可是我无法按照别人的意志写作，哪怕是长官的意志。”他还在一篇谈到春蚕的文章中说，“但是到现在为止蚕只能吐自己的丝，即使是很有本领的现代化养蚕人吧，他也不见得能叫蚕替他吐丝。”

关于“长官意志”，一直到最近还在讨论。有人认为，哪里有没有意志的长官呢？难道长官就没有正确的意志么？也有的人指出，赞成长官意忘说法的人错就错在不把自己看作人民的公仆却自居“长官”而不疑。其实我看这也并非关键所在。“名者，实之宾也。”招牌并不是起决定作用的事物。江青不是曾自称还不如一个“小小老百姓”吗？但那实际又怎样呢？我相信，利用电子计算机进行写作是有可能实现的，但产生的“作品”大概将和“四人帮”走卒“反击右倾翻案风”一类的大作相差不远。有人就说过，只要换上不同的政治标签和名字，“作品”无论什么时候都可以摆在书店的架子上，这也确是实情。在他们看来，到了这样的时候，作家协会里大概都摆着一排不同功率的电子计算机，此外，就是一些操纵手。这样的机器，无论技巧还是效率都可能是高的。不过巴金却说，“但是对那些装腔作势、信口开河、把死的说成活的、把黑的说成红的这样一种文章我十分讨厌。即使它们用技巧‘武装到牙齿’，它们也不过是文章骗子或者骗子文章。这种文章我看得太多了！”

这一节话是他在提到多少年前和一位朋友就文学技巧问题进行争辩时说的。巴金说，“我认为打动人心的还是作品中所反映的生活和主人公的命运。”因此他又说，“我想来想去的只是一个问题：怎样生活得更好，或者怎样做一个更好的人，或者怎样对国家、对社会、对人民有贡献。”他对日本朋友谈话时也说，“首先我要使自己‘变得善良些、纯洁些，对别人有用些。’”

这自然是一些平淡无奇的话，在有些聪明人看来就是如此。又例如，巴金甚至说过，“艺术的最高境界是真实，是自然，是无技巧。”这样的意见在许多聪明人看来，恐怕也是不能同意的。但这并不妨碍有人同意这些意见，经过实践的证明，他指出的可能正是一条走得通的路。老作家重新开始的勇敢、认真的探索，是应该使比他年轻得多的后辈感到惭愧的。我想，也许正是为了这个才产生了那种“奇异的感觉”。

一九八〇，五，二十七

忆马叙伦

马夷初（叙伦）先生逝世瞬已十年。日前偶然在书丛中检得他写给我的一张诗笺和一副楹联，不禁又回忆起一些往事来。我和马老过去并不相识，只是因为编报的关系，向他索稿，才开始往还，先后也不过年把光景。因为喜欢他的书法，恳请他写过不少字。不过今天剩下的只有这么两件了。那副楹联写的是：

明镫九叠翻官本

石室三年读秘书

石室指的大概就是杭州南山的石屋洞。马老是杭州人，他自题所作随笔就用了《石屋余沈》的书名，他自用的也有一方“石屋”的白文印，都寄托着对故乡的怀念。上联呢，好像是对我当年不自量力地想做“藏书家”的一种委婉的调侃，也许并不是。我得到这副楹联时非常高兴，立即裱好挂在书房里。这次发还时已经弄得敝坏不堪，我索性将联芯揭下来，好像又是当年从他手里接过时的原样了。

诗笺上的两首诗是他听了程砚秋的《春闺梦》以后写的，应该也是旧作，这时因为看了我在报上写了《春闺梦》的小文章，所以又记起、写下的。他对程腔的评价是确当的，他用诗的形式细腻精确地写出了歌唱的特色，实在传神得很。

我知道马老从五四开始就是一位民主战士，当然也知道他是有学问的教授。他的著作也买到过几种，不过像《庄子义证》那样的书我还看不懂，只能翻翻《读书小记》这样的笔记。一九四六年他在上海的《民主》《周报》……上经常发表锋利的时论，因此我就想，是否也可以请他给我编的副刊写些轻松的小文章呢？约好时间，我就到拉都路（现在的襄阳南路）一条弄堂里的一间楼屋里去拜访。四壁萧然，好像连书籍也没有几本。马老穿了半旧的呢长衫，架了一副老式玳瑁眼镜，头发灰白了，六十出头的人依旧非常清健。他的双眼总是眯起着带着笑意，谈话温和而委婉，一些都没有名教授的架势，也和我理想中的革命者全不一样。看来不过是一位中学老教员或一位钱店倌。

我提出的要求，使他感到了非常的为难。当时的一些民主期刊大半是周报，他几乎把全部空余的时间都用来赶写时论了。实在没有余暇和兴致给副刊写稿。他稍一踌躇就从抽屉里取出了一册厚厚的稿本。这是用大张毛边纸钉起的、有三四百叶的本子，封面题着《香影楼日札》几个字。打开看时，是一色娟秀的小行楷。这是一本“日记”，但也并非正规的日记。里面记下了琐事、见闻、随感、掌故旧闻、戏剧电影评论……五花八门，内容非常丰富。他把这稿本交给我：

“你去翻翻看，也许可以随便挑选一些发表。”

这是出乎我的意料的。只不过是初次相见，就将这珍贵的手稿借了给我，一些都没有秘惜之意。这当然是出于对我工作的那张报纸的信任与支持。在那时候，那种斗争环境中，为了同一目标战斗的人们之间，像这样“相响以湿、相濡以沫”的情形，是并不少见的。

不过在告辞的时候，他还是叮嘱了我一句，这稿本最好是留在家中，万不可放在报社办公桌里。“你们的报纸，说不定哪一天就会被封门的。”

这以后，就在报纸的副刊上出现了一个《石屋余沈》的小专栏，每天发表一或两节小文章。这是我选了出来请人重抄付排的。在选抄中间，我发现马老的兴趣是十分广泛的，并不是专注于六书和老庄的研究。他喜欢听戏，和程砚秋相熟；也注意电影以及通俗文艺，连妇女时装这样的生活观象也随时留心。他也讲究烹调，北京的饭馆里曾有过一只“马先生汤”，就是他传下的配方。这只是一种豆腐汤，不过是烹调得很精致的豆腐汤。他对书法有很浓厚的兴趣，做过深入的研究，对执笔的方法有自己的创见，对历代法书和时贤书法都有独到的评论。马老还时时记下了他与陈汉第等同乡友人谈话中种种，都是有关杭州地方人物的有趣的掌故。在报纸上连载的日札后来由建文书店印成两册，估计尚不到原书的五分之一。可惜校印不精，错字不少。这恐怕是在报纸上发表时就已如此的了。

果然不出马老所料，《余沈》发表了没有好久，报纸被封了。更糟的是，抄写原稿的那位朋友，没有听从我的嘱托，把原书带到报社，锁在办公桌里，竟自陷于“敌手”。我只好硬着头皮又到办公室去走了一转，取了出来。奇怪的是，散布在走廊里的特字号人物，竟不曾发现、阻止。第二天，我就把这手稿交还给了马老。如果这本《日札》，今天还保存在什么地方，我想，那是值得印行的，就是影印也完全值得。

报纸封门以后，马老到我的住处来过一次。他还是那么随随便便，一点都没有紧张之感。他说，上海住不下去了，不久就要到香港去。过了些时，寄给我一封信，说我曾托他请沈钧儒先生写一张字，可惜“衡老已行”，没有办到。不久，他也走了。到港后还曾来过一信，劝我也离开上海。不久，知道他已进入解放区，等到在北京再度相见，已经是建国以后了。当时他是中央教育部部长。我到部里去访问，看见他精神振奋，工作紧张，完全不像一位将近七十的老人。即使如此，他依旧是那么从容、安详，和一九四六年在上海时没有什么两样。

一九八一，三，十四

附记：

马叙伦《程御霜邀听其春闺梦曲》二首：“坠石崩云四座惊，最难渊默忽雷声。如今入耳皆凡响，歌到程郎世莫争。何必当年无定河，且听一曲眼前歌。坐中掩面人多少，譣我青袍泪独多。”“坠石崩云”两句，下句出《庄子·外篇》《天运》：“子贡曰，然则至人固有尸居而龙见，雷声而渊默，发动如天地者乎。”

作家的手迹

很久以前曾经一度热衷于收集当代作家、艺术家的手迹，开始时很起劲，成绩不坏。不久以后就没有那么积极了。倒并非因为觉悟提高，屏弃了这种“玩物丧志”的勾当；主要是为了报纸已被封门，从此失去了利用这些材料的地盘。不过遇到机会，还是陆续地收一点，终于有了一厚叠。闲时取出来看看，觉得也颇有趣味。直到今天，我还是认为这工作是有意义的，至少不比种花、养鸟更差。如果不是“四人帮”爪牙的洗劫，三十年来收集的这些手迹，至今已有百分之八九十成为“遗作”，是不折不扣的“文史资料”了。

我在这里使用了“手迹”，而没有照例写作“书法”，是有一点微意的。我一向认为，“书法”是书法家的事情。要讲究笔法、功力……总之是一种专门的业务。如果翻一个筋斗，变为“法书”，那就更变得严肃，除了二王、欧虞、颜柳、苏黄米蔡的作品，好像就不大够格了。当然，古来名家的书法，我是非常钦服而喜爱的，但尤为欢喜的则是作家的手迹。如苏轼与黄庭坚都是大作家，我觉得他们的字就写得格外好。像东坡的《寒食帖》，那大概是一张草稿吧，但写得有多好！他写到“败叶烧湿苇”处，那直下的一笔，不是把诗人胸中的悲愤统统写出了么？到结末，写到“纸灰飞不起”时，字小下去了，也再无一些飞扬凌厉之气，可以想见作者非常、非常抑郁的心情。当然，苏轼是封建社会的作者，他的感情不那么健康，也不懂得必要时装上一条光明的尾巴。

我想，这和人参有“野生”与人工种植的不同一样，写字也是有专业与业余之分的。写得好的字不但要求它有“姿媚”（不一定是“美女簪花”），更要有性格。如果失去了个性，功力再好也是不足取的。

在我收集的作家手迹中间，最为珍贵的当然是鲁迅先生的两幅。一张是《立此存照》（四）的手稿。这是写在一小幅宣纸上的。是先生晚年手稿常见的那种小行楷，有着非凡的“姿媚”。当然这不是指的“灵飞经”那一路，但确是有其特殊的“姿媚”。改动不多，旁边有编辑所批的铅字号码，大概是《中流》编者黎烈文的手笔。中间引用《越风》中一节文字，并非重抄，是从刊物中剪下来贴在纸上的。先生在别的文章中曾说起“剪而贴之”的话，最初我还不大理解，看了这手稿，算是弄明白了。另外一张则是贴在《凯绥·珂勒惠支版画选集》封面上的书签，也是先生手写的一小块纸，和后来印成封面的一样大小。这幅手迹可以说是雄奇朴茂，同样有着非凡的“姿媚”。先生在北京绍兴会馆里抄过许多时古碑，在这里就留下了清晰的影子。

这两幅手迹我一直珍藏着，也曾多次想装裱一下，但总是决不定裱成什么样式。到了六十年代，一起送给了鲁迅纪念馆，这就避免了后来毁灭的命运，不能不说是一件值得高兴的事。

一九四六年，我曾写信给在台湾大学教书的许寿裳和乔大壮两先生，请他们写字，寄去了几张荣宝斋的诗笺。许先生给我寄回了三四张他写的鲁迅遗诗；乔先生寄来了三张手写词稿。许先生的字是清劲的，正像出于一位干瘦的老人之手。乔先生是书家，一手行楷漂亮非常，我没有见过他的照片，推测起来，大约是一位胖胖的老先生。大壮先生寄来的词记得有《浣溪沙》《定风波》诸调，还记得有“春来杜宇还乡梦，海上吴王送女潮”这样的句子。大壮先生的词稿名《波外乐章》，我曾见过五十年代香港据手稿的影印本，但给我写的几阕词都不见于《乐章》。推想大约是近作，充分体现了他久客思归的心情。

当时我还没有参观过北京的鲁迅故居。只是从什么地方看到，鲁迅曾请乔大壮给他写过“望崦嵫而勿迫，恐鹈鴂之先鸣”的字幅，我又寄了一张纸去请他把曾写给鲁迅的离骚句也写给我。过了些时，我收到大壮先生从苏州给我寄来的条幅，上面写的是“恐鹈鴂之先鸣兮，使夫百草为之不芳!”这是写在一张染了旧色的纸上的。大约三行，正楷，下款是“丁亥（一九四七）始秋，大壮书于白下波外楼中”。钤二印。一“大壮”白文方印，一“波外楼”，朱文腰园印，押在右上角。乔先生是著名的印人，有印谱数册行世，不过印制不佳，神采尽丧。不见原迹，是不能知道他的治印之美的。

接到这幅字，我高兴极了。立即送到裱画店去装裱，可是裱件尚未取回，就在报上看到了大壮先生在苏州的什么桥下自沉的消息。真是晴天霹雳。我想，这张字可能是他最后的遗墨了吧。可是却依旧写得那么安详、镇定。题款、钤印也都那么从容、妥帖。他是在怎样的心情下完成了这一幅艺术制作；在屈原的话里，又寄托了怎样的感慨。这张字我一直挂在墙上，独坐相对，每次都要重复想起这种种。

记不起是在接到许寿裳先生书件以后多久，听到了他在台北死于反动派刀下的噩耗的，但总也不会超过数月。我就是这样在鲁迅先生两位老友的生命垂没之际，得到了他们的手迹。而这些，又都在“十年动乱”中被抄没了。

马夷初（叙伦）先生的字是写得好的。他也用心钻研过书法艺术，他的一些意见我曾选抄了许多收在《石屋余沈》和《续沈》里，即使知此，我想他还不算是一位专业的书家。他卖过字，但据他自己说，他特意将“润例”定得高于同时书家几倍，影响了收入也不在意。可见他即使卖字，也不想把自己列于“书家”之林。他给我写过不少幅字，可是现在只剩下了一副对联。他给风子写过一张小小的诗笺，行草书，是他很满意的作品。腴美、流动，如漆的黑色，给诗笺的艳红花地一衬，真是美极了。我想，赵子昂能写下千百幅字而永远保持着自己特殊的风格、水平，所以不愧为大书家；马老却只是偶然得之，他有自己的面目，但又并不“稳定”，并不形成一种模式。这正是他不是“书家”的重要原因吧。

在解放前的书画展览会上，可以看到在有些作品下面贴着一张红纸条，上写“某某先生定”，有时还重重叠叠地贴了好几张，说明许多人都想买这张画。而画只一张，因此只能在展览会闭幕后由画家如式复制交件。这当然不可当真，有时不过是一种“后台喝彩”的手法。马先生非常反对这种作风，他说书画不是艺术品吗？画家又不是复印机。得意的作品只能有一张，即使由本人苦心仿制也不行，只能越弄越坏。这是很有见地的评论，用来评论他自己的作品也是恰好的。

在我所收集的手迹里，很有不少是水平很高的作品。如二沈（尹默、兼士）、贺昌群、王统照……也有字写得并不好，但特别值得珍重的，如朱自清。他写自己的诗，一笔一笔地写，仿佛从字里行间都能看出他诚恳、正直的精神面貌。

我请人写字，只碰过一次钉子，那是郑西谛。他无论如何也不肯写，说他写毛笔字用的还是写钢笔字的方法，不登大雅之堂。因此我只保存着他钢笔的手迹。此外，我请梅畹华写字，当时和他还很不熟，是托朋友拿去的。得到的是别人的代笔，写着“和光同尘”四个大字。后来虽然常常有机会请他再写，可是一直忘记提出。现在是连这张颇有时代特色的“和光同尘”也不知下落了。

近来我请几位前辈师友重写他们三十多年前为我写过，但已失落的手迹。使我非常激动，感谢的是，他们都已是八旬以上的老人，可是精神健旺，不异当年。过去得到小笺的，今天得到的是大幅，叶圣老写了自己的长诗，用的是更可爱的行楷（过去我得到的是篆书）。真是老笔纷披，别有姿媚。郭绍老写的是当年为我写的旧句，风格也由一向的清劲转为腴美。俞平老给我写了好几幅，尤其值得感谢的是给我在一本书上写的题跋。小楷，依然是当年写《枯树赋》的风格，绰约风姿，不为粗头乱服所掩，真有老树着花之美。

从新文学运动初期开始，他们就参加了这支战斗的队伍，一直到今天，虽已高年，依旧时常能在以伍的前沿看见他们的身影。这实在使人振奋。回想自己是在小学，或幼稚园中，就开始接触他们的作品了。几十年来，在许多方面都接受过他们辛勤的哺育。每当来到他们面前，无论什么时候都能警醒自己，不能偷懒，要更勤奋地学习、工作。

一九八一

孟心史

武进孟心史（森）是著名的清史专家，北京大学年辈甚老的教授。抗日战争开始时北大内迁，孟先生是因老病未能离平的四教授之一。周作人虽然也算一个，但不老也无病，后来终于落水了。孟先生的著作甚多，我曾见过一小本《霜猿集校订补注》，还是民国六年商务印书馆再版的线装本。这是一九四七我写《鸳湖曲笺证》时，吴晗从北平寄给我的。虽然只不过是一本小册子，我却一直珍重地收藏着。此外就是著名的《心史丛刊》三集，也是线装本，其中考证文字狱、奏销案、太后下嫁、小宛入宫，以及龚定庵的恋爱故事等，都是大家极感兴趣的问题。看来孟先生应该也是一位民族革命的战士，他注意搜集考订明清之际的野史，是有他自己的微意的。学术界以及广大的知识界能对清朝统治者的种种有所了解、认识，不能不感谢这位辛勤工作的启蒙者。

孟先生最后的遗著是《海宁陈家》，考证了有关陈阁老的故事。因为俗传乾隆皇帝是从陈家抱来的，因而产生了许多流言，孟先生就再来加以澄清。此文写完不久他就病逝了。北大曾用手稿影印，是纪念论文集的一篇。十多年前孟先生的遗著由中华书局汇编两本印行，可惜并非全豹。可能受到左的思潮的影响，有许多文字被当作不够严肃而刊落了。如讲王紫稼、顾横波、龚定庵……的文章就是如此。这是很笨拙的做法，是早于“文化大革命”若干年就已“春云初展”的一种极左迹象。希望孟先生的遗文能重新辑印，出版一种完备的本子。此外还有一种《清史讲义》，一厚册，那是先生身后印行的。

孟先生在北大，是老资格的教授，一直以研究著述为事，好像与世无争，人们也大抵忘记了他，看来似乎应该算是一位“不问政治”的典型。早年的民族革命志士，晚年竟是这样，我一直不敢相信。不过也举不出证据来。最近读了他写给胡适的两封信，才知道这位老学者确是未曾把世事丢在脑后。年纪大了，但爱国之心依旧是炽热的。心史先生的信写于一九三二年，是因胡适的《一个代表世界公论的报告》一文而发的。所谓报告就是“九一八”后国联派来的李顿调查团的报告。胡适在《独立评论》上发表了无耻文章，对帝国主义者摇尾乞怜，对“满洲自治”说“我看不出有什么可以反对的理由”，理所当然地激起了人民的义愤。奋起而提出抗议的就有孟心史先生。他给胡适的第一信说：

读所赐《评论》，辄又怃然。高识宏议，令人钦佩。既而思之，美国人发此言，则为正义；日本人信此言，则为明见；吾国人恃此言，则党国之所以为党国也。大贤持论，动为今之从政者张目。涪翁诗云，“万言万当，不如一默”，敢为先生诵之。兴灭断绝，大义自在天壤。取乱侮亡，恒训亦在简编。自处于绝灭而待人之兴与继，何如自悔其乱亡，而勉求为不可取、不可侮，以尽其在我者耶？苦海无边，回头是岸。必欲有言，无急于此。若虑转喉触讳，此亦明哲之常，幸勿假他途以阿世。戆直之罪，伏乞恕我。敬请道安弟森手上。二十六晨。

几十年中埋头于故纸堆中的老学者，头脑是非常清楚的，他的血也是热的。这封短信明白无误地指出，胡适的论断不过是美国人的“正义”。从敌我友三方面给了这“高识宏议”以确凿的评价；并直言无忌地揭穿了“党国”之所以成为“党国”。他还直截了当地要博士“闭嘴”！心史先生也决不强人所难，不希望胡适做出什么奇迹，只要求他不要“阿世”。同时主张中国人民不可忘记了自己的力量，不可寄虚幻地想望于他人。

这些意见与鲁迅先生的主张也是基本一致的。可以说是三十年代中国明白人的共同见解，这和胡适们的主张截然不同。

这封信发出以后好像胡适立即就写了解释的回信，可见给他的打击之重。可惜我们现在看不到回信的原文了。两天以后，心史先生又给胡适寄来一封短信。辩解并不曾说服他。他说：“窃谓帝国主义之呼声宜有提醒，打倒之伧气宜有潜移，自是一大事。但与中日事少并为一谈，免作今之从政者口实。”一点都没有让步，总之，替卖国政府吹喇叭抬轿子的丑事，他是绝对不能容忍的。“言之无效，不如他求”，这是必然的，即使像孟心史那样的老先生，也无法不去寻求新的希望之所在了。

心史先生于一九三八年一月十四日逝世于北平，年七十二。三月十三日开追悼会于法源寺，吊者只有二十人。周作人当时尚未落水，也参加追悼，还作了一副挽联：

野记偏多言外意，
遗诗应有井中函。

这挽联写得并不坏。不过自古以来对文人品评（其实何止是文人），有一条重要的经验，不能只听他的宣言，还要看实际的行动。事实证明，挽联虽佳，也只不过是做出来的，如此而已。

一九八一，七，十七

关于罗文干

近来闲读胡适和朋友们的往还信札，深感这是一批很有参考价值也很有趣味的文件。从一九一五年起到一九四八年胡适离开北平为止，这三十年来正是中国政治发生惊天动地大变化的时期。胡适这个人和他所处的地位正好位于靠近政治漩涡的中心或其边缘。以他自己为中心，又形成了一个“清流”集团。在人民还处于无权地位的时候，他们俨然就是“正人君子”舆论的代表，他们在社会上所起的影响是不容低估的。这一历史阶段还没有人进行过科学的系统的研究，也没有综合评述的著作出现。现在读了这些信件，只要具有基本清晰的历史概念，就立即能借以勾画出一连串生动、凸现的画面来，有如读着一本新的《儒林外史》了。而所牵涉的政治之深广，又绝非吴敬梓的作品所能比拟。

例如曾经出任过国民党政府外交部部长的罗文干，在一九三二年秋天给胡适的一封信中就有这样的话，“在君病后出条子，想是‘苦得来’，但不知到汉口献了什么锦囊妙计?”在君是丁文江的字，所谓“出条子”大概是指蒋介石把丁文江“召”到武汉去有所“垂询”的事。这个譬喻可以说是妙极了，尖锐而形象地把“正人君子”们先后建立的新月社和独立评论社说成是“清吟小班”那样的地方。蒋介石、汪精卫（似乎更为起劲）就像嫖院的丑公子，时时要把红倌人叫去陪酒，并尽力想让他们“从良”。这里的“花魁”娘子自然就是胡适自己，丁文江也不失为头挑的红倌人。汪精卫写给胡适的“求爱”并请他作自己的“小星”的信件就有很不少。胡适婉转推拒的信件也都保存下来了。小姊妹或小大姐如傅斯年之流替大小姐出谋划策的信也很有一些。罗文干是已经作了官，即已经作了第×房姨太太了的。当然洞知其中底细，并有切身体会，难怪他看得如此清楚，一口就道破了。

我以为，要深入领会鲁迅批判新月社的文字，是不可不读这一类文件的。鲁迅的批判是尖锐的，他把新月社诸君子比做贾府里的焦大，当然是很深刻的。但到底还不如他们自己人说得透彻。也正因这些话出自他们内部同人之口，所以更有力，也更可证明鲁迅看得准。

自然，围绕在胡适身边的人也不是铁板一块的，他们虽然在大方向上走着几乎一致的路，但各个人之间的思想、气质也有许多差别，不能一概而论。就像这罗文干，就是天良尚未全泯的。他有一些话，也说得沉痛。他对当时的政局的看法是，“最好拿枪杆的不要看命看得太重（但是最难）；有钱的拿钱接济义勇军；守土者总要学学做狗，贼来不咬一口，亦要吠两声……可怜我现在说的是醉话，现在的人不要钱，不要命，是没有的事。国可亡，家可破，钱同命是舍不得的。”这当然是醉话，更是糊涂话，他哪里懂得蒋介石“先安内后攘外”的真意？这些醉话，是连花魁胡适也听不进的。证据多得很，用不着征引。于是，罗文干不能不说出，“我们老了，不期到了中年的时候做上一个亡国奴，真是可悲痛的事。”果然没有很久，罗文干就被赶出了宁国府，成了一个货真价实的“下堂妾”。

到了一九三六年六月，罗文干又给胡适发了一通电报，针对胡适的谬论痛加驳斥，看来两人的交谊到此已经完结，电报中说，“昔年长城之役，兄主停战休养……去年弟闻北方来者言，兄因寇患猖獗，亦已改谈抵抗。乃今日西南发难抗日，而兄反又谓不能减轻掀动内战、危害国家之责任，弟实未解。假使中央此时皆举兵北向而不南下，则有何内战之可言！”照这些话看，罗文干不是书呆子就是酒胡涂，对蒋狂的心事一些不能体谅。难怪他要说，“弟一生不偏不党，富贵贫贱皆尝过滋味，再无所图，但求一死报国。弟虽不才，亦非金字招牌所能利用也。”言外之意是清楚的。可以利用的“金字招牌”不是胡适又是谁呢？

随着斗争形势的发展变化，本来是铁板一块也要分化的，这正是一个好例。罗文干终于和胡适分道扬镳了。

关于这一通电报，马夷初先生曾经谈及。《石屋余沈》有《罗文干》一篇，略云：

> 三十年（一九四一）十月十八日，报载罗钧任没于广东乐昌县。钧任名文干，留学英国，治法律学。建国初，任京师总检察厅检察长。检举袁世凯叛国称帝，大

得称誉，其胆识固于服也。十年，王亮畴宠惠组阁，钧任长财政，力主整顿。而陆长张绍曾谋取王以自代，与众院议长吴景濂等以奥款事，白总统黎元洪，将钧任迳交法院看管。然莫须有之狱终白，面钧任之廉洁转为世信。其后任国民政府外交部部长，特别费用余而不入私囊，则殆自来所未有。……“钧任之狱”非财部科长徐曙岑行恭挺身力证，几不免缧绁。而亮畴（王宠惠）去职后，亦未尝为钧任力也。彼时（汤）尔和颇谋脱钧任，故钧任与尔和交遂密。其后相偕入吴佩孚幕，又同赴奉天，为张学良客，此后乃分道矣。钧任平日喜语，语不避人，然率直出肺腑。抗战之始，桂军欲效兵谏，胡适之致谴于桂军领袖李宗仁白崇禧，钧任亦斥适之，语严而隽。钧任故与适之善，然不阿友也。今闻其丧，失一良友，而不得临抚其棺，怆何如也。

夷老这一节文字写得很好，可以当作一篇罗文干的小传读，也是罗胡交往始末的一篇很简要的注解。

一九八一，七，十七

关于陈寅恪

陈寅恪文集的附录《编年事辑》出版了。至此，凡是目前所能收集到的先生的论文、诗稿都已与世人相见，并已有了一部年谱，可以使读者大略窥见先生的生平及治学轮廓，是很有意义的工作。《事辑》出于先生及门弟子蒋天枢教授之手，是付出了不少劳动的。除了先生早年行谊及五六十年代之交的生活缺略不完以外，大体还是完整的。著书体例略仿我国传统的年谱而别出新意，有其特色。可以举出这样几项。

寅恪晚年居广州诗有“先生过岭诗为历”之句，这说明他曾写了许多诗，而这些又都是诗人境遇、遭际、思想的生动纪录。《事辑》每年后有编年诗目，更有补逸不少。用这些诗和《事辑》中的简单纪事参合对读，就是一部极好的诗人的“自传”，实在也不需要另做什么传记。

许多不见于《诗存》的佚诗，都是从先生的旧友吴雨僧（宓）的诗集和日记中辑录而得的。这中间有极重要的作品。例如我曾介绍过从朋友那里辗转听来的一首佚诗，缺略不完，且有误字。现在就已得见全豹。那是一九四五年日本投降前夕所作，题目是《乙酉八月听读张恨水著〈水浒新传〉感赋》。

谁结宣和海上盟，燕云得失涕纵横。
花门久已留胡马，柳塞翻教拔汉旌。
妖乱豫么同有罪，战和飞桧两无成。
梦华一录难重读，莫遣遗民说汴京。

这最后一句就是我过去所未见的。《事辑》又引吴雨僧的附注："时宋子文与苏俄订约，从罗斯福总统雅尔达秘议，以中国东北实际割让与苏俄。日去俄来，往复循环，东北终非我有。此诗（指《玄菟》诗，与前诗为同时作）及前后相关数诗，皆咏其事而深伤之也。宓注。"看了这附注，许多疑团都可以得到解释了。过去不懂"柳塞"何指，现在明白了。"海上盟"也确非泛指，是用宋金密约制辽的旧事喻指一九四五的时事。统观全诗，虽所论未必皆是，但这是一首忧国的老知识分子的爱国诗篇，则是无可置疑的。

读中国的古诗，人们一直最看重作者的自注，也重视同时朋辈的记事；读诗必据"诗谱"，因为可以知道写作的时代背景；研究著作，重"笺"而轻"注"。这都是甘苦之言。对陈先生这首诗的理解过程，就完全证实了上面的一些经验。陈先生晚年撰《柳如是别传》，用力最多的也是为钱柳遗诗作"笺证"，也是同样的道理。

一九六八年先生以七十九岁高龄，被责令解释一九四六年《丁亥春清华园作》诗句，后又被迫作口头交代。原诗见

《诗存》，这是写得极为沉痛的一首好诗，我找出来重读，实在猜不出逼令反复交代的是什么问题。“名园北监仍多士，老父东城有独忧。惆怅念年眠食地，一春残梦上心头。”这是说抗战后的清华园依旧有许多学生，并将《东城老父传》翻转来作成对句，真是写得巧妙极了。但毛病怕就出在这“忧”上。住在一九四六年的北平的，有谁是兴高采烈的呢？如果翻过来问一下，怕也实在难于回答。类似的古怪审问，在那过去的十年中真是出现得太多了。我想也绝不能一律视之为“昏话”，从大量胡言乱语中，很可以寻绎出某些人的思想逻辑与“哲学”体系，确是万万忽视不得的。

这里就可以看出《事辑》的另一特色，以“交代”入史。这恐怕是开了中国史学的特例的。过去苏轼在乌台诗案中也有过供词，也曾为谈东坡逸事者所援引。但到底比这里所辑录的差得远了。

中国传统史家的最高标准（史德）强调的是“真实”。这一要求应该是放之四海而皆准的吧。无论什么时代，无论是谁都不会承认骗子的谎言是历史。陈先生在那样的时候，那样的环境里所作的“交代”，被片断地保留在《事辑》中，这实在是极为珍贵的史料，也是勇敢的行为。

平常与朋友闲谈，有时说到在那十年中彼此所写的“交代”……都不免唏嘘。很多人所写的这类东西，总计起来，都要比《鲁迅全集》还要多得多。这实在是一次伟大的集体创作运动。可惜没有得到很好的利用。

一九六七年四月二日，由陈夫人笔录的《我的声明》：

一九六八年所写“恳求允许每日能得牛奶四支以维持生命，不胜感激之至”的《申请书》；一九六九年逝世前所撰挽陈夫人联，都是沉哀极痛的文字，这里不想转引了。我也不赞成时时提起过去，但同时又不同意忘记过去。象寅恪先生这样的老知识分子的遭遇确是有典型性也有代表性的，能在《事辑》中留下一点纪录，不能不说是一种好事。

在《事辑》中我们又看到多年来党和国家领导人周总理、陈毅、陶铸、胡乔木……对寅恪先生的尊重与关心。他们才是社会主义祖国知识分子政策的正确体现者。这方面的材料虽然不多，却能压倒一切丑类的号叫与跳梁。

一九六七年，“周总理在一次接见广州学生造反组织头目会上谈到‘古为今用’时说，‘你们可请教中山大学陈寅恪先生……’”

一九六二年，“初春，陶铸同志陪同胡乔木同志到中大看先生，谈及旧稿重印事，虽已交付书局多年，但却迟迟不予出版。因言，‘盖棺有期，出版无日’。胡笑答云，‘出版有期，盖棺尚远。’”

这些片断的记载是极亲切、感人的。特别是周总理在那样的时候还记起广州有个陈寅恪，又不问可知正在过着怎样的日子，因而说了这样的话。这就是历史。只看到某一侧面的人是不能真正懂得历史的，因而也就不可能懂得今天，也看不见明天。

《事辑》还从偶得保存的寅恪先生阅读过的书籍上辑出了一些史论与考订批语，还保存了两篇讲演记录稿，也都是珍贵的佚作。寅恪先生治史论诗的大略也有所钩稽，从他平生所读之书，书眉批注的情况……可以清楚地看出他的研究积累，与只待落笔的史学著作的朦胧轮廓。两册《金明馆丛稿》，也不过是这些腹稿的“长编”。如果“天假以年”，他将为我们留下一些怎样的研究成果。那篇短短的演讲稿《清谈与清谈误国》，如果拿来与鲁迅几乎同一讲题的演讲并读，将是很有益也很有趣的。

寅恪先生遗稿被劫的情况也在《事辑》中做了必要的记录，指出了某些当事人，这都是非常必要的。这些遗稿为什么到今天还“下落不明”，是奇怪的。难道除了等待某些人的“良心发现”之外，就再没有切实可行的办法了么，这才是真正的怪事！

一九八二，一，二十一

《珠还集》后记

大约一年多以前，我曾将一堆旧稿的剪报交给一家出版社，请他们代为选编成集。许久以后得到了答复。他们选出了大约一半不到的篇目，其中杂感、随笔录取的最少。几乎在这同时，一位热心的朋友写信来劝我把多年来写下的杂感随笔编成一个集子。两种截然不同的意见使我觉得很有趣。我没有急于做出答复，却把稿子放起来了。一直等到年末，这才取出来细细地重看一遍，同时顺便作了修改。就在这时似乎也悟出了一点什么。

我也间或收到热心读者的来信。有人把我当作了有学问的人，向我打听这样那样的事情，要求开书单，代买书籍，甚至抄出某些重印的旧小说中的缺文来。这样的来信使我感到最为惶惑。我总是写了回信去说明自己知识的浅陋，很难满足种种殷切的期望。这并非一般人所谓的“谦虚”，而是实情。我不赞成妄自菲薄，但到底懂得多少事情，自己总是心里有数的。这样惶惑的心情，近来是日益加重了。

又有时接到不相识读者的信，他们总是先给以鼓励，接下去就指出了我的某些错误，在援引、理解文献资料中的失误或不同理解。接到这样的信就使我感到较为心安、高兴。这也不是假话。还有的信多半是青年读者写来的。他们也要说些使作者听了高兴的话，但在结尾处往往要婉转的加上一节，说更喜欢的是某些文字。而这却往往是杂感与随笔。

有时候这种批评还来自相熟的青年人或家庭内部。他们（包括我自己的孩子）就总是说，“你的文章我们是不要看的。没有两句，就碰上了古书。”或“什么时候你才再写过去写过的那种散文呢？”我想，这样的问题是不能辩解的，只能引起自己的思索。

至于“古书”，那是另一个问题。也许是难摆脱的一种“积习”，也许是表现方法的抽劣。但我想，这是可以解决的。

年轻人的意见是重要的，如果文章写出来只剩下了几个老头子的“知音”，那就很不妙，就像被“藏”在图书馆里的善本古书一样，成了古董，也就是“木乃伊”，那还有什么意思呢？

关于什么是散文或散文与杂文之间的界限……这类问题，我在过去也说过一点不成熟的意见。我这个人是很粗鲁的，极不细致的。照我看。文学不像科学，用不着那么细密的分科。科学发展到现在，不同科目的分支，边缘科学的建立是日益增多了。这是一种随着时代前进的进步。但文学就两样。形式尽管不同，手法也千变万化，但总是人写出来的。也不一定只有作家才能写出文学作品。重要的是老实人说真话还是巧伪人的花言巧语。几千年的文学史可以作证，谎话没有哪怕只是短暂的生命力，只有真话才有可能存留下来。自然这里还有许多其他要紧因素，但我相信只有这才是有决定意义的最为重要的东西。

形式问题到底是次要的。不值得将主要的精力花费在这方面。

对真话、真实的理解也各不相同。真话也不就等于真理，这是简单的不难理解的事实。但只有一个作者说出了他的真实的思想感受时，才有资格接受广大读者的评判。有谁愿意并能容忍骗子的谎言呢？

上面所说的只是一种理想、标准。能做到这一点是很不容易的，需要很大的勇气和艰苦的努力。

我不想“悔”其“少作”，包括年轻时写下的散文。唯一的理由也只是它们并非谎言。我相信，今后这样的散文还是可以写出来的，这样的时机确是必然或已经来到了。不过，这散文也将不再是过去的散文。

这次重读旧稿，曾做过一些修改。我自己明白，我的文字是很粗糙的，也许这是长时期养成的一种“职业病”。过去当记者没有今天这样好的条件，要求的是“下笔万言，倚马可待”。又不是“才子”，自然就不免常常陷于草率和荒疏。字斟句酌是不易做到的。事物总有它的两面性。这样写成的文字也有它的好处，那就是较为真实。见闻、感受，都能及时得到记录、反映，驰骋想象的余裕是没有的。养成了这样的习惯后写出的文字，重读时总不能使自己满意，必须加以修改。但修改的也只是文字而并非原来表述的意见。如前面所说，说出了真实的感受并不就同时意味着将这作为唯一正确的东西来推荐给读者。这种狂妄的人物有，但不多。文章一旦变成白纸黑字，就成为社会公有的东西，自己再也无权加以涂饰、修改。文字中曾经引用过的古人或旁人的话就更无权加以改动。我不想当魔术家。

常有这样的情形。文字在报刊上发表以后，碰到熟人，就会听到，“你的有些意见很好，但有些……”（摇头不语介）；有的就建议加以修改或在编集时抽去。这是极为平常自然的事，他们的提议也大半出于好意。这次重看全稿就时时记起了这一点。使我感到异常高兴的是，编集虽然拖迟了两年，有些问题却已幸运地变得较为清楚或简直不成其为问题了。例如，“长官意志”的问题，在提出的当时是曾经议论纷纷过一阵的。后来似乎也没有什么结论，大家也都不再提起了。但在当时，确有人曾警告过我，说这问题说不得。我自己也曾劝告一位朋友在他主编的刊物上抽去不许议论这话题的“通知”，但无效。可是到了今天，这还能算是一个问题么？至少在公众的心目中是如此了。这个问题的讨论是澄清了认识的混乱还是增加了这种混乱呢？两年来我们是大步地前进还是倒退了呢？这一切都很清楚。这是非常值得高兴的事。

与此相联系，又有了杂感随笔的生命力的问题。这也是个老问题了，是与文学作品的生命力问题一起出现的。我也不想在这里讨论。但个人的愿望，倒是希望说过的这一切愈快变成废话则愈好。

一本散文集应该编成什么样子？散文与“杂文”之间有

没有一条明显的界限？除了吟风弄月之外，散文是否可以有更多的内容？议论的出现是否就玷污了散文的“清白”？杂感、随笔是否注定就是短命的，不配厕身于文艺之林？……这是一连串古老的话题，恐怕自文艺在人间产生以后就伴随出现了。好像至今也依然处于“混沌”之中。没有办法，我在这里还是编出了目前这样子的一本杂文集。在这里，我用的是“杂文”的古义，在我国悠久深厚的文学传统上人们就一直将诗歌、史传以外的各种文字统统看作杂文，也就是散文。

读完全稿，只能坦率地承认，这正是不折不扣的一本“杂文”。同时觉得前面说的那许多闲话也真正几乎是废话了。

一九八三，一，二十八

漫笔二十二篇

“英雄”的“所见”

“感恩节”前后美国总统的新闻官透露了里根解决失业问题的最新设想，第一条就是要对“失业救济金”课税。新闻立即引起舆论界大哗，“妙策”也随即收回，算是一切全没有说过。

人们也许会想，失了业还有救济金可领；而金额居然高得引起了政府课税的欲望，真可称为资本主义“天堂”中的“佳话。”但我不想研究这类复杂的问题。倒是觉得提出那设想的“理论根据”非常有趣。据说，总统想这样做是为了减低失业救济金对公众的吸引力云。这忽然使我想起了我们的“大锅饭”。安安稳稳、舒舒服服、不动脑筋、不花气力，饿不死也撑不着，悠然度日的“天堂”般的生活，在某些人看来，也许正是大众所非常向往的“极乐世界”吧。

尽管生活在社会制度不同的国家里，受着不同的社会教育，信奉着不同的理想，奇怪的是，有时候某些人竟自想到一块去了。

一九八二，十二，二十五

打算盘

算盘是不能不打的。

尽管账面上花团锦簇，仓库里却塞满滞销的废品，这可怎么得了。因此要狠抓经济效益。

上面不打大算盘，下面就打小算盘，“干不干，二斤半”，于是“大锅饭”的现象出现了。不过，心安理得、津津有味地吃着“大锅饭”的绝不是多数，不能过多责难这些打小算盘者。

算盘不可不打，但也不可乱打。我们在小学里就学过，不同质的东西是不能胡乱加在一起的。三只猫加五只老鼠算是八只什么东西呢？这种逻辑上的混乱在术语上就叫作“混帐”。

常读到这样的新闻：到国外去研究、学习、工作的某些同志拒绝了洋人的“高薪”聘用，毅然返国了。这当然是一个中国人应有的爱国心的表现，但似乎不宜作为一种崇高的品德过度宣扬。

“因为卫国和经商不同，值得与否，并不是第一着也。”这话鲁迅早已说过了。

一九八二，十二，二十三

“物美价廉”

有人说，中国的知识分子很像从前商品广告中所说，是“价廉物美、经久耐用”的。这话初听起来很有些像。姑不论罗健夫、蒋筑英那样的英雄人物，战斗在全国各条战线上的大量中年知识分子，不是都在艰苦的条件下奋不顾身地为祖国建设事业辛勤工作着么。他们不愧是国家的螺丝钉与脊梁骨。按照生意经的逻辑，他们付出的多，获得的少，确实称得起“物美”而“价廉”。

但这样说不也有点把知识分子和商品等同起来了么？不是与“学成文武艺，货与帝王家”的老话散发着同样的气味么？

倒是“经久耐用”这一句还有点意思。中国的知识分子热爱祖国热爱人民的心确是有点虽九死而不悔的气概。这才是重要的核心。

错字

《田汉诗选》由人民文学出版社出版了，这是一本好书，但错字确实不少，是可惜的。例如，看《武松打店》赠盖叫天先生诗云，“却教盖王老杭州”，“五”错为“王”，不只音律不谐，也变得不伦不类了。小注中说起赠盖叫天的一副对联云“英明盖代《三岔口》”，“英明”本应是“英名”。这里不只音同而意思也通的，于是《三岔口》中的任堂惠一下子由一名勇士变成了政治家。《梅兰芳纪事诗》记吴昌硕在席间“脱袍吮墨为兰芳同志作大幅梅花”云“解衣磅礴吴昌老，画到梅花雪里枝”，《诗选》却排作“回到梅花……”这就不只破坏了诗境，还使人误会吴昌硕脱下长袍想爬回梅树上去，不能不为他老人家捏一把汗。

一九八二，十一，六

转化

最近偶然听到几条在座谈会上出现的“警句”，有两句是，“作家不少变成了记者，而记者正努力转化为作家”。

上一句指的是个别作家对生活的态度。他们往往只是到生活里张望一下，打听两句，就匆匆赶回来创作了，简直就与一般记者采访无异。下一句指的也是个别的记者，为了使新闻报道写得生动，就毫无顾忌地致力于增加报道的“文学性”，终于弄得面目全非，一无是处了。

两种“转化”却有一个共同点，两者都过分强调了一空依傍的想象的驰骋，而把客观实际放在了可有可无的地位。说得重些，这也许正是由唯物向唯心的转化，好像也不是一点没有依据。果真如此，那么就让我们引起必要的警惕吧。

一九八二，十一，六

城墙是布做的

所见一个“笑话”。朋友与一位青年谈天，谈到我们国家保留下来的古城不多了。青年听了一笑，“那有什么稀奇，我见过，不就是布做的么?”不能说这青年信口开河，他看过《空城计》，诸葛亮就稳稳地坐在布画的“城楼”上面歌唱。

再说，这位青年能看到京戏《空城计》也应该算是一种幸运。他虽然对城墙有误解，到底还能得到那么一种模糊、近似的印象。

报上介绍过香港的“宋城”，有消息说我们的某些城市打算辟出一块地方来仿建一批古代的建筑，请穿了古衣冠的活人在这里活动，以满足中外游客“思古之悠情”。但我想，与其花了大量的人力物力来制造新的假古董，何不尽可能保存、修缮一些货真价实的古城、古建筑……就和改造、更新现有的工厂，企业一样，能取得事半功倍之效呢?

一九八二，一二，二十

师说

三联书店最近出版了一本《励耘书屋问学记》，收集了十来篇论述史学家陈垣治学经验的文学。作者几乎全是陈垣的学生。这是很有意思的一本书，有点像过去的“学案”，而又有崭新的风格与一定的深度。其中尤以柴德赓的一篇最为可观。从前人说，知徒莫若师。其实了解老师的恐怕也无过于有长久、亲密同学关系的学生。这本书就是证明。

陈垣的历史研究道路、对象和方法，称之为成一家言或形成一种流派，是无愧的。很值得加以总结并用以丰富新时代的历史研究。在这个问题上真能说出一些独特、带系统性的意见的，都值得欢迎。

柴德赓教授的遗稿《史学丛考》也出版了。他是继承了老师的治学道路的，从一些论文中都看得出老师治学的影响与特色。象论谢三宾、章实斋与汪容甫这几篇，都是好文章。可惜他方当盛年就死于“十年动乱”了。

应该欢迎各行各业的弟子们都来论述师说，这是继承发展文化传统的好方法。但要认真，不要庸俗化。

一九八二，十二，十一

贬低

时常在报纸上看到这样的新闻，某名演员不住宾馆，某名演员送子当清洁工。他们这样做当然是很好的，加以表扬，对培养优良的社会风气也有好处，但也让人联想到：招待所里住着成千上万的旅客，清洁工人也来自社会上形形色色的家庭，为什么没有受到同样的注意呢？

我想，表扬一个名人应该首先着眼他们得以知名的行业，也就是他们为人民作出了贡献的具体方面。衡量一个人不能不首先落实到这实处。看不到这一点，只用一般的社会道德准则来要求，不但会助长“特殊化”，而且也实在贬低了名人。反之，一位优秀的人民艺术家，即使是吃得好些住得好些，人民也是赞成的。

蒋筑英和罗健夫两位同志的动人事迹，感人最深的一点就在于他们闪闪发光的高贵品质是融汇在为人民服务的具体专业之中的。无论在道德上、事业上他们都是不折不扣的英雄。而在他们生前，即使做出了这样出色的成绩，却没有引起应有的注意，不也正因为他们不是“知名人物”么？

一九八二，十一，五

速度

四川人民出版社新印的十卷本《巴金选集》已经出版，几百万字的一部书，分装十册。外加书套，封面大方，令人喜爱。听说这书从编排到上架问世，时间还不足八个月。只是这一点，就使我感到新鲜、高兴。因为从这里人们看到了一种极可珍贵的新东西，大踏步前进的中国人民所极为欢迎、盼望、努力争取的新东西——速度。

用不着隐讳，我们目前出版界的工作，还不是处处令人满意的。只就出版周期而言，一本薄薄的小册子，从交稿到印出，快者等年吧，长得简直就难说了，几乎成了“常规”。能不能改变这种状况呢？不容易。现在出了新鲜事了。可见世间许多事并不是注定不可能的。这里面也并没有什么值得大惊小怪的秘密，只不过是有的同志是在真正地办事而已。

一九八三，一，一

专家

二十多年前讨论过一阵子外行与内行、专家治校之类的问题。热闹了几天，后来来了一顿无情棒，鸦雀无声了。许多人吃了大苦头。现在情况改变，对专家的看法不同了，却又出现了另一种情形。仿佛成为专家就会无所不知无所不能，头衔越来越多，责任越负越重，有时效果也并不理想。

现在人们一提起专家，好像就指的是工程师、研究员，其实这是片面的。戎马半生、战功卓著的老将军难道就不是军事学的专家么？当然，他们也要不断学习新知识、新技术，否则也会过时。一切专家都不例外。

行行出状元，也就是行行都有专家。专家要互相尊重、互相学习。不可彼此轻视、嫉视，以致变成仇视。

要尊重、信赖与自己隔行的各种专家，明白他们的长处与局限性，恰当地放手任用。这样做了，就无愧为一位出色的政治专家。人民将尊重、爱敬、感谢他们。

一九八三，一，十二

“定本”

在报上看到一位演员谈表演艺术经验的文章。他介绍了他的“代表作”，说了一些有益的意见，但最后说到这出戏经过他多年修改、丰富、提高后，现在已成为海内外公认的“定本”。看到这里，我不免迟疑了一下。

人类的一切创造，自然也包括艺术创造在内，难道说真能有什么“定本”么？“样板戏”曾被宣布为“定本”，后来又怎样了呢？“定本”是由什么人说了算？专家、首长，还是创作者自己？难道不要听听广大观众的意见？而且还得有个时间的考验。按照马克思主义的常识，无论什么事物，一旦成为“定本”，不就已经宣布了它的生命的终止么？

我们有不少表演艺术大师的回忆录，如梅兰芳的《舞台生活四十年》，好像其中就没有说过他的哪一出戏已是“定本”，不许后辈越雷池半步。何况这里还出现了“海外”的字样，那自然是指这戏曾在国外演出了若干场的事实了。似乎也应清醒地判断，友好的外国友人如雷的掌声，有几成是针对着表演，又有几成是为伟大的中华人民共和国及其人民而鼓的呢？

一九八二，十二，二十

交流

偶然买到几本新书。如《两小山斋论文集》，是香港学人罗忼烈所作。杂论李白诗、清真词、宋词元曲……题目都是我们熟悉的，论点和文风则是一派清新。回想一下，近年来我国出版的海外华裔与华侨学人著作还有赵元任、叶嘉莹、洪业等人的。我想，这样做，首先能使我们眼界开阔，得以知道国外还有这许多用他们各自的研究方法、方式与文字表达的学术研究著作，可以了解其得失。此外，这许多以不同原因飘流到天涯异域的炎黄子孙，经过漫长的岁月，心牵梦萦的依旧是祖国的文化、故国的衣冠。这一事实所提供的深刻内涵，简直是回思不尽的。

一九八二，十二，二十

翻身

朋友负伤住院。我赶去探望时，他早已做过手术，被“固定”在病床上了，而且要一动不动地仰卧，并保持这姿势几十天之久。

许久以后听说他已从被“固定”的状态下“解放”出来，我又高高兴兴地跑去祝贺。不料他却告诉我，虽已“解放”，但却不会翻身了。我看他在旁人的帮助下艰难地练习欠身、抬腿，真是看看也感到吃力。经过锻炼，他将不只能翻身，还将下床、散步甚至跑动的，但需要不短的时间和艰苦的努力。

“不许翻身”是应予诅咒的。但一旦成了习惯，想加以纠正却如此艰难。正像有的人“不许乱说乱动”了许久之后，舌头上仿佛打了结，连一句平常话也说不灵清。医生可以解除“固定”，恢复病人的自由。但真的想翻身，还得靠自己，医生并帮不了忙。

一九八三，一，二十

茶馆

最近读到一篇随笔，题目是《好作品可不可以讨论?》觉得很奇怪，这难道还算是一个问题吗？文章说，目前二三流的创作在报上讨论一下还不打紧，上乘之作就困难。“二三流”与“上乘”到底是由谁说了算的呢？“权威”还是主编，还是广大的读者？想想问题好像并不在这里，说的应该是报刊应怎样提出问题并组织讨论，主编者又该不该有一种事先作出的估计、判断？这似乎也不成问题，因为报纸到底不是茶馆。

十多年前“讨论”《海瑞罢官》的旧事我们还没有忘记。报上发表一篇有倾向性的文章，人们都会想这不是正面的应予支持的意见，就是反面的该加澄清的谬说。这情形是逐渐得到纠正了。其实这样做也无可非议。但“四人帮”的阴谋手法不在此列。也难免有看错了的时候。有时发表了一篇批评文章，一下子就招来成千上万封不同意见的来信的情形也不少见。《人到中年》一发表不就有人说是“右派小说”吗？孙冶方同志不是发表了关于《天云山传奇》的著名文章吗？不管怎样只要好好地讨论下去，问题总会明确起来的。看错了有什么要紧，老老实实地承认就是。只是不要摆出一副茶馆老板架势，扯出一些题外的闲文，把问题拉到一边去，这又有什么好处呢？

一九八三，二，十一

反串

春节中从电视屏幕上欣赏了侯宝林领衔的反串京剧，除了获得题中应有的笑声外，觉得更别有所感。

首先，作为宣传教育武器，证明了京剧真的并未过时。《追韩信》说的是刘邦抓住了“袴下之辱”之类的小辫子，不肯重用青年韩信；幸亏萧何识得人才，头脑里没有框框，才把已经一怒而去的韩信追回了。相声演员只不过抓了几处“哏”，点出了剧本的现实性。

相信演员在表演中作了适当的、也许是拘谨的夸张，台上还出现了“检场人”，他还在适当时机在演员身边叫好。这一切，观众都在笑声中愉快地接受了。我们的观众是心胸开阔、善于接受新鲜事物的。并不如有的人所想象的那么“保守”或没有“批判”能力。

演员在重现艺术家周信芳在他的舞台名作中的唱腔、身段时，是颇有功力的。他们能使观众产生一种亲切之感，觉得仿佛“麒派”又复活了。这极为重要。如果没有了这一点，那么上面所说的一切都将无从谈起。

一九八三，二，十四

邀角

人们提出科技干部可以接受厂矿的技术承包，这使我想起了过去京戏演出中的邀角制度。

从前北京的戏园子几乎每天都在换戏、换演员。连演三天就算是长的了。各种行当、风格的不同剧目轮换着出现，满足了观众广泛的欣赏要求。这办法有利于出人、出戏、出流派，使不同行当的人才平均的发展。演员大多坐在家里，等候戏院上门邀请。有较完整班底的剧场只要邀几位主要演员就行了。出码头也不必兴师动众。名演员自己组成的班社，如梅兰芳的承华社算是最稳定的，但也时时调整、补充，并非一成不变。当然，那时邀角的是老板，他们是把观众的口味与自己的利益结合起来的。

今天我们的演员阵容是庞大的，但同时又并非实力雄厚的。大家分别被“固定”在国营或集体的许多剧团里，要请就是一个整团，没有别的选择余地。运布景道具就要多少节车皮。今天“邀角”的是国营或集体所有制剧场的经理们，他们要把人民的要求和国家利益结合起来，在“邀角”时就产生了很大的困难。是不是可以参照从前的经验取其优点，使现行办法有些变动呢？也许有困难，甚至出些流弊，但用不着过于担心。我相信无论如何，今天的经理们是不会推出《纺棉花》《大劈棺》“以飨观众”的了。

一九八三，二，二十一

俞曲园何人？

这并不算是个艰深的问题。但我想，今天的小学、中学，以至大学生中能答出来的恐怕不会多。这事实上说明的是一个文化水平问题。不能说谁会开电视机、录流行歌曲磁带就算有了“文化水平”。这是明明白白的。

这些感想是由叶圣陶同志的一封信引起的。叶老谈起修复苏州的“曲园”，先应向地方干部宣传俞曲园是怎样一个人，和何以值得纪念。这是很切实的建议。不知猜得对不对？每一个地方的负责人能说出当地古今文化名人的名字、事迹来的恐怕并不太多。因此对这类问题就需要宣传、补课，否则什么文化建设都将无从说起。

苏州有一个文徵明的旧园，五年前我去看过。一座明代漂亮的水榭被用作仓库，腰身被压得弯下来了。过两年又去看，门口添了一块“文物保护单位”的牌子；去年又去看，牌子依旧，但水榭已被拦腰压垮，成了一堆破烂了。

论名气，文徵明怕要更大些，时代也更古些。文徵明尚且如此，更何论俞曲园。

一九八三，三，二十九

动脑筋

很久以来就怕出门。上了火车想找个座位真是一门“学问”。像我这样上了点年纪的“低能”的“考生”就只能无可奈何地站着。一两个钟头，三四个钟头地站着。一直站到骨头散架，这才到站了。

因此，从报上看到津沪线上有那么一次列车，乘务员同志们想了个办法，把乘客中老头子、老太太都安排在靠门的一块地方，让他们坐在一起，拉家常；像幼儿园的阿姨似的照顾他们，吃、喝、上厕所、提行李包。看了真让人高兴。

办这事不需要什么“红头文件”，不必追加预算，更不要增建什么设施，好事就办成了。需要的只是那么一点对人的关心，动一下脑筋，就什么都有了。

这样的好事，在我们的国家里可以每天成千上万件地出现，能挤破报纸的版面，如果每个人都动那么一点脑筋想一想的话。对于某些同志，这要求也许还是太高，那么至少也得不再把脑子动在怎样整治、打击、排挤、给人穿各式“小鞋”上面。因为这可以有助于“安定团结”的巩固。

一九八三，三，二十八

翻筋斗

近来报刊上常有学者谈治学之道的文章，名店里也有各种专家介绍经验的新书。读者从这里得到知识，摸得门径，大有好处。微感不足的是，谈成果者多，谈如何获得这些成果者少；谈个人成功经验者多，记失败教训者少。当然，这也只是一种印象，实际情况并非全是如此。

譬如，谈鉴定书画，条条经验都是拆穿作伪者的漏洞，发现旁人马脚。好像作者的眼力好得非常，却从不谈自己吃亏上当的惨痛经验。这在读者看来，就觉得既不深刻，也不真实，难以得到更为珍贵的教训。

《红楼梦》里有一句话，说某人“是翻过筋斗来的”。这话富有哲理，也揭露了真实。自呱呱落地以来，一帆风顺，直趋专家宝座者能有几人？科学地回答起来应该是“一个也没有”。说出自己翻筋斗的经验，于人于己都将毫无损失，而只有大大的好处。

一九八三，三，三十

结账

偶然翻出一两张旧报，一两年或几年前的，只要一看那大小新闻、文字标题，就会发现，人们所关心的事情已经有了或大或小的变化。当社会经历着疾遽的变革之际，这变化就愈大，这就是进步。我常劝朋友试用这方法来检验时代前进的步伐。

自然有时也会发生困难。例如春节，这当口报纸上往往总是报道着差不多的情况，不大容易看出今昔之异来。鲁迅先生五十年前写过一篇《过年》，指出那时过年的内容是“结账，祀神，祭祖，放鞭炮，打麻将，拜年，‘恭喜发财’”。如与今天相比，除了放鞭炮和拜年之外，别的几项大抵不行时了，可见改变还是有的，虽然花的时间长了些——半个世纪。

有关知识分子的问题，几年来一直受着社会的关注。报纸上报道，论述这方面问题的材料多得很。找出前些时的旧报来看，就会看出反映的内容是日益广泛而深入了，议论也更恺切，但问题却往往还是旧的。这就证明，人们进行着的是一场怎样的攻坚的硬仗。

无论怎样坚固的堡垒，努力攻下去，有一天总会攻克。要紧的是不泄气，不转向，不化为过年那样的例行仪式，只放一通鞭炮就算。

一九八三，五，十七

闲言语

近读《文史知识》，见有老作家俞平伯一文。题为《白石〈秋宵吟〉与〈清真词〉之关系》。在报上看见广告时，以为这会是一篇洋洋洒洒的大论文。急急买来翻开一看，只见仅有一张表，将姜白石词从周清真词的许多断句中“借”来的意境、字面、结构……一一对比，而作者的话只不过几十个字。

近来比较文学研究之风大盛，这点材料，加以铺展，万言长文是不难下笔立就的。

近来揭露文坛抄袭之风亦甚盛。姜白石是有名的词人，难道也干这营生么？作者说，“夫白石摹拟清真，如《暗香》结句之于《六丑》，即为显著之例。此篇尤甚，竟似集句。……评家每云白石清空，以漫谈耳。”这又为拜倒于白石“清空”的词论家揭去了眼罩。

这张表难道是容易做的么？它是反复熟读了两家专集，又经过仔细斟酌、筛选才制出的。这大概需要多少年的积累。

作者为什么不将这写为一篇长文呢？回答是“录以表格，似省却多少闲言语也。”

这话说得好极。如果我们认真扫荡一番“闲言语”，那就不知要节约多少人力物力，提高多少效率，去掉多少歪风……对四个现代化的贡献将是难以估量的。

一九八三，九，二十二

标点古书不易

中华书局“唐宋史料笔记丛刊”近刊《春渚纪闻》，卷尾附录“各家著录和论跋选辑”中收有《涵芬楼烬余书录》一条材料，最后一行是“藏印　携李项　宝墨　万卷药师藏　斋记　堂记”。这是很奇怪的未之前见的藏书印款式。查原书，原来这些印记都是用小字双行分别著录的，共三印。应该是“檇李项药师藏　宝墨斋记　万卷堂记”，现在被分成六条，变成不伦不类的东西了。此外，错字和破句还有一些，如“姚士麟”错为“土麟”，“春渚”错为“春诸”，“逐卷参考”错为“遂卷”，“蓝格”错为“蓝校”之类。黄丕烈跋中“余始初见《备论》取对，旧藏抄本都合……”逗点应在“取对”之前；“今夏复收得此目录，仍阙如。”逗号应在“目录”之前。这些错误本是不难避免的。

上海古籍出版社刊《洛阳伽蓝记校注》附编二“历代著录及序跋题识”中有一条说，“清曹炎志跋（真意堂刊本）：‘乙巳旧钞本校一过，曹炎志。’”这里作跋的人名曹炎。炎字彬侯，是清初常熟有名的藏书家。“志”与“识”的意思一样，只是说明他写了这样一句话，并不是他的名字的一部分。类似的错误过去也有人犯过。《艺风堂友朋书札》（下）吴昌绶第 113 信，有“有湖州丁白宝《书阁著录》一卷……”句，就是把人名“丁白”误读为“丁白宝”了。

一九八三，八，五

钱牧斋

陈寅恪作《柳如是别传》，用了很大的力量，引书之广，使人惊叹。但到底限于条件，有些材料还是失之眉睫了。例如藏在浙江图书馆里的柳如是原刻诗集两种、尺牍一卷，就没有能利用。他只见了传抄的本子。这是值得同情的。近来随便翻书，检出康熙虞山如月楼刻的《钱牧斋尺牍》三卷来看，觉得很有意思，其中有许多值得注意的材料。这书刻得极精，卷尾刻有“顾氏藏本”四字。查书目，应是《归钱尺牍》的下半部分。“归”大概是归有光吧。因为没有前半，不能见叙目，不知这些尺牍的来历。但内容的真实性是不容怀疑的。

钱牧斋这些信是写给朋友、地方官、和尚、亲戚……的。间有几通作于崇祯后期。绝大部分则是晚年所写。信札是很重要的研究资料，有些不可能见于正面的传状、文集，甚至也不能从反面的攻击文件中获得全面了解的情况，就往往保存在这些尺牍里。钱牧斋到底是怎样一个人，明末乡宦豪绅的生活情况、罪恶行径……都可以在这些尺牍中间看到一鳞片爪的影子。他与朱长孺关于杜诗笺的纠纷，他与毛子晋的关系，与瞿式耜的关系……这里都有不少原始材料。他怎样选《列朝诗集》，这书原名《国朝诗集》，后来仔细考虑才改为“列朝”，以及剜改板片的故事，这里也有所透露。至于他对诗文的见解就表述得更多，而且话也说得爽直，绝不吞吞吐吐。卷二有“与君鸿”一札，这“君鸿”不知道是谁，是他的晚辈，也并非亲近的熟人，为了他八十寿辰写了贺信来，他回信说：

> 村居荒僻，播经礼佛，居然退院老僧。与吾弟经年不相闻问，不谓吾弟记忆有此长物也。日月逾迈，忽复八旬。敕断亲友，勿以一字诗文枉贺。大抵贺寿诗文只有两字尽之，一曰骂，二曰咒。本无可颂而颂，本无可贺而贺，此骂也；老人靠天翁随便过活，而祝之曰“长年”，曰“不死”，此咒也。

这一节话说得深刻而痛快，也是他自己的经验之谈。尺牍中有许多通都谈到为文债所苦，其中大半就是别人请写的墓志、寿文。他曾说，写这种文章很伤脑筋，有些人的生平没什么可说，有的虽有可说又不便说，例如有丑事就得转弯抹角地加以弥缝，实在不好写。但又不能不写，他是靠这项收入吃饭的。当时恐怕还没有稿费制度，但他的润笔肯定是异常丰厚的，否则怎能维持大地主的豪奢生活。他经常在信里哭穷，但这与下层农民的穷绝不是一回事，两种“穷”的标准天差地远。

祝寿本来就是无聊的勾当，是地主阶级的拿手好戏。西太后庆×旬“万寿”弄得民穷财尽，是人人都知道的。大地主比较“风雅”一些，除照例的大吃大喝、请酒送礼、唱戏取乐之外，还得搞一些纪念诗文，有人还刻了出来。幸而流传，现在都已成为“善本”。因为印好分送之后，谁也不去看，立即扔到应该去的地方去了。这样就变成了“珍本”。翻翻“善本书目”，其中有一大批就是这类物事。但在历史学家看来，却自有其可贵之处。不过这是另一回事。

钱牧斋说的骂与咒，看起来似乎是“怪话”，但也不是没有根据。有好说好，有坏说坏，这是天经地义。但在寿文中就不行。本来是恶霸劣绅，却要奉承说成是怎样的好人，这在本人看来，是比骂还要难以忍受的。钱收斋还是清醒的，明白自己是怎样的人，所以他有此体会。至于咒的一点，那就体会得尤为深刻。钱牧斋晚年缩在家里，经常听见社会上对他的“评论”，在尺牍里也有不少反映，自知罪孽深重。一旦死掉，不但常熟的老百姓要说一声“阿弥陀佛”，全国的清流义士也都将拍手称快的吧。这一点，他是猜对了。看看清初人诗文集中吊牧斋的作品，就多半说的是“可惜死得太晚了”之类的话。

就这一点说，钱牧斋还要算是高明的。

一九八四，一，十九

关于刘成禺

世载堂诗

《洪宪纪事诗三种》最近已由上海古籍出版社出版，看到以后颇有如逢故人之乐。这书的原本我在重庆买得，读了觉得有趣，后来还带回上海，将“新安天会”一节整章地抄入了《旧戏新谈》。但后来不知怎的不见了，一直想念着。这种抗战中在重庆出版的土纸书，不知怎的竟是如此的难找，三十年来在旧书店里就从来没有遇到过。现在印出来了，后面还新添了张伯驹的续作。比旧本增添了新的内容。

洪宪的故事好像还没有使读者失去兴趣。袁世凯的“传”和“演义”也先后出了好几种。这是什么原因呢？袁世凯是个重要的历史人物，他的罪恶一生，给中国带来了灾难性的后果，凡是留心近代史的人都不能不研究他了解他。此外，在袁世凯活动的整个时期，特别是最后阶段，出现的稀奇古怪事特别多。这就使这段历史增加了浓厚的“趣味性”。但如不只是抱着消闭解闷的态度去读书。那就会发现，这种稀奇古怪的事都是从两千年来封建社会的“遗产”中继承下来的最坏的东西，有的是变种，有的则是照搬。看了以后如不以哈哈一笑了之，那就可能得到应有的教益，使头脑变得清醒一些。

关于作者刘成禺的生平和著作，“前言”里有所介绍。他的另一部笔记《世载堂杂忆》，比起这部《纪事诗注》来可就大不一样了。其中“耳食之谈，悠谬之说”就来得更多。所提供的史料在引用时必须更加留神。如他夸说他家三世藏书如何丰富之类，就大值得怀疑。他的另一册诗集《禺生四唱》我也藏有一本，也是少见的。“前言”里没有说到的是《世载堂诗待删稿》，分两部分。第一部分是“陈散原先生圈点批改”的，但也并未批完；第二部分是后来续作。仿宋排印，土纸（较佳的一种）线装一册，有赵熙题签和“民国三十四年仲春世载堂藏板，京华印书馆校印”牌记，都用红印。这本诗我是一九四五年底在重庆七星岗的小店里买到的，好像尤为难得。

书前有赵熙序，每卷后有“受业李以祉校”一行，不知是不是那位著名的水利专家（通常写作李仪祉）。后集中的诗大半是抗战后入蜀之作，也包括了游览陕西的诗。诗写得不坏，尤其有意思的是他依旧保留了老习惯，在诗里写下了不少诗注。这就保存了许多历史事实。这也是我觉得喜欢的一个原因。读诗喜欢诗注，看画注意题跋，在许多人看来恐怕都不是正规的做法。

赵熙就是赵尧生，是有名的川剧《情探》的作者。他在四川成都是有声望的诗人，当然也是大绅士。他的一篇题词写得好，颇有杂文风度：

> 禺生先生所著述甚富，惜未尝一一观之，谈者云，此公儒行侠行，老以诗鸣。诗儒耶？诗侠耶？余曰，集经散原论定，皆方流圆折。儒可也，侠可也，非儒非侠亦可也。记住年题散原诗，落句云，“所欠人间惟一死，信陵君与屈灵均。”散原见诘，“君从何处见之？”余曰，“公诗灼然可证。”散原喜曰，“信有理。”今世载堂诗不乱法不犯禁，计闻儒侠之论，亦将曰“信有理”。

在《光宣诗坛点将录》里，赵熙是被“封”为“天捷星没羽箭张清”的。这是说他诗作得快。可惜没有细读过他的作品，不知到底怎样，但《情探》之为杰作则是无疑的。

刘麻哥

《世载堂诗》有“奉题李印泉老兄‘荷戈’‘入蜀’两集”诗，其第三首云，“锦帆南望泣秋坟，又话巴窗旧雨痕。回首纵横天下士，沤麻牵犬出东门。”

印泉是李根源，与刘成禺都在早年跟随中山先生革命，在国民党中年辈甚尊但并不受重视，只以元老资格挂着某种衔名。两人又同样注意文史。李是云南人，后来却卜居苏州，写了不少书。最有名的两种是《吴郡西山访古记》和《陈圆圆事辑》，后者是“曲石丛书”中的一种，木刻本。又有一种《景邃堂题跋》，则是有关故乡云南的史地、金石文字的题记，颇有参考价值。抗战开始，两人先后入蜀。上面的一首诗是怀念章太炎之作，也颇含有抑郁不平之气。诗后有小注：

《入蜀集》有赠诗云，“我是腾冲李麻子，君为江夏刘麻哥。回首吴门十年事，太炎不见奈之何！”章太炎住苏城锦帆路。生日大会。太炎曰：“今日有一大纪念。你们两个麻子陪我照相。”太炎中座。曰：“刘立我左，他是麻哥；李立我右，他是麻子。”此种谐语，传诵南北。太炎已矣，二麻健在，将奈之何。

这节小故事很有《世说新语》的味道，写得也好，三个人物的性格作风都表现得逼真。古往今来无数历史书，把许多名人都写成了木雕泥塑的土偶。“好人”永远是道貌岸然，不苟言笑，仿佛生下来就一直如此正经；坏蛋则浑身上下没有一点好人气。这种写法是命定要失败的。这不是活人而只是符号（或机器人），对后来的读者没有什么好处。章太炎是革命家、学者，他的可佩服之处是早年的革命业绩与平生学问，并不在于后来经许多人打扮后的“儒学大师”形象。那是不真实的，也就是说，虚伪的。如果一个坏蛋浑身邪气，连小孩一眼也能立即看出是坏人，那就毫无可能进行活动，不必说大“事业”，“小出手”也不行，马上就会被公安人员收容起来的。

譬如，当前有些惊险样式的影片或电视剧，往往不够理想，不能使观众满意，那毛病就出在这里。有的观众批评说这是“忠厚民警巧捉笨特务”。于是有的编导就在这上面下功夫，把情节搞得更离奇曲折些，使反面人物戴上“面具”，企图在终场之前使观众猜不出谁是真正的坏蛋……其实这许多依旧是舍本逐末的治标之计，起不了多大的作用。什么是“本”呢，只能是生活。在现实生活中，各种人都有自己的面貌、心思，不用心观察、积累、分析、提炼，那就只能形成脸谱化。如写章太炎祝寿摄影留念。太炎居中高坐，弟子雁行则立，大家肃穆庄严，礼成而散。这种场景，作者关起门来也想得出，演员表演也毫不费力，审查者也挑不出毛病来。只可惜看了无趣，更不能动人。因为离开了生活的真实，即使有天大本领、技巧，也改变不了作品的面貌。

一九八四，一，二十九

张大千

张大千现在是名满天下了。一九五六年秋我路过成都的时候，在画店里常常看到挂着他的作品，每幅价在三四十元之间，并不稀罕，精品也不是没有。人一死就要增价，学者、艺术家更是如此。但在他们生前却往往不受重视。这是一种什么心理呢？想来想去，没有办法，只好称之为市场投机心理。记得在什么地方看到过，陈师曾在南京病死的消息一传出，北平琉璃厂里所有的师曾遗墨就被抢购一空了。看了不禁使人叹息而愤慨。

那次去成都，抽空到青城去了一次，在上青宫住了一夜，留下了难忘的美好记忆。在山门楼上吃茶，抚摸着拔地而起的几百年古银杏的树冠，和道士一起吃白果烧鸡，听他们谈道家故事……最有意思的是在那里看到三四块张大千画的仕女图的碑刻，刻得异常精致，其中一幅记得是花蕊夫人像。可惜没有向道士讨一份拓片。在看画像碑的时候，老道告诉我张八先生当年住在这里时的种种故事。他是携家一起来住的，还带来了两位有名的厨师。我听了以后就想，作为艺术家的张大千，在这里住了那么久，当然是贪恋这里的风景好，树木花鸟多，“以造化为师”的画家心情是可以理解的。但同时他又是一个“凡人”，不是“不食人间烟火”的神仙，因此要携了家来，还特别讲究饮食，这是另一面。两面缺了一面，就没有或不是张大千了。

《世载堂诗》里有“青城山中赠张八先生大千八绝句”，诗后附有许多小注，读了都会引起旧游的回忆，并能得知当时匆匆来去未曾仔细注意的细节。例如诗注说，“大千为上清宫画麻姑像，为天师洞画天师像，皆神笔也。”这麻姑像也是刻了石的，我却已忘记了。

刘成禺在八绝句后写了一段小跋：

> 大千先生携家居青城上清宫经年，招予来游，留宿旬日。剪烛共话，如座天上。综举谈事，成八绝句，即以为别。古人曰：“看山当未老，扑蝶是何年。”回首山中，为之黯然。己卯（一九三九）秋七月武昌刘成禺手记。

这跋写得很好，所引的两句旧诗也非常好，充分说明了他的诗人气质，实在也比他自己写的诗要好得多。

一九八四，一，二十九

董小宛

刘成禺诗集里记下的一些故事，都是很有趣的，有的不无历史价值，有的则是很好的掌故。

抗战中重庆曾上演过话剧《董小宛》，着实热闹了一阵。当时的《新民报》副刊上就发表过不少诗文。记得有“梅村诗案冒家冤，今日伤心水绘园”之句。这说的是吴梅村写的悼董白诗中有一句“墓门深更阻侯门”，因而引起了社会上的传说，认为这是暗指小宛入宫了。这当然是不确的。孟心史曾撰长文考证。吴梅村为什么这样说，确也莫名其妙，这句三百年前的“朦胧诗”着实害人不浅。

冒董的故事，已是老掉了牙的“艳史”了，为什么当时还能引起观众的兴趣呢？我想这和晚明的历史环境不无关系。冒辟疆与董小宛的故事是在这个大的历史背景中演出的，人们同情他们的不幸，与自己的切身经历联系起来，因而引起共鸣。这又证明，文学艺术与政治总是不能截然分割开来的。《世载堂诗》中有“冒孝容舒湮世兄撰《董小宛》剧本，走索题词，杂书故事，成诗二十首”。可见诗兴之豪与感触之深。这二十首诗也可以说是“南明杂事诗”，是一组不折不扣的政治诗。二十首之后，作者“意犹未尽，观演后综合事迹，再书七首”。其一云：

狂师谈史善焚琴，标举奇闻苦用心。
献得西施吴未沼，定谋诬陷顾亭林。

（原注：黄季刚先生侃在大学清史讲座谓，小宛入宫，实顾亭林主谋，有献西施沼吴之意。称获确证，匿不示人。）

黄侃是著名的经学家与文字音韵学家，近来遗著大部也陆续印行了，报刊上也有谈到他的治学生涯与种种遗事的。有些事奇奇怪怪，好像不可思议。当时的大学教授的作风确是与现在大不相同。刘禺生记下的这故事，不知道可的确。黄季刚曾教授过清史，我也是从这里第一次知道。但这故事好像又不是捏造的。黄侃生活的时代，他从章太炎那里接受下来的思想影响，都有可能使他发出这种狭隘民族意识的议论来。说有了证据又不给人知道，不但可笑，也写得活灵活现。但可以断言，这是一种幻想的产物，与蔡元培的《石头记索隐》是一类东西，距离朴学家实事求是的作风，可实在太远了。

刘成禺的批评是不错的，黄季刚不但煞风景，而且还对顾炎武进行了诬陷。亭林当然有强烈的民族感情，不过他是实实在在的人，决不会如此异想天开。

秦行杂诗

《世载堂诗》中有一组“秦行杂诗”，是刘成禺到陕西旅行时所写。时间是抗战初期，行经宝鸡、三原、临潼、渭南、西安等地。诗注中留下了不少故实，所写四十多年前的陕西风景、人物、古迹，今天看来都已成为陈迹了，因此也就有了相应的历史价值。譬如秦始皇陵区曾经构筑过防御工事，华清池旧有石刻碑碣遭到毁坏……就是过去不为人知的。

> 陵（始皇陵）中掘战壕，阔六七尺，纵横千里，经始皇墓顶。
>
> 临潼周校长得出土《温泉铭》。华清池多宋唐碑。石经冯将军磨去，刻记战碑。冯撰文，每句以兮字为韵，就碑圈改。
>
> （华清池）旧有玉刻杨妃出浴图，为武人携去。鹿槽尚横涧中，石质青玉，长丈余。

在旧社会，名胜古迹多毁于兵火及武人之手，并不奇怪。因为军阀们是不知文化为何物的。但遇到“风雅的将军”，事情就更糟。他们要“改造”，要化“腐朽”为“神奇”，结果当然是可想而知的。另外一手就是把国宝拿回家去卖给外国人。如另一诗注所说：

> 西安钟楼顶，浑金所制。某军帅陕，以木质易之。

风翔迤西之灵山冲出铜器五百余件。地属周代陵寝太庙，先为陕将党玉崑所得。某军驻陕剿党，尽有铜器。辇赴京津，售外人。见党晴梵《华云杂记》。

至于著名的昭陵六骏，诗人更是感慨陈说，小注有几千字之多，同时还发出了“更无六马汗昭陵”的叹息。小注中附录了于右任的《昭陵石马歌》七古长篇，于氏自注云，“民国四年，陆建章据陕，窃辇飒露紫、拳毛騧二石出关，馈赂当道。辗转售运美国费勒特尔非亚博物院。五年，将余四石置之陕西图书馆。……”

这剩下的四骏，后来又被古董奸商分块椎碎，企图偷运出陕，拼好后出售。在潼关被陕西人民拦阻下来，未能得逞。现在陈列在陕西博物馆里的就是碎为四块拼起来的原石。看了不能不使人气愤。于右任没有提起这节故事，大约在他作诗时，这件盗宝案还不曾发生。不过他对“六骏”的评价，却说得不错，“六马鞍具，大类欧洲近世形成。马鬣尾亦剪短，如今日军中介驷。石刻突起约二寸许，每石均有边栏，石工精劲生动，绝好中世浮雕也。”考论昭陵六骏的名作是清初张力臣所撰的一文，后刻入望三益斋本的张氏文集中，于、刘却都未援引。

华清池畔的唐碑，九嵏山下的石雕，关中一带无数先民遗下的文化艺术珍品，几经劫掠，今天幸得留遗的一木一石，莫非祖国的瑰宝，我们应该像保护眼珠那样地珍重护持。

一九八四，一，三十

周忱

二十多年前在杭州旧书店买到一本残书，《双崖文集》。我是喜欢买残书的，有时只是为了收集一点雕版史料，有时也为了作者。这本破破烂烂的《双崖文集》的作者是“庐陵周忱恂如”。那时《十五贯》正在全国上演，周忱是戏中的一个重要角色，偶然看到他的文集，于是就买下来了。后来查书目，知道这书应有八卷，这一本是三、四两卷，只有全书的四分之一。不过却是黑口本，看样子大约刻于明天顺前后，是罕见的原刻本。

《十五贯》里的主角是况钟，苏州府知府。周忱则是“都察院右佥都御史，巡抚应天等处”的都爷，官比况钟大得多了。他虽然不像过于执（这人名是虚构的）那样被剧作家当作反面人物尽情加以嘲讽，但看来也不是剧作家喜欢的人物。当况钟在监斩前夕发现了斩犯的冤情，连夜去“见都”，要求周忱宽限，重新调查审理时，他摆足了架子，打了一连串官腔，不过后来终于让了步，给了况钟半个月的期限。这就使他成为一个还不算是“无可救药”的官僚主义者。作者使用的是现实主义手法，人物也大体符合历史实际。

在文集卷四里有一篇《与行在户部诸公书》，是二千多字的一封长信。写信的时间是明宣宗宣德七年，正是他巡抚苏松的时候，却是一篇有重要史料价值的文件。有实例、有分析，有统计、有论断，确是一篇写得不坏的调查报告。

全信讨论的是苏松一带农民严重脱离土地的问题。在周忱看来，这个问题如不解决，那么赋役就没有着落，封建国家的开支就要落空。皇帝虽然采取了许多措施，但收效甚微。他分析了七条主要病因，逐条加以说明。这七条是大户包荫，豪匠冒合，船居浮荡，军囚牵引，屯营隐占，邻境蔽匿，僧道招诱。他说："盖苏松之逃民，其始也，皆因艰窘，不得已而逋逃；及其后也，见流寓者之胜于土著，故相扇成风，接踵而去，不复再怀乡土。"他指出苏松的农民，其辛苦与贫困比天下之农民还要超过一倍。这是很值得注意的一种反映。可见，地上"天堂"的丰腴之地，在明初竟是这样一种情形。因此"天下之民，常怀土而重迁，苏松之民则常轻其乡而乐于转徙；天下之民，出其乡则无所容其身，苏松之民，出其乡则足以售其巧。"这些话都说明周忱在封建官僚中是有较为敏锐的眼光的。他看出了在当时那种政治情况下，农民为了找一条活路，只有千方百计地逃！什么怀土重迁、愚昧落后等等对农民的习惯看法都是经不起事实的验证的。

周忱所举出的七条弊端，"大户包荫"是地主阶级中上层分子争夺劳动力的普遍现象，发展到后来就形成晚明"奴变"那样的局面。所谓"屯营隐占"是出现在太仓、镇海、金山、青村、南汇，吴淞等处边海卫所的特殊现象。这是一些有如小型军阀割据的据点，是不受地方官的干涉的。他们也吸收了大量的劳动力。“邻境蔽匿”与“僧道招诱”都容易理解。

值得注意的是“豪匠冒合”：“苏松人匠，从聚两京。乡里之逃避粮差者，往往携其家眷，相依同住。或创造房居，或开张铺店，冒做义男女婿，代与领牌上工。……粉壁题监局之名，木牌称高手之作。一户当匠，而冒合数户者有之；一人上工而隐蔽数人者，兵马司不敢问，左右邻不复疑。”

至于“军囚”，则指在中外卫所充军的人。“苏松奇技工巧者多。所至之处，屠沽贩卖，莫不能之。”这些乡里贫民就被军囚诱引了来“摆站”，使唤，种田，做生意。“且如淮安二卫，苏州充军者不过数名，今者填街塞巷，开铺买卖，皆军人之家属矣。仪真一驿，苏州摆站者不过数家，今者连甍接栋，造楼居住者，皆囚人之户丁矣。”这里所说的是技术工人与善于商业经营的农民的出路。这恐怕是封建经济比较发达的苏松一带的特点。工匠社会地位虽不高，但却受到了非比一般的照顾：连兵马司都不敢过问。而军囚竟能招集乡人经营买卖，这也是不大容易想象的。

周忱以太仓的情况为例。洪武时黄册上有八千九百八十六户，到了宣德七年，只有一千五百六十九户了，而核实的数目则是七百三十八户。

这是五百五十年前有关苏松地区的一份调查报告。它所提出的问题不是通过封建制度本身所能解决的。即使有象周忱这样头脑比较清醒的官吏也只能列出病历，开不出药方。但他告诉我们，广大劳动农民是聪明的，他们并不保守，懂得用实事求是的方法争取生存的权利。他们对付残酷封建剥削的办法是消极的，逃。这是阶级矛盾还没有激化到顶点时的斗争形式。距离明代开国还只六十来年，就已出现了这种严峻的形势。

在《十五贯》里周忱只是一个配角，但他的这封信却为我们提供了时代背景的说明。剧作家虽然只是根据前人话本进行创作，但这种严峻的农村城镇形势，在整个朱明一代都是存在的，只是程度有所不同而已。因此也不失为理解作品的一种好参考。

一九八四，三，十八

暑热草

我家在抗战前一年从北方移居上海。记得第一次从天津回家度假，就领略了江南夏日的滋味。至今还记得赤了膊躲在楼下，睡在铺了竹席的地板上看书的光景。当时对比了北方与江南的盛夏后得出的结论是：热并不可怕，但闷热却难当。楼下是阴凉的，几乎看不到阳光，悬想旧小说中所说的神仙洞府也不过如此。静静地睡着，不想也不动，这是祖母教给我的“心静自然凉”的秘方。但这一切都无多大用处，汗水还是不停地从全身沁出来，即使频频辗转反侧，席子上还是一片汗湿。这自然不是用功的时候，只能随便拖一本闲书来看，算是在“消夏”。就在随便翻翻时碰上了一本《故宫周刊》的合订本，翻到了蔡襄一通信札的手迹。蔡君谟的行书自然是漂亮的，但我以为内容还要好。这是他写给朋友的一封信，为天气炎热而诉苦，原文已经记不得，但他刻画“毒热”的酷暑的那些话，说得实在再深刻生动不过。察襄是福建人，从小生长在南国滨海地区，理应对炎热的气候有丰富的经验、足够的锻炼，和必要的适应性，但他还是那样叫苦，看了不能不使人产生同感与同情。小札本来没有题目，因为是著名书家的墨迹，所以得到了一个好名字:《暑热帖》。

今年上海热得早，高温持续的时间长，一连八天气温都在摄氏三十五度上下，而且入夜也不退，风更没有一丝。加上住处正在大修，灰泥杂下，书物零乱，风钻吼得人心慌，只得每日东逃西躲，读书、工作都说不上了。报上说北方来了一股冷空气，可能带来一点清凉，但不幸它又太弱，不是顽固盘踞着的热浪的对手，“一触即溃”了，还是热。

“心静自然凉”的秘方已被证明是无效的了，何况实行起来也艰难。书报还只得看看，闲书也有时翻翻，这样，就不免要随时想到一些人和事，触发一些“随感”。如不随手记下，只能立即化为烟云。许久以来，也确实娇惯了，仿佛只能在自己的书桌上才能写字，其实这是没有根据的。年轻时有许多文字就是在茶馆、咖啡馆、图书馆……以至坟头的石供桌、汽车的水箱盖上写成的，到处都有自己的书桌。这些随感也是在不同时期在不同地方的不同桌子上写成的。

把这些零乱的感想随时记下，并学样取了一个好题目——《暑热草》。

《围城》

朋友来信，托我找一本刘西渭的评论集。惭愧得很，竟不知曾有这样一本新书出版。辗转打听，才找来了宁夏人民出版社一九八三年三月第一版的《李健吾文学评论选》，看看印数，只有二千五百本，难怪书店里看不见。刘西渭是李健吾写文学评论时用的笔名；三十年代刘西渭曾汇印过两本

《咀华集》，这些事知道的人已经很少了。这本文论选书末有作者写的后记，书是他自己生前手订的。

这本文论选收入的文字，从一九三一年的《朱大枬的诗》开始，而殿以一九八〇年所作的《重读〈围城〉》。中间跨过了五十年。实际上，解放以后，作者就不再在文艺评论的园地里“高谈阔论”了。因此我就来先读这篇“压卷之作”。李健吾说，“这是一部讽刺小说”；又说，“是一个讽世之作、一部新《儒林外史》”；并感叹地说，“他（指《围城》的作者）多关心世道人心啊”。

这当然只是对《围域》的一种看法，也不知道是否准确。《围城》自出世以来，论者意见纷纭；其跨度之大也是惊人的。对作者的笔墨，评论家的意见好像倒没有什么分歧，都说它好。此外，可就很不一致了。李健吾指出作者非常关心世道人心。这话过去不见有谁说过，也许是我的孤陋寡闻，没有看见。不过我以为这话是说得好的。《围城》是一本正经书，在嬉笑怒骂的外衣下面，掩盖着非常严肃的内容。能看出这一点，是评论家的好眼光。李健吾又指出作品本身就处在一个抗战时期的大时代里，也说得平实。曾经听见过这样的意见，《红楼梦》的缺陷在于没有正面反映农村里的阶级斗争，因此不配被称作封建社会的“百科全书”，觉得不大好理解。难道曹雪芹一定要拿出许多篇幅来写农民起义，才算完整地反映了封建社会的面貌么？

《围城》是一部写知识分子的书，作者也是知识分子，但他解剖起知识分子来是不留情面的，有时简直到了残忍的地步。这是很有意思的现象。在过去，皇帝有时也下“罪己诏”，也下令编纂《历代君鉴》这样的书，但多半是装潢门面的，没有几句真话。其他各行各业人物的自我批评也大抵如此，都是别有用心的，因此也一定是不诚实的。只在知识分子群中却有了例外，出了个写《儒林外史》的吴敬梓。当然还有曹雪芹，雪芹的眼光更宽广，批判锋芒遍及封建社会的末世，因此他更伟大。他们都是叛逆者，是从旧垒中跳出，反戈一击，能致强敌于死命的人物。《围城》继承的正是这个传统，但采用了更泼辣的讽刺手法，因此作品更容易被人看作是新《儒林外史》。作品写成于解放前夕，作者目光所及只是那个大时代知识分子的局部而非全貌，也并不能预见未来的岁月中知识分子的历史道路，当然更不可能有今天我们都很熟习的那种创作要求，因此全书没有出现一个高大的正面英雄形象。作者只是觉得身边的某些人太不像样了，他看得太透，看得太深，捺不住要狠狠地揭露这许多不可救药的丑恶灵魂，揭出了反面同时也树立了正面。因此虽然没有出现一个正面的典型倒也无关紧要了。

三十多年来，中国知识分子一直被视为改造的对象，无日不受批判，其终于落入“臭老九”的厄运简直是必然的。但批了那么久，批得那么凶，却很难说有多少是真正批到了点子上。即使曾接触到某些问题的边缘，解剖也还是浅得很，比起《围城》里一刀一道血印的无情鞭挞，实在是差得远了。我真觉得奇怪，《围城》一直寂寞了三十多年，竟没有被列为批判知识分子的必读参考读物。

我也不赞成对《围城》进行不着边际的捧场。小说是有它的局限性的。作者虽然狠狠批了知识分子的消极面、丑恶面，但有些灵魂深处更为肮脏的东西却还是漏掉了，如卖身投靠、卖论取官，踏着同伴的尸骨向上爬，用同伴的血染红自己头上的帽子之类就不见。换句话说，作者写了一群小花脸，但放过了大白脸。我们当然不能要求小说家写“推背图”，写自己没有见过的事物。但这一套其实都已是老花样了，表现形态或有不同，但都是有老谱可循的。

谁能摆脱局限性呢？我不想提出《围城》应成为反映知识分子的百科全书这样无理的要求。

作者如有兴趣，把对待《围城》的种种议论、姿态，用他那支笔一一写下来，那将真正会成为一篇讽刺小说，一本《新儒林外史》的吧。

《西谛书话》

得到新印成的两册《西谛书话》，很快地翻了一过。西谛先生所写的关于书的零星文字，大抵都在这里了。其中有些曾印成过单行本，更多的是还未集印的散篇，平时想找很不容易，现在就能方便地读到，真是值得感谢。其中的《漫步书林》过去似乎没有印过单行本，因此想，如有一篇编后记，说明各篇的出处，编辑体例，编辑经过，并进一步围绕作者说点什么，那就更好了。

重读《漫步书林》中的谈买书、访书、整书、分书、印书诸篇，很有些感慨。这是可以看作西谛解放后担任了中央文化部门领导以后的工作总结、调查报告与远景设想的。写成了漫谈样式，没有作报告的正规气；随宜举例，恰切生动，可见他对全局以至细部了解之深透，不是终日坐在团城里吃茶画圈所能办得到的；他所看到的问题，引起的焦虑，提出的设想，都是切中要害、切实可行的，这就说明一个真正的内行在领导岗位上是多么必要。至于他热爱祖国文化遗产的如火激情则贯串始终，是写出这些篇章的重要的动力，也是他毕生业绩的主要动力，那就更不待说。

这几篇文字写于一九五六年，发表在《人民日报》，但好像并未引起应有的重视。因此今天读来，有些依旧有现实意义，依旧是当前迫切需要解决的问题。自然个别建议已经失去了时效，三十年过去，线装书已经成为罕见的珍品，组织专家大举外出访书，已经没有必要了。老一辈的内行、专家也已凋零殆尽，想要进行那种规模、要求的访书活动也几乎是不可能的了。

西谛当时已经看到了许多冒了头的新问题的严重性。新建的学校、研究机关的大量出现，图书资料需要的激增，购书经费的不合理分配与使用，购书“豪客”的大量出现，已经极度匮乏的图书资源面临的抢购局面，和因而造成的全国藏书分布的不平衡……这些问题在今天也是普遍存在着的。更因十年动乱而更增加了严重性与紧迫性。至于大量已经掌握在图书典藏机构中的文献资料，已经整理、编目，可供利用的只是极少数，绝大多数还堆积在仓库里不见天日，有的还面临着岌岌的毁坏的威胁。怎样将这些珍贵的文献资料有系统的重印，更是一个绝大的工程，这在西谛那里也已有了初步设想的轮廓。他的计划总是那么庞大、细致，好像是永远也不会完成的“空想”，事实上西谛平生所作的也大半是有头无尾的工作，但这是不能责怪他的。这些本来就不是个人能够完成的工作。但等他有可能开始使这些“梦想”付之实现时，他却匆匆地去了。

三十年后的今天，他当年提出的许多老问题，并未得到很好的解决，有的则变得更为严重；他没有可能发现的新问题又一个个冒了出来。这就使人们不能不深深地怀念西谛，为他的过早离去而感到惋惜。

前不久遇见一位江南名城的文化部门负责人，闲谈中谈起这个号称文物渊薮的城市的文物保存现状，听到不少拨乱反正中出现的故事。十年动乱初期，藏书故家的书物被捆载而去，集中在广场上，准备焚毁。一些图书馆工作者冒着风险在书堆中进行紧张的拣选抢救，终于夺回了一大批善本、珍本。现在要拨乱反正，一一发还原主，有些作了大好事的抢救者就思想不通，他们不同意发还，说：“这些书都是我们辛辛苦苦、冒险挑回来的。早知如此，当年大可不必多费手脚，倒是一把火烧光来得干净！”

在同一城市的博物馆里举办了书画展览，展品中有些是“文革”中抄家而来的精品，被来参观的原主发现了，要求按政策发还。博物馆的同志有人就不同意，他们举出的理由是，这些书画抄来时已经破烂不堪，是博物馆花了不少人力物力重新装裱过的。今天就这样发还原主，也总有些想不通。

这些都是确确实实存在在人们头脑里的思想问题。只用哈哈一笑的态度轻轻放过是不行的。这中间至少包含着几种观念："文化大革命"是一场大内乱，这已经没有争议了，但也似乎带来了某种"成果"；书画、文物、书籍这些散落在民间的东西，如非一场大乱是不容易被发现、集中起来的。即使毁灭了极大部分，只剩下一点点，也还是一种"成果"。而且不论这些东西是用怎样的手段取得的，只要一进入公库，仿佛就一切合理也合法了，不应再加以改变。动机与效果在这里是可以割裂开来"分别观之"的。

这种"想不通"是可以触类旁通、普遍运用于不同行业、部门、时间、场合的。人们只记得局部，却忘却了全局。有人抢救文物于濒临毁灭，自然是做了好事，但在这之前、之后呢，却没有谁愿去认真地想一下。爱惜、保护文化遗产是一种美德，但如离开了民主与法制的制约，那将出现怎样一种局面呢？所以归根结底，还是得从根本上做起，那就是彻底否定"文化大革命"。必须清醒地承认，在这场内乱中绝无任何值得肯定的事物。因为客观上都是属于同一体系并为之服务的。

要彻底解决这类思想问题，还需要花很多时间与力气。

诗外

我有一部中华书局一九三七年十一月铅字排印线装的九卷本《爰居阁诗》，是无意中从旧书店里得来的。书前有作者手题"剑丞五兄吟定"六字。据书店中人说，中华书局当时排印了梁鸿志与黄浚两人的诗集，但都没有公开发售，随即销毁了。因为书印好时，抗战已经开始。黄秋岳因为泄露重要军事机密被处决，另一位“诗人”梁鸿志，没有好久也“出山”当了“维新政府”的首脑。他上任以后随即用木板精刻了黄秋岳和自己的诗集、后来市上流传的大抵就是这木刻本。他们都是闽派“诗人”，都是汉奸，同被处决。因此人们就说，这真是“黄粱一梦”了。

这三册书是他送给夏敬观的，在卷前钤了两方印记：“众异诗牍”和“功夫在诗外”。我看了不禁失笑。免不了要想，梁鸿志的“诗外功夫”到底是什么呢?

“功夫在诗外”是陆放翁的名句。放翁总结平生写诗的经验，归总为这么一句话，是他“留赠后人”的经验总结，一直非常有名。这是一种大彻大悟后的感慨，表现了一种无可奈何之余的慰安，颇有“朝闻道夕死可矣”的意味。汲古阁刻的《剑南诗稿》足有一尺来高，说明诗人非比寻常的勤奋。当然这中间不可能全是杰作。放翁并没有说到集中哪些作品是他认为满意的，哪些不是，甚至是失败之作。很是可惜。但从“功夫在诗外”这句话里，也自然流露出一点微意，那就是他悟出，过去写诗花的许多“功夫”是白白浪费了，很多力气都没有用在点子上。

梁鸿志的诗有一定的功力，在闽派诗人中自有他的位置，比起黄秋岳来还要好一些，较少那种故意模拟宋诗的尖镵枯涩之病。但器局是小的，情感是卑微的，趣味是低级的。诗与人分不开，人既是那样一个人，来往的又是那一群人，又过着荒淫无耻的生活，技巧再高也帮不了什么忙。这些话当然是就他还不曾落水以前的诗而言。例如集中有“金陵杂诗十四绝句”，就可以说明这许多特色。他佩服王安石，说“最怜自下骑驴叟，志业难行直到今”。表面上是同情王介甫的新法，实际也借以自况，梁鸿志的“志业”是什么呢？不过是安福系政客的丑恶行径而已。他还佩服顾亭林，这也只是随声附和，佩服曾国藩倒是真心实意的。

“劬学工文求阙斋，曾提一旅定江淮。眼中群盗何时息，天保城南辨刦灰。”

他极希望有曾国藩那样人物出现，来荡平眼前的“群盗”，也许他觉得自己就是这样的人物，可惜“人境昏霾吾渐老”，终于没有遇见能赏识自己的主子。但几年后终于找到了这样的主子，日本帝国主义者，踌躇满志地又回到南京，当上了“维新政府”的头目。

梁鸿志投敌以后还印过一本《爰居阁诗续》，铅印大册线装，流传更少。集中收一九三八至一九四〇年诗，凡九十一首。从“誓抚疮痍如此水”开始，到“只手待援天下溺，吏休宾退一沈吟”，写出了他终于下了决心当汉奸的“理论”与“实践”过程。

到了一九三九年，有《佳日》一诗：

抛却文书即酒杯，骎骎佳日去难回。
身疑春茧重重缚，心似劳薪寸寸灰。

阶下弓刀类儿戏，眼中幢节几人才。
鞭笞六国寻常事，只惜秦人不自哀。

在我看，这首诗不愧为“压卷之作”。我曾说过，在中国文学史上，有一种“二臣文学”，不曾引起史家的注意。从苏李诗开始（姑不论作者是谁）一直数到钱牧斋、吴梅村，其中自有一条明晰的线索，这是客观存在，不能视而不见。他们写的是背叛了国家民族之后的心情与处境，如写得真实、诚恳，就都有留存价值，作为后人研究验证的资料。事物总有两个方面，既有志士仁人慷慨激昂之作，也必有委琐小人抒写阴暗心里之作。两者合而观之，才能见事物较近真实的面貌。周作人的“苦茶庵打油诗”也是一个好例。

梁鸿志在这诗里写尽了一个傀儡的处境与内心。他对日寇也是有不满的，但这只是一种妾妇的怨怼；汉奸大头目的排场、生活，只用了“阶下弓刀”四字就活现地表达出来了，比起“沐猴而冠”来还要更逼真贴切。在这一点上，他比“双照楼主人”（汪精卫）要来得更坦率些，后者的诗就不大肯直露地写出这种局面，更婉曲幽微，但也还是可以感觉得到。一个人的心是无论如何也掩盖不住的。

诗外的“功夫”，在放翁那里是明白清楚的。可以用“士先器识而后文艺”一句老话来概括。要作一个诗人，首先要作一个真正的人。此外当然还包含着体察世态人情、山川风物的“功夫”在内。梁鸿志在这里无疑是大大曲解、滥用了这“诗外功夫”，达到了可惊的地步。也必然地得到了应有的下场。

直到今天，是不是还有人对放翁的“诗外功夫”有意无意地加以曲解而滥用，实在也还是个难答的问题。作家不写作品，不去用功观察研究生活，却来搞一些“诗外”功夫，争名次，排座位，抢地盘，弄得一片乌烟瘴气的事也并不是没有。有些事甚至有点像《新华春梦记》里的故事，这是不能不引起人们的愤慨的。

一九八四年八月写，一九八五年一月改

惊弦集

《惊弦集》，杂文集，1986年12月湖南人民出版社初版，列为“骆驼丛书”之一。

据初版本编入。

“牛棚”与牛

十二年前，不知怎样一来，许多人一下子都住在“牛棚”里了（这也是一个“今典”，应该加以适当的注释，并收入大百科全书，不然过了多少年，人们将不能了解其明确的含义，会引起一番学术上的争论也说不定的。）当时林彪和“四人帮”一伙，为了搞掉一大批对他们的“事业”有妨碍或损害的人，就采取了断然措施。第一步，先统统称之为“牛鬼蛇神”把他们关在“牛棚”里。所谓“牛棚”其实也并非真的老牛的宿舍，而是随便一个什么所在，只要能把人关在里面就好。自然并非什么好去处，是在某一机关、学校……所能找到的最坏的角落，其意不只是要人们吃苦，更重要的还在表明，谁住在这样的地方，就简直已经不算是人，与畜生无异了。

这自然只是第一步，住在“牛棚”里的人，还是“妾身未分明”的，要等“帽子公司”加工赶制出各式帽子以后，然后再一个个地安排。自然也有跳出“牛棚”，阔了起来的人物，但交上这种“好运”的毕竟是极少的。

我有两位朋友，当时就一起关在一处“牛棚”里。“牛棚”隔壁，是一个大房间，是好几个“造反司令部”的驻所。一天，司令部要扩充地盘了，就将这些“牛”赶到更阴暗的地方去。一位朋友有感于此，悄悄对身边的难友说，“这真算得是‘此日六军同驻马，当时七夕笑牵牛’了。”一时传为“牛棚佳话”。

我很想对“牛鬼蛇神”这个词语做些小小的考证，可惜学殖荒落，手边无书，说不出什么精辟的看法。首先，我就说不出它的最早的出处，只记得杜牧在给李长吉的诗歌作序时，曾经说过，“鲸吸鳌掷，牛鬼蛇神，不足为其虚荒诞幻也”。又过了七八百年，明代的王思任又说过，“贺既吐空一世，世亦以贺为蛇魅牛妖。”看来，杜牧之和王思任都并非想说李贺的坏话，倒是指出他的特色，加以表彰的。特别是王思任，他把牛鬼蛇神简化为蛇、牛，是很有见地的。“鬼神之事，难言之矣”，还是不提为好，牛和蛇则是确凿的客观存在，不妨称引。

中国的先民，对牛是很有感情的。它很早就出现于诗歌，绘画……一般都加以同情，感谢赞誉。这是很公正的。牛对人类的贡献是不论怎样昧了良心，也不忍抹杀的。古代的圣人，心里想吃牛肉，却不忍看到牛被宰杀以前的觳觫之状，要离开厨房远远的，就说明着这种良心发现的情景。牛什么时候开始有些神化，我也说不清楚。但无论如何也不曾阔气得像印度的神牛一般，则是无疑的。牛头马面，是城隍老爷手下的狗腿子’这只能算是对牛马的侮辱，而且也是外来的思想材料，并非中国人民的意见。

我曾藏有一册明代嘉靖刻本的《余庆录》，还是天一阁的旧物。是当时的大官、浙江巡抚徐栻刻梓的。我怀疑这是一种带有官方宣传品性质的东西，它收有《劝人勿食牛肉文》，和许多《食牛果报故事》，徐栻的刊书识语更有“余叨抚两浙，遵例禁宰耕牛……”的话。他是用“神道设教”的方法，帮助政策的推行的。这本小册子很可以说明牛是农民的宝贝这个真理。

文艺家对牛也有很好的感情，唐代的韩滉就是画牛专家，他的《五牛图》真迹还藏在故宫博物院。沈石田也喜欢画水牛，连和尚也用水牛和它鼻子上的牛绳来说明哲理。诗人笔下的牛就更数不清，清皇族敦诚在哀悼他的好友、伟大作家曹雪芹的诗里也有“牛鬼遗文悲李贺”的句子，一直到鲁迅先生的“俯首甘为孺子牛”。总之，我想来想去，似乎没有谁讲过牛的坏话。

至于蛇，自然有些神秘。好像在很古的时候，就已经是神物了。传说中的女娲，就是人首蛇身的，至今我们还能从秦汉以来的绘画、石刻……上看到那形象。这是民俗学家的专业，我毫无插嘴的资格。但可以肯定的是，在中国人民的心目中，蛇也并非什么坏东西。杨椒山吃蚺蛇胆，是为了和严嵩斗争；至今广东菜里还是把蛇制品算作十分名贵的事物……

可是这许多，在“四人帮”看来，简直都不算一回事。江青把孙中山先生也叫作牛鬼蛇神，就说明了一切。他们除去干了无数坏事，难道还有某些起码的常识吗？

一九七八，九，二十五

“作家”的进化

有这样一个故事，听来的然而真实的。

在“四人帮”横行的日子里，上海某机构有一位“作家”，“业余”创作了一部小说。题材、人物、情节……统统是最时髦的，合于江氏创作法典的。“作家”的气派也着实不小，边写边发排；写得起劲，排得紧张。可惜不曾等到完工，“四人帮”就覆灭了。“作家”不肯使“杰作”夭折，更起劲地赶写，工人排得却有些有气无力起来。又过了好一阵，“作家”仍无歇手之意，工人干脆罢了他的工，因为实在忍无可忍了。

工人还贴了这位“作家”的大字报，指出他的小说，在政治上反动透顶，在艺术上无比拙劣。“作家”不服气，答道，“有什么大惊小怪的，我的小说，只要稍加修改，还是可以用的嘛！”

这故事是万分离奇的，但又是万分真实的。我觉得很有值得思考的地方。

这位“作家”运用的创作原则和方法，不必说社会主义的，就连古本的《文学概论》里也找不见，倒确实是江青的衣钵真传。他的工作方法也很有些“现代化”。那小说是说在一个小火车站上，有一个“走资派”的老站长，有一个“造反派”的小青年，经过一场人尽可猜的“战斗”，“走资派”垮台，“造反派”胜利，于是就完成了表现当前最、最、最……重大主题的任务。这一切都是有大量的预制构件的，从情节、人物、语言，到环境描写……无不齐备。只要换几个人名，调一个地点，另一部“崭新的”作品就出现了。人们从这里可以看到作家这一行当的进化，已经从手工业跃进了现代化大生产之门。什么立场、感情、技巧……都变成了过时的，应予淘汰的该死的东西。只要老板一声令下，伙计一揿电钮，在川流不息的流水线上就会生产出大量的小说、散文、诗歌、电影……来。真是岂不快哉！

同时，还可以保证这许多都是“一级品”，绝没有“次货”，完全不必担心会出现“离经叛道”的东西。

谁说江青没有发明创造呢？这就是一宗。这真不愧为开了新纪元，改变了生产关系的大变革。难怪张春桥要说无产阶级的文学艺术要以江青为开山祖师；《国际歌》以来一百多年的空白也要由江青来填补了。看来，诺贝尔文学奖奖金还嫌不够，远不足以表彰女皇的丰功伟绩……

这样分析了一通之后，我似乎有些理解了那位“作家”的愤愤不平的心。看来，他是把伟大的人民和他的老板弄得有些混淆了。他深信，老板换了人，伙计却不该失业。订货的规格可以不同，那套“现代化”的“流水线”却万无拆毁之理。有奶便是娘，主人手指之处，巴儿狗就保证一路吠过去。这是万古不变的“真理”，可惜现在人们居然有些不肯承认了。

这位“作家”一定又同时坚信，文学艺术已经不再是“上层建筑”，变成某种没有阶级性的东西了。作家也奉还了“灵魂工程师”的桂冠，成了没有灵魂的活工具。

这个故事所提供的值得深思的问题还有许多，不过，暂时先简单地讲这一点，以备撰写《四人帮时代的文学》者的参考。

一九七八，九，二十八

文学家与数学家

李商隐的《锦瑟》诗，一千一百年来经无数人猜详、解释，但终于没有谁能做出为大家所信服的解释。元好问叹道："一篇锦瑟解人难"；又说："望帝春心托杜鹃，佳人锦瑟怨华年。诗家尽爱西崑好，只恨无人作郑笺。"看起来，想完美地解释《锦瑟》诗，除了起商隐于九原，怕是无能为力了。不过这也不要紧。一位诗人，当他进行创作时，是一定有所依据的。或是某事，或是某情（情感也是由事引起的）。但当作品诞生以后，往往就会脱离了原来的基础而独立存在。正如曹雪芹写《红楼梦》，贾宝玉与林黛玉，都是有真实的人物作模特儿的（也可能不只是某一人，而是集合了一个以上的人物的特点）。但作品一出世，正如脱离了母腹的婴儿，有了自己的生命，不知道原来的母体也毫无妨碍了。

因此不能得到满意的解释（这往往是近于索隐或黑幕揭露之类的性质的）也不要紧。我们还是可以欣赏那作品。

不过这道理对有些人是说不通的。他们非得费尽力气，找出它的"真意"才罢。有人说这是为令狐家的青衣而作的；有人说这是追悼亡妻之作。有些像，但又不很像。

真是所谓见仁见智，众说纷纭。此外还有别的不少说法。大别之，大约有两类：有人说这是为女人而作的，有人说这是一首政治诗。

我是比较倾向于前说的，那证据是结末两句，“此情可待成追忆，只是当时已惘然。”这“情”，我看只有当对方是女性时，才有可能，姑不论是妻子还是恋人。虽然自“楚骚”以来，诗中有“美人香草”的一种传统，但我无论如何不能将李义山想象成为那样的“风流人物”，一定要将自己或旁人比为妾妇和外宅，他还不至于此。

当然，这样简单的道理对“四人帮”的论客是毫无作用的。

“贤”如梁效，也没有敢在一篇大讲李商隐的无题诗的“论文”里论及《锦瑟》，可见这个截搭题委实不大好做。然而，不要紧。这个缺陷总是会有人加以弥补的。一位以研究中国文学发展著名的教授，经过“研究”，终于“创造”了“奇迹”了。他说，李商隐的《锦瑟》诗是对王叔文革新派的失败表示同情而作。不过很谦虚，仅仅称之为“个人的设想”，“学者”的风度还是不差的。

教授的理由是，《锦瑟》作于作者晚年，约在太和九年左右（这个假定教授并不曾提出任何论证）。上距王叔文等的垮台，正好五十年光景。这是唯一“有力”的理由。此外就不过是胡扯，连教授自己也说，“可能有牵强附会之病”了。

这种“研究”方法真不能不使人叹为观止。

我又想起近五十年前，这位教授曾经乱点古书，出了破句。原因是把“古风”当作一律五字或七字句。这错误经鲁迅先生指出，并劝告教授，不要把标点古书看得太方便了。只是这样扳着指头断句，那就用不着文学家，只要数学家也行。时间过去了五十年，看来教授的本领并无什么长进，也还是扳指头。这回是扳了五十次，就扳出了最新“科研成果”。

那动机，则是想把李商隐拉入“法家”阵营，不能不挖空心思找出两条“硬证”，真是用心良苦。

要知道“四人帮”横行时斯文扫地的真相的么？这才是好例。切勿错误地在受尽侮辱、折磨的知识分子当中去寻找为要。

一九七八，十，三

“这也是生活”

参观了一次“中国古代文具展览会”，引起了一些感想，顺便在这里说一说，同时借用了一个鲁迅先生曾经使用过的题目。

“文具”是现代的词汇，它的前身就是所谓“文房四宝”。但如果径直称之为《文房四宝展览》那是不大妥当的，不免有些过于陈旧了。但这里所谓“宝”，其实不过是为了表达重视、爱护之意而已。科学家重视精密仪器，如果称之为“科研之宝”，那就不会引起什么误会。

话虽如此，在这个展览中，我却确实发现了不少“宝物”。那制作之精妙，质量之超特，有些确不愧称之为民族文化的瓌宝。不论是笔工、墨工，还是制纸雕砚的工匠，毫无例外都是劳动者。皇帝老倌或贵官、名士是不会亲自动手制造这些事物的。他们只是享用（不过有时他们要参加一些设计意见的）。这些“文具”，又有许多是过去被称为“小摆设”的，就是地主们酒足饭饱以后想出来用以消遣的东西，或称之“文玩”。

老话说，“衣食足而后知荣辱”或更为直接地提出“饮食男女”来，这都讲的是一个意思。一切文化，都是社会生产发达以后的产物，恐怕这条意见是不必担心任何时代的实践检验的。问题的实质仅在于，过去是多数人在辛勤劳作；而只有少数人在玩乐、享受。这种办法在越来越多的地方已经行不通了。社会发展的趋势，总是向着大家都享受高度文化的方向前进。先要生存，再求温饱，然后就要求生活得有趣，丰富。今天世界上旅游事业的兴旺，就说明了这个道理。看世界今后发展的趋势，做工、务农的人数，随着科学技术的发展，有逐步降低之势。绝大多数人的出路在于服务性行业，那就是使大家都生活得更合理更舒服的行当。如此看来，对“小摆设”之类的看法，是应该采取更科学、更“向前看”的态度的。

十多年前我曾写过一篇《谈“癖”》的小文，主要是想说明，“爱好”对一个人来说，不是坏事而是好事，是必要的。在当时，这样的老生常谈，也会被人看作“奇谈怪论”的。虽然许多人心里也同样这样想，但嘴里却不肯说，还要装出有些不以为然的样子，以示“高明”。“高明”也确是“高明”的，有一些人总想维持“只许少数人玩，却禁止群众玩”的老章程。但又不便启齿，于是就想出了许多理由，全是冠冕堂皇、只有正人君子才说得出口的大道理。实际上却不过是“玩物丧志”这一老调的翻版或演义。将这一“理论”发展到巅峰状态的自然是“四人帮”。他们宣称八亿人民苦一些没有什么关系；他们号召消灭人们头脑里“罪恶”的“知识”，跟随他们一起进入长满野草的“社会主义”。试想在如此彻底透顶的“革命理论”之下，哪里还有什么癖好，什么生活之美与情趣可言。“奇谈怪论”的遭到当头棒喝，是毫不足怪的。

林彪、“四人帮”一伙关起门表现出来的种种“生活情趣”，已经不再是秘密了。但在这里，略之。

人们到底也不是木头制造的。被公开堵死了一切爱好的渠道以后，就必然产生出古怪的暗流。因为不见阳光，终于腐烂、发霉，几乎不可收拾了。同时，更多的人，从老先生到小青年，一窝蜂玩起盆景、金鱼、仙人球来，难道他们忽然一起风雅起来了不成，怕未必。粉碎“四人帮”后，这一大群“风雅之士”，突然又转变了，都去干他们自己的正经去了。

那一阵“风雅”之风，其实不过是对“四人帮”的无声抗议。

我很惭愧，再一次重复了这“老生常谈”。不过因为曾经付出过可观的代价，我甚至觉得这“常谈”也有些可贵起来了。

一九七八，十，八

妓院里的爱情

《望乡》是“日本电影周”里的一部影片。上映以来，真是交口称赏，一致认为优秀之作。不过也免不了有些叽叽喳喳的议论。这是难免的。自从开天辟地以来，凡是有人群的地方，对于大小诸般事物，取得百分之百一致意见的时候，确是少有的。历代史官也写过不少美丽的故事，宣传这个“百分之百”，但大抵是谎话，不可相信。对《望乡》发出叽叽喳喳议论者，老、中、青年都是有的。老头子所持的是纯正的道学家的见解，认为它是“伤风败俗”的，这并没有什么稀奇。人们觉得奇怪的是中年人和一些青年的意见。他们比起他们的前辈，自然要优越得远，新名词听得多，“批判的武器”也更时髦而“先进”，他们大抵将《望乡》看作是宣传什么“反动、落后那一套”的。其实这两种人之间并没有什么本质上的差别，只是上阵时穿了不同的服装，手执不同的武器而已。

这种奇怪的现象，已经引起广大观众的注意，并加以认真地探讨了。为什么“二十世纪道学家”还残留在这里那里的角落里呢？这一追问也真问得好，真的从这样一个“小问题”发现并证实了思想上的大病。

这样的问题不是在我这短短的文章里能够讨论的。现在想到的是不为“道学家”及其他人所注意的影片中的别一细节。

《望乡》描写的是本世纪初日本“南洋姐”悲苦命运的故事。阿琦被卖到南洋的妓寮之后，经历了种种悲惨的遭遇。后来她居然也发现了一个“意中人”，想委身于他，得同生死。但不幸这个“意中人”最后还是把她抛弃了。这个“插曲”，是由栗原小卷扮演的圭子提问，田中绢代扮演的阿琦婆经过激烈的思想斗争这才透露出来的。这一笔写得好，是一直剜到人物心底的一笔。阿琦在严峻的生活面前，做过多次斗争。这一段应该说是带有关键性质的。失败了，她的下半生就沿着一条必然的道路像瀑布似的滑下去了。

看到这里，我是想了一想的。阿琦的这种挣扎，恐怕绝非孤立、偶然的现象。在我国古典文学中间，就出现过许多类似的故事。如《绣襦记》里的李娃，《焚香记》里的焦桂英；就连《西厢记》里的崔莺莺，又何尝不是演着同样的“悲剧”。这就说明妓院里的爱情，确实是存在过的，它们的结局也总是悲惨的居多。间有以大团圆收场的，则往往不过是才子们自我陶醉的创造。

在这些故事中间，正面的英雄人物往往属于女方，而男性则总是扮演着不光彩的“负心郎”角色。仅此一点，就足以说明它们的正义性，也可以说是民主性或人民性吧，无疑是古典文学中的精华。因为它提炼、再现了封建社会以至资本主义社会中本质的东西。

手头有一小册川剧剧本，收有赵熙作的《情探》，也就是俗称《活捉王魁》的所谓“鬼戏”。据对川剧深有研究的老先生说，赵尧生的这个改编本，确是比《焚香记》来得高明。在这个单折戏中，作者反复、曲折地写出了男女双方的思想变幻与交锋，相当深刻，为旧本所不及。

焦桂英上场时就已经是鬼了。她在“海神”的支持下，前来向负心的王魁索命。走到书房门前，她踌躇了。她缓缓唱道：“悲哀！你看他绿窗灯火照楼台，那还记凄风苦雨，卧倒长街。”又唱：“缓思裁，权相待。犹恐他从前恩爱依然在，好教奴千回万转，触目伤怀！”

下面就是她和王魁的对白和对唱。她试图用当时两人的恩情往事，打动这个作了相府娇客、铁了心的负心郎，想给他最后的挽救。居然使王魁也有些愧悔了，他背过身去，流了泪，说道：“往事如尘，说得我柔肠寸断。”他是不是就此回心转意了？不！“徘徊！那韩丞相知道多妨碍。皇天鉴我怀，昧良心出于无奈。”他反复考虑，千万不能和这个“烟花弱质”重圆。他身上负担着最后必然使他粉身碎骨的压力。他承认自己是负心的，他呼吁皇天上帝予以谅解。

看来王魁也确是古之“风派”的典型。不过比今之“风派”要来得坦率。

事情并不曾到此为止。焦桂英“让步”了（请痛斥“让步政策”的论客们原谅，这里我用了“让步”字样，并不是说焦桂英软弱，动摇，投降）。她提出卑微的请求，就是做偏房，为奴作婢也行。她唱出了一段即使是王魁听了也无法不动心的悲哀的回忆。

> 梨花落，杏花开。梦绕长安十二街。夜深和露立苍苔，到晓来辗转在书斋外。纸儿、笔儿、墨儿、砚儿，件件般般都是郎君在！泪洒空斋，只落得望穿秋水，不见一书来。

这是诗。诗人轻轻的脚步一直走进了这个年轻不幸女人的心房。

这一切终于都无效，王魁是没有希望的。他不可能“放下屠刀”，甚至发出“我要你的命!”的威胁。焦桂英答得好：“我有几条命你要哟!”

只一句，这中间包含着多么丰富、复杂的感情因素，真的不是李清照的“双溪舴艋舟”所能载得起的。

这一折《情探》，不是比《望乡》里的那个“插曲”还要更深刻、鲜明么？它们写的是同一个主题，只是出现在不同时代，不同环境中而已。在“二十世纪道学家”看来，两者都是要不得的。没有什么新鲜的论据，只是因为它们不该写了妓女。这不是清楚地宣告，他们至今还不承认妓女也是人这个古老的命题么？

一九七八，十一，二十三

鬼恋

大约在十多年前，对柳如是这个人物发生了兴趣，搜集了一些有关资料，试作了一本《柳如是年谱》；又把明清以来有关她的诗文笔记抄集在一起，足足有一大本，戏题之曰《蘼芜集》。柳如是在她的同时侪辈中间，无疑是声势最为烜赫的一位。无论“秦淮四嬿”或李香君、卞玉京这些前辈或姊妹行，都远远比不上她的气派。不但在当时，就是在身后，三百年来，一切大小文士，只要碰到与她有些牵连的事物，无不赋诗、撰文，回肠荡气。

在中国旧时的文坛上，这样的风气是极盛的。我买到过一部《苎萝集》，还是明版，前面有极精美的小像，就是搜集了有关西施姑娘的传记、逸事、诗文、祠庙……的资料成为一书的，竟有四卷之多。

古今的有些才子的设想，有时确也十分古怪。一个人死了变鬼，这自然没有问题。但变鬼以后，会不会也一年年地老下去呢？一般的意见，好像又并不以为如此。好像一作鬼，就会“驻颜有术”了。记得什么笔记上，有这样一个故事。一位道学先生，月夜行经一处，远远望见一男一女坐在石凳上，卿卿我我，十分亲昵，再走近些，发现这一对儿一个是年少书生，另一个则是白发老妪。不禁大怒了，断喝一声，这一对儿一下子就都消失不见。道学先生这才悟出他们其实是鬼。一面心里惴惴然，一面暗自骂着，“不要脸的伤风败俗的死鬼！”第二天一打听，原来这里葬了一对夫妇，丈夫二十多岁时就死去了，他们夫妻感情极好，妻子就守节，一直守到八十几岁才“驾返瑶池”，终于和丈夫合葬了。道学先生所见，就是他俩在人间恋爱生活的继续，无论按照哪个时代的婚姻法，他们的行为都是合法的，无可指摘的。但不要说道学先生，就是在我们常人看来，也会感到有些那个。这实在是死后年纪不再继续增长论的一大弱点。

这个故事很可能出于《阅微草堂笔记》。纪晓岚确是可以佩服的作者，他一本正经地讲鬼故事，有时却提出极为尖锐的问题来，引起读者的思索。同时，这故事就是放在英国人所擅长的幽默作品中间，也无疑是优秀的。

鲁迅在《二心集·上海文艺之一瞥》里，总结了清末上海洋场才子的文学创作发展道路，从才子＋（加）呆子到才子加流氓。这是极确的。如果上溯起来，才子加流氓的流风其实还古远得很。那出典也在鲁迅所辑的《唐宋传奇集》中。

《周秦行纪》，题牛僧孺撰。其实却是李德裕的党徒韦瓘托牛名所作，用以诬陷政敌的。李德裕还作了一篇“论”，指出“太牢（指牛）以身与帝王后妃冥遇，欲证其身非人臣相也……及至戏德宗为‘沈婆儿’，以代宗皇后为‘沈婆’，令人骨战。可谓无理于其君甚矣！”最后提出“不独人得诛之，鬼得诛矣！”还提出“族灭”的建议。实在不能不推为阴谋文学的鼻祖，手段竟与千年以后的“四人帮”无异。不过，李德裕把一些“大逆”的“罪状”直白无隐地揭示出来，并不视为“防扩散材料”，还要算是较为淳朴的。

韦瓘的手段，比起“四人帮”的御用文人，可要高明得多，设想也确实奇特。那情节是，牛僧孺月夜投宿于汉薄太后庙。太后请他吃饭，还请来了戚夫人、王昭君、潘淑妃、杨贵妃、绿珠等汉唐著名美人相陪，一律朱颜盛鬟，宛如当年。饮宴尽欢，最后还选定由昭君伴寝。那经过也极妙。事先，绿珠、戚姬、潘妃等都借词谢绝先退，她们都各有一篇冠冕堂皇的大道理，只有昭君说不响。薄太后就借题发挥，“昭君始嫁呼韩单于，复为累若鞮单于妇，固自用。且苦寒地胡鬼何能为！昭君幸无辞。”这真是奇妙的逻辑，但也确是符合汉朝封建家法的。据此，昭君尽可自由行动，不必顾虑“胡鬼”的抗议了。于是，昭君也只得“低眉羞恨”，遵命而去。

这一切好像都没有什么问题，也不违背人死不再添寿的原则。但还是细想不得。戚姬是被“改造”成“人彘”了的，杨贵妃缢死，潘淑妃杀头，绿珠跳楼自杀，都是血肉模糊的形象。小说写得固然有趣，但读了总是不大舒服。不过当才子们逸兴遄飞之际，正如《红楼梦》中遇见了多姑娘的贾琏，不会再顾及这些小节了。

研究了好半日，终于也还是一个不明白。这些迷离惝恍的事物，无从实践，何能检验？但题目是极好的，象“死后的生活”这样的论文，如果写成，骗个博士学位应该是不成问题的。“鬼恋”也正像“表现主义”的小说，我这里不过是姑且借用一下。

一九七八，十一，二十八

手掌

新华社记者郭玲春写了一篇出色的通讯，告诉我们一个采访中听来的“真实的笑话”。

“某单位放映外国影片，演到中途，银幕上突然出现一个大黑影，原来是放映员的手掌。大伙正纳闷，扩音器响了：‘注意，领导有话，这里要挡一挡。’”

我看到这里不禁失笑了。这确是头等出色的笑话，但又是真实的。我们应该相信记者的信誉。笑过之后，继以沉思。我猜不出这位领导是怎样的人物，但我相信，他八成是个好心人，只是有些那个（“迂”或“冬烘”这样的词汇，怕都不大恰切）。他忧心忡忡，把人民都当作幼儿园里的小宝宝看待，生怕一片树叶也会打破他们的头，用心不能说不是“良苦”的。不过他参不透一个简单的道理，“如果真的是资产阶级思想，用手掌是挡不住的”。他使用的方法也不免陈旧了。三十年代上海电影院门口有时会树出一块大招牌，上写四个大字“小童挡驾”（见鲁迅杂文），就是这老法。同是一“挡”，我想这位领导和电影院老板的心思是完全两样的。

手掌，对人类来说确是十分重要的。当年靠了它摆脱了人猿的命运；今天要加速实现四个现代化，也还是要靠它。手掌，我想大抵是没有阶级性的，而长着手掌的人却有。长在怎样的人的手臂上，就会作出怎样的事来。通过劳动，创造了世界；自然也会干出大大的坏事，给人民带来灾难。想到这里，我就去翻字典。在“手”部里看见了密麻麻的一大片，就说明着手掌所起的种种不同作用。

人们读小说、看画册，都是平常事。但有谁爱读字典呢？不过我却有这种经验。八年前承蒙“照顾”，住在“小房间”里“休养”的时候，就有过这经验，而且发现了读字典不但十分有趣而且大有益处。不过要有好方法。譬如，在这“手部”里就可以发现很有意思的字面，可以引起许多联想。

首先应予注意的是“抡”字。在过去的十多年里，文痞姚文元就“抡”着江青盛赞的“金棍子”，在这里那里打来打去，给人民带来了大灾难。其次，就轮到“捂”字了。这现象出现得比较迟，已在“四人帮”覆灭之后，但好像至今也还不曾绝迹。那就是有些人在这里那里“捂盖子”。最后就是这“挡”字。这是当前比较流行的现象。象那位领导的“挡一挡”，不过是想遮掉一些按照“非礼勿视”的法则应予排斥的事物，那还是起码的“小动作”。企图阻挡历史潮流前进的“英雄”也不是没有，他们就要来勇敢地“螳臂挡车”。

应该着重声明的是，这里的分析还是初步的、粗略的。抡着“金棍子”的姚文元是怎样的货色，现在已无争论了；捂盖子者就还存在许多不同情况，需要细致的分析；至于使用种种“挡”法的人，就更为复杂。从想挡住历史潮流的

“英雄”到仅只希望挡住某些“不良镜头”的“好心人”，纷纭繁复，蔚为大观。但它们总的倾向则大体上是一致的，总之是未可乐观。

还有一点也是重要的。从“抢”而“捂”到“挡”，这就十分简洁而明确地画出了形势发展的轨迹。这是在人民胜利进军途中从一个侧面看到的三种不同表现姿态。从手掌看形势，洞若观火。

一九七八，十二，二十

好快刀

很久以前看见过一张外国漫画。画面上有两个人在比剑。一剑挥去，对手的头已离腔，但仍保留着从瞪大的双眼流露出来的敬佩神色。画面上也并没有什么对话或说明，只注了一个“shih”（?）字，那也是从离开身体的头颅的口中传出来的，表示的也同样是佩服的意思。

如果将这“shih”译成中文，也许可以译成“好快刀”吧。而这又恰好是《聊斋志异》里的一个篇名。

手头没有《聊斋志异》，内容记不真切了。但印象却极深刻。那是一个短篇，很短，只有几百字吧，但情节却很奇特，也是说被斩下来的“首级”称赞刽子手手段高明的故事的。

蒲松龄大概是有些民族意识的吧？好像过去曾经有人提出过这种看法，后来被骂退了。那理由是无原则地美化了封建时代的作者。不过我却多少有些相信的。如这《好快刀》，就好像是描写清军南下时杀戮之惨的。蒲松龄生活的时代并没有什么言论自由，他写小说也只能使用“奴隶的语言”。因此，在读他的作品时就需要想一想。这一点，我们是应该对蒲松龄曲予原谅的。

不论是蒲松龄还是那个外国漫画家都不愧是诗人。他们的想象之翼竟飞到死后的境界里去了。这在我们常人，就无论如何也想不到。就算“臣罪当诛兮，天王圣明”这样纯正的宣言，也还是杀头以前发表的。一刀下去，他就从此失去了发言的权利与可能。不过这是常人的愚见，不足道的。

在过去的时代里，杀头是一种“盛典”。监斩官、刽子手、斩犯，是演出这一“盛典”的核心人物，此外就还有成千上万的观众。鲁迅在《阿Q正传》和其他一些文章里，就曾对此做过出色的分析与描写。说到底，对这一“盛典”最有发言权的，无过于刽子手和斩犯，因为他们是实践者（监斩官也还不过是观众）。如果要对这一“盛典”进行总结，这两位的意见是值得听取的。但我想，他们的意见大抵是不会一致的吧。一个说的是“杀人的心得”，一个则是“挨刀的感受”。立场不同，论点也必然会两样，没有法子想。

更何况按照常人的愚见，人头落地之后，“感受”也无从发挥了。只有诗人才能替挨刀者设想出“好快刀”这样的呼声，实在是很了不起的。

明朝有个杨继盛，因为弹劾严嵩被杀了头，后来严嵩垮台了，杨椒山恢复了名誉。其实，老百姓心里一直是雪亮的，就在杨椒山被绑赴法场时，他们也明白谁是忠臣，谁是坏蛋。杨椒山在杀头以前作了一首诗，我还记得那开头的两句，“风吹枷锁满城香，簇簇争看员外郎。”这说的是法场上千千万万观众的心情。杨椒山后来大抵是恢复了原官，且予“吊祭”了的。我想在杨继盛的祠堂里举行祭典之时，一定也是十分热闹的。参加典礼的大小官员中间，难保没有严嵩的余党，这也是难怪的。当日行刑的刽子手，也会草草抹去双手的血迹，赶来参加，并作出如丧考妣的样子来。这一切虽然有些不可思议，但往往是事实。

针对这种“悲剧”，鲁迅先生曾经引用过契诃夫的一句名言，“与其被混蛋所称赞，不如战死在他的手里。”确不愧为伤心悟道之言。

如果杨椒山的鬼魂真的到祠堂里来参加仪式，我想他一定不会称赞严嵩的爪牙的刀快，而且会将刽子手们一脚踢出去的。

歌德的自传叫作《诗与真实》。歌德是大诗人，自然是值得佩服的。不过在我们凡人来说，还是把诗变成真实来得切实而有益！

一九七九，一，八

“文责自负”

查“文责自负”之说，古已有之。我来不及去查那最早的出处。但推测，最早也不过起于清末，可能还迟至“五四”前后。因为它的前提是“言论自由”。在“代圣人立言”的专制时代，这样的说法不免是昏话。不过很久没有谁提起了，所以乍一听就觉得它新鲜，也觉得它“古”。

我是完全赞成、拥护这办法的。不只是因为它合理，同时也因为虽然长久无人提起，它却从来也不曾消失过。原来多年来我们就一直都是如此行事的。

二十年来，大小运动一来，首先就要整材料。不但是白纸黑字上了书、见了报的；就连未刊稿，或仅只是一种设想，一句漫谈，也无不整比在案。这还要算较为“忠厚”的。后来恶性发展了，斩头去尾、断章取义；捕风捉影、栽赃诬陷，花样之多，想说也说不清。但有一点是清楚的，责任统统必需“自负”。即使是曾经点过头、拍过胸的英雄好汉也一律拍拍屁股，溜之大吉。其尤甚者，回过头来，戟指大骂，慷慨激昂者也并不少见。这就是我说“文责自负”一直就不曾在实际中消失过的现实根据。

有没有人反对“文责自负”呢？那自然也是有的。例如那个“理论权威”康生，昨天还嫌演员挖掘传统不够大胆；今天就拍案大骂“资产阶级自由化”“毒草泛滥”。他就是完全反对“文责自负”而坚决主张“他负”的。江青、姚文元的表演也毫不逊色。昨天大叫《水浒》是农民革命的教科书，明天就痛斥《水浒》是投降哲学的标本。脸不红，心不跳，也算得上是最最最彻底的反对“文责自负”的英雄。

我在回忆做编辑的“经验”时，曾对自己的“粗暴”产生过衷心的忏悔。特别是忽然想起，“四人帮”在上海的那个余党曾经说过的一句“名言”，做编辑不删不改，还算什么编辑！简直就像满嘴嚼着肥皂似的了。不过我要补充一点，我确实删过、改过，但对作者的原意、风格却是看重的。决不轻易下手。万不得已，也要和作者商量一下；打一张清样给他过目。非胆小也，其实还是念念不忘于“文责自负”的观念（据说，这是资产阶级办报思想的一种典型表现），以为这样放手大干，署名是作者的，意思却是我的了。“自负”的这个“自”字似乎有些不大好解释。

但愿这不会算作我“头脑僵化”的一种论据。

一九七九，一，二十四

如梦记

一九七〇年的冬天，我在干校里靠边劳动。一天上午，在田里为花菜浇肥。天冷得很，可是挑粪依旧挑得满身大汗，到五点多才收工。正准备去食堂买饭时，班长来通知我不得离开宿舍外出。这是很不平常的情况，不过一走进兼作饭厅的大礼堂我就一切全明白了。主席台上端已经挂好了大会横幅。我的名字赫然写在上面，知道今天晚上要开的批判大会，我就是主角。

我把盛在餐具里的饭菜拿回宿舍，坐在小凳上慢慢地吃了。心里很平静，心想要来的终于来了。那位负责看守我的班长悄悄地对我说，“没有什么，让他们干去吧。”他的声音放得很低，因为用竹帘和泥巴做成的墙一些隔音的作用也没有。我没有说话，只是笑笑。

接着演出的是照例的一出火炽的全武行大戏，这一切我也早就看熟了。不同的是今天由观众变成了主角。我这个低能的演员居然毫无困难地完成了演出的任务。

大会之后，我改变了住处。从集体宿舍搬到一所更小型的“集体宿舍”里去了。十二人一间的变成了二人一间。我被指定与一位早就坐在我的“新居”里的住客同居。这是一个四十岁上下的瘦瘦的人，胡子很长，毫无规律地从他那清癯的面颊上长出来，他的和善、同情但又清冷的双眼看着我这个新来的房客，看着我狼狈地安排床铺，接受搜身，连裤带也被解除、取去，还有剃胡须的保险刀……一切有可能用来自杀的家伙。这时我才恍然大悟，同房间的住客为什么会长了那样一脸毫无规律的胡子，我就向他一笑，他也向我笑了一笑。

这时看守又大声宣布了“纪律”。不许……不许……不许讲话，连生活上的简单的交谈也严加禁止。不过好像并没有说不许微笑，这时我就又向他笑了一笑。

我们并不相识。但他当然知道我是什么人，他不但参加了今晚的大会（住在这里的人，没有参加任何会议的资格，但像这样的会是一定要出席的），而且立即从广播里听到了关于我的更详细的情况。就在我们的“房间”那扇小小的后窗外面，就装着一只高音喇叭，那一天的晚间播音就是我的专题节目，对我作了面面俱到的介绍。作为“余兴”，还广播了批判我的一位朋友的新闻。这位朋友是一个出版社的负责人，据说他曾说过我一些好话，说我不像是坏人，因此在大会之后就开了他的小会，被狠狠地批斗了一通。我一面听着一面感到对这位朋友的深深的歉意，同时也想，这真是为我进行了一次全面的、热情的宣传。我平生还不曾被这样热情地“吹捧”过，而且是用了这样的声势。这样想着想着。我不由得又对新同伴笑了一笑。

在这里，我要写下对这位因“吹捧”了我而遭到无情批判的朋友的怀念与哀思。几年以后，他终于在无情的迫害之下倒下去了。他就和我住在同一条里弄里。他的死，我是不知道的，自然更不可能参加悼念仪式。我是从他的小女儿臂上的黑纱猜到这不幸的消息的。

我最初得以知道同居伙伴的名字，还是在一次看守大声呼唤他的时候。“原来是他”。当时我在心里对自己这样说。他是一位画家，我曾在报上看到过他的作品。他画过一幅《红楼梦》里的宝琴，给我留下了颇深的印象。画画薛宝琴的画家怎么也住到这里来了呢？我不明白。我记起，我还没有失去自由的时候，在劳动中间曾经走过他所在的“连队”，那里就有着满满一墙批判他的“罪状”的大字报。记得我也曾粗略地看过一下，可是没有留下什么印象。不该画像薛宝琴那样的过去时代的女孩子，这一点我在当时是奉命知道的了，其他还有什么呢？没有写。我当然也明白，最重要的东西他们是不能也不敢公开写在大字报里的。正像在批斗我的大会上，从头到尾都是按照那位“理论权威”的调子，慷慨激昂地宣布了我“以伪乱真”的种种“劣迹”，只是到了大会将近结束时，一位十分“关心”我的人物才不得不公开大声警告我，必须从另外的角度考虑问题，千万不能局限于今天大会批判的内容。我真佩服他当着两千多人一句话就揭了他们自己上演的那出闹剧的底。他真的为我的天真、没有经验而担心，到今天我还忘不了他的这番“好意”。这个小头目，就在不久前在同一场合，指天誓日向两千听众宣布和他的妻子，一位同样遭到无情迫害的演员一刀两断、划清界限，因而摆脱了麻烦，终于成了一名“英雄”。他是想用自己的成功的经验给我以启示，直到今天，我是记得并感谢的。

我们的新居是用煤渣砖砌成的，上面是稻草铺成的屋顶。大约二十平方米的一个长条，当中留下一条过道，两侧隔开四个小间。有用竹条、芦席搭成的栏栅。在我们住的那一间里，放了两张床，此外就只剩下了转身蠕动的一小块空隙。我们只能坐在自己的床上。不能睡倒，也不许打瞌睡，房间里又没有什么风景，于是就只剩下了“相看两不厌”的一条路，对我的同伴，他的脸，他的须眉……我真是看得熟极了。只要一看他那苍白的脸色，高耸的颧骨，就会明白他在这里已经住得很久，后来知道，已经八个月了。天气已经很冷，海滨的冬天经常刮起七八级的大风，我们的斗室有上好的通风条件，却从来不见日影。他的床上却一直铺着一条夏天用的席子，他的身上也总是一件薄薄的棉袄。

在我们头上，悬着一只一百支光的灯泡，从黄昏起，就通宵达旦地亮着。我是在这里练就了在雪亮的灯光下熟睡的本领的。在那条狭狭的“弄堂”里，看守们一天二十四小时地来往巡逻，即使是在夜深熟睡的时候也还摆脱不掉那些眼睛。住在这里的人每天都要交代自己的“罪行”，同时还要交出一份“思想汇报”。发下了编了号码的纸张，草稿也要上交，不许销毁。每交上一张这样的事物，就有专人飞也似的送到应该送去的地方。写不出时就要听取训话，“坦白从宽，抗拒从严，顽抗到底，死路一条”这样的佳句是百听不厌的。还必须将《敦促社聿明等投降书》背得滚瓜烂熟。我没有上过私塾，没有在老师戒方下面背诵圣经贤传的经验，这时总算弥补了这个遗憾。

每隔十天半月，后来是一个、两个月，我们才被自己的“连队”分别叫回去问话或接受批斗，那术语就是“提审”。每当这时，留在小房间里的人就焦急地盼望着同伴的归来。希望从他的脸色中得到一点消息，一点值得高兴的消息。可是每次都只能从彼此的脸上看到摇头与苦笑。我的同伴好像已经被榨干了汁水的甘蔗，再也挤不出什么东西了。一次，看守对他又进行了苦口婆心的开导，可是无效，他最后斩钉截铁地说，看来面前只有一条“死路”了。这使我很佩服。好像从此以后，我们的日子也过得有些“悠闲”起来。他不知道怎样居然请看守弄到了一本小字典，每天津津有味地读着，这可真使我羡慕之至。几经考虑，终于向他借来了这本宝书，不料还不曾翻了几页，就被“眼睛”发现了，引来了一顿严厉的训斥。因为这是明显违反纪律的行为。

每天清晨，我们要抬着尿桶到厕所去，还要打扫大食堂。这是难得的机会，可以多少知道一些外面的政治动向。大标语、大字报每天都在换花样。一会儿要挖“五一六”了，一会儿要揪出“小爬虫”了；一会儿要什么人投降，否则就叫他灭亡了。这些消息，就都是这样看来的。

冬天有太阳的日子，有时还得到特别的照顾，可以走到门口，坐在小凳子上做煤球。那是将煤屑和黄土掺了水拌匀，然后用手团成一只只有如汤圆一样的东西，陈列在地上，由太阳来晒干。这是难得的可以见见阳光的机会。

春天终于来到了。居然又到了新鲜蚕豆上市的季节。一天，从食堂里抬来了两大筐，我们就坐在那条狭弄堂里剥豆。这实在是非常有趣的劳动。碧绿、饱满的嫩蚕豆在碗里满起来的时候，也真使人高兴。不一会，两手就被豆荚的汁水染得黑黑的。虽然我们不许交谈，这时也不免有些放肆地交换着愉快的目光和微笑；抬起竹筐时，也完全没有必要地哼出了“杭育、杭育”的声音。

就在剥豆的时候，外面有人叫他出去，说是要他进城开会，吉普车就等在外面。他洗了洗手，匆匆上车去了，只剩下我一个人继续剥剩下来的豆子。他动身的时候，又向我有些憾惜地笑了一笑。

当夜他没有回来。第二天上午，看守把他的铺盖、衣物打包取去了。我不知道他的下落，自然也不能问。这就是我和这位画家同居五月，未交一言的奇怪的交往的结束。

一九七九，三，五

打差别

春天快要过去了，可是天气还是冷。下雨的夜晚，灯下独坐，随意抽两本书来看，有一本却是笑话。我过去也买些古笑话书来看，曾得到过一部冯梦龙的《古笑府》，还是清初刻本，借给侯宝林看过，据说很有趣，可惜我自己倒没有细看。《笑林广记》据说就是从冯梦龙的原著改编而成的，我也有清初刻的巾箱小册，这书倒是看过的，觉得比其他的笑话书都要好。不过内容十之八九是讲男女之间的事的，引用起来不大方便。好像已经成为一种特色了，不讲这些“下作事”就做不成笑话，其实这本身就有些可笑，世界上真正的笑话倒往往不在这里。反过来说，就是男女间事，说起来也大有高下之别，不可一概而论的。现在就想抄一条在这里。

> 郡人赵世杰半夜睡醒，语其妻曰，我梦中与他家妇女交接，不知妇女亦有此梦否？其妻曰，男子妇人有甚差别。世杰遂将其妻打了一顿。至今留下俗语云，赵世杰夜半起来打差别。

这笑话出于《笑赞》，作者赵南星，是明朝万历时人。他是东林党人，是一位鲠直的人物，好讲真话，多次吃苦，最后居然官至吏部尚书，可是到底得罪了魏忠贤，被发配了。这样一个人却写笑话书，是很有意思的。可见喜欢讲笑话的人，并不个个都是油腔滑调的光棍。上面抄的那个笑话里说的也并不是什么正经事，不过它引起我们思索的却不是那么简单庸俗的。

乍一看，这笑话好像是讽刺大男子主义的，即此一点，应该说也很了不起了。赵南星在赞语里就曾问道："然在夫则可，在妻则不可，何也?"其实又何止如此。世界上有些事就是有人说得，有人说不得的，和男女有别倒并无太大关系。州官放火，百姓点灯之合法与否，那道理也一样。赵南星又指出"道学家守不妄语为良知"的"准则"。如果以此标准衡量，赵世杰的太太该是受到表扬的，然而却挨了一顿打。可见"准则"尽管已树立起来，一旦遇到与更高的"准则"，发生矛盾就立即失效了。归根结底，读者还是不能不从中达到一个更为明确的结论，说真话是危险的。赵太太吃亏就在她太老实。其实她何尝有过什么越轨的行动，不过曾经转过某些不够冠冕的念头，而又坦率地说出来而已。坦率是会赢得掌声的，不过有一条界线，像她这种有失丈夫体统或自尊心的梦，即使是梦，也还是坦率不得。她不懂得这一层微妙的道理，活该倒霉，挨一顿打，还要算是运气的哩。

一九七九，四，二十九

戏法

前两天到朋友办事的地方去闲谈。听说他们办的刊物上有一篇破除迷信的“评论”，有人主张要缓发。理由是所举的实例，一个十二岁的孩子能用耳朵“看”出字来，好像被某些人“证实”为确有其事，因而认为有慎重对待的必要了。

我当时就贸然说道，这有什么考虑的余地呢？当然还是主张慎重说者的主张战胜了。朋友虽然不曾正面批评我的冒昧建议，但也并不以我的意见为然。

没有过了几天，那“奇迹”就被证明了，其实不过是玩笑。报纸上也刊出了有关的评论，指出某些负着一定责任的人居然贸然相信这种不可思议的“奇迹”的问题。今天又遇见了那位朋友，他告诉了我一些具体的情节。他们曾打过不少电话去核对事实，最后还为那个十二岁的孩子拍了一系列照片，经过分析，才看出了那孩子是在变戏法。什么戏法呢？鲁迅先生在四十五年前写的一篇杂文中说：“我在小学的时候，看同学们变小戏法，‘耳中听字’呀，‘纸人出血’呀，很以为有趣。”（《朋友》）那就是了。

几十年前小学生玩的戏法，今天却能使负有一定责任的老前辈佩服得五体投地，并能使一些本来清醒着的头脑糊涂起来，这是应该引起注意的。

我还想，像这样的“戏法”，变为轰动一时新闻的事，在近年来，并不是罕见的。曾经有过一个“杨妹”，可以什么都不吃，只喝一些水，就能长期健康地生活下去；又有一个“神童”，只要用眼一扫，就能“发现”地层深处藏着传播血吸虫病的钉螺，只要掘下处就是……这样的“佳话”，后来无一不被证明是谎话；但新的“佳话”，还是源源不断地产生，隔一些时就有一起。这些“佳话”，又往往是紧密配合了当时的形势的。有了一些困难，如天灾之类，不吃饭的“英雄”就出现了；要彻底消灭血吸虫，就产生了不用任何科学仪器，只凭肉眼就能进行“勘查”的“神童”。这回是在学习高潮中间，出现了耳朵也能听字的“天才”。这是怎么回事呢，我觉得也确实值得思索。

封建社会里有所谓“祥异”，那也是一些奇奇怪怪的事物，是封建统治阶级造出来骗人的。有些相反的事物，就称之为“妖异”或“妖乱”，作为推卸责任的口实。总之，万事皆凭天意，万事皆已前定，就是这些宝贝事物的“理论基础”。今天这些新的戏法是由哪些人、出于怎样的动机制造出来的呢？我说不清。但有一点是清楚的，如果我们彻底清除了滋生这些蠢事的土壤，那就不管是谁，就再玩不出什么新的老花样了。

一九七九，五，六

月下老人的诗签

杭州过去有很多祠庙，到今天也还留下了一些。庙是各式各样的，其中最别致的一座，大概是白云庵了。庵在南屏附近，记得从净慈走过去没有好远就是。滨湖，只有小小三间屋宇，全然不像是庙。自然塑像是有的，但并非峨冠博带的王者，也非狰狞可怖的神道，是一位有微髭、面貌和善的老头儿，身上披着半旧的红锦袍。这就是所谓“月下老人”了。我不知道老人的履历，推想这祠大概就是所谓“淫祠”的一种。老人的声名却很大，他所经管的专业也很别致，是专司男女恋情的神。西欧古代神话，曾有爱神，留下许多奇妙美丽的故事，但我国好像只有这么一位月下老人，这就不能不使人格外感到珍重而亲近。（像焦桂英在《焚香记》里请教过的海神，也兼管一点这种事，但显然不是他的专业。）

回忆我怀着浓厚的兴趣去访问月下老人祠，已经是三十多年前的事了。今年春天重游杭州，却不曾去访问，倒不是因为年纪大了，没有了这样的好兴致，其实是猜想这祠一定早已被“砸烂”了，因而没有去。记得三十年前经过祠下，还花了一点钱求了一张签，珍重带回来夹在书里，现在当然早已失落了，也记不起签上说着怎样的话。签诗都是七绝，听说是一位“好事”的文士撰写的，共一百条，诗句颇不恶俗，当然都是一些不着边际的好听的话。祠壁所悬一副著名的对联“愿天下有情人都成了眷属，是前生注定事莫错过姻缘”。就可以看作这些签诗的总纲。

回忆我当年在祠下求签，倒并无什么心事希望老人协助决断，不过只是好玩而已。猜想象我这种随随便便派在求签的人流中大约要占不小的比重。当然真心诚意的善男信女也不是完全没有。老人身上的半旧红袍可能就是心愿顺遂的恋人们所赠。

我怎么会忽然想起月下老人来，说来是有些可笑的。近来读报，常遇见批判本本主义者的文章，指出他们特点之一是把上了书的个别词句都一概看作包医百病的灵丹妙药，遇事不动脑筋，只抱着本本寻求答案。于是就想，这不有些像痴男怨女跑到白云庵向月下老人请教么？他或她抱着签筒拼命地摇，一面闭了眼睛嘴里念念有词，摇到一定阶段，一根竹签跳出来了。虔诚地捧着，和一小笔钱一起交给道士，换回一张小纸条：上面有二十八个字。躲在角落里十分焦急地读了，脸上不由得现出欣喜、焦急……不同的表情，带着一颗跳着的心，走出庵。照签行事，是否真的都能姻缘美满呢？那不一定。事情当然是如此的。否则老人身上的红袍就不会是半旧的，而白云庵怕也早已化为白云道场之类的大丛林了。

我在这里并不想讥笑那些虔诚地求签的青年男女们。人们在恋爱中，确实有时是要神魂颠倒的，在这种精神状态之下会想到求助于神秘玄妙的力量，也是可以理解并予原谅的。我想每一个经历过恋爱生活的男男女女都多多少少有过这样的经验，也不必因此而一律称之为唯心主义。记得曾在什么地方读过签诗的全文，总的印象是大半都带有祝福的意味，也就是指出了“有情人”必将成为“眷属”这样平凡而普遍的真理。至于针对不同情况、对象、条件所应采取的具体对策，可是一些都没有。求签者所能得到的也只是心灵上的安慰而已。我们在进行严肃的工作时，哪能采取这种近于儿戏的态度呢。这道理是极为浅显的，一点都不奇奥。但恰恰是在这种“老妪都解”的事物面前，有些可敬的先生却思想不通，执意捧住“签桶”不放。真是怎么说才好呢？真是！

一九七九，九，十一

长官意志

早晨起床，打开收音机，无意中听到林放的“广播杂谈”，是论长官意志的。细细听了，十分佩服。

“长官意志”是最近一两年才出现的流行语，它的出现，大约与实事求是的优良传统、作风的逐渐恢复相先后。一开始，它就带有颇浓烈的刺激性。因为提到了长官，所以有的长官不大喜欢听到它。于是它就又成为一个烫手或烫嘴的字眼。这样，林放在电台上议论“长官意志”，就尤可佩服。

应该为“长官意志”下一个明确的定义，说明这不一定就非是个贬义词不可。四个字本身并无任何进行评价的企图，为什么会引起一种特异的感觉呢？那原因还得从实践里去寻找。目前的确存在林放所列举的那些应该受到批评以至于“鸣鼓而攻”的“意志”出于某些长官，无怪人们一听就会引起一种特异的联想。我相信，总有那么一天，我们的长官们的言行，即使不是全部，绝大多数都能符合人民的利益、意愿了，到那时，“长官意志”是会变为一个喜闻乐见受到欢迎的赞词的。

林放说，当前还有一种没有意志的长官，就像泥菩萨一样，讲得真好；尤其深刻的是，林放指出，这些无意志的长官，其实倒是有一种非常坚定、牢固的意志的。

因为是从收音机里听来的，可能记得不准确。我想，那大意是不会错的。我现在想在林放所论种种之外，补充一点笺注。这种无意志或无个人意志的长官，是我国漫长封建社会的名产，即称之为“封建文化的结晶”也不为过。

他们虽然号称“无意志”，但如果视之为泥菩萨、白痴，或《未来世界》里的机械人，那可是大错而特错了。他们总结了千百年来的经验，形成了一整套理论基础、行动准则，手传心受，变成一种牢不可破的意识形态。它几乎是无师自通的，看来问题的严重性也正在这里。我们今天的许多长官，大抵没有一个是从清末、民国……的法政学校毕业的，可是不知怎的，有的人竟学得了全套本领，比起历代前辈来，一些都不逊色。

在我们的文化史中，这一类的前辈典型、嘉言懿行，真是丰富极了，只要闭起眼睛，就能想起一大串。参考资料是取之不尽的，业余学习起来一些都不会发生困难。孔夫子声明过他的信条就是“述而不作”，一切事物、先圣都为我们准备好了，只要照抄照搬就行，何必辛辛苦苦另起炉灶？董仲舒阐发道：“天不变，道亦不变。”怎样当个孝子呢？那答案是“三年无改于父之道，可谓孝矣。”（按，这一条在理论的纯洁性上微有不足，因为它还规定了时限。）对“大成至圣先师”的高度评价则是“祖述尧舜、宪章文武……”

到了五代那样的“乱世”，典型的不倒翁，“长乐老”出现了，那就是冯道，他是运用这些原则达到神化境界的一位大师。到了清朝，终于出现了“多磕头，少说话”这样的名言，毫不隐讳地道出了不传的秘密。

这是一门“源远流长，丰富多彩”的学问，又经过林彪、“四人帮”的推广、加工，好像已经形成一个完整的体系。像社会科学院这样的机构，是应该进行系统的研究的。

持有这种见解的长官，办起事来就一定会发挥他们独特的“长官意志”，使许多人皱眉。他们的事办得不顺利时，其代表人物就会发脾气。这是难怪的，人们在保卫自己所崇奉的神圣原则时是必然要显示其坚定性的。于是有些代表人物就又得到了一个新的称号——凡是派。

这两个新词汇大约是要被收进新版的“辞书”里去的吧？我想。

一九七九，九，十三

弭谤

这也实在是个老问题了。大约从两千多年以前开始，人们就一直为此而伤脑筋，绞脑汁，设想了种种对策，不过直到今天，好像也还没有想出神效的法子来。

其实，方法是有的，但“奇计”则是没有的。老实人探讨的是方法；而“聪明人”则追求“奇计”。无数事实证明，十分遗憾，“聪明人”对自己的估计往往并不正确。

说是“谤”，就自然带有“诬陷”之意了，这就颇夹杂了主观的成分。基本正确的批评，是不能称之为“谤”的。自然也不能排除有那么一些人，如三姑六婆之流，或还要坏上千百倍的，即我们称之为大小阴谋家的，在那里玩着种种花样。他们正在十分巧妙地利用着这种“谤”，达到不可公开的目的。这是应该加以注意的。

弭谤的“奇计”多矣。从“偶语弃市”到报纸上登广告，大街上散“冤单”，直至地上打滚，指天誓日，真是说也说不尽。人们大抵根据自己的社会地位、权势大小而采取不同的手段。但本质上则并无不同。遮掩、回避、否认、赖账，而已。

这种想骗人，其实是骗自己的“奇计”，事实证明都是无效的。不但无效，且有大害。丢面子还是小事，身败名裂、彻底垮台的也并不少见。我们不是常说，人民的眼睛是雪亮的么？怎么一碰到具体问题，就把人民当成瞎子了呢？相传布袋和尚，坐下来歇脚时，总要把袋子里的几样东西，一股脑儿倒在地上，招呼人们来“看看，看看！”其实是很有道理的。人们都觉得他可亲近，千千万菩萨神道中间，只有他的名声最好。这是用不着举行民意测验就明明白白的。只有“聪明人”和“阴谋家”才在暗地里笑他发神经。

布袋和尚是从不担心什么“谤”的。不过是这几样东西，即使土碗的边有些破了，又有什么关系，不是照样可以用来吃饭么？在布袋和尚面前，大小阴谋家都将无计可施，只能恨恨而死。如果把破袋紧紧抱在胸前，或压在屁股底下，张皇失措，那就了不得。阴谋家会放出流言，说这里面藏着从什么地方偷来的宝贝；更高明的就什么也不说，只作一个眼色，“嘘！”自然会有好事者出来研究、考证，终于判定袋里藏着原子弹，也说不定的。

让老百姓看见一只破边的土碗是无害的。人们绝不会否认它还有使用价值，一棒打碎，扔进垃圾箱；老百姓是明白事理的，绝不如此暴戾。当人人的大小袋袋都毫无保留地打开之日，也就是流言歇绝之时，恐怕到那时大家的眼睛才能一致向着前方的吧。

一九七九，十，一

诚则灵

年纪在三十以下的年轻人，大约很少看见过或懂得“诚则灵”的意思了。旧时，它常常写在庙宇前的匾额上。不过这大抵是小庙，或简直不算庙，如在街角或田埂边用几块破砖叠起、连狗也住不进的那样的“庙”。或写在一张褪了色的红纸上，或用毛笔涂在一块小木牌上，就悬在照例悬挂匾额的地方。这样的庙，多半供奉着土地爷或称“后土之神”，人们发誓时常说的“皇天后土，实鉴此心”，就指的是这位神道。此外，也可能供着“大仙”，即“狐仙”。她们的故事在《聊斋志异》中记载得很不少。

好像这样的小庙也只有北方才有。在南方，我只在南京的夫子庙中有过一次特别的经验。我一次在那里吃茶，一个黑瘦的汉子，穿了一件黑长衫，趿着破鞋，向我踱过来了。天气并不热，可是他手里却有一把折扇。扇面打开来放在胸前，那上面就油黑光亮地写着这三个字；翻过来，另是四个字：“善观气色。”

测字先生的摊上，有时也可以看到这三个字，但已不是匾，化为一块布幔或纸片了。

“诚则灵”这个口号并非小庙“主持”或江湖术士们的杜撰，它有根有据，还出于经传。《论语·八佾》篇，“祭如在，祭神如神在。”宣传的就是这个道理。后来出现的“假戏真做”，含义也差不多。有人解释说，“从……两个‘如’字看来；孔子未必真的相信鬼神的实有，但当他祭祀的时候，却是诚心诚意的。”（杨伯峻）。前半的推测不无道理，后半就不一定。有谁相信舞台上的演员都真的那么虔诚呢？也许只有斯坦尼斯拉夫斯基的信奉者会如此。

我觉得这三个字颇表现了一种中国宗教信仰的特色。庙宇、丛林在中国不为不多，但真正的教徒。虽不能说绝对没有，到底是难得的。宗教家的手段不外威胁利诱，极乐世界与十八层地狱并列，功利主义的气息是极浓重的。真正能研究、宣传西方净土在精神上，物质上（这是有语病的）的丰富内涵的不多见，而且宣扬的也大半是外来事物。老百姓对神道的态度往往是随随便便的。“朋友，以利合者也。”能利用时利用一下，否则就走开。焦桂英开始时是相信海神爷能保护她的爱情生活的，一旦失望，她就要“打神”，“砸烂菩萨的狗头！”这中间维持着的也仅是一种短暂的“同盟关系”。

“诚则灵”这口号就带有一种随随便便，甚至是无可奈何的气息，是消极的。我认为这是宗教家过细研究了中国老百姓的性情后提出的以退为进的策略。在中国历史上，宗教与政治的结合有时也非常紧密，大规模的全国性的“毁佛”运动就有过好几次；佛道争长，一个上来，一个下去，前后反复也有过多次。尽管斗争如此激烈，但是，不必说“宗教战争”，连一点影子也看不见。中国也有打着宗教招牌的农民起义，但也只是一块招牌而已，人们是为肚皮而战，并不为宗教信仰而战，这样，宗教家之消极失望，是一点也不足怪的。

这样的口号，是圆滑的。立意提倡某种事物，但后果如何，却一些责任也不肯负。失败了么？那是因为你缺乏虔诚，菩萨怪罪下来了的结果。那秘诀就在，仅仅强调一个“诚”字。直到现在，我们也还经常听到“朴素感情”的说法，好像这是像“丹书铁券”那样的法宝，不论干了怎样的蠢事，只要肩出这块盾牌，就一切不成问题，可以过关了。这是利用好听的字面来保护落后、愚蠢的好例。

还有一句“名言”，“理解的执行，不理解的也要执行。”这条典型炮灰哲学也是将“诚则灵”口号发挥到极致的好例。闭起眼睛，向前冲去，成败利钝，是在所不计的。谁想问一声为什么，那就立即犯了最大的“错误”，你首先没有了“诚”，一切后果、责任，不由你负，要谁来负呢？

即使冲得头破血流了，也不要紧。林彪又有一句“名言”，“损失最……小，收获最……大！”完了。

总之，“诚则灵”的终极目的，不过是把群众变成群氓，变成某些人经营的罪恶事业的奠基石，即使白骨成山，也在所不惜。

为什么“知识越多越反动”呢？那道理也在此。为什么有人直到今天，一听说读书应该没有“禁区”，就本能地跳了起来，义愤填膺呢？那道理也在此。俄罗斯的农奴听到被“解放”的消息，不是高兴，而是跪在地主面前痛哭了。怎么办呢？没有了老爷的鞭子，可怎么活下去呢？

“诚则灵”，从一开始作为一种狡猾、委婉的口号提出，一直发展到林彪、“四人帮”的“理论”与“实践”，已经走到了它的顶点，以后必然是在下坡路下跌落。不过它的下降过程必然也不是平坦的，没有阻力的。

一九七九，十，四

我的端砚

端砚是广东的名产。在我国产于不同地区的各种名砚中，名列第一，在歙砚之上。我在读书时还用的是毛笔，自然也要用砚，但只是一两角钱一块不知应该叫作什么名堂的家伙。后来居然也买过几块旧砚，很有点附庸风雅的嫌疑，但距离以玩砚台著名的那位“顾问”，还差得天差地远。一九五〇年春，我在北京琉璃厂闲逛，在文具店里看到许多旧砚，价钱都很便宜，据说都是端石。我虽不识真假，但也看得出比起作小学生时所用的货色，是高明得多了。有一块砚池上端雕了一尊佛像，正如西湖灵隐寺的布袋和尚；另一块还不曾加工过，店里告诉我说这叫“端石子”，也是不坏的。我就一起买下，搬了回来。多年来写毛笔字就一直用着，觉得十分满意。

从一九六五年下半年开始，我就自觉地不大写毛笔字了。现在想想也真有些古怪，当时的思想似乎确是有些“激进”，想想时至今日，写字还要用毛笔和砚台，即使客气点不算做反动，落伍是无疑的了。在这种思想指导之下，两块从广东旅行到北京，又旅行到上海的石头就被我放到房角的书架下面，以示不再动用。不料在一次颇为彻底的抄家中，终于被发现了。因为是从“隐蔽”的地方发现，就被怀疑为“金银财宝”那样的物事；后来又给同来的一个人看过，他惊呼道：“这是端砚!”这在当时确是使我吃了一惊。倒并非因为被发现了“秘藏的宝贝”；出乎意料的是，此时此地竟还有识得端砚的人物。我确是非常高兴了，因为连我自己也吃不准是真是假的两块广东石头，终于得到了权威的鉴定。我收藏的是端砚，应是无可怀疑的了。

高兴之余我连忙把这两块无用的顽石献出，请求写进抄家物资的清单上去。不料捆载而出时，人们又嫌这两块石头太重，有些踌躇，后来还是那位识货的人想出了主意，在清单中注明，端砚暂存我处，同时厉声警告，要我好好保管，不许盗卖，不许转移，因为这已是“人民的财产”，随时都要来取的。

本来已经是“无‘砚’一身轻”了，不料竟又添上了一项保存“国宝”的新的任务。这可是极大的精神负担，每天深夜归来，我总要去摸摸这两块石头，唯恐它像“飞来峰”似的，一不高兴又会向什么地方飞去，那可就真正不得了。

我这精神负担的最后得到解除，是在那次抄家的两年多以后。一天，当时来过的两位又光临舍下，他们从口袋里取出清单，手指指着“暂存我处”的附注，我不等他们发声，就立即捧出，上缴了“国宝”，这时，我才真正体会到了“如释重负”的意境。相比之下，多年在农村中放下百来斤担子时那种轻松之感，真的变为“何足道哉”了。

如上所说，在收藏端砚的实践中，我的经验简直是毫不足道的。不过我却又喜欢搜集一些有关端砚的书籍。其中也颇有精善稀见的品种，抽暇翻阅，也得到了不少知识与愉乐。这中间记得有计楠（清人，论砚专家）的著作（在自著丛书中），有为了朱竹垞的一方著书砚，就有人收集了拓片、题识、诗文，刻成一册的专书。有不记得谁作的《砚林小品》……也都被一股脑儿抄去，至今还扣着没有发还，因此想讲点论砚的话也毫无办法，只能怪自己的记忆力不行。不过最近买到广东人民出版社出版的《端溪名砚》，却使我异常高兴。这是一册图文并茂的书，不但讲历史，也讲现状；不只概述了传统的品评，也有新的科学的探讨。根据的是实地勘察所得和现存的实物。读来使我感到切实、有益，不像那些旧书，尽管说得天花乱坠，还是不着边际。自然也还有使人感到不够满足的地方，那就是实物标本取材的范围太狭，有许多现仍存世的著名实物都没有收入。也许这不是一本小册子所应担负的任务。我们希望能有更完整更深入的调查、研究、考定，代表性实物更多的印制精美的图录。我想不只是中国人民，就是在全世界，也将是殷切盼望着它的出现的吧。

随手翻阅的结果，也发现了一些不够严谨的处所。如在列迷历代论砚的著作时，不曾严格按照时代的次序，吴兰修（清人，也是研究砚台的，著有《端溪砚史》）的著作，却在元人、宋人之前。在“砚铭”中所著唐朝褚遂良的铭识，标点也不妥当。应该是“润比德，式以方。绕玉池，注天璜。

永年保之斯为良。”（十四页）第十八页影印的“（明）子晋端砚砚铭”，无疑是毛晋的藏砚，也就是著名的汲古阁的主人。讲到配盒时，也只提到红木匣。其实砚匣取材远不只红木一种。一般认为最理想的应该是漆匣。这种缺点，可能都是因为参考实物不足所致。

地方性的出版机构，有条件也有责任出版有代表性、有地方色彩的专著。这是一个正确的方向，也是人民欢迎、赞赏的方向。《端溪名砚》的出版，是值得高兴的。

一九八〇，一，二十八

油焖笋

今天路过复兴西路一家果品商店，看见架上有玻璃听头的油焖笋，买了一罐。回来打开一看，油已凝结，笋已发白，味道变酸。不敢吃了，只好拿去调换。店里的服务员看了一下，嗅了一嗅，说果然不大好了。但按规定，没有膨听，还得算是“正品”，而正品是不能调换的，要我到徐汇区果品杂货公司去交涉。遵命前往，公司的负责同志请我坐下，用电话和商店联系之后，取出镊子，夹出一小块笋尖吃了，说，并没有变质，也没有膨听，当然还只能是“正品”。

我说，因为最近本市在大力宣传夏令饮食卫生，商店出售这样的货色，是值得考虑的，店里还放着一大批咧。听了这话，那位负责同志马上严肃起来，告诉我说，肠胃病是因为水质不良引起的，不是吃了油焖笋的缘故。同时还说，这笋是江西生产的，他们有他们自己的烹制风格，不能用江南一带的标准要求。酸与不酸、霉与不霉的矛盾怎么解决呢？他建议我到卫生防疫站去化验一下。

这建议自然是合理的，问了地址，我就又匆匆赶去。这时还没有上班，传达室的同志问我可有介绍信？我说没有。

他说，私人要化验，收费八元。同时张开的手掌向我伸过来。这时，我的追求“真理”的决心终于动摇了，只能灰溜溜地从防疫站里退出。手里还捧着有江西特别风味的笋，踌躇了一分钟。我终于不敢相信公司负责同志的保证，虽然确实看到他把一只小笋尖送下肚去；也舍不得再花八块钱去追求真理。最后毅然下了决心，把这笋送到垃圾箱里去了。

我在回家的路上，默默地总结这次小小的经验。回顾事件的全过程，没有谁是应该加以指责的。我所接触的每一位同志，从售货员到区公司的负责人，到防疫站的同志，没有谁疾言厉色，都是笑嘻嘻地讲“道理”的。我也确实无法驳倒他们的许多“道理”。舌头长在各人嘴里，酸不酸也实在难于判定。要按科学办事么，那就要人民币八元。

想来想去，犯了错误的终于不能不是我自己。先就不该买。常识又贫乏，不懂油焖笋还有各种不同的地方风格。既然贸然买下了，如果最后的措施提前在开听之后，立即执行，损失可能还要算较小的，不必再贴上车费、时间和口舌。结末，又不能忍痛照科学方法办事，坚持到底，于是最后只能一败涂地了。

这实在只是一件鸡毛蒜皮的小事，不过却反映了一点带普遍性的东西。上面的“总结”做得很不理想，过于消极了。这是我自己也很不满意的。

一九八〇，八，五

音容宛在

“四人帮”久违了。全国人民都很“惦记”他们。我这样说，肯定有人会摇头的。我们中华民族从很古的时候起就不间断地受着圣经贤传的教育、熏陶，其中一项极重要的内容就是主张宽容、忍让，做事要讲分寸。有道是“君子不为己甚”；报复、复仇，一直被看作不怎么体面的“恶德”，至少也是“气量狭窄”，与此相应，就又有一句名言，“宰相肚里好撑船”。无论吃了怎样的苦头，遭到怎样的凌辱，不几时，就会淡忘，见面时又“今天天气，哈哈哈”了。因此有人就说中国人民是最好的人民，他们勤劳、容忍，易于满足……这当然都是不错的，至少从某一角度看来，有一定的道理。不过世界上的事物，总是有一利必有一弊。在上述美德的背面，就难免隐伏着一种不小的缺陷。对此，人们也早已创造了一句格言：“好了疮疤忘了疼”，提出了警告。

无论是“宰相肚皮……”还是“好了疮疤……”都是人们总结经验后提出的结论，既然传播得如此广泛持久，可见这都是很要紧的经验。不幸的是，它们指出的似乎是正好相反的两种思想方法。那么，听谁的好呢?

在这里，具体问题要具体分析这一条是重要的。在今天，我觉得还是后面的一句尤为切合、要紧。

我们常常爱说的一句话是“付学费”，这当然也是无可非议的。从来就没有“生而知之”的圣人，要学到一种本领，办好一件事情，不付一点“学费”是不行的，哪位家长也从来没有吝惜过。不过人们要求付过“学费”总该学到一点乖，也是天公地道的。不能交白卷，也不能走出校门又一切还给了老师。从近来的某些现象看，有些“学费”却有越付越大的趋势。作为父兄就难免要担心。同时“留级”的现象也不断出现了。同样的一本《算术》第一册，读来读去总是不及格。就是换一个学校，改一种专业也不行。子弟留级，学费飞涨，家长想不皱眉也不行。

因此，我们就不但要提倡“学而时习之”，而且还要着重强调“前事不忘，后事之师”。

我在前面说全国人民都很“惦记”“四人帮”，那重要的原因就在这里。十年浩劫，付出的是一笔空前的“学费”，我们也确实学到了一点东西。人们自然希望，今后不再付这样的“学费”了，也不想再付“巧立名目”的新“学费”。这就不能不使我们时时“怀念”曾经“教”给我们不少知识的“教师们”，现在是选了十名作为代表来到公审台前了。

我总觉得，这些出色的“教师”虽然认真地、严厉地进行了长期的“教导”，可是我们学得还并不怎样彻底，领会得也不十分深刻，而且缺乏“举一反三”这样的学习方法，这原来是“教师们”曾经反复使用过的。江青把好人说成叛徒、特务、反革命……时，就出神入化地使用过此法。直到今天，江青还在用奇妙的“大话”“捍卫”她们的那场“大革命”。真是久违了，从电视屏幕中一看，“音容宛在”，立即又使我们记起许多往事，这带来的好处也是极多的。

这里只要举出一件就足够。

林彪、江青两个反革命集团的拿手好戏之一，就是说大话、空话。这是他们进行反革命活动的重要手段。这一点我们还是比较清楚的。但并非意在反革命的大话、空话能不能说，好像至今也还不大了然。“豪言壮语”，从字面上看起来也确是美丽、壮观的。好像也并无“阶级性”，为哪一面服务都可以。过去搞的一些“西水东调”“人造梯田”之类的“豪举”，使人民吃尽了苦头，就都是在“大跃进”之类的好名目之下干下的，谁也不敢说一个不字。这些，今天人们有时称之为“土跃进”，名声不大好了。但换一块招牌，改“土”归“洋”，照样闭起眼睛来大干如何呢？

诸如此类的问题，都是当前最最重要、性命攸关的大问题。我们千万不可忽视，千万不可把从“教师”那里辛苦学到的一点点常识再统统忘记，要紧！要紧！

一九八○，十二，三十

“德寿宫中写洛神”

一九六二年初，曾经出版过一批珂罗版影印的法书名迹，都是辽宁博物馆的藏品。其中有宋高宗赵构所写的一卷《洛神赋》。赵构的字我并不怎么喜欢，但卷后赵岩的题诗，却是十分有趣的，因此买了一本回来，并随手写了一段题跋。后来又将这跋里的意思少少扩充，写成一段小文，题目也就是本文所用的一个。

赵岩的诗大概是这样的。原书早已“上缴”，这里仅凭记忆写下，也许不准确了。

花石纲闲四海分，钱塘日日雨如春，
孔明两表无人读，德寿宫中写洛神。

这诗，是写得好的。曾有过一种时髦的论点，反对以议论入诗，说是这样一来就会破坏了“形象思维”的要素。我想这其实是一种非常可笑的机械论。也许是“无病呻吟派”的高见也不一定。人们说话都是发表自己的意见。意见自然有正确、错误、深刻、浅薄……之分，但要求没有意见的说话，是不切实际的。即使是“废话”到底也还是表示了一种意见。诗人也是人，也逃不开这条公例。总之，我认为，诗人写出来的总是诗，即使大发议论也依旧是诗；不是诗人的“诗人”是写不出诗来的，哪怕把字典里可以扯得上“形象思维”的字眼统统填进去，也无效，终于不是诗。这道理非常简单，但也十分残酷。

赵岩写下的这二十八字，可以说是一篇上好的史论，抵得上南宋不少书呆子写下的许多篇万言策。形象思维么，不但大大的有，简直可以说通体都是的。“钱塘日日雨如春”，只一句，就把这座“销金锅子”的精魄写尽了。此外，诗人还写出了在花石纲的阴影之下流离于战乱之中的人民，和安坐在德寿宫里磨墨伸纸摹写《洛神赋》的那个老头儿，太上皇，赵构。

最近又曾路过杭州。不是春天，也没有下雨。但在湖上闲行时无端又记起了赵岩的诗。德寿宫早已雾散烟消，岳庙却在的。秦桧等四人的铁像又照旧跪在那里了。人民的实践为“否定之否定”这条辩证法规律提供了崭新的例证。快得很，其间不过十年。

秦桧他们跪在那里也已很久了，除了有过十年短暂的“解放”，大约总有好几百年，难怪他们愁眉苦脸的满面晦气。但我记得，这些铁像是明朝才有的，已经是换了两个朝代之后了。当宋高宗活着的时候，秦桧还是“大忠臣”，直到宋孝宗的手里，才给岳飞平了反。但决不会追究赵构的责任，按照封建社会的祖宗家法，那是十分自然的。奇怪的是，到了元朝，这情况也不曾有丝毫改变。换了朝代以后，前朝的统治者照理应该可以放手批评了吧。不过还是不行。皇帝总是回护皇帝，即使是已经亡了国的前朝皇帝，也还是以不加触犯为好。这样的例子历史上多的是。何况像宋高宗那种爱好“和平”、以“敦睦邦交”为重的皇帝呢。我有一本《岳忠武王庙名贤诗》，还是元代刻本，其中收了许多诗文，但对岳飞一案指出赵构应负的责任的，就一个也没有。真是非常奇怪的事情，舆论竟是如此的一律。好像只有赵岩这诗，才第一次勾出了赵构的脸谱，虽然他并不曾提到岳飞。

我写的那篇小文章后来确是发生了很大的作用，“文化大革命”一开始，就首先被“有识之士”指出了内含的“恶毒用心”，成为贴给我的无数张大字报的先河。记得当时我还思想不通，一时不能领会为什么对宋高宗投降主义的批判就是黑帮言论，还作过极为愚蠢的声辩。

回想当时自己的思想觉悟实在低得可以，反复思维也只能得出这样的结论。投降主义批得并不算错，错只错在不该议论皇帝。如果只是骂骂秦桧，也许要稳当得多。对皇帝，骂固然不可（当时已经有了吴晗的“前车”），捧也是不行的。就在几乎同时，我还写过一篇谈宋徽宗的文章，说过他两句好话。越想越不妥……后来索性不想了。就这样糊里糊涂地活到现在，还能到西湖上闲走，真是感到非凡的幸福。

一九八〇，十二，二十九

杂文与骂人

早就在报上看到新会陈援庵先生《陈垣史源学杂文》出版的消息，等了很久在书店里也不见，还是开了小小的后门才得到了一本。匆匆翻阅一过，觉得确是一本好书。又从《前言》里知道，这书是援庵先生生前手定，并题为《陈垣杂文》的。为什么改成了现在的名字呢？那是编者怕“容易与一般理解的杂文相混”的缘故。对此，我却有一点小小的意见，觉得还是名从主人维持旧题好一些。至于史学家就不写杂文么？怕也不一定，即以援庵先生的著作而论，从中可以找出来的“杂文”就是大量的。

“一般理解的杂文”是怎样的呢？一下子也不容易说得清楚。也许可以简单通俗地概括一下，但不知道可的确。那就是，杂文大半是骂人的。就在这本小书里有一篇“书《十七史商榷》第一条后”，开头第一句就是“王西庄好骂人”。可见在陈先生看来，王鸣盛的著作，虽然号称“史学名著”，就已很有点杂文的气味了。援庵先生此文用没有丝毫争辩余地的论证说明了“在一条四百余字中而有四误，且误在全书第一卷第一行第一句，所谓‘开口便错’也。错固人所恒有，胡为开口骂人邪？……书此以为吾老年人著书者戒。”其实这也正是一篇杂文。同时也可看出，援庵先生为此书的“定名”是恰切的。

援庵先生是有名的史学家，生平著作极为谨严，凡有研究发明或批评摘谬，都是实事求是，经得起考验的。难道纯正的史学家也骂人么？好像不能这样说。史学家的责任在于揭露史实的真相，并从中达到必要的结论。他指出某人某事是坏的，只不过是说出了历史的真实，这是不能笼统地称之为“骂”的。这一切，也不过是一般的常识。

在某些人看来，鲁迅一生骂人可谓多矣，并从而称之为“杂文家”。鲁迅当然并非圣人，也难免有“骂”错了的时候。但应该看到，绝大部分他都是斥责得对的。至少他所指责的一些具体、局部的问题，都是看得很准的。这正是鲁迅的伟大之处。鲁迅自己说过，他平生的论敌是极多的，他勾勒了论敌的脸谱，分析了他们的战法，成果显著。可惜至今研究者还没有加以总结分类，以致这些不光彩的手法还时时为某些人所用，用以打击进步的人民。有时还达到了使群众迷惑惶然的程度，不能说不是一种惨痛的教训。

以近事而论，姚文元在棒打“三家村”时曾经提出，说太阳也有黑点是别有用心，罪大恶极的。此论一出，立即使无数人瞠目结舌，不知所对。关键所在，并不在自然界太阳是否本无黑点，而在姚文元恶意暗示的事实。人人心里都明白，人人嘴里都不说，只能默默地承认了“金棍子”的“权威”。同样也是这根“金棍子”，在痛击陶铸时又说，赞扬松树的风格，是为了什么呢？松树是挺然不畏霜雪的，那特点是“傲”。你傲些什么，又是对谁傲的呢？这一问也取得了几乎相同的效果，“大获全胜”了。姚文元的“胜利”来得是容易的，也并没有什么独特的高明手法。他作的不过是截搭题。把不相干的事物往碰不得的禁区边上一搭，就立即发生了不可思议的神奇作用。这方法，好像鲁迅也曾经提炼、指出来过，可惜大家忘记了。

说忘记，其实也并不很明确。就在十多年前“金棍子”不可一世的当时，看出了这根棍子的底细的也何止一人二人。但敢于站出来加以拆穿的却很少。“金棍子”及其一伙之所以能取得暂时的“胜利”，基本原因就在这里。这种严重的形势是直到党的三中全会以后，广大群众破除了迷信，解放了思想，才开始逐步得到廓清。“金棍子”也终于显出了“粪帚”的原形。不过事情还在发展，不能认为人们已经彻底认识并吸取了教训，已经可以免予重蹈覆辙、重新陷入迷魂阵了。看来谁都吹不得这个牛。即使是在十年动乱中吃了很大苦头的人，也不应该认定自己已经有了充分的免疫力。有时我就想，有些被“金棍子”打得遍体鳞伤、死去活来的同志，也许还在暗暗佩服着这一套棍法也说不定的。

也许这可以用对人们头脑中存在的“左”的东西的一种正确估计来说明。“‘左’的东西只有多少之分，深浅之分，觉悟迟早之分，而没有有无之分。”这实在是非常清醒的估计，从实际出发的估计，是能激发人民群众无限信心与力量的估计。因为人们确实知道自己是在某种确实的基地上而并非在虚无缥缈的云端里起跑，因而心里是踏实的。

很有可能，上面所说有些不免是迂阔之论。果真如此，就让我预先承认在这里。

一九八一，四，四

哈哈镜

哈哈镜是很有名的，不过看到过的人好像并不多。解放前上海的“大世界”里是陈列着好几面的，记得就安排在进门处的大厅里。只要买票入场，首先就会迎面碰到这几面镜子，从它前面走过时，势非照一下不可。照一照不打紧，人们的形象可就被可怕地歪曲了。在第一面镜子中人象有如油条似的被拉长；在第二面里就像面团似的被压扁……总之是弄得不像人样。话虽如此，但照我的经验，仔细看看那拉长或压扁的面孔，都还是自己的。于是就哈哈一笑，迈步进去欣赏别的好玩的节目去了。

我想，大约因为它能引人发笑，才取名为“哈哈镜”的吧。这镜子的制作也说不上什么创造发明，只不过在玻璃板的背面的涂料上做一点手脚，就能造成这样出奇的效果。作为“游乐场”的一种点缀，商人的小聪明是值得佩服的。商人很懂得群众心理（当时的“高等华人”是不逛“大世界”的，当然不在此列），懂得开一点这样不伤脾胃的小玩笑，不但不要紧而且会引起人们的兴趣。至于这是否“低级趣味”我也说不准。

好像从这有趣的装置中，也可以看出，中国普通的老百姓的某些心理。

人们喜欢说笑话也喜欢听笑话。如果这笑话是针对着什么的，如社会上的丑恶面之类，当然是会受到鼓掌欢迎的，这道理很容易理解，不必多所解释；值得注意的是，即使这是针对着自己，只要出于善意，就是尖锐些也不妨。人们自有这种“雅量”与幽默感。我们知道中国人民是世界上最好的人民，为了说明这一事实，可以举出许多例证，我觉得也不应该忽略了上述的一点。

我游览“大世界”的次数不多，但据我有限的经验，人们在哈哈镜前看到自己的“尊容”时，大抵是笑嘻嘻的。即使是极爱美的少女、少妇也不例外。我还没有看到或听见在哈哈镜面前勃然大怒把镜子捶碎的事例。

很久以前听说上海的“大世界”要重新恢复，非常高兴，可惜至今尚无消息。我想，即使恢复了，哈哈镜也未必重新安装，这是很可惜的。哈哈镜到底已经是一种“古董”了，它的功能似乎只能将人们的形象加以“丑化”。我想是不是可以设法加以“改进”，在镜面玻璃上另做一番手脚，使胖子照了会变得苗条，矮子照了显得长大，丑模样化为仙姿，委琐成为雄伟……这样一来，就可以使更多照镜子的人心情舒畅，破颜一笑，并大乐的吧。

一九八一，七，五

雄谈

我有一位熟读龚自珍诗的朋友，闲谈时常常加以称引。他有一个习惯，也可以称之为本领。无论讨论什么问题，到了最后应该表示自己意见的时候，往往并不直白地说出，却只引一句《己亥杂诗》中的成句作结，效果颇好。不但意见得到充分的表达，而且余味不尽，大有“不着一字，尽得风流”之妙。大约半年以前，我们在谈话中曾涉及某些人物及其言行的发展迹象，不免有些感慨。这位朋友没有做什么结论，只淡淡地吟出了一句“先生宦后雄谈减”，彼此相视而笑，一切就都清清楚楚，用不着再说什么废话了。

后来我曾想过许久。诗这东西确是奇妙的。“诗无达话”大概也是真的。龚自珍是近代诗人，他的思想感情、构思方法也和今人比较接近。这就是我们喜欢他的诗，并能用来解释今天才能产生的某些思想活动的原因。

上面所引的一句诗是《己亥杂诗》第七首中的一句。不用说，和我们所借以说明的意思是并不相同的。“先生”，诗人指的是自己。他在这里进行了自我批评，并说出了要恢复当年论政论文勇气的誓言。

关键所在应该是对“雄谈”的解释。照龚自珍的意思，无疑这是正面的东西，不能理解为“豪言壮语”或“空头支票”一类的事物。龚自珍在另外一首诗里说过“万马齐喑究可哀”，也就是说的消灭了一切“雄谈”以后的可悲局面。可见雄谈还是十分需要的，要紧的是它必须切合实际，才能免于“空谈”。值得讨论的倒是“宦后”两字。

一个人“在野”的时候，大抵比较易于仗义执言，并获得听众的喝彩。这是并不难于做到的。一旦作了官，负了一定的责任，接触了现实，更多了解了实际情况与困难，必然要多少修正他过去站在“超然”地位时发出的“雄谈”，也是可以理解的。如果照旧闭起眼睛来蛮干，那就肯定要出大乱子，人们并不欢迎。在这里，适当地“减”一点，也是理所当然。还有一种情况，接触了现实以后，产生了畏难情绪，不是事事都那么敢说敢干了，这也是常见的现象。我们也不好过高的不切实际地要求，自然也希望他们能像龚自珍那样，随时提醒自己，激励自己，力争恢复过去的勇气。

最糟的一种情况恐怕是将“雄谈”作为敲门砖，自己本来就缺乏为人民服务之意，倒颇有“哗众取宠之心”。一旦门被敲开，就完全忘记了过去曾经讲过些什么，干出的勾当比过去自己所斥责过的还要糟到若干倍。这就有点像鲁迅先生曾经讲过的“新月派”，一旦从嘴巴里清除了马粪，改塞上甜头，就完全换了另一副面孔。当然，时移事换，今天不再有“新月派”，即使有，也不能像过去那样的得逞了。不过记住这历史的教训，还是不无好处的。

一九八一，七，六

“是吗？”

我有一个相熟的朋友，前些时恢复了工作，精神振奋，情绪愉快，一扫了过去那种抑郁不欢的常态。我看了也觉得高兴。他又去过北京和其他一些地方旅行，感染了时代气息，开了眼界，精神面貌又有了新的变化，连说话时使用的词汇也不同了。从这时起我就开始注意，他喜欢在对话中使用一个词组“是吗?”只用文字记录下来是远远不够的，这必须像语言学家那样，运用科学的音标，而且加上必要的抑扬顿挫的符号才庶几可能传达那种神态于万一。简单说来，“是”字要拉得长，“吗”字要轻，而且要有“余音嫋嫋，不绝如缕”那样的效果。我想这一定是一种非常美丽的词组，如果出之于年轻的女同志之口，一定是非常动人的。我那朋友年纪已有一大把，脸上的皱纹也层层叠叠的了，即使如此，当他说出“是吗?”时，也还是异常妩媚的。

开始我也很喜欢听到这一个新鲜的词组。觉得它有一种奇妙的功能，能使对话产生一种节奏感，避免平板枯燥的缺点。这又是很好的一种转变话题的缓冲器。有时谈话变得无趣起来，甚至出现了矛盾；或简直拖不下去时，突然来了一句“是吗?”，然后少少停顿，就极自然地可以转入另一个题目，一些都不是显得生硬，就和机件上的润滑剂似的。这时我就想，不知道有没有“交际词汇”“外交辞令”手册那样的著作，如果有，那就非把“是吗?”加进去不可，否则可是太可惜了。

我开始对“是吗?”产生怀疑终于引起不满是又过了一段时间以后的事。我曾托这位朋友办一点小事。这并非私事，同时与其说是我的事还不如说是他的事，事情本身也确是微不足道的。他也满口答应了，但就是没有办。时间过了很久，催过若干次，最后还是不了了之。这就使我感到意外而惶惑。有一次见面我又问起这事，他脸上溢出了惊奇的颜色，接着就来了这句耳熟能详的“是吗?”仿佛一切与他毫无关联，在听什么海外奇谈似的。这时我按捺不住，立即提出了抗议，同时建议他不再使用这句“万应词汇”。到底是老朋友，他嘻嘻笑着接受了我的劝告，至今没有听他再说过“是吗?”但我怀疑在微笑后面他对我的抗议到底接受了多少。

那次谈话以后，我曾反复想过许久，打算研究一下这个词组，并记下自己的体会。不过后来并没有实行。我想，这样的文字，是只有像《中国语文》那样的刊物才肯发表的吧，但我哪里有写语言学论文的本领?终于知难而退了。现在就又想，对自己的要求似乎也不一定如此严格，有时外行人的外行话，也可以有存在的余地的。

“是吗?”，从它的迷离惝恍、不即不离……的品格说来，实在是出现在语言中间类似滚珠轴承那样的事物。它没有肯定什么，也确未否定什么。对提出抗议的人来说，既表现了一种惊异，又带有一定的同情；是惋惜，又是指责，但都是轻轻的，不着什么痕迹。至于对流言传播者，则显然是一种赞赏，为了加强效果，不妨同时张大了嘴并流下少量的口水来。总之，无论客观上需要哪一种反应，都可以由对方按照需要自我补充完成，不劳更多的解释、申明，这在聪明人看来，原是再蠢不过的。

以上是就“是吗?”的客观效果而言的。从主观上说，它的最大优点则是毫无黏滞，不落言诠。完全不必担心会因此而负任何责任。难道我曾肯定或否定了什么不成？没有，完全没有。我拥护什么，反对什么？你说说看。对“好人”是同情，对“坏人”是斥责。这当然不错，不过也不怕“好人”“坏人”的变换，无论世事怎样千变万化，“是吗?”总是不错的。

人们对画圈的办法已经提出了不少意见。我想，“是吗?”与画圈，除了一是动作一是声音的区别外，倒是异曲同工的。画过圈只说明“知道了”，并没有说明同意或反对。将来追究起责任来，最多也不过是“失察”，也不能否定放在肚皮里的“不同意见”的存在。有形有声，滚珠轴承就这样起着润滑和消灭“磨擦”的奇妙作用，使机器“正常”的运转下去了。比起“是吗?”来，“今天天气哈哈哈”又算得了什么呢?

一九八一，七，十八

“算了！”

我又有一位老朋友，谈话时也经常使用一句有趣的短语“算了!”留给我的印象也同样是深刻的。不过仔细研究起来，与“是吗?”一样，“算了!”并无多么丰富的内容与涵义，这只是在一节表述得相当充分的谈话以后的“结论”，用意分明，用不着深究。

这位朋友以好脾气著称，当然，这完全不应被看作是“与世无争”，有时候他还是要“争”一下的，只是“争”的结果往往“命定”是“一败涂地”而已。这时他的脾气就要变得格外“好”，“好”得使像我这样的老朋友都觉得有些看不下去了。有时候就要不客气地加以攻击。譬如，我认为他是完全有能力作出一些成绩来的，但却只是“懒”；对现状、工作他有些地方是看不惯的，但却不作任何努力去加以改进；……这时，他大抵会采取不同的对策。开始时他总是说笑话，搪塞，我就揭穿这只不过是“强颜欢笑”，使他说不下去；这时，也只有到了这时，他才会说出自己的意见。有时简单的一言半语，有时也会激动地说上好半日，直到更没有什么可说时，停顿一下，最后就是这“算了”。

对这“算了!”我当然觉得不大能同意，但从来没有进一步攻击或劝他改正过。因为我知道，这不像“是吗?”那样的口头禅，可以设法戒绝；这是一种结论式的按语，是跟随前面的全部推论而出现的，是一种人生观的体现，不容易简单地去掉，即使勉强去掉也还是无用，于大局无补。更重要的原因则是，我知道这也是自己的毛病，要说有差别，只在没有时时挂在嘴上，同样的念头其实倒是经常出现的。因此大可不必讥笑旁人，首先倒应该自我反省。

这“算了”照我看完全有资格称为一种“哲学”。就和鲁迅指出过的“徐大总统（徐世昌）哲学”，“听其自然”一样。在中国哲学思想的长河里它继承的是哪一家的“理论”呢?不大像是儒家，因为儒家主张“知其不可为而为之”，还没有那么消极。就是有所为有所不为，也还是需要坚定信念的支持的。顶住歪风，不做坏事，这也并不容易。释家的学说我不大懂，不过佛门弟子大抵都相信有一块“西方净土”，他们今生虽然主张忍让，相信命运，但至少还有一个虚幻的未来作为精神寄托，不论多么不切实际，但与两手一摊、长叹一声“算了”还是不一样的。归根结底，这种“算了”哲学恐怕还是道家的苗裔，当然是经过了两千年来修正、发展以后的老庄哲学的子孙。

《关于建国以来党的若干历史问题的决议》庄严地指出，在“文化大革命”的过程中，党和人民同“左倾”错误和林彪、江青反革命集团的斗争一直没有停止过。这是千真万确的。从被称为“二月逆流”、实质上是我们党的老一辈无产阶级革命家的英勇、坚定的斗争开始，到张志新烈士，到参加了四五运动战士们的业绩，都说明这是一连串一直没有停止过的斗争。自然，斗争的形式是多样的，在不同时期也有不同的发展变化。不知道可的确，我觉得对很多人说来，这实质上都是从“算了”的出发点发展起来的。

可以回忆一下当全国人民一下子被卷入这场运动之后的情景，绝大部分人们一开始是并不清楚的，但这最初的混沌时间并不长，人们立即遇到了大量不可理解的千奇百怪的现实。只要还有起码的思考能力，怕没有谁不感到奇怪。但这时进一步寻求答案的人就比较少了。这时许多人采取的就正是“算了”的态度，所谓“逍遥派”其实就是这样的一群。他们的头脑是比较清醒的，但他们采取了“听其自然”的态度却是错误的。林彪“四人帮”两个反革命集团能够横行十年，不能不说是这种“算了”哲学给了他们以帮助。这种情况是必然要改变的，但改变也需要一个过程，当人民发现国家民族，具体到每一个个人都面临活不下去的危险的时候，人们的思想终于摒弃了“算了”哲学，终于形成了以天安门事件为代表的悼念周总理，反对“四人帮”的强大抗议运动。

什么时候大多数人抛弃了“听其自然”的哲学，伟大的历史转折的出现就邻近了。

一九八一，七，二十

相骂

有一句俗话，“宁愿听苏州人相骂，不愿听××人××。”下半句代表地名和动作的两处××，怎么也记不起了。反正作为陪衬，略去也无关紧要。倒不是因为怕得罪××同乡。大约这两句话是极言苏州人的语言之美的，人们常说的“吴侬软语”指的就是这个了。

苏州人相骂到底怎样的好听，我并无什么实际经验。也许可以举评弹演员的表演为例。他（她）们在说书时有许多机会描摹市井中人互骂，那往往是绘影绘声，十分生动的。可惜也并未听到过使我难忘的段子，反正不外是许多“天杀的”“杀千刀”……的堆砌。我倒时时梦想，如果在面前出现一位千娇百媚的李翠莲，即使给她痛骂一顿，应该也是很有意思的。

鲁迅曾经指出过中国人的一种坏脾气，甚至成为先生弃医从文的契机，那就是莫名其妙地喜欢围观热闹。不论是杀头，相骂，捉住了小偷，发生了车祸，很快就会引来一大批人，里三层外三层地看。易于为新鲜事物所吸引，本来也是人之常情。毛病是出在围起来以后只是看，什么是非曲直是不问的，只是看。即使在日俄战争中被斩首的是无辜的中国人，麻木的中国看客也还是围着在呆看，这实在是使人痛心的坏脾气。记得从前可并不是这样的，不必远引朱家郭解，就是最近忽然行时起来的《七侠五义》之类的旧小说中，也还在描写着许多“路见不平，拔刀相助”的好汉。好汉们的行径并不足为训，但他们在看热闹之后随即产生自己的判断、行动，还是不错的。问题只在判断与动作的是否正确。不想后来竟连这冲动也被磨洗干净了，终于陷于全然的麻木。这是不能不归功于一百多年来帝国主义和封建统治者的镇压与麻醉的。只要是中国人都不应忘记这个悲痛的教训。

至于我自己，是不大喜欢在马路上看热闹的。起因倒并非牢牢记住了什么“千金之子坐不垂堂”之类的古训；实在是添了几岁年纪，有些挨挤不上了。但也有被“规定”看热闹，不许规避的经验。例如，挤在汽车或电车上的人群里，忽地前后左右什么地方发生了“纠纷”，那就不看也不行。还有两次是自己也成为“纠纷”的对象，更是躲不开。有几次对方（几乎全是小青年）所使用的辞令是很妙的，很久以后也还是不能忘记。

例如，有人从背后横过来了，挤不进，于是发话道：

“要练气功么，为什么不到公园去!”或，

“看你年纪不小了，身子骨倒还硬朗……我是让了三分的，不然……”或，

“看你戴着眼镜，倒像受过教育的，蛮不错咧!”

这些小青年都颇有“语言艺术大师”的风度，他们使用

的词句，确已远远超过了“杀千刀”之类的水平，使之黯然失色了。不过也许这只是“初战”的情形，还不到动用“重武器”的阶段也不一定。

有没有见义勇为的人呢？有的。有一次在电车上，不知怎的一个男青年和一位姑娘顶起嘴来了；打是打不起来的，他只是骂；骂也只是使用暗示、隐喻但十分下流的词句，一直不停顿地骂了几站，终于使那位姑娘啜泣起来。这时，同车的乘客都听不下去，有一位中年人挺身而出责问他为何如此下流，最后终于使之住了嘴。这一次听得我大为痛快，也一直不能忘记。

另一种形式的“拔刀相助”我也见识过。在一次电车上的纠纷中，为了保卫自己的“战友”挺身而出的小青年几乎是一大群，他们在群声痛斥之余还一起用手指几乎点到了对方的额头，仿佛要使之“无疾而死”似的，后来忽然到站，车门一开，呼哨而下，他们又站在车站上大骂了，“有种的，下来见！”

以“帮腔”而论，这里的水平还是很低的。悬想应该还有更高明的战略，不过我没有碰到过。

这些经验都是很不足道的，不过也可以看出一半点儿“规律”来。

相骂者最重要的一条是要先站稳了上风。一定要摆出真理都掌握在自己手里的态势，这样才能高屋建瓴，首先从气势上就压倒了对方。取得这样的优势以后，就不论什么“道理”都可以闭起眼睛来搬出，无往而不胜了。同时还要装出

“悲天悯人”的架势，制造一种“胜之不武”的气氛，使对手不战而降。纠纷的内容是不必问的，也不能问。像上面介绍的小青年的几种战法，就都属于此类。其实是很高超的战术，我至今都很佩服。

一旦这上乘的攻心战术不能奏效，问题（往往是极微细而无谓的）纠缠不清时，那就要开始在态度上作文章。“你说我骂了你，难道你的嘴是干净的么?”这样的实例，我也听到过很多，可惜有些字眼写不出来，字典上也不收，因而只能遗憾地略去。但到了这地步，相骂的前景就有点可疑起来，不大能乐观。跳下车去，约期再战，不过是退却前的虚晃一枪，已经颇带阿 Q 气味的了。

街头、车上的相骂，往往都是由无原则的“细故”引起的，不过虽是“细故”，也有是非。所以围观者的态度是重要的。非常可喜的是，以上所说，大多已是好几年前的旧事，自从大力宣传“五讲四美”以来，这种现象已经大大减少；即有发现，挺身而出主持正义者也大大增多。这一切，实在都是十分可喜的。

一九八一，九，十八

照相

到照相馆去拍结婚照，化了妆的新婚夫妇总要在摄影机前被摆弄好大半天。头要移一移，花要向上抱，纱衫的下摆要拉一拉……最后必不可少的还要“笑一笑”。细致负责的摄影师的导演过程一般要花上十分钟左右。我看到过这场面，有时也不免要为她们感到吃力。我想，如果没有极好的修养，新娘也许被弄得哭起来也说不定。

对这一切，没有人抗议，甚至也没有谁觉得可笑。因为大家习惯了，形成了一种“见解”。结婚拍照就是这样子，应该这样办，否则就要算是“不够格”。

鲁迅也发表过相似的意见。他带海婴到中国和日本的照相馆去拍照，同一个海婴，照出来的相就两样。一张活泼顽皮，一张就“少年老成”。不用说这也是不同的导演手法的不同结果。摄影师的美学思想总是受到有势力的社会观念支配的。

汉高祖取得政权之后，马上就请叔孙通来“定朝仪”，就是请他设计出一名皇帝在公开场合必须摆出的一整套架势。刘邦自己也未必喜欢这一套，但为了奠定封建王朝的基础，不能不这样办。为了维护皇权，有必要把“天子”与“蚁民”隔离开来，使之变得神圣不可侵犯，不能不采取装腔作势、借以吓人的手段。诸如此类大大小小的“规矩”，一直不断地立了两千年，终于达到了非常细密而烦琐的程度，就连全社会成员必须怎样说话、活动，都有了一套成文或不成文的模式。譬如，作爸爸就该有个“爸爸的样子”，孩子要“乖”，如此等等。

这种“样子”，是极有势力的一种传统的、习惯的概念，要打破是颇不容易的。

我们现在提倡当“官”但没有“官”的“样子”，提倡放下架子，走近群众，关心人民，生气勃勃。这一切是得到了全体人民一致拥护而且初步见了成效的。不过这样做也确实很不容易。阻力会来自主客观两个方面。在有些人看来，这样做，就会破坏、背离了老“样子”，终于感到不像“样子”了。我怀疑，这种自觉或不自觉的“反感”，在某些人的头脑里也是朦胧的，也很难说清楚，请他们给这“样子”来一个说明，也不免发生困难。

过去剧场里有一批“老看客”，他们听过谭鑫培、龚云甫，阅历值得羡慕，但他们也有不值得羡慕的地方。当看到舞台上的演员某一身段、某一唱腔和谭老板有点不一样时，他们就会觉得浑身不自在，“满不是那么回事”了。幸运的是，老成逐见凋谢，这样的“老看客”也日渐稀落，这就使人们走进剧场时减轻了思想负担，台上的演出也可以勇敢地放手地进行下去，鼓掌时也不必再有什么顾虑了。

一九八二，一，一

做文章

小时候没有读过多少书，根底浅薄。一点点乱七八糟的常识都是随后东翻西看时陆续得来的。因此养成了一种习惯，看见“老师宿儒”总是心惊胆战，懂得后生小子的规矩。记得曾在什么地方看到过，一位大学教授批评另一位也是大学教授说：“此人不识字。”着实吃了一惊。大学教授而不识字，这是不好理解的。后来才知道，那位批评者的标准是，必须熟读《说文》，通晓“六书”，懂得每一个方块字的来历、衍变，才能算得上是“识字”。这道理，确也不能说没有根据，但不免过于繁难了。估量自己，怕就无论如何也做不到。《尔雅》《说文》这些书我也买得有，但从未钻研过。看来时至今日，也还只能算是一个“文盲”，真是一点都没有法子想。

说来惭愧，用一支笔在一张白纸上胡乱写下一些黑字，这种事也干了几十个年头了。这样写下来的东西，照例被称为“文章”。但幼而失学，从未读过古今任何一部“文章作法”，毫无师承，连赫赫有名的《古文观止》也没有翻过。有时想想自己也不觉好笑。幸运的是，时至今日还没有谁来向我提出“怎样做文章？”这种艰深的问题。果真遇到这样的提问，我想是只有拔脚就跑一法的。

做文章果真没有方法么？也不尽然。非但文章，就是作诗，也曾有人订下过无数清规戒律。什么“蜂腰鹤膝”之类的禁忌，数也数不清。古来自有许多好心人，一直在不惮其烦地教给青年戴着枷锁跳舞的方法。这一现象确是不容忽视，这是传统封建文化的一个重要组成部分。一九一九年“五四运动”兴起，向封建传统展开了一次猛烈的冲击，其赫赫战果之一就是把“桐城谬种、选学妖孽”打倒在地，使之声名狼藉。这真是一次伟大的解放，使青年从“唐宋八大家”……“桐城派”那些形形色色的枷锁中挣扎了出来。懂得了到底怎样才是正确的作文方法，再也不大相信种种符咒了。“五四运动”也有它的缺点，首先是不彻底；其次是少分析。我想当年唐宋八大家拿起笔来的时候，他们也未必念念不忘什么“文章作法”。他们自有各人的写作风格、规律，但都是后人分析归纳出来的。这种研究工作原也无可厚非。可恶的是有些别有用心的人物将它神化为锁链、长枷，硬逼着青年戴上跳舞，跟着他们的指挥棒转。这一点，六十年前批判的时候就缺乏分析，因而看不大清楚，也就打击不力。使之至今还有借尸还魂的机会。

技巧这东西确是存在着的。作为文学批评的课题，也应该进行研究。不过写文章的人有两种，有的人不记得甚至不懂得什么技巧，他们的作品着重的是内容、思想。他们也不是没有自己的风格、技巧，但这都不是有意经营的。另一种人就不同，念念不忘技巧，他们的作品只是技巧展览，低能的简直就在那里“使枪棒、卖膏药”，连“花拳绣腿”都办不到。

这些年来，随着阅历的少少增多，对“老师宿儒”的敬畏之心也逐渐减退，不那么五体投地了。有时候看见有人高据讲坛，指手画脚，一卖年纪，二卖交游，三卖自己的“秘诀”“心得”，就再也没有静听的耐心。同时感到，这种虽属个别但却触目的现象，岂非提示我们，又发生了回到了“五四”以前的迹象了么？

很多年前看过一出川剧《做文章》，是名丑周企何表演的。印象极为深刻。那个穿了红褶子，鼻梁上涂着白粉的公子，被关在房间里做一篇指定题目的文章。他抓耳搔腮，吮笔伸纸，尽管听过许多诸如“画龙点睛”之类的道理，在书童面前也像青蛙似的鼓起肚皮吹嘘自己怎样“学富五车”“倚马万言”，到底还是交了白卷。真不禁感慨系之。看了这戏，我当时就感到真是受了很深刻的教育。肚子里没有货色的时候，千万不可硬作，即使记住千万条“技巧”也无用。同时又想，徐子元（我记得的《做文章》主角的名字）还是幸运的，他最后交了白卷，脱身了，虽然不大体面也还是比较理想的出路。试想如果他下定决心，非做不可，那就真不知道将放出怎样的高论，简直想想都有些可怕。

做文章是一种危险的行业。而最危险的莫如不禁不由地胡言乱语，就像中了“催眠术”似的。这是应该万分警惕的。

一九八二，二，十

“危险的行业”

昨天写了一篇《做文章》，最后的结论是，做文章是一种危险的行业，而最危险的一点则是有时会不禁不由地胡言乱语。我想这结论的前半大约还可能取得有些人的同意，但那后半可就难说了，很可能人们要把这看作货真价实的胡言乱语也说不定。

稿子已经寄出，真是“驷不及舌”。只能在这里来一点补充。

前一阵常听见说起“心有余悸”“心有预悸”之类的话，而且这样说着的时候，后面总还跟着另一句，人们的有着这种思想是可以理解的云云。可见不但视为一种确实的客观存在，而且还获得了普遍的谅解。“悸”些什么呢？不说也明白，不过是“棍子……”而已。近来这种说法不大听见了。可见这虽然是一种相当普遍的思想，但到底有点根据不足，就像海市蜃楼一样，太阳一升起，就自然会消失的，也许我这样说不免过于乐观。要改变一种曾在社会上流行过的思想，哪里有这么容易，还需要主客观都进行艰苦的努力。

我以为更难救治的倒是另一个方面，也是人们往往忽略甚至从未想起过的一面。其实这也不是我的发明，是从许多事实中悟出的道理。一个人，譬如作家吧，说要打倒，是不大容易办到的。不论有多大的权势，手中掌握着多少宣传机器……也不容易办到。这种例子太多了，我们都还记忆犹新。比较更早一些，在“豪言壮语”盛行的时候，像什么“托尔斯泰没得用”之类的话，确也听见人们说起过。怎么样呢？喊了若干年后，电视连续剧《安娜·卡列尼娜》又在上演了。当然，看着不顺眼的观众还是有的，致使电视台的报告员不能不在放映之前发表长篇的分析评论，使人们听得心焦。但无论如何，托尔斯泰还不是“百无一用”是明明白白的。

根据无数历史事实，可以确实地说，只有自己才能打倒自己。初听虽然有些奇怪，仿佛抓着自己的头发想离开地面似的荒唐，但事实确实是如此。中国有句古话，“多行不义必自毙”，“自毙”者自杀也。也许有点言重，对做文章的朋友不大合适，那么就改为“打倒自己”吧。我看这句老话也是充满着辩证法的。

要打倒一个人，只凭诬陷、罗织……是无效的。用这办法在肉体上打倒甚至消灭对手是可能的，但却打不倒他的言行、作品。焚烧也不是绝对有效的对策。只有抓住对手确实无疑的“胡说八道”，才能真正予以打倒。而“胡说八道”则必须是本人在没有“逼供信”的情况下自己提供的，栽赃就不行。

年纪一天天大起来了。有时就会产生一种莫名其妙的忧虑。也许到了某个时候，自己也会管不住自己的舌头，说起昏话来的吧。这就是“危险的行业”这一想法萌发的根源。

一九八二，二，十

戊年谈狗

今年是壬戌年，很多人都要在狗身上作点文章。新出了一种八分面值以狗为主角的邮票，印制得颇为精致。好像是嵌金线珐琅彩的一头什么狗。我不是动物学家，更不是古器物研究者，因此说不出那名目。看它嘴中吐出的长长的红舌头，很有点像南京六朝陵墓前的石“辟邪”，可见这并非平常的狗无疑了。邮票一发行立即成为“收藏家”争相猎取的目标。因此极难见到。我的一张还是一位小集邮家见赠的。像去年发行的“鸡”邮票，我就至今还不曾见到过。

有一张报纸的主编在年初发表了一篇短文，就说起作应景文章的困难。他说去年是鸡年，大家不免要讲一番“一唱雄鸡天下白”之类的道理，这自然是题中应有之义。现在轮到狗了，怎么办呢？那么就从世俗“狗拿耗子，多管闲事”的偏见生发开去吧。老作家在这里是教给我们怎样做文章的窍门。按照陈寅恪先生的意见，典故可分古典与今典两类。古典都是很久以前发生过的故事，大抵是有案可查、有书可据的。不管作者如何巧妙地搬弄、堆砌，弄得读者眼花缭乱也不妨事，只要肯下功夫，总能弄个水落石出。今典就不同，这是只有作者自己、或亲近的朋友才心里明白的；或是当时社会上流传过的“小道流言”。事过境迁，书本上又不记，后来的读者就只能胡乱猜详，而猜中率又是极低的。这也是人们讨厌“烦琐考证”的一个原因。

要想查一下关于狗的典故，是比较繁难的。中国的旧文人，有为动植物编小型类书的癖好。猫有《猫苑》，蝴蝶有《春驹小谱》，蟋蟀有《促织经》《功虫录》，大闸蟹有《晴川蟹录》……只有狗独付阙如，也许是我见闻寡陋，没有看见。无论怎样，现在要做关于狗的文章，也还只能从记忆里搜寻。

说起来也是很不公平的。狗在人类生活中所起的作用其实并不小，也并非全是消极的，和人类发生关系的历史也很长久了。在春秋战国或更古的墓葬中就发掘出来过狗的遗骨。那不是为主人服务了一生最后被殉了葬，就是杀了作成红烧狗肉变成祭品的。猎狗、警犬，拉雪车、看家护院……好事做得也着实不少。可是平常人们看见想到的却往往是狗的缺点与坏脾气，采取的也多半是鄙视、一笔抹杀的态度。这当然是不公平的，但也怪不得人，狗自己也有应负的责任。

说起今典，也许已经应该称之为古典了。使我最先想起的是鲁迅先生五十多年前写的一篇名文，《论“费厄泼赖”应该缓行》。这实在应该说是狗类的光荣。“费厄泼赖”者，英文里的 Fair play 也。两年前我看到过王蒙写的一篇文章，他认为鲁迅的意见应该重新加以考虑，Fair play 也不应该无限期地“缓行”下去。这是针对多年来在“左”的思潮影响下人们已经几乎忘却世间还有 Fair play 这一事物的情形而发的。Fair play 如果换成中文，也许可以用“温良恭俭让”来加以解释的吧，可能很不恰切。它确也带有某种封建臭味，长时期来的不合时宜自然也不奇怪。在今天新的条件下，实行社会主义的 Fair play 则不只可能，简直是极为必要的，并将大大有助于安定团结局面的形成与巩固。这许多都是非常正确的。我只想在这里少少加以补充。因为我觉得这一切和鲁迅先生所说的，看来似乎还不是同一件事。而将许多缺乏理论上坚定性的糊涂人，以及别有用心者打着鲁迅的招牌，将无数好人一概划为“癞皮狗”的骗局与阴险圈套与先生的论点混淆起来，则是需要说清楚的。

重读鲁迅的原文，就将发现，先生所指出的“落水狗”“叭儿狗”……一切“咬人之狗”，界限都是异常分明的。指出的特征是它们“很像猫，折中、公允、调和，平正之状可掬”；举出的事例是“秋瑾女士，就是死于告密的”。为什么要去告密呢？“一面固然在保全自己的尊荣，但也未始没有那时所谓‘以人血染红顶子’之意。”即使暂时落水，“他日复来，仍旧先咬老实人开手”。至于“落水狗的是否该打，第一是在看它爬上岸了之后的态度”；先生还指出主张不打落水狗者的错误，“一是误将塌台人物和落水狗齐观，二是不辨塌台人物又有好有坏，于是视同一律，结果反成为纵恶。”这分析得何等细致，说得又是何等分明。又哪里有半点将无数好人一律当成落水狗之意呢？对鲁迅，虽然不该搞“句句是真理”，但鲁迅说过的话与后来某些别有用心的人据以做成的“演义”，却是应该严格区分开来的。我又找出了《鲁迅全集》把原文重读一过，终于觉得先生说得还是不错。也就是说，到今天依旧有现实意义。难道我的头脑真的有些“僵化”了么?

本来是想找些古典或今典为狗说两句好话的，不料一下子扯到这件公案，反而说起狗的坏话来了。不过不要紧，事情是清楚的。狗对人类有过许多贡献，这抹不掉。狗类中间也确有坏种，它们的狗脾气，至今也似乎依然如故。按达尔文的理论，这恐怕也不是一朝一夕所能改变的。重要的是，保持清醒的头脑，具体分析，实事求是，再也不要把好人当作狗来一体对付，那就好了。

一九八二，二，十七

“雅贼”

贼，也有种种的。其中就有人们习惯称之为“雅贼”的一类。但无论《辞源》或《辞海》，都不收这一条目，所以至今也说不清那正确的界说，只好找一些实例来加以对比研究。说起来这也是很久以来就有了的“土特产”。太远的不说，明朝有名的官修《永乐大典》，多年来就一直被历朝的文化官儿暗暗从什么殿里偷出来。今天偷，明天也偷；你也偷，我也偷。最后直到“八国联军”那一次，才给侵略者彻底抢光。关于清代内阁“大内档案”一案的详细情形，鲁迅写过一篇文章，其中就活灵活现地描写了大小各种官儿怎样从中做手脚的故事。仅举这两例，就可以知道此种风气的源远流长。不过这全是旧社会的故事，离开今天也都已很久了。

有意思的是，这种行为虽然不大光彩，但社会舆论却往往对之表示了特别的宽容。不管偷了怎样的国宝，依旧不失为“学者”或“名流”。这种奇怪的现象自然也有其“理论根据”，例如，穿了长衫站着喝酒的孔乙己就发表过这样的“声明”：“窃书不能算偷……窃书！……读书人的事，能算偷么?”

这里的“书”，也可以包括书画文物古董，这些也只有“读书人”才能懂得、喜爱、赏玩，并拿来卖钱。

前些天报上登载了杭州的一个文化局长，因倚仗权势、利用职务上的便利，窃取了许多名家的书画手稿，手段十分恶劣，被捕判罪的新闻。开始时的处分是很轻的，后来因为人民表示了愤慨，才重新论处。为什么会有这一番周折，我想也许是因为孔乙己的意见在某些人的头脑中还在起着作用的缘故。文化官儿犯了些“风流罪过”，依他们看来，是不该与一般的盗窃等视齐观的。黄宾虹笔下的“黑漆一团”的山水画，又哪里有进口电视机的光彩夺目呢？

另一条新闻是上海国画院的一个什么干部和外商勾结，倒卖名家书画，还带了买主到画家家里活动，也判了刑。比起那位文化局局长来似乎情节不同一些，但给读者带来的厌恶也并不两样。在这样的文化局局长和文化干部的眼睛里，社会主义国家的文化事业已经成为怎样的事物，真是想想也有些可怕。我想，在惩治经济领域的违法犯罪行为的主要意义之外，不能不想到这一点。

我也听见过这样的意见：那个文化局局长和画院干部又算得了什么呢？他们不过是“小巫”而已，我想，这意见是有些偏激的，但也不能说毫无根据。过去在报上就看到过江青、康生等到抄家的“文物仓库”里去任意攫取珍贵文物的报道。乾隆皇帝用的笔墨，他们付了几角钱就“买”来了，比小学生用的“金不换”“松滋侯”还要便宜。康生家里所“藏”的古砚就有好几百方，还有其他数不清的各种文物宝贝。对那文化局局长和画院干部来说，江青、康生之流都是他们的“前辈”，而且无论从手法、数量、质量那一方面说，都是他们所无法比拟的“大巫”。这的确也是事实。当然，“大巫”的巧取豪夺，并不能减轻“小巫”们的罪过。而“小巫”的作奸犯科，又足以说明，有些人，如康生，虽然已经死了，但他们的罪恶并不因他们的死去也一并消灭，那“流风遗韵”到今天还依然存在，实在未可轻视。

人民大众对这一切是看得清清楚楚的。他们不但用语言，同时也用行动严厉谴责了这些败类。报纸上发表过一张照片，几位解放军战士围绕着一张桌子，桌子上面放着他们发掘出来的一大堆元宝，他们看着这些已经献给国家的元宝发出了快活的笑，好像从纸上也能听见那笑声，这笑声是会使某些人听了胆战心惊的。杭州那位局长不也是因为人们的抗议才重新改判的么？这都不是小事，都值得人们认真地思索。

一九八二，四，七

升级与降级

报载关肃霜谢绝了在广告上给她加上的“表演艺术家”的称号，得到了人们普遍的称赞。

最近一个时期，在文学艺术界中，确实出现了一种风气。许多同志被加上了诸如著名的、杰出的表演艺术家、作家、诗人之类的称号。我想这原因可能是多方面的。十年浩劫，许多文艺工作者被贬为“臭老九”，遭到了空前的侮辱、迫害、摧残，不少有卓越成就的老辈死去了，对幸存者人们是爱护的、同情的，更衷心希望恢复他们应有的社会地位。这种良好的动机与意愿是可以理解的，也可以看作是在某一意义上的拨乱反正。

当然这并非唯一的原因。

还有另一种现象。有的报刊在发表名人作品的同时，常常要在署名前面加上长长的头衔，甚至还有两三个之多，很有些像旧社会的名片。这办法可能是受了外来的影响，也可能是某种习惯的遗留。有时还像鲁迅说过的那样，人一有名，就连并非本行专业的方面也都成了权威。有些受到人们尊敬的作者一时几乎成了匾对专家，写招牌、留墨宝，浪费了他们许多宝贵的精力与时间。我就听过一位老作家的诉苦，他常常要为婉言辞谢这类盛情邀请不得不写许多回信。

名者，实之宾也。作家献给人民的是作品，艺术家献给公众的是表演。他们应该有着怎样的称号，是读者、观众在读过看过评判过的结果，而不应该是先验的。

旧社会有一种捧角家。他们的职业或业余的事业就是千方百计把一个演员捧起来。他们想出了许多办法，使出了挖空心思的手段。有的侥幸成功了，但多半是失败了的。经验证明，对一位艺术家来说，“捧”并不是有效、有益的方法。更确凿地说，倒是害多利少的。头脑清醒的人对这种外来的“好意”应该不是陶醉、高兴而是戒惧、警惕。因此，我们赞赏他们做出了清醒的反应时，就不应只着眼于他们的谦虚，更应指出他们实事求是的精神。

鲁迅先生五十年前写过一篇《大家降一级试试看》的杂文，是针对当时的情况而发的。那时一些“不肯自贬声价，专做这用力多而获利少的工作”（翻译）的人，都去“踞着高座、昂然说法”，当了学者、教授了，这就使“小兵也来挂着帅印”，造成了翻译界的芜杂、空虚。因此他提议，大家都来降一级试试看。先生的意思就是在实事求是的精神指导下，来一番“调整”。看起来有些泄气，其实倒是切实的有益的有效方法。“调整”以后，继以“充实”，带来的必然是“提高”的后果。我们是会有而且必然会出现许多表演艺术家……的，这用不着怀疑。不过不是通过廉价、简单的捷径制造出来。

一九八二，四，八

“基本属实”

又是在没有起床以前，打开了收音机，从广播里听来的。有一位听众写信批评一家饮食店，说发现店里筷筒中放好的备用筷子上还残留着没有洗净的茶叶、肉糜……这可太不讲究卫生了。底下是这家饮食店的答复，说听众反映的情况“基本属实”，已经采取了应有的改进措施云云。我听了好笑，在这样的问题上也竟使用了这样的惯用词语。虽然他们听取意见、积极改进的态度非常好，也还是不免觉得有些好笑。听众指出的事实是简单的，为什么还是“基本”属实呢？是不是菜叶实际上是菜皮，肉糜是肉渣呢？顺便说一句，我在这里的复述也是“基本属实”的，因为不曾录音也没有笔录。

我想，“基本属实”应该是一个严肃的、科学的用语，体现的是实事求是与鼓励批评的精神。意思是说，只要基本的事实是正确的，指出的问题是值得重视的，就都应该虚心听取、考虑。即使细节、分寸上有某些出入也不妨碍整体的真确，不是提倡仔细查证结婚时动用了三十五部还是三十六部公家的汽车，喝掉了一百瓶还是一百零二瓶高级酒……我想这是明明白白的。

此外，“基本属实”与“不实不尽”看来好像也有某些关系。有的批评过了头，例如把一百瓶说成了一百零二瓶，不够准确，这是一个方面。但也有说得不够、不完整的。批评者一般都是局外人，看到的也往往是表面现象，他们不可能洞察一切，必然会出现遗漏、肤浅的种种缺点。不过被批评者在答复时，却很少有举一反三，加以补充，并更深刻地分析教训的表现。事实上，承认“基本属实”就已经很不容易，读者看到听到这样的反响，也很满意了。

这当然说的是目前的情况。随着批评与自我批评的逐步健康地开展，社会风气的日益改善，公众的要求也会逐步提高的，他们必然要求人们表现出更为高尚的情操，这是无疑的。

“基本属实”是一个科学的严肃的用语，应该郑重地而不是随意地使用、滥用。不久前报上揭露了一个曾经直接参与迫害彭德怀同志而竟混入党内得到重用的造反派头头。此人对彭总辱骂、殴打，还威胁要活埋他，此人不只是对彭总一个人如此，还“举一反三”地要同样的对付其他老一辈的革命者。这是一位非常明确而不是“基本”上明确的特种大物，但竟被当作可信赖的了。这是不能不引起人们的警惕的。我曾遇见过许多同志，对此都表现了极大的震惊与愤慨。人们指出，像这样的人，当真相被揭开以后只是被取消了预备党员资格，撤销了领导职务，仅只是这样吗？……人们的这种反应基于对彭总的无限痛惜、悼念和同情，是完全可以理解的。也许我们更应该仔细体味《人民日报》在这条新闻前面所加的“编者按”。在重申了党中央关于“三种人”的指示以后，按语又说，“这类人物在‘文革’中学得一套善于窥测政治风向、玩弄手段、伪装进步的本领，有被某些同志选拔为接班人的可能。”同时指出这“不是个别情况”。这才是值得深思的，也是“基本属实”的一种严重情况。我们完全可以想象这个前造反派头头真面目未被揭穿之前的言行。他是完全“忘记”了过去的一切，仿佛那是一场噩梦中另一个“我”的下意识动作。今天，就“问心无愧”地用另一副“言论老生”的堂皇姿态，在“教育”着公众，说着“无比正确”的议论，也获得了许多掌声了。当然，如果他是在工作岗位上说着这些话，作他应做的事，也许是正常的吧。也许他真的忏悔了。不过他还要混进党内，爬上去，扮演着“言论老生”的姿态，在提到彭德怀或别的被他如此痛斥过的革命者时，也许还会痛哭流涕。这就不能不使人看了背脊发冷。

愿普天下一切好心的同志都来注意这一“基本属实”的严重情况，而决定自己的态度。

一九八二，四，十三

治僵化法

近来时常在想，年纪一天天大起来，虽然还远不足以称“老”，但到底早已不再年轻。身体精力、记忆都大大不及以前，这都是没有法子的事。但也并不怎么发愁、不安。只有一件事一直担心着，觉得最为可怕，那就是思想的僵化。

上了年纪就一定会思想僵化么？好像又并不然。有许多老同志，虽然年纪已经很老了，但头脑清楚，观察敏锐，记忆力也着实不差。即使身体衰弱，有时甚至老态毕露，但不能不承认，实在还是一个非常“健康”的人。对这样的老同志，我总是非常佩服。一直想，将来自己如也可能活到这个年纪，是否能在精神状态上和他们一样健康、清明，实在毫无把握。

一个人能活得长久，自然是很好的。但这必须是一个上了年纪的明白人才好，才能对国家、人民有所贡献，至少也不会添出许多大大小小的麻烦来。如果是一个老糊涂，那可就不堪设想。不论在什么地方都会闯出大大小小的乱子，闹出这样那样的笑话，于人于己都无好处。

想要避免这样的不幸，就不能不想想对策。首先想到的是锻炼身体，这是不错的。好的头脑来自好的体魄，这是没有疑问的。但看来这还不是最稳妥的途径。即使练得能长跑若干米面不改色，随时能和小伙子们一起体力劳动，赢得人们的赞赏，但到底还不足以最终保证自己就是一个“明白人”。

也许有人会想，年纪活了一把，世事风波也经历得够了，总学得不少的“乖”。应该进一步用心钻研处世哲学，总结积累的老经验来应付新的情况和问题，总会有相当把握的。前些年某些“聪明人”失了算，那是政治局势大起大落的结果。现在国家空前稳定，一片欣欣向荣，诸事小心一些，大概不会再有翻船的危险了。

照我看，这实在是一种很危险的方法，因为那思想本身就是“僵化”的。以“僵化”反“僵化”，后果可知。

我现在试用的是这样一种办法，但不知是否对路。那就是尽可能听听年轻人的议论，可以选取并通过不同渠道；在读书读报之外，尽量注意各种文摘形式的报刊，留心各种新的意见、论点。依照我的经验，一见一听就觉得大谬不然，甚至认为是“奇谈怪论”的情形有时是会出现的。这时就会发现，在某些问题上，自己的头脑是有些“落后”于形势了。但还不能就证明这就是“僵化”。这时就要进一步思索，还需要一点时间，需要验证客观实践，看看到底是自己头脑僵化，还是别的什么情况。这样做是有好处的。至少可以促使我们多用脑，多想问题。思想僵化的主要诱因就是独居终日，“思”不及义。

即使看来是“奇谈怪论”的，也不必立即表示反对。至少要想想这些“奇谈怪论”是怎样产生的，想得周到一些，全面一些。那么在最后确认某种思想的是非时，都将多少有所收获，也就能逐步克服思想僵化的病患，达到尽可能保持头脑的清醒的目的。

锻炼是重要的，不只形体需要锻炼，头脑更需要锻炼。

一九八二，十一，三

不倒翁

春节将到，照例要整理一下杂物，做点清洁工作。房间里到处堆满了破书，清理起来特别麻烦。搞了好几天，依旧是一团糟。这就引起了家人很大的不满。说照这样“整理”下去，再有两个月也结束不了。这恐怕也是事实。为什么工作进度如此缓慢呢？因为每本书都要翻翻，这一翻就是好半天。有时发现了一点有趣材料、故事，就又想摘记下来。我没有做卡片或笔记的习惯，因为从来没有过想做研究工作或当学者的野心，现在想补做，怕又太迟了。有些书过去大致看过，在书眉上还写过眉批之类的话，但现在却一些都记不起了。想想这实在是应该惭愧的。照这样下去，书翻得再多也无用，看过还不是随手又还给了作者。为了改正这一缺点，想想不妨抽空抄下来，附上自己的感想、意见。如能持之以恒，也许多少能得些进步。这就是想开手写这种小札记的缘起。

《万青阁诗余》附补遗两册，“渐岸赵吉士恒夫著”，康熙刻本。作者有《寄园寄所寄》，大家都是知道的，却少有人知道他也会填词，我看水平也并不怎样低。他的行辈也颇早，为他写序的查嗣栗自称“通家子”可知。但谈清初诗余的却少有人注意到他。这中间当然有一些原因。

解放之初，盛宣怀家里的藏书散落入市。我先后只买到过两三本，卷首都有“愚斋图书馆”的大印。此即其中之一。

在“长调”里有一首题为《咏不倒翁》的《沁园春》：

矍铄是翁，胡为乎来？屡舞仙仙。恰妍如桃梗，乔妆面目；像他傀儡，略具衣冠。

半茧身躯，一钱身价，此内空空剧可怜。浮生梦，只斜封片纸，粘就泥丸。　　怪伊不耐安眠，任牵作当场百戏看。更俯仰随人，几番颠倒；推排不去，一味痴顽。玩向掌中，掷来几上，博得群儿笑语喧。翻堪讶，又将渠抛却，草际尘间。

这类词一般称为“咏物词”。其中也很有许多花样，是清人填词喜欢运用的题材。但大抵无聊之作居多。如砚台、笔墨……可以“咏”，女人身上的“爪、指、发……”也津津有味地反复吟咏，实在已经趣味低下得不成样子了。但也有另一种传统，从宋末遗民词人写下《乐府补题》这一组咏物词之后，“咏物”就又走出了“别有寄托”的一条新路。《补题》的作者是缅怀故国，清末的王半塘等则借以发抒对当时时局的感慨，总之，是多少有着积极意义的了。赵吉士的《不倒翁》则也是一种支流，是词中的一种杂文形式。

历来诗人画家都喜欢这个题材。齐白石就画过不少幅，看那题诗，也是用来“讽世”的。这首词也不例外。他描写的是小孩手中的耍货，但处处都使人想到其他事物。有趣的是，在“半茧身躯，一钱身价”和“更俯仰随人……”两句旁都有密圈和评语，是出于“受业”江辰六等之手的。前者评曰“善戏谑兮”；后者评曰“摹写酷肖，真绘影绘声手也”。这评得也合适，可见他们都知道作者的用意是什么。

赵吉士是清初人，是大官。他所写的正是当时官场的现实。生活是文艺的唯一源泉，实在是一点都不错。不过我希望，作为天才发明的儿童玩具，不倒翁是应该“万岁”的；但这类咏物词，最好今后不会有人再去做了。

一九八四，一，十六

毛笔

史树青同志以李葆恂《旧学庵笔记》残稿一册见贻。这是作者的底稿本，大方册，竹纸，钉成账簿式样，涂乙之处甚多，确是草稿。封面题书名，又“卐心佛字录”五字。只存十一页，约当全书的十二分之一。这笔记曾刻行，板心下有“义州李氏丛刻”六字，是我的爱读书之一。我觉得与徐康的《前尘梦影录》都是难得的书。两人的身份不同，李是“贵公子”，徐是老古玩商人，但他们都有耐心、有兴趣地记下了许多书画、书籍、金石、文物的知识与故事，又同样出于目验，不是吹牛说大话那一路货色。有时我们遇到文物的原件，往往证实了他们的记录是可信的。这一类笔记往往都是小册子，极易毁失，流传不多了。希望有见识、有魄力的出版社能加以搜集、重印，我想一定会受到读者和研究者的欢迎。

在这残稿里有一篇《刘必通》，是记北京有名的笔工的：

京师虎坊桥南有笔肆一间，榜“刘必通”三字，梁闻山先生（巘）笔也。必通浙江湖州诸生，嗜酒好色。

北宋赴京兆试，与某使昵，不肯归。三试不第，尽丧其资。其老仆曾为笔工，乃制笔以为活，久之，必通亦善此艺，所制出诸笔工上。其水笔尤为绝技。

刘必通制笔，一天制一枝，梁山舟学士（同书）叫他把产量提高一倍，虽出厚资，他也不肯。刘必通制笔选材严格，用今天的话说是绝不粗制滥造，“终其身不加一钱”，不随意涨价。“吾所制，若能书者，日书三万字可用三月。”梁学士用他制的三支笔，抄了一部《文选》，证实了他的话不是吹牛。“必通目短视，不能一寸。每日必醉，醉后目愈明，心愈细，选毫愈精。然每日才制一枝即止不为。学士（梁）曾寄五千钱，购笔三十支。来使半月必南旋，属如期制就。必通不可，强之始诺。及期往取，则仍十五枝而已。曰：‘寄语学士，远道购吾笔，是吾笔足取也。若贪赂而草草成之，吾名固败，且学士亦何取乎尔。’卒留千五百钱而归其余，其分如此。必通尝曰：‘吾选主毫如选大将，难矣。然无众将以为之副，则孤立大将锥健不能战也。他人以吾众将之材为大将，而其众将不能如吾之小卒，故主锋一败，全笔俱不中书。’”他制笔采用“散卓法”，“选主毫如选大将”，而对“副将”也不迁就。所以“主锋虽败，而群锋尚能为用”，散而能卓。

这节笔记写得很好。文字干净，不装腔作势，而情事宛然。他记下了有关北京的一件掌故，一个手工艺工人的工艺成就，商业道德，制笔理论，和大知识分子与笔工之间的关系。内容实在是很丰富的。此外，像刘必通这样封建社会里的手工业者的心理状态也很值得注意，他们不希望开展业务，扩大经营，每天只做一支笔，和北京的“沙锅居”每天只卖半口猪的情况一样。是什么原因束缚了他们不愿向资本发展的道路上前进呢？恐怕并不只是为了保持商品信誉的缘故。中国长期的封建社会曾有过好几次资本主义萌芽并逐渐兴旺的时期，可是终于没有继续下去，逐步进入资本主义社会。除了主要的社会经济原因之外，这种经营心理可能也是一种因素。这些都值得学者加以考虑研究。

刘必通的制笔理论是很有趣的。在外行看来，也觉得他说的很有道理。象“散卓法”这样的笔，十几年前我也买到过，用起来也不知道有什么好处，“散卓”的意思也终于不能懂。刘必通的解释也不一定就合乎实际，但到底提供了一种界说。像梁同书这样的书家的写字习惯，也是有趣的材料。我觉得他的字并不好，漂亮得有些俗滥了。但他是勤奋的，他可以一下子钞一部《文选》，在今天，这是很难想象的事。

好久不写毛笔字了。有时走过店头，发现各地有名的笔店都制出了大量漂亮非常的笔，用锦盒装起，定价惊人。我不是书家，当然没有资格使用这样名贵的笔，因此也不知道质量到底怎样。前两天因为想写点东西，请笔店推荐买了一枝“加健北狼毫书画小”，价二元二角。回来试用，一开始是“拒手狰狞”，勉强写了几千字，就“败”了，写不成小字了。当然，毛都还在的，只是已变成仅能画新安派“枯木寒枝”那样的货色了。实在懊恼得很。五十年代初北京还能买到戴月轩、李福寿的笔，材料都扎实，用了也满意。后来不行了，大约是扩大了生产，连笔杆上的字也改刀刻为烫金。快是快得多了，但质量也迅速下降。现在恐怕连李福寿这牌号也消失了吧。不久前遇见华君武，向他打听，也不知道。我想，连画家都弄不清楚的事，大概是无处询问的了。

恢复传统工艺品是一件大好事，也是一件应郑重对待的艰巨的事业。要实事求是，装潢是应该讲究的，外销是应予重视的，但也不可忽略了国内的广大市场。特别是在当前，书法绘画在人民文化生活中占据了日益重要地位的时候。手工业向大生产转化，其中还有一些值得努力钻研、克服的困难环节。原料与工艺是关键问题。刘必通的那些老经验，也许有一点点对我们还是有用的吧！

一九八四，一，十八

《写在舞台边上》序

以京剧为代表的中国戏曲艺术具有强烈的民族风格与特征。它是整个伟大的中国艺术传统中一个重要组成部分。

中国传统的戏曲艺术是歌、舞并重的综合舞台艺术。它以“唱、做、念、打”为主，辅之以“圆场”为代表的舞台调度手法和独特的服装、道具、切末、脸谱、锣鼓、丝竹伴奏等艺术手段，经过近千年戏曲艺人的辛勤创造、积累，从广泛的生活、艺术领域中吸取营养，形成了一种具有非凡表现现实生活能力的诱人的艺术力量，至今仍为广大群众所喜爱。

不妨以艺术大师齐白石的作品做些比较。齐白石是“大写意”派的代表画家，他笔下的花草、山水无不以简练而浑成的笔法写出。但在用写意方法勾勒出的花瓣叶片中间，往往栖息着蜻蜓、蟋蟀、纺织娘……这样细小的昆虫，这是用工笔画出的，笔法之细致，往往使观者可以看到那透明翅翼中间纤细的纹路。无论是粗笔或细笔，画家给观众提供的是同样生动的、洋溢着生之活力的形象，而两者又是统一的。

在中国传统的戏曲舞台上，我们几乎可以看到同样或类似的情形。戏曲艺术家仿佛是一位非常精明的鉴赏家，他在五光十色、无比丰富的生活中，能发现哪些是重要的就抓住不放，哪些是次要的可以略去。从这样的原则出发所形成的一系列表现方法与手段，是与中国传统绘画的“文人画”流派的萌芽、发展、繁荣几乎是同步的。这是一个非常有趣也非常值得注意的现象。

中国戏曲舞台上“上下场”“圆场”的一系列舞台调度方法，是一种非常经济、简洁、聪明的方法。它摆脱了空间与时间的束缚，使演员获得了极大的自由。人物在马背上奔驰，在道路上蹭行，穿过深宅曲院，进入密室绣房，这些难以在通常话剧舞台上再现的困难课题，在这里几乎都不成为问题。但遇宣泄、刻画人物内心，展现人物之间尖锐、激烈斗争的机会，就决不放过。必以狮子搏兔的全力，调动一切手段，加以再现。演员所使用的手段，比姊妹艺术丰富。面部的表情，衣衫的转折、抛掷，繁复身段的运用，歌声的变幻，念白的抑扬……无一不被用来作为揭露人物内心的武器。大胆的省略与精微的刻画在构思细密的节奏中成为一种高度谐和的统一体。观众得到的是同时呈现的“视听之娱”。一切都在同一时间、地点完成。

艺术家的表演，有时夸张便夸张到极处，细腻也细腻到极处。导演设计有时竟会使人联想到现代艺术形式——电影的手法。近景、特写的使用是如此的频繁与自如，使观众不能不惊异，中国戏曲表演艺术家所获得的是远远超过一切姊妹艺术的可羡慕的“自由”。但这“自由”又是受着自己的制约的。一步不能脱离生活，也不能离开本身的“程式”。

程式是死的又是活的；程式是艺术家创造积累起来的，也是在扬弃、提炼的过程中固定下来的。发展不会停止，程式的变化、丰富过程也永远不会停止。

中国古典戏曲表现的多半是历史题材或传说、神话故事。但并不因此而使其艺术魅力有所削弱。这首先是因为，现实主义的生命力是强大的，创作者借用了古代的衣冠，但处理题材、刻画人物的依据却是当前的现实。今天舞台上保留下来的许多传统戏，在其创作的当时，正是那时的现代剧。因为现实针对性强与艺术上的成功，被保留下来了，直到今天。今天戏曲舞台上通行的服饰，正是明代（约当14—17世纪）的衣冠，这是因为戏曲在这一时期得到了飞跃的发展，而当时也正是现代剧产生最多的时期。

中国古典戏曲总是以完整的、有头有尾的故事出现的。由于演出习惯的变更与观众欣赏的集中，人们往往更加重视整出戏中尤为精彩的许多段落。人们希望在一次演出的组合中能看到题材、风格、表演各不相同的许多单折戏。这样做更易于满足观众中间不同的要求并使演出更丰富而精炼，异彩纷呈。

作者在儿童时代开始走进剧场，常常是睁大了眼睛站在舞台边上欣赏。从不懂到懂，从惊奇到赞叹，从看武戏到听唱功，经历了许多变化。但最初的印象总是不易忘记的。这里写出的一些故事片断，在很大程度上都还保留了那些洗磨不掉、最早但也最能打动幼稚孩子的心的东西。虽幼稚但朴实，天真但恳挚。有爱憎但并无装点，也许能使初步接触这一伟大奇瑰现实主义艺术的朋友们觉得亲切而不感到是一种唐突。

一九八四，二，六

配套

去年冬天，朋友从广州给我捎来了一只煤油取暖器，说是上海的冬天没有火不好过，有了这个也许可以为我的工作带来一些方便。马上去买了几斤煤油试用，不料弄来弄去总是点不燃。请朋友把说明书译出来，仔细研究，才知道这炉子要用“白煤油”，一般纯度差的油不行。什么是白煤油呢？去请教内行，原来就是解放前充斥于城乡的那种美孚牌、壳牌火油。那时，这种大量倾销的火油，是外国人吸取我们民族血液的一种重要手段，今天是早已不见了。我们国家现在有了自己的大油田，连同步卫星都上了天，难道连“白煤油”还造不出来么？又去打听，原来有是有的，不过只供工业使用，目前还不能满足民用需要云。

用不成取暖器虽然不免失望，但也无关大局，最多也不过冷起来不能工作而已。权当朋友不曾捎来过什么劳什子就是。

从前有过一个笑话。一个穷人拾得了一根苏州织的袜带儿，非常高兴。但又不能用，因为裤子太破了，不相称。设法借债去买了一条新裤子以后，却又发现长衫不像样了……

这样弄来弄去，最后终于弄得破了产。

故事编者企图说明的教训是清楚的。苏州袜带儿是老爷专用的货色，一旦落在穷人手里，最好的办法是送还原主，要不就赶紧扔掉，否则将会带来意想不到的祸害。

这当然是一种非常可恶的说教。

不过事实确也是事实。要用这袜带儿，就得改换相应的服饰、装备，问题只在于这人在更新服装时采用了不恰当的脱离实际的手段。如果承认命定不配使用，或看作“不祥之物”赶紧扔掉，那倒实在是不折不扣地体现了奴隶哲学的精髓。

四个现代化不是用钱可以买得来的。它需要配套——物质上和精神上的配套，不经过艰苦的努力是不行的。这当然不只是一个资金的问题。例如，现在我们国家可以生产电视机了，并且产量可观，不过人们能从屏幕上看到怎样的节目，却不是简单付出一笔费用就能完美解决的问题。

十多年前在干校里过冬，夜里坐在四面漏风的席棚里“学习”，外面是漫天的凄风苦雨，脚下是烂湿冰凉的泥地。这样的记忆忽地又冒了出来。那样的日子也过来了，而且并不是很久以前的事情，现在却为弄不到“白煤油”而苦恼，想想也觉得有点惭愧。难道一下子就变得如此娇嫩了么?

我知道这也是一种传统的习惯思想，大概就是有着道家色彩的“知足常乐”论吧。有时它可以为人们带来一种镇定作用，例如，在当前的社会生活里，还存在着一些不可能一下子解决的困难，某些不合理、不能尽如人意的现状，都可以因此而取得暂时的慰藉、平安。不过，这也只有在向前看的前提下才行，决不能作为安于现状不思进取的辩解。“知足常乐”在某种意义上说，不就是“大锅饭”的理论基础么？

一九八四，三，十六

报春

十一届三中全会以来，我国农村中发生了巨大的变化。目前，这种变化正以方兴未艾之势继续向前推进。四面八方传来坚实沉着的前进脚步声，恰似一阵阵隐隐春雷，正像那个古老的节令——惊蛰所暗示，冬眠的蛰龙终将振鬣腾飞，难以估量的可以移山倒海的巨大力量将被逐步解放出来。它将为社会主义祖国带来怎样新的变化，这一切，目前确实还很难做出精确的估计。

人们往往称许多纷至沓来的新人新事为“新鲜事”，这就是说，这一切与人们头脑中一贯视为当然的原有观念、印象截然不同了。对新鲜事物应该采取实事求是的热烈欢迎态度。旧观念是长时期以来形成的，打破、清除都不是容易的事，这中间也包含了从封建社会的意识形态承袭下来的旧东西。

过去在农村里生活过一段日子，留下了一些零碎但却鲜明的印象。用来与今天的见闻相比，真是非常有意思和发人深省的事。我在上海奉贤农村住过一阵子。生产队就在江畔，对岸就是闵行的“一条街”，许多大工厂都集中在那里。和农民一起在田头劳动时，就常常听到青年农民的叹息。他们说："一见闵行大烟筒，生产干劲就要松。"不知怎的，这句"顺口溜"到今天还记得清清楚楚。当时听了心里不禁暗暗吃惊，觉得这是一种地道的"反动怪话"。中国的农民多，他们的任务应该是在自己的土地上努力为全国人民搞饭吃，怎能不安分地发生这种"狂想"呢？

在农村里，我看到过敞开肚皮吃饭的场面，后来又在生产队的食堂里做过秤饭、分饭的工作。那真是地道的大锅饭，站在一口大铁锅边铲出饭来，农民排着队，都希望得到锅底的饭焦。这并不太久的往事，今天想来却已恍如隔世了。

今天的农村中，最引人注意的现象是农民生活的改善，这是很自然。大片新房造起来了，万元户不断出现。坐飞机外出旅游变得不稀奇。有人买了钢琴、摩托车，甚至飞机。这都是"新鲜事"，都与我们头脑里固有的农民形象不大一样，听了都使人吃惊、感动。但在这些表面现象背后，却隐藏着更值得注意的东西。譬如，从许多事例来看，中国的农民是大方的、慷慨的，眼光很远。他们增加了收入，却并不忘记国家，记得给他们带来真正利益的三中全会以来的好政策。一个农民化名"谢国恩"向中央寄去了捐款；许多农户开办了家庭文化室，自费购置书报、文娱用品给全村享用；许多生产能手公开了自己的技术，热情帮助旁人一起经营，共同致富。这种现象是非常可贵的，也是与我们固有观念中的农民形象完全不同的。

农民一直被视为小生产者，有的据说是狭隘的、保守的、自私的思想习惯。也许这是一种真实的客观历史现象。但他们在新的形势下却作出了非比寻常的表现。可能这种现象还不是普遍的，有些农民的“慷慨”也许是出于怕“割尾巴”的余悸，但从既有的事实看来，这确是一种极可珍贵的新事物，使人们开始改正了多年来形成的宿见。

有的农民跑到新华书店要买中央一号文件；河南的农民打电报给省委第一书记询问富民政策，这类事说明了今天农民关心政治的心和气魄，也全不是过去农民的样子了。农民接受新事物的勇敢与决心还表现在，当他们一旦发现科学是生产力以后，就以最大的热情加以拥抱。这种义无反顾的行动也是不寻常的。农民中间还涌现出大量善于经营管理的人才。应邀去联邦德国参观访问并洽谈交易的是经营矿业的农民企业家；开创了海盐衬衫厂新局面的也是一位小城镇中的手工业者。他们对中央政策理解的深刻、执行的坚决，应该使许多大厂矿企业的管理人惭愧。

这样迅速成长起来的新型农民与工人和知识分子中间的界限看来正在加快地泯灭。这是真正值得欢迎的新的浪潮。只有真的看清了这种形势，才能加深领会文艺为社会主义服务，为全体人民服务方针的深刻、长远的意义。

在纷至沓来使人目不暇接的新事物面前，在一大批涌现出来的独具风采的崭新人物面前，一时会感到有些眼花缭乱的。但无论如何也掩盖不了我们的欣喜之情。我们应该努力克服头脑中许多陈旧的观念，换一副新眼光来迎接大踏步走近的春天。

一九八四，三，十九

天一阁墨

从珏良同志处看到周叔弢先生所藏的两册《百花诗笺》，宣统三年北京文美斋刻。数十年来叔弢先生请朋友把这两册差不多题满了。其中颇有值得欣赏注意的作品。已故清华大学教授、著名藏墨家张子高写的是一段墨跋。张子高藏墨的精品已经印入《四家藏墨图录》，多半为明代制品，这里题记的一种则是康熙墨，但在藏书家看来倒是特别有趣的。右上端是原墨的精拓。墨长方形，正面楷书“天一阁藏墨”五字，背面行书“溪隐主人制”五字，边款“延绿斋”三字。张子高的跋是用小楷写在下面的。

> 此墨为寿石工旧藏，己丑谢世后转归予斋。癸卯冬日弢老过访观墨，亟赞赏之。盖弢老既以藏书名一世且兼有隃麋之好也。清乾隆中叶鄞人邱东河（学敏）《百十二家墨录》曾载此品，当时即以为稀有之物，独惜于延绿斋款未详，又未叙及溪隐主人为范氏何氏人耳。按延绿为康熙间制墨名手吴守默肆斋，公子珏良教授所藏兰樵主人（张朴园榕端）墨，有康熙戊寅（三十七年）

吴守默款识，斯为确证。然则溪隐殆亦康熙间人欤？稽疑者久之，卒辗转从现天一阁管理人范氏裔孙鹿其君许获悉，实乃阁之创始人范东明五世孙名正辂者。溪隐庄即其别墅之额也。按正辂字载瞻，生于崇祯八年乙亥，卒于康熙三十三年甲戌。康熙五年丙午科举人，浙江秀水县教谕，福建德化县知县，著有《秀水县志》十卷，康熙二十四年刊。《德化县志》十六卷，二十六年刊。揆厥身世及其制墨时期，盖略早于兰樵主人云，甲辰秋日书奉弢老方家清赏并教。子高。

张子高是化学家，但对墨有深爱。收藏极富。他对古墨的时代、制作、制墨人、评品、流传都极注意，曾撰有墨跋一书，未刊。科学家而喜欢艺文，也可以说是我国学术界的一种特色，他们所作的研究也与一般赏鉴家不同，更富于科学精神与实事求是态度，研究结果都是中国工艺美术史的珍贵材料。至于叔弢先生的特别喜欢此墨，自然与天一阁的藏书有很大关系，这与红学家特别重视曹寅所制墨的出发点是相同的。《四家藏墨图录》的四位藏家都已逝世，他们的藏品也都藏在故宫博物院了。希望他们的研究成果能早日出版。

一九八四，四，三

“津门旧事”

三十年代在天津出版过一张《北洋画报》，大概是周刊，每期一张，用铜版纸印刷，油墨是蓝色的，版面上有大量插图，文字内容大抵是谈金石书画、京剧艺术、名伶动态以及社会新闻等等。这是很能显示北方文化风貌的一种文图并重的刊物，如与同时在上海出版的《时报画刊》加以比较，就可以分明看出南北两种画刊之间明显的差别。譬如，后者发表了大量交际花、校花……的照片，而前者有时也发表“名媛”的倩影，但总是某总理的“千金”，某学校的“高材生”，服饰姿态都拘谨得多，而她们的出身也大抵是过去的“名门”。

政论性的期刊上海有《东方杂志》，在北方则是《国闻周报》。不必说，两者在政治态度上各自代表了不同的政治力量，在副刊部分的差异也是显然的。《国闻周报》经常连载的就有凌霄一士的“随笔”，傅增湘的“藏书题记”，王逸塘的《今传是楼诗话》，以及许多遗老遗少发表作品的“今诗苑”等。这与《东方杂志》的以发表新文学创作为主的做法是完全不同的。郑振铎、巴金等在北平出版了中国第一部大型文学刊物《文学季刊》，确也产生了不小的影响，但对北方文化界的冲击好像并不大，还是打不破那沉闷的空气。如在《季刊》的创刊号上发表了吴晗研究《金瓶梅词话》的论文，在某种程度上也显出了北方学者的风格，虽然那已不同于典型的“京派”考证了。

三十年代文坛上曾经展开过一次京派与海派的论争。鲁迅先生曾经说过一些非常精辟近于总结性的话，到今天读了依旧觉得深刻。先生的意思大抵是：“北京是明清的帝都，上海乃各国之租界，帝都多官，租界多商，所以文人之在京者近官，没海者近商……要而言之：不过‘京派’是官的帮闲，‘海派’则是商的帮忙而已。”

这里指出的情形，表现在旧时代的天津则是，这里虽然也有租界，也有做生意的洋人，但到底受着数百年“帝都”的封建势力的压迫、影响，种种变化都受着重重的束缚，从硬壳中钻出来的时间更长也更艰难。

近来研究地方史的风气兴旺起来了，这是一种很好的现象。懂得过去是建设未来的必要准备。多了解一些过去人民斗争的历史，对走今后的路有极大的好处。在社会经济方面深入地进行系统的资料积累与研究是重要的。尤为生动而鲜明的例证则往往存在于文化现象中。在这里，只停留在事实的记录上是不够的，应该更多地进行比较与分析，才能发现那独有的特征与发展变化脉络。选取一些有代表性的人物与文化现象进行研究是一个好办法。

一九八四，四，二

“书简文学”

这个名词是我“杜撰”的，但也许早已有人提出过了。其实文章就是文章，写得好的就成为文学作品，很不必陈列货架似的分别称之为“××文学”。但人们往往误会了古人的意思，如《文选》里就曾开列了种种不同文体的名目，但那其实不过是为了选家的方便。

从传世的文学选本中可以发现有些名作，其实都是书信。信札有长短，用处各不同。试来分一下，这中间有政治性的，如太史公的《报任安书》，嵇康的《与山巨源绝交书》，丘迟的《与陈伯之书》等；有描写风景，有如游记的，如吴均的《与宋元思书》，鲍照的《登大雷岸与妹书》等；有随手挥写任意而谈的短札，如东坡、山谷的简尺。总之是五花八门，风采各异，要分清楚也难。但相同的是都写下了真实的事物、情感，都有优美的文笔，都表现了不同作者的个性与风格。这中间，我以为政治性的书札更值得重视。搜索记忆，出于近人之手的这类作品就颇有不易忘记的篇章。蔡元培抗议反动北洋政府的倒行逆施而辞职的《杀君马者道旁儿》一书就是人们所熟知的。稍早，在袁世凯窃国时期，章太炎、梁启超也都写过有非常特色的信件，这特色就是几乎已经邻近杂文的独特风调。“文章合为事而作”，这大约是的确的。只要有了必要的条件，经师、学者、政论家……都会不由自己地写出杂文来。天生的“杂文家”恐怕并没有。

章、梁的两封短信都是从笔记里看来的，真实性不成问题，但怕字句有差误，于是就来查《章太炎年谱长编》和《梁启超年谱长编》，但却都不见。两书都是新刊的皇皇巨制，收集的主要材料也是书札，但何以都失之眉睫了呢？这是有些奇怪并可惜的。

章太炎被袁世凯软禁在北京钱粮胡同，负责看管的是绰号“屠户”的陆建章，派了四个卫兵把门。不料，有一天太炎竟抽空溜了出去，还留下给陆的一封信。不必说，他没有走成，立即被追回来了。

> 朗斋足下：入都三月，劳君护视。余本光复前驱，中华民国，由我创造，不忍其覆亡，故入都相视耳。迩来观察所及，天之所坏，不可支也。余亦倦于从事。又迫岁寒，宜就温暖。数日内当往青岛，与都人士断绝往来。望传语卫兵，劳苦相谢。

不能说这信写得差，但到底只能换得袁世凯的微微一笑，可见杂文在某些对象那里所起作用的限度。尤可慨叹的是，袁世凯死后黎元洪继任总统，太炎请求恢复自由，担任“内务总长”的王揖唐却不肯放，黎元洪也无可奈何。后来还是一位熟悉官场内情的学生郭同宇提醒太炎："此曹所忌，在先生出暴其短耳。今宜陈情总统，言袁氏已殁，毋庸念旧恶。同以手书示揖唐，其事必解。"（自定年谱）果然是有效的好主意。为什么有些势在必行、合情合理的事办起来竟是如此困难呢？那是因为有王揖唐这种帝制余孽在作梗的缘故。王揖唐是什么人呢？安福逆党，后来当了大汉奸，最后被枪毙了。

在袁世凯积极筹备做皇帝的关键时刻，梁启超成功地溜出了北京，大概他比章太炎要灵活一些。梁也给袁世凯留下一封信。

> 比觉百脉偾张，头目为眩。外强中干，而方剂屡易；冬行春令，则病疫将兴。偶缘用药之偏，遂失养生之主。默审阴邪内闭，灾沴环攻，风寒中而自知，长夜忧而不寐。计非澄心收摄，屏绝诸缘，未易复元，恐将束手。查美洲各属，气候温和，宜于营卫，兹拟即日放洋，择地休养。

这比章太炎的短信可恶毒得多了，难怪袁世凯看了要大怒。但他随即笑笑说："卓如（梁启超字）只会要笔杆子。"这大概就是人们常说的"奸雄本色"吧。梁启超这时已经跳出了袁的手掌心，与太炎的情况不同，奈何他不得了。终于还是只能笑笑。同样是"一笑"，但那神情、声口却大不相同。能分清此中差异，并能恰好地表演出来，就是优秀的表演艺术家。

一九八四，四，三

也谈“知足常乐”

读了一篇文章，谈到了“知足常乐”。作者说“这也确是一种人生的哲学”，并举出了反面的“不知足”的典型，“处处用着心机，计算别人”的王熙凤，同时还指出“知足”就是“（君子）坦荡荡”的“基础”。

王熙凤因为“不知足”，处处用心机算计别人；被她算计过的人吃尽了苦头，也难免“不知足”起来，加以抗拒，这就形成了荣国府内部和外部的斗争。尤二姐可谓极忍耐（也就是“知足”）之能事了，但弄到最后还是吞金自尽。不论怎么说，这总是对王熙凤的一种“抗议”，即使是软弱的、不足为训的，但总是一种“不知足”的表现则无疑。

封建社会的统治阶级一直宣扬“知足”是一种“美德”，圣贤立言，神道设教，威胁利诱，无所不用其极。几千年下来，到今天还是一种沉重的习惯势力。历史的真相则是，少数“不知足”的人要求绝大多数力求“知足”而不可得者采取更“明智”的“知足”立场，但一直不能获得完满的成功。事实证明，真能“知足”的人几乎是从来就不存在的，因此才需要费力地不断进行威胁利诱，这种宣传一直搞了几千年。

王熙凤的错处好像也并不在于她的“不知足”。按照“常乐”的“人生哲学”，她是应该老老实实、兢兢业业地当好她的“二奶奶”，把荣国府治理得井井有条，使上下和睦，家业兴旺，大小奴才们也安安稳稳地“各得其所”（一种理想的“知足常乐”的境界），贾府也因此而“兴隆勿替”。但这种美妙的乌托邦只有高鹗和许多《红楼梦》续书作者才会相信。曹雪芹则并不，所以他伟大。

鲁迅在给许寿裳的一封信里说，“前曾言中国根柢全在道教，此说近颇广行。以此读史，有多种问题可以迎刃而解。”这话说了六十六年了，“广行”的意见好像已逐渐被人们忘却。我相信鲁迅的意见是正确的，并怀疑所谓“知足常乐”正是一种道教的“人生哲学”，实在不是什么值得称赞的东西。

“不知足”也可以用另一种方式来表述，那就是“不安于现状”。不安了，才力图“改变现状”，因此才有改革，才有发展，才有进步，才能有四个现代化。如果我们事事“知足常乐”，那么今天已经建立了社会主义制度，进入了社会主义社会，已经满不错了，何必去冒不能“常乐”的风险呢？在这里，我觉得似乎可以确凿地说：“知足常乐”，正是大锅饭的思想与理论基础，而不是“坦荡荡”的基础。躺在大锅上面的人确也有人觉得心安理得，“坦荡荡”，但绝大多数人是觉得坐立不安、异常痛苦的，因此才要求改革、前进，这可并不是什么“常戚戚”。

我们也讲“知足”。例如党的政策的落实，要有一个过程。不能希望一个早晨把好事都办完了。每当有了进展，都使我们感到不同程度的欣慰与满足。我们是在“向前看”的前提下认识“知足”的。又例如，我们常用“忆苦思甜”的方法教育群众，目的是使人们不要忘记过去，更重要的是激励斗志，面向未来。绝不是要求人们记得过去的苦难，满足于当前的“现状”，止步不前。对老同志来说，也希望他们量力而行、尽力而为，为革命事业继续做出力所能及的贡献，而不只是简单地希望他们“知足”，不再为个人和家庭的得失而烦恼。今天我们需要的正是千千万万“不懂得知足的人”、会“算计”的人，只要不是为了一己的私利，“算计”又有何妨！

长期的封建社会遗留下大量的思想材料，它们都是在一定的历史条件下产生，都有其特定的定义与解释，是不能随心所欲地赋予新的解释的。像“知足常乐”“君子安贫、达人知命”这一类“格言”，其命意、含义都是毫不含糊的。怎能将“知命”说成是“懂得客观的规律，善于运用这个规律”呢？这样做，无异将一大批“隐逸传”中的人物都说成无比高明的哲学家与先知，而将无数志士仁人、改革家、创新者打成“蠢动”的“不知足”者。那效果简直就等于抽掉了中国人民的脊梁。

一九八四，四，七

附录　四乐颂

冯英子

有一天去拜访一位早已退休了的老教授，他高龄超过八十，却依然谈笑风生，精神爽朗。我请教他的养生之道，他向我讲了四个“乐”字。一是助人为乐，二是知足常乐，三是自得其乐，四是苦中求乐。归来仔细思索，深觉这十六个字很有哲理，因而作此短文，名为《四乐颂》。

助人为乐，原是我国最优秀的传统。“殷人七十而助”，是说一个人到了七十岁，就有别人来帮助他种田了。而弦高犒军，卜式输边，不仅仅是帮助别人，更是爱国主义的典范。明人的通俗小说中，有《两县令就义婚孤女》《羊角哀舍命全交》《吴保安弃家赎友》等回目，都是歌颂助人为乐精神的。

有了一点助人为乐的精神，一个人的精神就有所寄托，胸襟开阔了，意境远大了。报纸上常常有这样的记载，有的老同志退休之后，甘愿去做菜场上的义务检查员，学校中的校外辅导员，栉风沐雨，十年如一日。这正是一种“烈士暮年，壮心不已”的境界。

从逻辑上说，助人，多数建筑在自己有余的基础之上。“天之道，以有余补不足”，老子的这句话是很有见地的。

知足常乐。这也确是一种人生的哲学。大抵一个不知足的人，一定是一个处处用着心机，计算别人的人。《红楼梦》里的王熙凤就是这样的典型。在现实生活中有没有这样的人呢？恐怕不会绝迹。“君子坦荡荡，小人长戚戚。”知足是“坦荡荡”的基础，只有保持“坦荡荡”的人，才会懂得知足常乐，不懂得知足的人，他算计还来不及，怎么能乐起来呢？

至于自得其乐和苦中求乐，那也是说一个人要善于处逆境。古人颜回大概是其中最突出的一个，《论语》中说他："一箪食，一瓢饭，在陋巷，人不堪其忧，回也不改其乐，贤者回也。"这是孔子赞颜回的话。颜回所以成为孔门子弟的第一号人物，看来这点安贫守俭的精神非常重要，有了这种不怕吃苦的精神，才能真正做到富贵于我如浮云。

经历过十年动乱折腾而现在幸存下来的人，大抵都有一点自得其乐和苦中求乐的精神。拿我自己的经验来说，记得在五七干校时，已经宣布"解放"了，但我们那个"连队"的"领导"却法外施仁，把我送到饲养场去同猪猡打交道。我正是靠这点自得其乐和苦中求乐的精神，尽管别人想方设法来折磨我，我却决不折磨自己，倒真正同那些约克夏、两头乌打好了交道。说实话，我还很爱那个环境和行当，因为一入猪棚，可以不用什么心机，而猪猡也毕竟比当时那些"造反派"好应付得多了。

所以，这四个"乐"字，仔细想来，那确实是一种对待人生观的态度，也是对于一个人的考验。用现在时髦一点的话来说，就是人的思想怎样从必然的王国进入自由的王国，使自在之物变成为我之物，不怕风吹浪打，胜似闲庭信步。明白这个道理，一个人就可以从任何艰难的岁月中找到安身立命的道路，古代知识分子把这个叫作"君子安贫，达人知命"，所谓知命，其实也就是懂得客观的规律，善于运用这个规律罢了。

（载《中国老年》一九八四年第三期）

家谱

家谱是封建宗法社会的产物，过去曾大量地发现过，但不为人们所重，藏书家也不收藏。研究这一门学问的是“谱牒学”，也不见多少人有兴趣。平心而论，这是一种原始的直接史料，从中可以发现封建社会的家族组成及兴替，社会经济的发展，人口的流动，土地分配与集中……是自有其文献价值的。可惜历来就有一种不值得称道的家谱利用法。像李唐王朝，就把老子（李耳）硬拉了来作祖宗，顺便使道教也沾了光，就是著名的一例。

近年来，各地发现种种族谱、家谱的报道时有所闻，孔子、岳飞……一直到曹（雪芹）家，都发现了旧谱，但也只是博得人们一声赞叹而已，没见有人从这中间作出多少有意义的研究。这是不能使人满意的。仿佛面对一件“古物”，只啧啧称赞“古得好”，却不能说出“古物”的时代、用途、价值，甚至连真假都断不清，到头来只不过是演了一场闹剧。

和一切古物一样，家谱是应该受到重视的。但必须首先弄清它的本质，考定它的真赝，然后好好地加以利用。在社会主义的新中国，已完全没有必要着重宣扬封建家族的源远流长，更不应该拿来作为一种手段，用奉上一位阔祖宗的方法来讨好谁。

一九八四，十一，八

再论“海派”

《上海文化艺术报》创刊了。这是值得祝贺的。

上海文化艺术报的光荣任务，就是要为上海文化事业的繁荣与发展鸣锣开道，鼓舞士气，增强团结，扫清道路，把改革声中的上海文化事业搞上去。

近百年来，上海一直是中国的文化中心之一。最早的近代出版事业的根据地就在上海。北京有个琉璃厂，那是旧书业集中的地方；上海有条四马路，在中国近代文化史上起过重要作用的许多新书店，就开设在这里。三十年代以鲁迅为旗手的进步文艺运动也是在上海轰轰烈烈地开展的。上海这个具有光荣革命历史的名城，是与它的辉煌的革命文化事业分不开的。建国以后，全国政治文化中心转移到首都北京，但在文化事业上，上海以它经济的历史的原因，依旧占据着半壁河山的重要地位。

上海文化是有它自己的特色的。过去曾经出现过“海派”这个名词，最早使用在戏曲艺术上，以周信芳为代表的京剧流派，就曾经被称作“海派京剧”，与北京的正统京剧区别开来，分庭抗礼。后来在文艺战线上也出现了京派与海派的论争，鲁迅先生曾经对两种文化的优势得失，做过精辟的分析与论定。先生终于离开当时的北平，把后半生工作与斗争的营寨扎在上海，那原因是值得深思的。

“海派”原是个带有嘲讽性的“词语”，在有些人看来，这代表的是一种非正统的、邪门歪道的、哗众取宠的、轻浮而不扎实的气派与作风。也许，表面上看来，情形正是如此。但如深一层看，这些缺点的反面是什么呢？那就是思想活跃，不墨守成规，有进取心，善于打开新的局面，敢于吸取外来事物……这样一些特色。事物总有它的两面。优点缺点往往是并存的。这些特色，在今天看来，无疑是更符合时代前进的脚步的。也许从二三十年代开始即已如此。在从旧中国向一个崭新的中国的蜕变转化过程中，人民更需要的是改革和进取的精神，五十年前鲁迅说过：“……北京是明清的帝都，上海乃各国之租界，帝都多官，租界多商。”这就从历史根源上捕捉住了京派和海派分野的由来。海派的弱点与曾经是“冒险家的乐园”的“多商”的地理历史环境是分不开的。即使在这个问题上，也有它的优越性。那就是眼界比较开阔，知识面较宽，较易吸收外来事物的长处。不至于一见西方世界五光十色的事物而立即眼花缭乱，手足失措。自主力强一些，免疫力自然也强一些。

做任何工作都应该采取扬长避短的明智态度。可惜的是，长久以来，在反对“旧思想、旧文化”的口号声中，全盘否定了“海派”，将它的积极性的、进取的、生动活泼的一面全部加以抑制。事情还不止于此，到了十年动乱，终于使

“海派”陷入了绝境。

粉碎“四人帮”以来，特别是三中全会召开以后，经过了几年的拨乱反正，明确了前进道路，搞清了是非，思想解放运动使人们在麻木停滞的状态中醒觉，记起了自己的力量。但同时也发现，上海在许多方面（自然也包括文化）已经落后于全国其他许多省市，即使是图书出版这样稳固的阵地，也开始失去了优势。振兴上海文化已成为人们苦思焦虑的课题。在这样的时机，重新对海派文化的历史与现状作出实事求是的估价，把被歪曲颠倒的事实重新颠倒摆正，恢复信心，努力发挥“海派”的优势和长处，在建设社会主义新文化的道路上奋勇前进，已经成为上海人民迫不及待的任务。

一九八五，二，二十

图书在版编目（CIP）数据

河里子集　负暄录　惊弦集：汇编本/黄裳著．--济南：山东人民出版社，2022.2

（黄裳集．创作卷．Ⅶ）

ISBN 978－7－209－13326－5

Ⅰ．①河…　Ⅱ．①黄…　Ⅲ．①散文集—中国—当代　Ⅳ．①I267

中国版本图书馆CIP数据核字（2021）第116527号

河里子集　负暄录　惊弦集

HELIZIJI　FUXUANLU　JINGXIANJI

黄　裳　著

主管单位　山东出版传媒股份有限公司

出版发行　山东人民出版社

出 版 人　胡长青

社　　址　济南市市中区舜耕路517号

邮　　编　250003

电　　话　总编室（0531）82098914

　　　　　市场部（0531）82098027

网　　址　http：//www.sd－book.com.cn

印　　装　天津图文方嘉印刷有限公司

经　　销　新华书店

规　　格　16开（160mm×230mm）

印　　张　32.25

字　　数　360千字

版　　次　2022年2月第1版

印　　次　2022年2月第1次

ISBN 978－7－209－13326－5

定　　价　84.00元

如有印装质量问题，请与出版社总编室联系调换。